Sujata Massey

Bittere Mandelblüten

PIPER ORIGINAL

Sujata Massey

Bittere Mandelblüten

Roman

Aus dem Amerikanischen von
Sonja Hauser

Piper München Zürich

Von Sujata Massey liegen auf deutsch außerdem vor:
Die Tote im Badehaus (Serie Piper 3062)
Zuflucht im Teehaus (Serie Piper 3556)

Deutsche Erstausgabe
1. Auflage April 2002
2. Auflage August 2002

Titel der amerikanischen Originalausgabe:
«The Flower Master» (HarperCollins*Publishers*, New York)

Satz: Verlagsservice G. Pfeifer / EDV-Fotosatz Huber, Germering
Druck und Bindung: Clausen & Bosse, Leck
Printed in Germany ISBN 3-492-27035-2

www.piper.de

1

Japaner laufen nicht. In einem Land, in dem alle Leute ohnehin zügig gehen, gibt es keinen Grund, seine Schritte noch mehr zu beschleunigen – abgesehen von Notfällen, zum Beispiel wenn man schnell in einen abfahrtbereiten Zug schlüpfen möchte. Während der vier Jahre, die ich nun schon in Tokio lebe, habe ich außer mir selbst nur ältere Menschen auf der Jagd nach niedrigeren Blutfettwerten und Teenager beim Versuch, ins Schulteam aufgenommen zu werden, joggend erlebt.

Ich joggte jämmerlich langsam vor mich hin, um nicht ständig mit den Büroangestellten zusammenzustoßen, die die Straße bevölkerten. In der Stadt sind immer viele Menschen unterwegs, und es gibt ein ungeschriebenes Gesetz, das es verbietet, die Leute anzurempeln. An der Roppongi Crossing mußte ich zwei Minuten an einer Ampel warten, bevor ich die Straße überqueren und zum drei Häuserblocks entfernten Kayama Kaikan weiterlaufen konnte. In diesem allseits bekannten Gebäude befindet sich die Zentrale von einer der führenden Ikebana-Schulen in Japan.

Die Verspätung war meine Schuld. Ich hatte gemächlich meinen Frühstückskaffee getrunken, den Pflanzen Wasser gegeben und noch allen möglichen anderen Kleinkram erledigt, so daß ich schließlich von der Haltestelle zur Schule laufen mußte. Meine Tante Norie sagt mir immer wieder, daß meine Tätigkeit als selbständige Antiquitätenhändlerin mir die Möglichkeit gibt, meine Zeit selbst einzuteilen. Daß ich es nicht rechtzeitig zum Kaikan-Gebäude schaffte, war meine passivaggressive Reaktion auf ihre Erwartungen.

Ich bin halb Japanerin und halb Amerikanerin und bemühe mich hin und wieder, mich an meine Verwandten väterlicherseits in Yokohama anzupassen. Ich verstehe die meisten Witze in Filmen, trinke Tee nach den japanischen Regeln und lege sogar meinen eigenen *daikon*-Rettich ein. Doch von Ikebana, der typisch japanischen Kunst des Blumenarrangements, hatte ich noch immer keine Ahnung. Als ich das letzte Mal zu viele Pflaumenzweige in ein Gefäß gestopft hatte, starrte meine Tante sie nur wortlos an. Kurz darauf erklärte sie mir, sie habe mich für einen Kurs an der Kayama-Schule angemeldet.

Bisher war ich nur zweimal in der Schule gewesen, doch das genügte, um zu begreifen, daß bei Ikebana weniger mehr ist und ich lieber weniger Zeit damit verbrachte, in einem überheizten Kursraum Blumen zu arrangieren, und dafür mehr draußen im Freien. An jenem Dienstag morgen Ende März war das Wetter schön, die Temperaturen lagen über fünfzehn Grad. Es würde nicht mehr lange dauern bis zur *sakura*, der Kirschblüte, für die Japan so bekannt ist. In der Wettervorhersage der Morgennachrichten hatte es geheißen, die Kirschbäume in Tokio würden in etwa fünf Tagen zu blühen beginnen und danach nicht länger als zwei Wochen in ihrer ganzen Pracht zu bewundern sein. Den Zuschauern wurde empfohlen, ihre Kirschblütenfeste entsprechend zu planen.

»Aber halten Sie die Augen offen, denn Wolken vor dem Mond deuten auf Stürme über den Blüten!« hatte der Sprecher mit einem albernen Lächeln hinzugefügt.

Der Satz sollte nicht nur vor Regenfällen warnen, sondern war auch eine Anspielung auf ein altes Sprichwort, das besagt, daß selbst in Zeiten größten Glücks Unheil drohen kann.

Vorhersagen sind eine unsichere Sache. Während meiner Zeit in Japan habe ich mich immer wieder über die vielen Leute gewundert, die behaupten, daß die Zukunft von Mustern bestimmt wird, die in die Vergangenheit zurückreichen. Ich selbst habe kein Geschick bei Vorhersagen; an jenem sonnigen Frühlingsmorgen hatte ich nicht die geringste Ahnung, was auf mich zukam. Die zweiwöchige Zeit der Kirschblüte sollte einen Sturm der Vernichtung und der Offenbarungen bringen, die keiner von uns – nicht meine kluge Tante, nicht der in puncto Lebensweisheiten so bewanderte Fernsehsprecher und am allerwenigsten ich selbst – vorhersehen konnte.

Das Kayama-Kaikan-Gebäude wurde vor zwanzig Jahren hochgezogen, als Japan sich in der Zeit seines größten wirtschaftlichen Aufschwungs befand. Der asymmetrische Glasturm symbolisierte Innovation, Wohlstand und Macht, jene Eigenschaften, die der Kayama-Familie von Anfang an in ihrer Vermittlung der Ikebana-Kunst zum Erfolg verholfen hatten. Von Tante Norie wußte ich, daß diese Grundbesitzerfamilie die Schule in den sechziger Jahren des neunzehnten Jahrhunderts gegründet hatte. Damals wandte sich der zweitälteste Sohn der Familie von seiner Ausbildung zum buddhistischen Mönch ab, beschloß aber, anderen sein Wissen über das stilgerechte Arrangement von Blumen zu vermitteln, das er selbst von seinen Lehrern im Tempel erhalten hatte. Die Schülerinnen des ersten *iemoto* oder Lehrers waren die gesellschaftlich ambitionierten Ehefrauen aus Japans wachsender Händlerschicht – ähnlich wie die heutigen Schülerinnen waren fast alle mit einem *salaryman*, heute würde man das Wort mit »höherer Büroangestellter« übersetzen, verheiratet. Die Kayama-Schule sowie viele andere Ikebana-Schulen florierten auch im zwanzigsten Jahrhundert, aber nach dem Zweiten Weltkrieg gab es nur noch wenige japanische Frauen, die sowohl das Geld als auch die Muße besaßen, ihre Ikebana-Studien fortzusetzen. Da der *iemoto* die Schule nicht schließen wollte, lud er die Frau eines amerikanischen Generals ein, sich seine Arbeiten anzusehen, und sobald sie sich bei ihm eingeschrieben hatte, folgten viele andere Offiziersfrauen. Die Philosophie der Kayama-Schule wurde durch die neuen Schülerinnen und durch ihren weltläufigen Leiter avantgardistischer und internationaler. Ende der sechziger Jahre, also ein ganzes Jahrhundert nach Eröffnung der Schule, machte das niedrige Gebäude, in dem noch meine Tante ausgebildet worden war, einem Mehrstöcker Platz, der schließlich dem glänzenden neuen Glasturm weichen mußte.

Als ich durch die riesigen Glastüren trat, fiel mein Blick auf das Wahrzeichen der Kayama-Schule, eine Skulptur aus schartigen Sandsteinblöcken. Es wäre interessant gewesen, mir die Blumengestecke in dem Steingarten genauer anzusehen, aber dazu hatte ich keine Zeit. Also trat ich in den großen Aufzug mit den Spiegelwänden und dem glänzenden Granitboden und fuhr in den Kursraum im dritten Stock hinauf.

Vor dem Raum standen hohe Behälter mit allen möglichen Blumen und Zweigen. Von meinem vorhergehenden Kurs wußte ich, daß jeder Schüler sich daraus Material auswählen konnte – Zweige, die dem Arrangement eine Grundstruktur verliehen, und kleinere, dekorative Blumen, die den Akzent setzten. An jenem Tag nahm ich die letzten noch verbliebenen Kirschzweige sowie ein paar weiße Astern und schlüpfte ins Zimmer, wo ein Dutzend Frauen an den beiden langen Tischen arbeitete. Tante Norie schnitt gerade mit ihrer besten Freundin Eriko an einem Tisch gleich beim Lehrerpult Loganbeerenzweige. Norie und Eriko hätten Zwillinge sein können: Beide waren sie schlanke Hausfrauen Anfang Fünfzig, die höchstens wie fünfunddreißig aussahen. Sie trugen einen Pagenschnitt und ganz ähnliche Gabardinehosen, dazu Seidenblusen mit hochgekrempelten Ärmeln, so daß man ihre haarlosen Unterarme sah. Wieso die beiden es für nötig hielten, sich die Unterarme zu rasieren und zum Ikebana-Kurs Seidenblusen zu tragen, war mir ein Rätsel. Ich hatte einen kurzärmeligen gestreiften Baumwollpullover und eine ausgestellte Jeans an, die ich in einer Teenager-Boutique im Harajuku-Viertel gekauft hatte. Wahrscheinlich hielt meine Tante diese Jeans, obwohl sie tiefschwarz war, nicht für ein jungen Damen angemessenes Kleidungsstück.

»Ach, da kommt Rei-san ja endlich!« flötete Eriko, die mich lange genug kannte, um mich mit dem Vornamen anzusprechen.

Tante Norie legte ihre Ikebana-Schere mit den scharfen, furchterregenden Klingen beiseite und musterte mich von oben bis unten. »Hast du die richtige U-Bahn-Station verpaßt?«

»Nein. Ich war bloß zu spät dran. Entschuldigung«, sagte ich und ließ mich auf dem Hocker neben ihr nieder.

»Deine Haare sehen hübsch aus. Aber diese riesigen, häßlichen Schuhe!« Norie zuckte beim Anblick meiner Laufschuhe angewidert zusammen. Ich hatte ihr einmal erklärt, daß modebewußte Teenager Asics wie die meinen nicht nur zu Jeans, sondern sogar zu Kleidern trugen, aber sie hatte geantwortet, eine achtundzwanzigjährige Antiquitätenhändlerin könne es sich nicht leisten, wie eine Achtzehnjährige herumzulaufen.

»Wenn ich die Schuhe nicht angehabt hätte, wäre ich noch später gekommen. Nur mit denen kann ich rennen«, wehrte ich mich.

»Du hast noch nichts versäumt«, versuchte Eriko, die Wogen zu glätten. »Es ist genug Zeit, ein Gesteck fertigzubringen, bevor Sakura-san die Stunde beginnt. Nimm dir wie letztes Mal einen Behälter vom Regal.«

Zu Hause hätte ich die drei Kirschzweige innerhalb weniger Minuten arrangiert. Aber hier in der Schule war ich nervös, und die Zweige wollten einfach nicht so halten, wie ich mir das vorstellte. In der schmalen Tonvase, die ich von dem Regal genommen hatte, kippten sie immer wieder, statt anmutig und gerade stehenzubleiben wie die von Tante Norie und Eriko. War ich denn die einzige, die es nicht konnte? Ich sah zum Nachbartisch hinüber.

Lila Braithwaite, eine großgewachsene Kanadierin, die der Vereinigung ausländischer Studenten vorstand, hatte ihre Kirschzweige ausgesprochen professionell zusammen mit Azaleen arrangiert. Ihre Freundin Nadine St. Giles, eine Französin, hatte die gleichen Materialien gewählt, verwendete sie aber nicht so geschickt wie Lila. Am schönsten fand ich das Werk von Mari Kumamori. Mari arbeitete mit Heidekraut. Die blaßvioletten Blüten kontrastierten auf raffinierte Weise mit der Seladon-Schale.

»Maris Schale gefällt mir. Gibt es noch mehr solche?« fragte ich Norie.

»Die Schale gehört nicht der Schule. Mari töpfert selbst. Wahrscheinlich hat sie sie von zu Hause mitgebracht. Außerdem ist dein Gefäß für dein Arrangement genau das richtige. Wenn du sie anschrägst, bleiben deine Zweige gerade stehen.«

Bei diesem Anschrägen, das hatte ich die Woche zuvor gelernt, brachte man zuerst einen Schnitt an einem der Zweige an und führte dann einen anderen, kürzeren Zweig in diesen Schnitt ein. Das erforderte so viel Präzision, daß ich mich schon bald hilfesuchend an meine Tante wandte. Schließlich hatte sie dreißig Jahre zuvor ein Lehrerdiplom der Kayama-Schule erworben und besuchte diesen Kurs hauptsächlich, um mit ihren Freundinnen zusammenzusein.

»Bei mir sieht's einfach nicht wie auf der Abbildung im Buch aus. Und die Anweisungen verstehe ich auch nicht.« Als Anfängerin mußte ich meine Arrangements nach den Vorlagen im Lehrbuch der Kayama-Schule gestalten. Für jedes, das glückte, verdiente ich mir einen Stempel. Erst dann durfte ich mich dem nächsten zuwenden. Ich begriff die Diagramme, aber nur sehr wenig vom Begleittext.

»Ach, ich wußte gar nicht, daß du nicht Japanisch lesen kannst!« rief Eriko betrübt. »Ich sehe mal nach, ob ich ein Kursbuch in englischer Übersetzung finde. Lila-san und Nadine-san haben auch eines.«

»Rei-*chan*, du mußt das Gesteck selbst fertigen«, rügte meine Tante mich. »Wenn ich die Zweige für dich ordne, bekommst du niemals das nötige Selbstvertrauen. Es ist nicht schlimm, Fehler zu machen. Sehr bald, wenn du dich eigenen Arrangements zuwenden darfst, mußt du dich ohnehin von deiner Intuition leiten lassen.«

Ich kam nur langsam voran, da mich meine Tante immer wieder ablenkte. Irgendwann ergriff dann Mrs. Koda, die Leiterin des Kursprogrammes, das Wort.

»Sakura Sato hat sich freundlicherweise bereit erklärt, uns heute die Herausforderungen und Freuden der Arbeit mit einem einzigen Material zu demonstrieren. Ich werde hinterher eine englische Übersetzung für unsere Gäste geben.« Mrs. Koda sprach ziemlich laut Englisch, als hätten die Ausländer im Kurs nicht nur Probleme mit dem Japanischen, sondern obendrein noch einen Hörschaden. Wahrscheinlich war ihre Wortwahl nicht böse gemeint, aber sie hatte Lila und Nadine als »Gäste« bezeichnet, nicht als richtige Schüler der Schule. Jetzt begriff ich, warum Tante Norie darauf bestanden hatte, daß ich meinen Platz bei ihr und Eriko hatte. Sie wollte mich davor bewahren, im *gaijin*-Getto, der Ecke mit den Ausländern, zu landen.

Ich beendete mein Arrangement hastig mit ein paar Astern. Meine Tante lächelte Mrs. Koda an – sie kannte sie seit mehr als dreißig Jahren, seit ihren Anfängen als Ikebana-Schülerin. Ich hatte Fotos von Mrs. Koda aus jener Zeit gesehen und fand es amüsant, daß sie ihre Haare noch immer hochgesteckt wie in ihrer Jugend trug. Doch ihr Gesicht wirkte mittlerweile abgehärmt und müde. Als sie mir eine Woche zuvor die Schule gezeigt hatte, war sie langsam gegangen und hatte sich auf einen Stock gestützt. Sie hatte sich entschuldigt, daß Masanobu Kayama, der Leiter der Schule, sich gerade in Luxemburg aufhielt, mir aber versprochen, daß ich schon bald Gelegenheit haben würde, ihn persönlich kennenzulernen.

Mrs. Koda verneigte sich tief vor Sakura Sato, einer Frau ungefähr in Tante Nories Alter, die ein zart rosafarbenes Kostüm trug. Als Sakura forschen Schrittes an das Pult trat und mit Schwung ihr Notizheft darauf ablegte, brachte sie mit dem Ellbogen Mrs. Koda aus dem Gleichgewicht, die gegen die Kante eines Schülertisches stolperte. Die Damen murmelten besorgt, und Tante Norie nahm Mrs. Koda am Arm. Da es keine leeren Hocker mehr im Kursraum gab, sprang ich von dem meinen auf und bot ihn ihr an. Tante Norie bedachte mich mit einem anerkennenden Blick. Nun war ich also rehabilitiert, hatte aber keinen Platz mehr zum Sitzen und mußte mich ins hintere Ende des Raumes zurückziehen. Ein junger Japaner mit Greenpeace-T-Shirt und Jeans wühlte in einer Schublade mit Ikebana-Utensilien. Ich kauerte mich in eine Ecke, in der ich ihm den Blick auf die Lehrerin nicht verstellte.

»Könnte bitte jemand die Jalousie herunterlassen? Die Sonne stört mich«, sagte Sakura, und Eriko, die gleich beim Fenster stand, tat ihr den Gefallen.

»Wie viele von Ihnen bereits wissen, hat der *iemoto* mir den Namen Sakura vor vierundzwanzig Jahren gegeben, als ich zur Lehrerin gewählt wurde.« Miss Sato bedachte uns mit einem schmallippigen, überheblichen Lächeln und verstärkte so nur meine instinktive Abneigung gegen sie. »Ich hatte damals ein Arrangement ganz aus Kirschblüten gefertigt, das der Aufgabenstellung jener Stunde widersprach. Aber ich konnte nicht anders, die Blüten waren einfach zu schön. Es war, als habe die Natur Besitz von mir ergriffen.«

Alle Anwesenden schienen völlig verzückt zu sein. Manche der Frauen notierten die Worte sogar in ihren Heften.

»Kayama-*sensei* hat beim Anblick meines Arrangements gelacht und gesagt, wenn ich die Kirschblüten so sehr liebe, werde er mir den Lehrernamen Sakura geben, um so den blühenden Kirschbaum zu ehren, das Symbol unseres Landes. Und jedesmal zur Kirschblüte bittet er mich um ein spezielles Arrangement für die Schule.«

Tante Norie hatte den Blumennamen »Hasu« – Lotus – erhalten. Sie benutzte ihn nur bei Ikebana-Ausstellungen. Ich glaubte nicht, daß ich selbst lange genug in der Kayama-Schule sein würde, um einen Blumennamen zu bekommen. Ich hatte während meiner Kindheit in Kalifornien schon genug Probleme mit meinem Vornamen »Rei« gehabt, den die Amerikaner nur zu gern mit »ray« – »Strahl« – verwechselten. Und auch in Japan gab es Schwierigkeiten, denn hier wurde mein Name mit einem ungewöhnlichen *kanji*-Schriftzeichen geschrieben, das so viel bedeutete wie »kristallklar«.

»Wie Sie wissen«, riß Sakura mich aus meinen Gedanken, »ist es eine große Herausforderung, das wahre Wesen von Ikebana – der Himmel und Gott über dem Menschen – zu vermitteln, wenn die gewählten Blumen sich nicht unterscheiden. Wie umgeht man also die Gefahr, zu viel von der gleichen Farbe und der gleichen Form zu verwenden? Genau diese Frage wollen wir uns heute stellen.« Sie warf einen Blick auf den Tisch unmittelbar vor ihr, auf dem sich abgesehen von einem rohrförmigen schwarzen Gefäß nichts befand. »Meine Blumen und meine Ikebana-Schere scheinen noch nicht hier zu sein. Könnte sie mir bitte jemand bringen?«

Ich sah den leger gekleideten jungen Mann neben mir an, den ich mit seinen hohen Wangenknochen, seiner verglichen mit der meinen etwas dunkleren Haut und den espressobraunen Augen gar nicht unattraktiv fand. Er starrte verständnislos zurück, als ich ihn mit einem

Nicken zu dem kurzen Botengang ermutigen wollte. Offenbar fühlte er sich nicht angesprochen.

Ein wenig verlegen wandte ich den Blick ab, rührte mich jedoch auch selbst nicht von der Stelle. Ich würde Sakura, die Mrs. Koda so rüde aus dem Gleichgewicht gebracht hatte, keinen Gefallen tun.

Mari Kumamori, die Frau, die die Seladon-Schale von zu Hause mitgebracht hatte, erhob sich und wandte sich mit einer der höflichsten Anreden an Sakura: »Bitte, Sakura-*sama*, was darf ich Ihnen bringen?«

»Kirschzweige«, sagte Sakura barsch. »Oder haben Sie während meiner Ausführungen geschlafen?«

Mari huschte errötend in den Vorraum hinaus, in dem auch ich meine Materialien ausgesucht hatte. Sie blieb eine ganze Weile weg. Sakura überbrückte die Pause durch Erzählungen davon, wie der Leiter der Schule sie höchstpersönlich gebeten hatte, Blumen für ein großes Gebinde in der Lobby des Imperial Hotel zu arrangieren.

Als Mari zurückkam, eilte sie sofort zu Sakura und flüsterte ihr etwas zu. Sakura lachte kurz auf und wandte sich dann an die Anwesenden.

»Offenbar sind Kirschzweige bei Kursteilnehmern sehr beliebt. Nun, dann werde ich eben improvisieren. Das sind genau die Herausforderungen, denen wir uns gegenübersehen, wenn wir uns mit Ikebana beschäftigen. Vergessen Sie nicht, der Ausdruck bedeutet wörtlich ›lebendige Blumen‹. Wir müssen uns also bemühen, mit Hilfe der Materialien, die die Natur uns an die Hand gibt, so realistische Arrangements wie möglich zu schaffen.«

Ich bekam Schuldgefühle, denn schließlich war ich diejenige gewesen, die die letzten Kirschzweige aus dem Gefäß im Vorraum genommen hatte. Natürlich hätte ich schnell zu meinem Arrangement auf Tante Nories Tisch gehen und Sakura die wenigen minderwertigen Zweige anbieten können, die ich noch nicht gekürzt hatte, aber es war keine große Phantasie nötig, mir vorzustellen, wie herablassend sie darauf reagieren würde.

»Ich werde Forsythien verwenden«, sagte Sakura zu Mari, die noch einmal nach draußen hastete, um ihr ein dickes Bündel grün-gelber Zweige zu bringen.

»Bitte entfernen Sie die unteren Blätter«, wies Sakura ihre freiwillige Helferin an. Mari hatte ihre eigene Schere Sakura gegeben und war deshalb gezwungen, die Blätter mit den Händen abzurupfen.

»Mit meinem Gesteck werde ich einen Kontrast zwischen Licht und Dunkel schaffen«, erklärte Sakura. »Das Gefäß ist ein Abflußrohr, das ich schwarz angemalt habe – ein ungewöhnliches Material, das das Bestreben der Kayama-Schule nach Innovation betont. Jedes Material von Rohren bis zu Maschendraht oder Papier läßt sich mit frischen Pflanzen kombinieren. Doch in jedem Fall müssen die Charakteristika der Materialien deutlich herausgearbeitet werden. Wenn keine wirkliche Beziehung zwischen Gefäß und Blumen besteht, wird auch das Arrangement nicht schön.«

Ich hatte meine Zweifel, daß es Sakura gelingen würde, aus dem Rohr etwas Schönes zu machen. Sie steckte Forsythienzweige in Löcher, die sie zuvor an unterschiedlichen Stellen in das Rohr gebohrt hatte, und produzierte am Ende etwas, das große Ähnlichkeit mit einem schwarzen Tausendfüßler auf langen, pelzig-gelben Beinen hatte. Mit den Kirschzweigen hätte der Tausendfüßler rosafarbene Beine gehabt.

Sakura stellte ihre Vielseitigkeit unter Beweis, indem sie weitere Forsythienzweige in einem alten Steingefäß anordnete, ein ziemlich klassisches Arrangement, bei dessen Anblick wir alle erleichtert aufatmeten. Sie beantwortete einige Fragen der Kursteilnehmer und machte sich dann, gefolgt von sämtlichen Frauen, daran, deren Arrangements in Augenschein zu nehmen. Die ersten Arbeiten lobte sie überschwenglich, reagierte aber erstaunlich kühl auf das Gesteck von Lila Braithwaite.

»Wenn Sie die Idee der Form zu stark betonen, entgeht Ihnen das wahre Wesen der Pflanzen«, erklärte Sakura Lila, die nickte und ziemlich unglücklich aussah, als sie Mrs. Kodas Übersetzung hörte. Das windschiefe Kirschblüten-Arrangement von Lilas Freundin Nadine hingegen wurde mit einem freundlichen Lächeln sowie einem Kompliment für Nadines gutes Farbgefühl bedacht. Beide hatten mit denselben Materialien gearbeitet. Warum wurde die eine gelobt und die andere kritisiert?

Sakura bewertete auch Mari Kumamoris Heidekrautgesteck negativ und meinte, das Blaßgrün des Seladon-Gefäßes sei nicht passend für die Blumen. Mari verneigte sich tief und bedankte sich für Sakuras weises Urteil. Ich war gespannt, was Sakura über Tante Nories Arrangement sagen würde. Meine Tante hatte mir erst vor kurzem erzählt, daß sie selbst, Eriko und Sakura im selben Jahr in die Schule eingetreten waren, daß aber Norie und Eriko eine über zehnjährige Pause gemacht hatten, um sich um ihre Kinder zu kümmern. Sakura jedoch hatte nie geheiratet und war so allmählich zur Lehrerin aufgestiegen. Meine Tante hatte ein Lehrerdiplom zweiten Grades und Eriko eines dritten Grades, was bedeutete, daß beide Unterricht bei sich zu Hause geben durften, aber nicht in der Zentrale der Schule.

Tante Norie hatte flauschig weiße Rhododendren verarbeitet und mit Loganbeerenranken akzentuiert. Das Arrangement in dem blauen Glasgefäß wirkte flott, genau wie meine Tante.

»Nun, Shimura-san, Sie haben Rhododendron verwendet.« Sakura schwieg einen Augenblick. »Was für eine gewöhnliche Pflanze.«

Dann verneigte sie sich leicht, und Tante Norie tat es ihr gleich. Als Norie sich wieder aufrichtete, sah ich die Verärgerung in ihrem Gesicht. Sakura hatte keine offene Kritik an ihr geübt, aber auch nichts gesagt, was sich als Lob interpretieren ließ. Sie hatte erklärt, Rhododendron sei eine gewöhnliche Pflanze. Nicht mehr und nicht weniger.

Mit Eriko verfuhr sie ganz ähnlich. »Ein wirklich klassisches Gefäß«, sagte Sakura und klopfte dabei auf den glatten Bambusköcher, aus dem lange Gräser und Kamelienblüten ragten. Dann ging sie weiter, ohne ein Wort über die Blumen zu verlieren. Ich begriff nicht so ganz, warum meine Tante und Eriko sich überhaupt die Mühe machten, den Kurs zu besuchen, obwohl Sakura natürlich nicht immer den Unterricht übernahm. In der vorangegangenen Woche hatte Mrs. Koda einen interessanten Vortrag über hängende Arrangements gehalten, und ihre Bemerkungen zu unseren Arbeiten waren ausgesprochen hilfreich gewesen.

Jetzt war ich an der Reihe.

»Sie sind Norie Shimuras Nichte aus Kalifornien? Sie sehen sich ähnlich.« Sakura musterte meine Kleidung und dann die Kirschzweige, die ich arrangiert hatte. Ob sie ahnte, daß ich die letzten genommen hatte?

»Darf ich Ihr Gesteck berühren?« Ohne meine Antwort abzuwarten, ordnete Sakura jene Zweige neu, die

die Halterung für die anderen bildeten. Alles fiel auseinander, aber das interessierte sie nicht. »Der Teil der Zweige, der sich unter Wasser befindet, hat immer noch ein paar Blätter.« Sie tippte gegen die winzigen Kirschblütenknospen, die ich nicht entfernt hatte.

»Ich wollte nichts abschneiden, das später vielleicht noch aufblüht«, erklärte ich.

Plötzlich herrschte so eisiges Schweigen in dem Raum, daß ich mich fragte, ob ich versehentlich ein unhöfliches Wort verwendet hatte. Dann wurde mir bewußt, was ich falsch gemacht hatte: Ich war die erste, die auch nur den Versuch gewagt hatte, einen Fehler zu entschuldigen.

»Wenn Sie weiter Blumen arrangieren, werden Sie feststellen, daß mit Pflanzenteilen verunreinigtes Wasser bald von Bakterien wimmelt und die Lebensdauer Ihres Gestecks verringert.« Sakura nahm Maris Schere und begann, die Knospen zu entfernen. »Die Linien dieses Arrangements stimmen nicht. Ist das nicht Lektion acht, Grundlagen des Anschrägens?«

»Nein, Lektion drei, Grundlagen des aufrechten Stils«, sagte ich.

»Wie sehr sich Ihr Zweig neigt! Das sind mehr als fünfzehn Grad.«

Sie zog meine Zweige heraus und ordnete sie nach ihrem Geschmack neu. »Es wundert mich, daß Anfänger an diesem Fortgeschrittenenkurs teilnehmen. Normalerweise muß man das Anfängerbuch abgeschlossen haben, um für diesen Kurs zugelassen zu werden. Vermutlich machen Beziehungen solche Dinge möglich, *neh*?«

Ohne sich zu verneigen, wandte Sakura sich der nächsten Schülerin zu. Sie hatte mich fertiggemacht, aber ich wußte, daß sie im Recht war. Ich war nur in den Kurs aufgenommen worden, weil Tante Norie Mrs. Koda darum gebeten hatte.

Doch meine Tante wollte es nicht dabei bewenden lassen. In freundlichem, aber bestimmtem Tonfall rief sie der Lehrerin nach: »Sakura-*sensei*, gibt es ein Problem?«

Ohne sich umzuwenden, sagte Sakura: »Ich fürchte, ich muß mich mit dem nächsten Arrangement beschäftigen. Wenn Sie Fragen haben, kommen Sie doch bitte nach dem Kurs zu mir.«

»Die Lehrer der Schule haben sich seit der Zeit, als ich hier anfing, sehr verändert. Ich muß mich bei allen Anwesenden für Ihr Verhalten entschuldigen«, sagte Norie laut und vernehmlich. Mit ihrer gespielten Höflichkeit versuchte sie, Sakura zu provozieren, das wußten alle. Die anderen Frauen im Kurs senkten den Blick.

Nach einer Weile beschloß Sakura, den herausfordernden Blick meiner Tante zu erwidern. Sakura war etwa fünfzehn Zentimeter größer als diese, und ihre Stimme klang kühl und autoritär, ja sogar ein wenig bedrohlich. »Norie-san, Sie wissen, daß das Motto der Schule ›Wahrheit‹ lautet.«

»›Wahrheit in der Natur‹!« fiel Norie ihr ins Wort. »Pflanzen sollten im Mittelpunkt dieses Kurses stehen, nicht persönliche Fragen.«

Da begannen plötzlich alle Frauen gleichzeitig zu reden, als wollten sie den Verstoß gegen die Etikette kaschieren, der sich soeben ereignet hatte. Erst der laute Knall eines Holzstockes ließ sie verstummen.

»Ruhe bitte!« Die alte Mrs. Koda legte den Stock wieder beiseite und hob zitternd die Stimme: »Es ist Zeit für die Teepause, Zeit, in Ruhe einen Tee zu trinken!«

2

»Ich gehe da nicht mehr hin. Das war wie im Wilden Westen, bloß daß keine Cowboys mit Schießeisen, sondern Damen mit Seidenblusen und scharfen Scheren in dem Kurs waren«, erklärte ich Richard Randall später an jenem Abend im Mister Donut an der Sendagi Station. Während ich von meinen schrecklichen Erlebnissen in der Kayama-Schule erzählte, hatte ich aus meiner Papierserviette ein Origami-Kunstwerk gefaltet. Ich war immer noch ganz außer mir.

»Du beschreibst deine Tante, als hätte sie eine gespaltene Persönlichkeit«, meinte Richard. »Warum sonst hätte sie sich so verhalten? Japaner haben ausgesucht gute Manieren. Sie würden sich lieber lebendig begraben lassen, als eine Szene zu machen.«

Zwei Tische weiter beschloß plötzlich ein japanischer Junge, auf seinen Stuhl zu steigen und laut ein Lied von Oasis zu singen.

»Was hast du da gerade über die Japaner gesagt?« fragte ich Richard.

»Ich habe vom Durchschnittsjapaner gesprochen. Der Junge hier ist sechzehn, und außerdem hat er ein bißchen zu viel getrunken«, sagte Richard und sah sich den Teenager genauer an. »Hey, glaubst du, der könnte Interesse haben, sein Englisch zu verbessern?«

»Er hat ’ne Freundin.« Ich deutete mit dem Kopf in Richtung eines Mädchens mit rotgefärbten Haaren und einer Hello-Kitty-Lunchbox.

»Woher willst du das wissen? Die beiden könnten doch auch bloß gute Freunde sein, ganz platonisch, wie wir.«

Als ich damals nach Tokio gekommen war, hatten Richard und ich uns eine ziemlich jämmerliche Wohnung geteilt und beide Vertretern für Küchenutensilien Englischunterricht gegeben. Aufgrund meiner kurzen, aber intensiven Liaison mit einem schottischen Anwalt hatten wir uns auseinandergelebt. Wie die meisten Ausländer hatte auch Hugh Glendinning Japan schließlich wieder verlassen. Zu Hause in Schottland hatte er sich dann an der Organisation des neuen Parlaments beteiligt und sich laut Aussagen des *Tatler*-Magazins mit der ehrenwerten Fiona Soundso eingelassen. Nach der Lektüre des Artikels hatte ich bei Hugh angerufen, um Näheres zu hören, aber die Auskunft erhalten, es gebe keinen Anschluß mehr unter dieser Nummer.

In meinem Gefühl der Verlassenheit hatte ich mich in die Arbeit gestürzt und irgendwann genug Geld gehabt, um eine kleine Zweizimmerwohnung in Yanaka, einem alten Viertel in der Innenstadt, zu mieten. Die Wohnung befand sich im Erdgeschoß eines siebzig Jahre alten, kaum je renovierten Holzhauses. Den meisten Japanern erschien es offenbar als Horrorunterkunft, aber ich fand es irgendwie hübsch. Ich hatte die Wände in der Farbe getrockneter Persimonen gestrichen, frische *tatami*-Matten ausgelegt und eine nagelneue pfirsichfarbene Badewanne sowie dazu passende Boden- und Wandfliesen angebracht. Es gab weder Zentralheizung noch Klimaanlage, doch ich liebte die Wohnung, die den Vorteil hatte, nicht allzuweit von Richards Sprachenschule in Ocha-no-mizu entfernt zu liegen. Nach dem Unterricht kam Richard oft zum Essen vorbei; manchmal gelang es mir sogar, ihn zu sonntagmorgendlichen Einkaufstouren auf dem Antiquitätenmarkt zu überreden. Dabei war mir seine Gesellschaft wichtiger als seine Muskelkraft. Mit seinen nicht mal einsfünfundsechzig war er genauso groß wie ich, aber schlanker. Seine Zierlichkeit sowie sein weißblondes Haar und seine blauen Augen ließen ihn ein wenig wie einen jener Engel wirken, die zur Weihnachtszeit in allen Schaufenstern von Tokio zu finden waren. Oft boten ihm Frauen an, ihm beim Tragen zu helfen, was uns beiden gelegen kam.

»Ich finde, du solltest wieder in den Ikebana-Kurs gehen. Schon allein um zu sehen, was nächste Woche passiert. Dann würdest du auch mal ein paar respektable Leute kennenlernen.«

»Was meinst du damit? In dem Kurs sind bis auf einen ziemlich faulen jungen Mann, der seiner Kleidung nach zu urteilen Florist sein könnte, lauter Frauen. Wenn er noch ein paar Kirschzweige für Sakura aufgetrieben hätte, hätte sie sich vielleicht nicht so aufgeführt.«

Richard hob fragend die Augenbrauen. »Glaubst du, er ist schwul?«

»Bloß weil er mit Blumen arbeitet, muß er noch lange nicht schwul sein. Du solltest dich wirklich schämen, solche Klischees von dir zu geben.« Allerdings mußte ich insgeheim zugeben, daß ich mir ganz ähnliche Gedanken gemacht hatte, als der junge Mann im Kurs mich kaum wahrnahm.

»Ich würde nur einfach gern jemanden kennenlernen, ja? Nun reg dich nicht gleich so auf«, sagte Richard, den Mund voller Donut. »Was ist denn der Grund, daß

Sakura und deine Tante sich nicht verstehen? Hat deine Tante dir das erzählt?«

»Natürlich nicht. Sie ist in die Damentoilette verschwunden und erst nach zehn Minuten mit roten Augen und einem kleinen weißen Mundschutz wieder aufgetaucht. Sie hat gesagt, sie muß nach Hause, weil ihre Allergien ihr wieder zu schaffen machen.«

So abwegig war diese Erklärung nicht, denn viele Japaner tragen einen solchen Mundschutz gegen Zedern- und Kirschblütenpollen. Tante Norie jedoch hatte diese Bäume in ihrem eigenen Garten, und so glaubte ich nicht, daß sie tatsächlich allergisch war. Vermutlich hatte sie den Mundschutz noch von ihrer letzten Erkältung in der Handtasche.

»Sakura hat mehr mit den Machtkämpfen innerhalb der Schule zu tun als Norie. Das könnte zu Spannungen führen«, sagte Richard.

»Sakura ist bereits ganz oben angekommen. Ihr Verhalten meiner Tante und den anderen gegenüber war unglaublich unhöflich. Ich begreife nicht, wieso die Schule nicht einschreitet.«

»Du könntest dich bei der Schulleitung beschweren.«

Ich lachte erstaunt auf. »Richard, ich bin gerade zweimal in dem Kurs gewesen. Normalerweise dürfte ich nicht mal dabeisein, weil er für Fortgeschrittene ist, aber meine Tante hat Mrs. Koda überredet, mich in ihrem Beisein die Gestecke aus dem Anfängerbuch machen zu lassen. Angesichts dieser Privilegien habe ich kein Recht, mich zu beschweren.«

»Vielleicht könnte ja meine Cousine was sagen.« Richard nippte an seinem Kaffee und schaute versonnen zu den beiden jungen Leuten hinüber, die sich gerade küßten.

»Sag bloß, du hast mir verschwiegen, daß du japanische Verwandte hast«, neckte ich ihn.

»Nein, aber meine Cousine Lila macht Kurse an der Kayama-Schule. Sie ist schon vor einem Jahr hierher gekommen, aber da hast du ja nur Augen für den schönen Hugh gehabt, und ich konnte sie dir nicht vorstellen.«

»Lila Braithwaite? Die Vorsitzende der Vereinigung ausländischer Studenten? Ihr seht euch aber nicht sonderlich ähnlich.« Ich beschloß, mich nicht von seiner Anspielung auf Hugh provozieren zu lassen.

»Ihr Vater ist Frankokanadier. Sie hat die dunklen Haare, die Größe und die Vorliebe für Hermès-Tücher von ihm geerbt. Außerdem hat sie drei kleine Kinder, die ich sehr mag. Sie bittet mich immer, auf sie aufzupassen, wenn das Kindermädchen es nicht mehr packt.«

Ich hatte nicht gewußt, daß Richard eine Begabung als Babysitter besaß, aber angesichts seines verspielten Wesens konnte ich ihn mir in dieser Rolle gut vorstellen. »Was hat Lila dir denn von der Kayama-Schule erzählt?«

»Lila hat gleich, als sie hergekommen ist, mit Ikebana angefangen. Ihr Mann ist ein ziemlich hohes Tier in einer kanadischen Stahlfirma, also muß sie den Vorsitz bei allen möglichen Frauenausschüssen übernehmen. Aber dafür, daß sie in den Kreisen wohlhabender Ausländer verkehrt, ist sie gar nicht so übel. Sie geht ziemlich oft einkaufen.«

»Auch Antiquitäten?«

»Die haben ein Budget für die Lebenshaltungskosten. Natürlich kauft sie Antiquitäten. Du solltest sie einfach mal drauf ansprechen.«

Das war ein guter Vorschlag. Leute, die noch nicht so lange in Japan lebten, waren gute Kunden, weil in ihren

Wohnungen noch nicht so viele Möbel standen und die Firmen, für die sie arbeiteten, Neuanschaffungen oft großzügig bezuschußten. Bei Hugh war es genauso gewesen, und ich hatte aus seiner Wohnung ein richtiges Schmuckstück gemacht. Als er sie aufgab, hatte er mich gebeten, alles zu verkaufen, und das Geld dann nicht angenommen. Da ich es nicht übers Herz gebracht hatte, es auszugeben, hatte ich es in amerikanische Aktien investiert. Das war eine kluge Entscheidung gewesen. Doch je mehr die Kurse stiegen, desto trauriger wurde ich.

Am nächsten Morgen sprach ich auf Lila Braithwaites Anrufbeantworter, daß ich ihr eine interessante Auswahl japanischen Porzellans anbieten könne. Hinterher rief ich einen Händler wegen einer bevorstehenden Auktion an. Als es auf der anderen Leitung klingelte, ging ich ran.

»Meine liebe Nichte!« Es war Tante Norie.

»Kann ich dich zurückrufen? Ich habe gerade ein geschäftliches Gespräch auf der anderen Leitung. Bist du zu Hause?« Ich kannte den Tagesablauf meiner Tante ziemlich gut, und da es erst neun Uhr morgens war, hatte sie wahrscheinlich noch nicht die Wäsche zum Trocknen in den Garten gehängt.

»Du willst also nicht mit mir reden.« Ihre Stimme kippte. »Nun, das kann ich verstehen nach meinem jämmerlichen Auftritt gestern! Wahrscheinlich willst du jetzt nichts mehr mit mir zu tun haben.«

Ich bat Norie dranzubleiben und beendete rasch mein Gespräch mit dem Händler. Als ich den Hörer wieder in die Hand nahm, klang sie ein wenig fröhlicher.

»Rei-*chan*, wir werden die Sache wieder ins Lot bringen. Heute nachmittag werden wir in die Kayama-

Schule gehen und Mrs. Koda und Sakura Sato Geschenke überreichen. Das müssen wir tun. Die Schule wird ihre wichtigsten Mitglieder einladen, bei einer großen Ausstellung im Mitsutan-Kaufhaus mitzuwirken. Bis dahin will ich alle Ressentiments ausgeräumt haben. Außerdem möchte ich dir nicht die Chance verbauen, in der Schule einen guten Eindruck zu machen.«

»Sakura hatte schon recht, als sie mir sagte, daß ich nicht in diesen Kurs gehöre«, meinte ich. »Ich bin einfach nicht sonderlich gut in Ikebana. Laß mich in deinem Garten oder anderswo üben. Ich mag Blumen, aber ich will nicht in der Kayama-Schule bleiben.«

Langes Schweigen. »Das heißt, du willst aufhören, Ikebana zu lernen? Das sieht dir aber nicht ähnlich.«

Da hatte sie recht. Seit ich in Japan lebte, hatte ich fortwährend *kanji*-Zeichen gelernt und mich mit der japanischen Kultur und Sprache beschäftigt.

»Ich habe keine Begabung dafür, und die Kursgebühren, die du für mich zahlst, sind einfach zu teuer. Ich würde die Kosten ja selber übernehmen, wenn ich es wirklich wollte, aber das ist nicht der Fall.« Mir war bewußt, wie lahm das alles klang.

»Ich habe bis Juli vorausbezahlt«, sagte Tante Norie. »Nur deshalb haben sie dich in denselben Kurs gelassen wie mich.«

»Dann gebe ich dir das Geld.«

»Unter Verwandten tut man so etwas nicht. Was würde dein Vater wohl dazu sagen, wenn du den Kurs vorzeitig abbrichst? Ich glaube, er wäre sehr enttäuscht.«

Mein Vater, der als Psychiater in San Francisco arbeitete, war unter anderem deshalb nach Amerika ausgewandert, weil er hoffte, dort größere persönliche Freiheit zu genießen. Wenn ich ihm erzählte, was Tante

Norie mir da antat, würde er mir sicher einen Vortrag über die manipulative Macht asiatischer Familien halten und mir dann erklären, ich solle nach Hause kommen – in die Staaten.

»Ich kann dich natürlich nicht dazu zwingen«, fuhr meine Tante fort. »Aber ich möchte, daß du mit Mrs. Koda sprichst. Sonst glaubt sie, du hast den Kurs verlassen, weil jemand Druck auf dich ausgeübt hat, und das wäre sehr schlecht für die Moral der Teilnehmer.«

»Na schön, ich begleite dich«, sagte ich schließlich. »Aber nicht heute. Ich habe um drei einen Termin mit einer Kundin.«

»Dann treffen wir uns nach deinem Termin, um fünf im My Magic Forest in Roppongi. Ich kaufe die Geschenke dort. Für das Treffen ziehe ich mein gelbes Kostüm von Hanae Mori an, also richte dich bitte ein bißchen danach.«

Nach dieser Modeberatung legte meine Tante auf.

An jenem Nachmittag verdiente ich mir ein paar schnelle Yen durch die Schätzung der Porzellansammlung einer alten Dame, die ihren Kindern ihr Haus ohne die Sachen darin übergeben wollte. Während ich Mrs. Moritas altes Imari-Porzellan bewunderte, hörte ich mir die Geschichte an, wie sie es in den zwanziger Jahren als Teil der Aussteuer erhalten hatte.

»Wenn Sie möchten, kann ich die Sachen fotografieren und versuchen, Käufer dafür zu finden«, sagte ich. »Das ist viel besser als der Verkauf über einen Laden, weil Sie so nicht Gefahr laufen, daß das Porzellan beschädigt oder gestohlen wird.«

»Was für Leute sind diese Käufer denn?« erkundigte sich Mrs. Morita argwöhnisch.

»Damen der Oberschicht, denen daran liegt, die japanischen Kulturschätze der Vergangenheit zu bewahren. Ich habe auch zahlreiche Kontakte zu ausländischen Interessenten, die hier leben«, sagte ich und dachte dabei an Lila Braithwaite.

»Mir wäre jemand aus Japan lieber«, sagte Mrs. Morita.

»Aber ein solches Set würden nur Ausländer kaufen«, erklärte ich ihr und deutete dabei auf einige blau-weiße Eßteller mit kleinen roten, grünen und goldfarbenen Verzierungen. Die Teller, auf denen ein Steingarten mit Pflaumenbaum, winzigen Chrysanthemen und Bambus abgebildet war, sahen sehr hübsch aus. Allerdings würde kein japanischer Interessent einen zweiten Blick darauf werfen, weil Japaner normalerweise auf Sets von jeweils mindestens fünf Stück bestanden. Ausländer jedoch wußten nicht, wie wichtig es war, eine glückbringende Anzahl von Tellern zu haben.

»Ja, ich weiß, die Zahl ist nicht gerade günstig«, sagte Mrs. Morita und verzog das Gesicht dabei. »Ich hatte die Teller weggeräumt und sie fast vergessen. Nehmen Sie sie mit. Wenn es Ihnen gelingt, sie zu verkaufen, beauftrage ich Sie vielleicht auch noch mit dem Verkauf der anderen Sachen.«

Was für ein Glücksfall! Ich verpackte die neun Teller vorsichtig in Seidenpapier und stapelte sie in die stabile Kiefernholzkiste, in der sie sich ursprünglich befunden hatten. Dann überraschte mich Mrs. Morita, indem sie die Kiste in ein hübsches rosafarbenes Tuch einwickelte. So entstand eine *furoshiki*-Tragetasche, mit der ich mich auf der Straße sehen lassen konnte.

»Das *furoshiki* können Sie behalten«, meinte sie. »Es ist kirschblütenrosa; das paßt gut zu Ihrem hübschen Kleid.«

Ich hatte mir Tante Nories Hinweis zu Herzen genommen und trug ein zartrosafarbenes Piquékleid mit weißem Kragen und weißen Manschetten. Zwar war es ziemlich kurz, aber Kragen und Manschetten ließen mich darin fast ein bißchen schulmädchenhaft aussehen, und dieser Look war in Tokio ein Dauerbrenner. Das bewiesen mir die bewundernden Blicke, als ich durch Mrs. Moritas teures Wohnviertel ging. Das Kleid hatte meine Mutter bereits Ende der Swinging Sixties getragen. Wahrscheinlich hatte sie darin großen Eindruck gemacht auf meinen Vater, einen jungen Arzt, der während seiner Nachtschicht im Johns Hopkins Hospital immer gegen den Schlaf ankämpfte. Die Eltern meines Vaters waren alles andere als glücklich gewesen, als er ihnen verkündete, er wolle eine weiße Amerikanerin heiraten, doch sein jüngerer Bruder Hiroshi, der später mit Norie den Bund der Ehe schloß, hatte ihn unterstützt. Onkel Hiroshi und Tante Norie hatten mich von Anfang an jeden Sommer zu sich nach Yokohama eingeladen. Diese regelmäßigen Besuche weckten meine Leidenschaft für das Land meines Vaters, und darunter hatten dann irgendwann meine Eltern zu leiden. In vier Jahren war ich nur ein einziges Mal nach San Francisco heimgekehrt, und zwar, als ich mich am linken Knie operieren lassen mußte.

Im Sommer des vorhergehenden Jahres war ich von einem Auto angefahren worden, doch das Knie war gut geheilt. Sonst hätte ich das ständige Treppensteigen nie geschafft, das einem das Leben in Tokio abverlangte. Ich war ein bißchen außer Atem, als ich die Stufen zum Ausgang der Roppongi Station erklomm und mich auf den Weg zu My Magic Forest machte.

Wenn japanische Händler ihrem Laden eine englische Bezeichnung geben, kommt oft etwas Komisches dabei heraus. Doch dieses Geschäft machte seinem märchenhaften Namen alle Ehre. Als ich es betrat, kam ich an zehn Meter hohen, von Efeu umrankten und mit Weihnachtslichtern geschmückten pseudogriechischen Säulen vorbei. Dahinter befand sich ein schummrig beleuchteter Markt mit Phantasieblumen, in dem ich gut und gerne eine ganze Stunde hätte zubringen können. Ich schlenderte von einer holländischen Tulpenfarm mit einer kleinen Windmühle zu einem fröhlichen englischen Cottage-Garten und dann geradewegs in die Toskana, wo Zitronenbäumchen aus Terrakottagefäßen und weiße Rosen aus einer auf alt gemachten Amphore wuchsen.

Die Kayama-Schule bestellte die Blumen von denselben Lieferanten wie My Magic Forest, aber die Ware, die ich in der Schule gesehen hatte, war weit weniger üppig gewesen als die hier im Laden. Ich beugte mich über die mit Grünspan bedeckte Amphore für 500 Dollar und atmete den Duft der prächtigen Rosen ein, das Stück zu 15 Dollar. Hier fand die japanische Philosophie des »Weniger ist mehr« ganz eindeutig keine Anwendung.

»Rei-*chan*! Ist es nicht wunderschön hier?« Meine Tante war von hinten zu mir getreten. Sie hatte einen Einkaufskorb in der Hand, in dem sich bereits ein Keramikübertopf mit lebhaftem portugiesischem Muster sowie eine gußeiserne Ikebana-Schere mit großen runden Griffen befanden.

»Ja, wunderschön.« Allerdings zuckte ich beim Anblick des Preisschilds ein wenig zusammen. Beim gegenwärtigen Umrechnungskurs von 145 Yen für einen US-Dollar kostete die Schere ungefähr siebzig Dollar. »Willst du wirklich so teure Geschenke kaufen? Es gibt auch einige Sonderangebote. Zum Beispiel die Iris hier drüben.«

»Die Lehrer bekommen alle Blumen, die sie brauchen, von der Schule gestellt. Hochwertiges Handwerkszeug ist deshalb ein besseres Geschenk. Erinnerst du dich nicht mehr, daß Sakura nach einer Schere gefragt hat? Es wäre eine besondere Aufmerksamkeit, ihr eine neue zu schenken. Und Mrs. Koda hat einen kleinen Fenstergarten in ihrer Wohnung, also würde sie sich über einen hübschen Übertopf sicher freuen.«

»Na schön. Dann schulde ich dir fünftausend Yen für die Schere. Und was macht der Übertopf?« fragte ich pflichtschuldig.

»Du schuldest mir überhaupt nichts, auch wenn ich sagen werde, daß die Geschenke von uns beiden sind, *neh*? Schließlich bin ich für die ganze Aufregung verantwortlich. Außerdem habe ich eine Kundenkarte von My Magic Forest. Wenn ich die beiden Geschenke damit kaufe, bekomme ich schneller meine Treueprämie im Wert von zehntausend Yen.«

Als Tante Norie schließlich bezahlte, hatte das Wetter draußen umgeschlagen. Es regnete, und die Leute drängten sich vor dem Eingang. Solche Menschenaufläufe sind in Roppongi nichts Ungewöhnliches, besonders nicht vor dem Plattenladen, wenn eine neue CD von Namie Amuro herauskommt. Doch diesmal standen mehrere Dutzend jeansbekleidete junge Leute unmittelbar vor My Magic Forest und versperrten den Zugang. Sie trugen Schilder mit Aufschriften in japanischer, englischer und spanischer Sprache. Daß ich Spanisch in der High-School gelernt hatte, war lange her, also dauerte es eine Weile, bis ich die unterschiedlichen Texte übersetzt hatte. SCHÖNE BLUMEN TÖTEN

MENSCHEN, stand auf dem einen Schild, und auf den anderen las ich: EINE ROSE, DIE EINEN ANDEREN NAMEN TRÄGT, STINKT. STOPPT DIE VERWENDUNG VON PESTIZIDEN.

»Eine Gruppe, die gegen Blumen protestiert«, sagte ich, nachdem ich mir die jungen Leute genauer angesehen hatte. Ungefähr die Hälfte davon waren Japaner; die anderen sahen nach Latinos aus oder verbanden japanische Gesichtszüge mit einem dunklen Teint. Vermutlich stammten letztere von Japanern ab, die um die Jahrhundertwende nach Lateinamerika ausgewandert waren. Die Nachfahren kehrten oft zum Arbeiten nach Japan zurück, weil dort die Löhne sogar für schlechte Jobs in Restaurants und im Baugewerbe höher waren als in ihrem Heimatland.

»Auf den japanischen Schildern steht ›Blüten bringen Sturm‹ und ähnlicher Unsinn. Komm, sehen wir uns nach einem Taxi um.« Trotz ihrer geringen Körpergröße warf sich Tante Norie, die linke Schulter mit der Schultasche voraus, in die Menschenmenge.

»Wer Blumen aus Kolumbien kauft, unterstützt eine Industrie, die ihre Arbeiter tötet. Madam, Sie wollen doch sicher nicht zur Mörderin werden, oder?« fragte eine junge Frau meine Tante.

»Ich fürchte, ich verstehe nicht ganz.« Tante Norie bedachte die Frau mit einem freundlichen Lächeln, wie man es Vorschulkindern schenkt, die den Zugang zur Rolltreppe versperren.

»Die Japaner wollen unbedingt frische und qualitativ hochwertige Blumen aus dem Ausland. Für Sie besprühen die Blumenzüchter in Kolumbien ihre Blumen mit zehn verschiedenen Pestiziden. Dann schneiden Arbeiterinnen die Blumen und werden krank davon. Ihre

Kinder kommen mißgebildet zur Welt. Mindestens achtundzwanzig Menschen sind bereits an den Folgen einer Pestizidvergiftung gestorben!«

Tante Norie wirkte betroffen. Wahrscheinlich dachte sie an die zahlreichen importierten Blumen, die sie allwöchentlich fürs Ikebana brauchte. Mit stockender Stimme fragte sie: »Um welche Blumen handelt es sich dabei?«

»Hauptsächlich werden Rosen und Nelken aus Kolumbien importiert, aber es gibt auch andere Blumen. Wenn Sie uns helfen, den Laden zu boykottieren, zwingt das die Blumenzüchter dazu, ihre Methoden zu ändern.«

Ich wollte ihr gerade sagen, daß das den Einsatz von Pestiziden wohl letztlich nur verstärken würde, als ein junger Mann mit japanischen Augen und dichtem, schwarzem Lockenhaar zu uns trat. Er trug eine Jeansjacke mit der Aufschrift CHE auf der einen und STOPPT DAS BLUMENMORDEN auf der anderen Seite.

»Schließen Sie sich unserem Boykott an? Lieben Sie Blumen oder lieben Sie Menschen?« fragte Che.

»Nun, ich achte jede Form des Lebens«, erwiderte Tante Norie. »Ich würde gern noch mehr hören, aber leider muß ich jetzt zum Kayama-Kaikan.«

»Zur Kayama-Schule? Die ist absolut unmoralisch! Da wird ein Vermögen für Blumen aus meiner Heimat ausgegeben. In meinem Land haben Frauen Abgänge oder bringen Kinder ohne Arme zur Welt, weil die Damen von der Kayama-Schule Blumen mehr lieben als Menschen!« Che stand jetzt ganz dicht vor Tante Norie, und ich sah, daß sie sich ein wenig duckte.

»Die Kayamas sind die Nazis der Blumenwelt!« pflichtete ihm ein weiterer Demonstrant bei.

»Ja, genau.« Che war nicht besonders groß, schob aber seinen Körper aggressiv nach vorn. »Wenn Sie Blumen von den Kayamas und diesem Laden kaufen, sind Sie schon fast eine Doppelmörderin!«

»Aber ich habe keine Blumen gekauft, sehen Sie!« Tante Norie entfernte das Siegel von ihrer Einkaufstüte und holte eine als Geschenk verpackte Schachtel heraus. Als die jungen Leute ihr den Weg noch immer nicht freimachten, wickelte sie die Schachtel aus, holte die Ikebana-Schere heraus und hielt sie hoch in die Luft.

»Sie hat eine Waffe!« schrie Che. »Kameraden, wir müssen passiven Widerstand leisten.«

Natürlich brach nun Chaos aus. Die Leute riefen einander auf spanisch und japanisch zu: »Vorsicht!« »Holt die Polizei!« »Passiver Widerstand!«

Tante Norie hielt weiter die Schere hoch, und ich preßte das Päckchen mit Mrs. Moritas Tellern fest gegen den Körper, während wir uns durch die Menge schoben. Tante Norie zitterte, und ich hatte eine Laufmasche in der Strumpfhose, als wir schließlich einen Block weiter in einem Taxi Platz nahmen.

»Das ist doch nicht zu fassen. Ich unterhalte mich mit den Leuten, und sie greifen uns an! Kannst du glauben, daß sie mich für gewalttätig gehalten haben?« Tante Norie schniefte in ihr Taschentuch.

»Sie sollten sich nicht bloß auf die Kayama-Schule einschießen. Es gibt Hunderte von Ikebana-Schulen in Japan. Und die verwenden sicher alle Blumen aus Kolumbien!« Es überraschte mich selbst, daß ich die Kayama-Schule verteidigte, aber Che und seine Leute hatten mir einen ganz schönen Schreck eingejagt.

»Unser *iemoto* gehört zu den zehn reichsten Menschen in Japan. Das macht ihn zu einer vielversprechenden Zielscheibe, aber es ist nicht fair, ihn so zu beschuldigen. Wenn diese jungen Leute nur eine halbe Stunde mit Masanobu-san verbringen würden, wüßten sie, was für ein großartiger Mensch er ist.«

Vermutlich durfte Tante Norie den Vornamen des Schulleiters benutzen, weil sie früher bei ihm gelernt und sozusagen zum innersten Kreis gehört hatte. Als wir aus dem Taxi stiegen und uns dem Kayama Kaikan näherten, eilte der Portier, der mich noch am Vortag beobachtet hatte, ohne einen Finger zu rühren, sofort zur Tür, um sie für Tante Norie aufzuhalten.

»Shimura-san, Sie sind wahrscheinlich hier, um die Mitsutan-Ausstellung vorzubereiten.« Die junge Frau an der Rezeption, die ein grünes Kostüm trug, bat meine Tante an ihren hochglanzpolierten Tisch, auf dem sich außer einer Vase mit einer einzigen weißen Calla, die genauso suggestiv wirkte wie eine von Georgia O'Keefe gemalte, nichts befand.

»Ach, das Treffen hatte ich ganz vergessen. Miss Okada, können Sie uns sagen, wo es stattfindet?« fragte Tante Norie.

»Im Unterrichtsraum im dritten Stock«, sagte Miss Okada. »Man wird dort sicher erfreut sein, daß Sie teilnehmen. Ihre Gestecke gehören immer zu meinen liebsten.«

»Ach, meine Arbeiten sind bestenfalls Durchschnitt«, sagte meine Tante. »Ich muß Sie leider um etwas bitten. Ich habe hier ein Geschenk, für das ich hübsches Papier brauche. Gibt es hier im Haus irgendwo Geschenkpapier?«

»Ich habe eine Rolle *washi*-Papier in meinem Büro. Es ist mit getrockneten Kirschblüten verziert und paßt genau zur Jahreszeit!« Miss Okada strahlte über diese

Gelegenheit, Tante Norie zu helfen. »Wenn Sie sich zehn Minuten gedulden können, lasse ich das Geschenk für Sie einpacken.«

»*Ara!* Wie können die Damen sich freuen, mich zu sehen, wenn ich nicht eingeladen bin?« fauchte Tante Norie, nachdem die Aufzugtüren sich geschlossen hatten und wir in den ersten, nicht in den dritten Stock hinauffuhren. »Bei dem Treffen wird sicher wieder geklatscht. Nun ja, unser Problem ist jedenfalls erledigt, wenn wir Koda-san und Sakura-san erst einmal die Geschenke gebracht haben.«

»Hoffentlich finden wir die beiden, denn noch mal möchte ich nicht herkommen.« Inzwischen hatte mein Knie zu pochen begonnen, das ich mir in dem Chaos mit den Demonstranten verdreht hatte.

Wir kamen an einem Großraumbüro mit Sekretärinnen vorbei, die an Computern arbeiteten und schwere Bleischürzen anhatten, wie ich sie tragen mußte, als mein Knie im Jahr zuvor geröntgt worden war. In Japan ging man davon aus, daß Computerbildschirme Strahlung abgaben, die die Fortpflanzungsorgane von Frauen schädigen konnten.

Plötzlich sagte meine Tante: »Schau mal, da vorne, der Raum vor dem Büro. Da ist Natsumi Kayama, die Tochter des Schulleiters. Sie und ihren Zwillingsbruder Takeo wollte ich dir schon lange vorstellen.«

Wir gingen auf Natsumi Kayama zu, Tante Norie strahlend, ich mit eher neutralem Gesichtsausdruck. Natsumi trug ein in sonnigem Gelb und Orange gemustertes Lilly-Pulitzer-Kleid, eine exklusive Marke, die man nur bei Mitsutan bekam, dazu orangefarbene Pumps mit Pfennigabsätzen, die ihre schlanken Beine wunderbar zur Geltung brachten. Mir fiel die Laufmasche in meiner Strumpfhose wieder ein, aber ich wußte nicht, wie ich sie verbergen sollte. Natsumi hatte Tante Norie ganz automatisch angelächelt, doch mich strahlte sie an, als hätte sie eine lang verschollene Freundin wiedergefunden.

»Courrèges?« hauchte Natsumi. Erst jetzt wurde mir klar, daß ihr verzückter Blick meinem Kleid galt.

Ich nickte. »Es gehört meiner Mutter. Ich habe es bei meinem letzten Besuch zu Hause aus ihrem Schrank entführt.«

»Natsumi-san, darf ich Ihnen meine Nichte Rei Shimura vorstellen? Rei ist in San Francisco geboren, lebt aber jetzt hier. Natsumi macht ausgesprochen jugendliche Blumenarrangements«, erklärte sie an mich gewandt.

»Ich bin nicht sonderlich gut«, kicherte Natsumi. »Es heißt, ich lerne schon so lange, weil ich sehr langsam begreife.«

»Unsinn! Sie haben ganz außergewöhnliche Blumenauslagen in Modeboutiquen arrangiert. Rei, du hast doch sicher das Schaufenster gesehen, das für *Hanako* fotografiert wurde«, sagte meine Tante.

Da ich nicht in der Lage war, normales Erwachsenenjapanisch zu lesen, kaufte ich nur selten Frauenzeitschriften wie *Hanako*. Also lächelte ich nur höflich und fragte Natsumi, ob sie Mrs. Koda gesehen habe. Wenigstens konnten wir diesen Teil der Aktion hinter uns bringen, bevor wir die in Geschenkpapier verpackte Schere für Sakura Sato wieder abholten.

»Ach, Koda-san! Ich habe auch schon nach ihr gesucht. Sie ist seit mindestens einer Stunde nicht mehr gesehen worden, aber sie muß hier irgendwo sein. Mit ihrem Stock kann sie nicht so weit gehen.«

»Ist sie vielleicht bei dem Treffen, das im dritten Stock stattfindet?« fragte ich.

»Das ist schon vorbei. Die Damen trinken gerade Tee im Restaurant«, sagte Natsumi.

»Wo ist Sakura-san? Vielleicht kann sie uns helfen«, meinte Tante Norie.

»Hm, sie ist wahrscheinlich noch im Unterrichtsraum im dritten Stock. Sie haben das Treffen für die Mitsutan-Ausstellung verpaßt, stimmt's?«

»Danke, Natsumi-san. Sagen Sie doch Takeo-san und Ihrem geschätzten Herrn Vater einen schönen Gruß. Komm, gehen wir hoch in den Unterrichtsraum, Rei.« Meine Tante schien verärgert über die zweite Erwähnung des Treffens, zu dem man sie nicht eingeladen hatte. Als ich ihr zum Aufzug folgen wollte, hielt Natsumi mich zurück.

»Sie haben ein Loch in der Strumpfhose«, flüsterte sie. »Ich habe eine neue in meinem Schreibtisch, die könnte ich Ihnen geben.«

Ich lächelte sie an. »Danke, aber es geht.«

»Sakura wird das auffallen«, sagte sie. »Sie ist immer so kritisch! Ich möchte nicht, daß sie Sie verletzt.«

Ein Blick auf Natsumis lange, schlanke Beine ließ mich vermuten, daß sie ziemlich teure Strumpfhosen trug. Wahrscheinlich würde ich gleich beim Anziehen eine Laufmasche hineinmachen, und sie zu ersetzen, würde mein Budget sprengen. Also schüttelte ich den Kopf und sagte: »Bitte machen Sie sich keine Gedanken deswegen. Aber herzlichen Dank für Ihr freundliches Angebot.«

Dann wandte ich mich von ihr ab und dem Aufzug zu. Die Türen hatten sich mittlerweile geschlossen; offenbar war meine Tante ohne mich in den dritten Stock gefahren.

Ich drückte auf den Rufknopf und wartete, den Blick auf die Stockwerksanzeige über der Tür gerichtet. Der Aufzug fuhr bis ganz hinauf in den achten Stock und kam dann langsam wieder herunter. Schließlich öffneten sich die Türen des leeren Lifts vor mir. Ich ging hinein und erneuerte meinen Lippenstift vor den verspiegelten Wänden. Natsumis perfektes Äußeres hatte mich ein wenig befangen gemacht.

Ich fuhr mit dem Aufzug in den dritten Stock und trat in den Vorraum, aus dem ich am Vortag die Kirschblütenzweige für den Kurs mitgenommen hatte. Tante Norie war nirgends zu sehen. Vielleicht befand sie sich schon in dem Unterrichtsraum. Die Tür war verschlossen, also klopfte ich.

Das leise Geräusch, das herausdrang, klang ein bißchen wie das Miauen einer Katze. Ich zuckte zusammen. Seit einer schlechten Erfahrung vom Vorjahr assoziiere ich Katzen mit dem Tod. Richard hatte in der Zwischenzeit versucht, mich zum Kauf eines Kätzchens zu überreden, aber ohne Erfolg. Ich habe Angst vor Katzen. Ich legte das Paket mit den Tellern von Mrs. Morita ab und öffnete die Tür.

Meine Tante stand am anderen Ende des Raumes bei der Tafel und dem Lehrerpult. Als ich das miauende Geräusch wieder hörte, wurde mir klar, daß es ihre Stimme war. Ich trat näher und sah, daß sie sich über einen langen weißen Felsbrocken beugte. Auf dem Boden lag eine Frau. Sie war wohl hingefallen, und Tante Norie kümmerte sich um sie, bis Hilfe kam. Ich eilte zu ihr, um zu sehen, was passiert war.

Tante Norie hob den Blick. Ihr Gesicht war tränenüberströmt. Sie krächzte: »Bleib weg, Rei-*chan*! Bitte, schau nicht hin!«

Aber ich hatte Sakura Sato bereits gesehen, die wie schlafend auf dem Rücken lag, die Augen geschlossen, der Mund offen. Ein paar Goldfüllungen waren zu sehen. Blut sickerte am Kragen ihrer weißen Seidenbluse herunter. Und dort, wo der rote Strom aus der Haut drang, steckte eine Ikebana-Schere. Ich erkannte den großen runden Griff und hob fragend den Blick zu Tante Norie.

Doch sie war verschwunden.

3

Ich floh in den Vorraum hinaus, wobei die Tür gegen das Paket mit den Tellern schlug, das ich draußen abgelegt hatte. Die Stockwerksanzeige über dem Aufzug leuchtete bei der Zahl acht auf, also wandte ich mich der Nottreppe zu und rannte nach unten. Ich hörte Schritte ein paar Treppenabsätze unter mir. Als ich im ersten Stock gleich neben dem Sekretariat ankam, fand ich dort meine Tante vor, die wimmernd in den Armen von Miss Okada lag.

»Sakura«, stöhnte Tante Norie. »Sakura ...«

Als die Polizei eintraf, war unter den streng dreinblickenden Männern in blauen Uniformen auch ein junger japanischer Beamter mit widerspenstigen schwarzen Haaren und freundlichen braunen Augen, den ich bereits kannte. Lieutenant Hata von der Tokyo Metropolitan Police hatte mir im Vorjahr bei einer Reihe von Abenteuern geholfen. Eigentlich hätte mich seine Anwesenheit nicht überraschen sollen, denn schließlich gehörte Roppongi zu seinem Revier. Zur Begrüßung hob er leicht eine Augenbraue, sagte aber ansonsten nichts, vielleicht, weil ein Beamter der National Police Agency dabei war. Dieser Inspektor war ein herrisch dreinschauender Mann über Vierzig, der dem Portier, dem einzigen verfügbaren männlichen Angestellten der Kayama-Schule, mit lauter Stimme Fragen stellte.

Als der Inspektor Tante Norie zu befragen begann, brach sie schluchzend an der Schulter von Miss Okada zusammen. Lieutenant Hata drängte sie, sich zu setzen, und der Inspektor fing an, mich auszuquetschen.

Ich erklärte ihm gerade so genau wie möglich die Abfolge der Ereignisse, als der Aufzug mit einem Summen in unserem Stockwerk ankam. Die Türen öffneten sich, und dahinter leuchtete Natsumi Kayamas gelb-orangefarbenes Kleid auf. Sie stand mit dem Rücken zu uns und stritt sich lauthals mit jemandem im Lift.

»Dein Benehmen ist einfach unerträglich«, sagte sie gerade zu ihrem Begleiter. Als dieser die Aufzugtüren, die sich eben wieder schlossen, aufhielt und an Natsumi vorbeiging, erkannte ich den coolen jungen Mann, der am Vortag im Ikebana-Kurs gewesen war. Statt der Jeans trug er jetzt einen legeren Leinenanzug. Er wirkte elegant und ziemlich verärgert, während er an Natsumi vorbei in die Halle trat.

»Das kannst du nicht machen. Das brauchst du gar nicht zu versuchen!« Natsumi eilte ihm nach, doch als sie uns alle sah, blieb sie stehen und verneigte sich. »Ach, tut mir leid! Mein Bruder und ich hatten gerade eine kleine Auseinandersetzung. Ich hoffe, wir haben Sie nicht gestört.«

Also war der junge Mann mit dem unverschämten Gesichtsausdruck, der sich während des Kurses im Hintergrund gehalten hatte, ein Kayama. Das schien einleuchtend, denn obgleich sowohl in Japan als auch in der restlichen Welt vornehmlich Frauen Ikebana praktizierten, waren die Schulleiter doch fast immer Männer. Ich fand es ungerecht, daß Takeo ganz automatisch den größten Teil des Geldes erben und den ganzen Ruhm einheimsen würde.

»Warum sind Sie nicht an der Rezeption?« fragte Takeo Miss Okada. »Wenn die Beamten Hilfe brauchen, hätten Sie Mrs. Koda rufen sollen.«

»Sie ist nicht hier! Ich habe sie überall gesucht!« sagte Tante Norie mit schriller Stimme. Dies war ihr erster vollständiger Satz seit Eintreffen der Polizei.

Lieutenant Hata wandte seine Aufmerksamkeit von mir ab und dem Kayama-Erben zu. Als er sich Takeo Kayama vorstellen wollte, fiel der junge Mann ihm ins Wort.

»Schön, Sie kennenzulernen. Wir haben bereits Geld für die Verschönerung des Viertels gespendet.«

Lieutenant Hata erklärte Takeo mit einem gezwungenen Lächeln, daß er nicht die Absicht habe, Geld zu sammeln. Vielmehr hätten Norie und ich im dritten Stock Sakura Sato gefunden, bei der die Sanitäter nur noch den Tod hatten feststellen können.

Bei dieser nüchternen Schilderung der Fakten stieß Natsumi einen kleinen Schrei aus und begann zu schwanken, als werde sie gleich umfallen. Takeo fing sie auf, als die Aufzugtür sich gerade wieder öffnete, und ungefähr ein halbes Dutzend Ikebana-Schülerinnen heraustraten. Sie blieben sofort stehen, als sie die Polizisten sahen.

»Ich dachte, die Schule ist offiziell geschlossen! Wieviele Leute halten sich derzeit in dem Gebäude auf?« fragte der Inspektor der National Police Agency wütend.

»Ich weiß es nicht genau«, sagte Takeo Kayama. »Lehrer und Schüler zusammengenommen vielleicht dreißig.«

»Das sind aber nicht viele für ein neunstöckiges Gebäude.«

»Die Stockwerke fünf bis sieben stehen leer«, erklärte Miss Okada. »Im neunten befindet sich das Penthouse der Familie Kayama, und wie Sie sehen, sind die Kinder des *iemoto* hier.«

»Schließen Sie die Ausgänge«, wies der Inspektor seine beiden Assistenten an. »Miss Okada, bitte helfen Sie ihnen.«

»Aber wir werden zu Hause erwartet. Wir müssen das Essen kochen«, sagte Eriko. Offenbar hatte sie keine Ahnung, was hier los war. Die anderen Japanerinnen begannen leise vor sich hinzumurmeln, und Lila Braithwaite und Nadine St. Giles, die einzigen beiden Ausländerinnen in der Gruppe, sahen mich hilfesuchend an. Mari Kumamori, die Schülerin, die auch töpferte, schien vor Schreck erstarrt zu sein.

»Sakura Sato ist tot«, sagte ich auf englisch. Lila schnappte nach Luft, und Nadine packte sie am Arm. Dabei stieß sie versehentlich gegen den Tisch an der Rezeption. Die Vase mit der Calla fiel um, und das Wasser ergoß sich über die glänzende Rosenholzoberfläche. Die sich auf dem rötlichen Holz ausbreitende Flüssigkeit erinnerte mich an Sakuras Blut.

Der Inspektor der National Police Agency tippte ungeduldig mit der Spitze seines Regenschirms auf den Boden. »Shimura-san, würden Sie und Ihre Nichte uns bitte nach oben zum Tatort begleiten?«

»Nein, bitte, das kann ich nicht.« Tante Norie begann zu schluchzen, und Eriko eilte herbei, um ihre Freundin in den Arm zu nehmen.

»Sie hat einen Schock erlitten. Sie muß sich ausruhen«, sagte Eriko mit strenger Miene zu Lieutenant Hata.

»Ich versuche ja schon seit fünf Minuten, sie zum Hinsetzen zu bewegen. Könnten Sie ihr vielleicht helfen? In der Zwischenzeit soll die Nichte mit mir nach oben gehen«, sagte Lieutenant Hata. Ich folgte ihm in den Aufzug, und er drückte so schnell auf den Knopf, daß der Inspektor keine Chance hatte, sich uns anzuschließen. Nun, wahrscheinlich hatte er ohnehin genug damit zu tun, sämtliche anwesenden Damen zu befragen.

»Die National Police Agency hat über Funk mitbekommen, was passiert ist. Mord ist so interessant, daß sie sich in die Ermittlungen der Metropolitan Police einschaltet. Besonders in dieser Gegend.« Er sah mich fragend an. »Entschuldigung, Shimura-san, wie geht es Ihnen?«

»Ich bin ziemlich durcheinander. Muß ich das wirklich noch einmal ansehen?«

»Nicht die Leiche, aber den Tatort. Ich möchte Sie bitten, mir noch einmal zu sagen, was Ihnen vor und während ihrer Anwesenheit in diesem Raum auffällt. Das ruft vielleicht Einzelheiten in Erinnerung, die Sie uns unten noch nicht nennen konnten.«

Und ich hatte gedacht, ich hätte eine ziemlich genaue Beschreibung gegeben. Wortlos starrte ich den Boden des Aufzugs an. In einer Ecke lagen ein paar Kirschblüten, vermutlich von Zweigen, die eine Schülerin mit nach Hause genommen hatte.

»Es dauert nicht lange, Shimura-san.« Nachdem wir den Aufzug verlassen hatten, zogen Hata und ich die Schuhe aus und stellten sie zu denen, die die Leute von der Spurensicherung vor dem Raum aufgereiht hatten. Meine Laufmasche war mittlerweile noch größer geworden.

Ich trat ein und warf einen Blick auf Sakuras Leiche. Zu meiner Erleichterung hatte sich keine Blutlache um sie gebildet; der Fleck reichte nicht weiter als bis zu ihrem Schlüsselbein. Ein Polizeifotograf ging auf Zehenspitzen um sie herum und machte Aufnahmen, während drei weitere Beamte auf dem Boden herumkrochen und Schmutzpartikel für die spätere Analyse aufsammelten.

Sakura sah genauso aus wie vorher. Die Schere steckte immer noch in ihrem Hals. Aber das Licht war irgendwie anders. Ich sagte: »Die Jalousien waren offen, als ich vorhin hereingekommen bin und meine Tante und Sakura entdeckt habe. Jemand muß sie heruntergezogen haben.«

»Das waren wir, damit wir gleichmäßigeres Licht haben. Und damit die Leute nicht hereinschauen können«, meinte der Fotograf.

Das Kayama-Kaikan-Gebäude hatte eine Spiegelglasfassade; während des Tages konnte man zwar hinaus- aber nicht hereinschauen. Vermutlich hatte der Fotograf daran nicht gedacht. Die Jalousien waren nur deshalb angebracht, weil die grelle Mittagssonne manchmal blendete. Tags zuvor hatte Sakura gebeten, die Jalousien herunterzulassen, damit sie ihre Arbeit besser sah.

»Lieutenant, vor dem Kursraum befindet sich ein verdächtiges Paket«, erklärte ein Beamter, der gerade vom Flur hereinkam, und wir folgten ihm hinaus zu Mrs. Moritas *furoshiki*. Ich erklärte, in dem Paket sei eine Kiste mit Kommissionsware.

»Darf ich trotzdem einen Blick hinein werfen?« fragte mich Hata.

»Aber sicher.«

»Untersuchen Sie sie auf Fingerabdrücke«, sagte Hata, und ein junger Beamter löste den Knoten des *furoshiki*, um die Fingerabdrücke zu sichern, die sich höchstwahrscheinlich als die von Mrs. Morita und mir erweisen würden.

Als die Kiste dann geöffnet war, wurde der Beamte ganz aufgeregt. »Jemand muß einen dieser alten Teller gestohlen haben. Es ist Platz für zehn in dem Kasten, aber es sind nur noch neun drin.«

»Ich habe nur neun bekommen«, erklärte ich. »Deshalb soll ich auch versuchen, sie zu verkaufen.«

Der Beamte und der Fotograf wechselten einen Blick, der wohl bedeuten sollte, daß mir nicht mehr zu helfen war.

Lieutenant Hata fuhr zusammen mit mir im Aufzug hinunter in den ersten Stock.

»Soll Sie jemand nach Hause begleiten?« fragte er.

»Heißt das, ich kann gehen?« Angesichts meiner Erfahrungen mit der japanischen Polizei überraschte mich das.

»Sie haben ja nicht vor, das Land zu verlassen, oder?«

Ich schüttelte den Kopf. »Nein, ich will nur in den nordöstlichen Teil von Tokio. Meine neue Adresse steht auf meiner Visitenkarte.«

»Wir halten Sie und Ihre Tante auf dem laufenden. Es ist schrecklich, so etwas zu sehen, aber ich weiß, daß Sie die Kraft haben, damit fertig zu werden.«

Lieutenant Hata lieh mir sein Handy, mit dem ich meinen Cousin Tsutomu »Tom« Shimura im St. Luke's International Hospital anrief. Tante Norie war zu durcheinander, um allein nach Yokohama zurückzufahren, aber sie ließ es nicht zu, daß ich einen Umweg machte und sie nach Hause begleitete. Nachdem ich Tom alles erklärt hatte, versprach er, einen Kollegen um die Übernahme seiner Schicht zu bitten und zum Kayama Kaikan zu kommen, um seine Mutter abzuholen.

Bereits eine halbe Stunde später traf Tom ein. Er trug immer noch seinen weißen Arztkittel über einem unauffälligen grauen Anzug. Einige der Ikebana-Schülerinnen betrachteten ihn mit anerkennendem Blick; er war Anfang Dreißig, sah nicht schlecht aus und trug keinen Ehering, der perfekte potentielle Schwiegersohn also.

»Wie ist das passiert, Rei?« Toms Gesicht war rot, als sei er kilometerweit gelaufen und nicht mit dem Taxi gekommen, aus dem ich ihn gerade hatte aussteigen sehen.

»Wir waren zur falschen Zeit am falschen Ort«, sagte ich auf englisch zu ihm, weil ich es leid war, von den Schülerinnen der Kayama-Schule belauscht zu werden. Anfangs hatten sie sich noch darüber empört, von der Polizei aufgehalten zu werden, doch nun hörten sie fasziniert zu, damit ihnen nur ja kein Klatsch entging.

Tom hatte sich jedoch mittlerweile von mir abgewandt und starrte Takeo Kayama an, der sich so leise mit dem Inspektor der National Police Agency unterhielt, daß wir nichts verstehen konnten. Eigentlich hätte ich Tom gern gefragt, ob er Takeo kannte, aber dazu hatte ich keine Gelegenheit, weil er zu sehr damit beschäftigt war, seine Mutter in das wartende Taxi zu bugsieren.

4

In der Chiyoda-Linie wimmelte es von abendlichen Pendlern. Zum Glück waren es nur noch zwanzig Minuten bis nach Hause. Angestellte männlichen und weiblichen Geschlechts preßten sich gegen meinen Rücken, und Schulkinder füllten den Raum unter meinen Armen. Der U-Bahn-Etikette entsprechend gaben wir vor, nicht zu bemerken, wie nahe wir uns kamen. Es fiel niemandem auf, als ich stumm zu weinen begann.

Vor der Sendagi Station wischte ich mir die feuchten Augen mit einem Papiertaschentuch ab, das mir eine junge Frau mit einem kurzen weißen Kittel gegeben hatte.

»Kirschblütenallergie, *neh*?« meinte sie mitfühlend. »Die Papiertaschentücher sind ein Geschenk der Nezu Natural Medicine Clinic. Besuchen Sie uns doch einmal!«

Ich schniefte ein Dankeschön und schlug die Sansaki-zaka Richtung Yanaka ein, jenes Viertel aus der Edo-Zeit, das die Bombardements des Zweiten Weltkriegs größtenteils überstanden hatte und deshalb einen ganz besonderen Charme ausstrahlte. Ich liebte mein Viertel, wo es fast in jeder Straße einen alten Cracker- oder Tofuladen gab, die Bewohner ihre Fahrräder abstellten, ohne sie abzuschließen, und die schmalen Gehsteige mit Topfpflanzen schmückten. Yanaka war heimelig und geschichtsträchtig wie kein anderer Teil Tokios.

Doch sobald ich meine Wohnung betreten hatte, ließ ich die beiden Riegel sowie die Kette an meiner Stahltür einrasten. In dem Viertel war es sicher, aber die Gewohnheiten, die ich mir in meiner Kindheit und Jugend in San Francisco zugelegt hatte, ließen sich nicht so leicht abschütteln. Ich rollte mich auf meinem Futon zusammen. Der Raum wurde nur von zwei Papierlaternen erhellt und war von Schatten erfüllt. Früher hatte ich das romantisch gefunden, doch an jenem Abend war es gruselig.

Die Polizei hatte uns zwar gehen lassen, aber ich wußte, daß meine Tante sich nicht in Sicherheit wiegen konnte. Schließlich war Norie diejenige gewesen, die die Ikebana-Schere in Sakuras Hals gekauft hatte. Und wir waren ungefähr fünfzehn Minuten vor dem Mord in dem Gebäude aufgetaucht.

Ich konnte mir einfach nicht vorstellen, daß eine Verwandte von mir einen Mord beging. Allerdings hatte ich nicht gesehen, was in dem Unterrichtsraum zwischen Norie und Sakura vorgefallen war. Mein Vater hatte mir einmal erklärt, daß Menschen, die einen Nervenzusammenbruch erlitten, durchaus in der Lage waren, Dinge zu tun, an die sie sich hinterher nicht mehr erinnerten. Als Tante Norie den Beamten gegenüber schließlich die Sprache wiederfand, hatte sie geklagt, sich an nichts mehr erinnern zu können, was in dem Unterrichtsraum passiert war. Außerdem hatte sie nichts von ihrer Auseinandersetzung mit Sakura erwähnt. Doch vermutlich war das kein Geheimnis mehr, seit die Polizeibeamten mit den anderen Kursteilnehmerinnen gesprochen hatten.

Ich war zu durcheinander, um etwas zu kochen, also trank ich nur eine Tasse grünen Tee und aß ein paar Bissen *senbei*. Der salzig-süße Cracker beruhigte meinen Magen und machte mir Appetit auf einen zweiten. Kurz darauf war die Viererpackung leer, und ich ging in den winzigen Raum, der mir als Küche diente, um das Cellophan wegzuwerfen. Dabei entdeckte ich das blinkende Licht meines Anrufbeantworters und drückte auf den Knopf, um mir die Nachricht anzuhören.

»Rei? Hier spricht Lila Braithwaite vom Ikebana-Kurs«, sagte Lila mit ihrer lebhaften Stimme. »Es freut mich, daß Sie angerufen haben, und ich würde mich gerne mit Ihnen über Antiquitäten unterhalten. Morgen vormittag bin ich bis elf zu Hause. Ich wohne in Roppongi Hills, Nummer sechs-null-zwei. Bitte rufen Sie mich an, wenn Sie Zeit haben vorbeizuschauen.«

Offensichtlich hatte sie vor dem Tod von Sakura auf meinen Anrufbeantworter gesprochen. Ich notierte mir die Nummer ihrer Wohnung in Roppongi Hills, wo ich selbst schon gelebt hatte. Bestimmt war ihre Wohnung noch größer als die, die ich mit Hugh geteilt hatte. Das Gebäude zu betreten, wäre sehr unangenehm. Ich malte mir aus, wie ich an dem Portier vorbeiging, der mich kannte, und dann mit dem Aufzug hinauffuhr, um ein paar Stockwerke früher auszusteigen als damals, als ich mit Hugh hier residiert hatte. Nein, das würde ich nicht schaffen.

Ich wählte die Nummer von Lila, weil ich mir vorstellen konnte, daß die Einladung nach dem Vorfall in der Ikebana-Schule ohnehin nicht mehr galt.

»Ach, Sie sind's!« Lila klang ein wenig atemlos, als sie sich meldete. »Ich bin gerade von der Kayama-Schule zurückgekommen. Die Beamten haben mit uns allen gesprochen. Es war einfach schrecklich. Ich wünschte, ich könnte mich jetzt ein paar Stunden in die Badewanne legen, aber meine Kinder haben Hunger, und ich bin völlig durcheinander.«

»Tut mir leid, Sie zu stören. Ich wollte nur wegen morgen vormittag anrufen. Vermutlich wollen Sie absagen.«

»Morgen vormittag? Ach so, ich habe Sie ja angerufen. Das hätte ich fast vergessen.« Lila schwieg einen Augenblick. »Nein, ich möchte nicht absagen.«

»Aber Sie haben doch gerade erzählt, daß Sie völlig erschöpft sind ...«

»Ich mag, wenn sich was rührt! Dann ist das Leben nicht so langweilig.«

Mir war die Frau ein bißchen zu lebhaft. »Tut mir leid, aber für mich ist es ziemlich kompliziert, nach Roppongi zu kommen. Könnten wir uns nicht woanders treffen?«

»Die Kayama-Schule ist auch in Roppongi. Und da waren Sie heute und gestern«, erinnerte sie mich.

»Ja, nun, die Umstände sind ein bißchen schwierig ...« Das war eine typisch japanische Ausrede. In der Originalsprache funktionierte sie immer prima, doch auf englisch klang sie ziemlich fadenscheinig.

»Ich muß mit Ihnen reden«, sagte Lila. »Nicht über Antiquitäten, sondern über die Kayama-Schule.«

Warum wollte sie mit mir reden und nicht mit Lieutenant Hata? Lila hatte gesehen, wie Tante Norie in Gegenwart der Polizei weinend zusammengebrochen war. Vielleicht hatte Lila Angst, daß es für eine Ausländerin wie sie noch schlimmer wäre.

»Na schön«, sagte ich, weil ich langsam Mitleid mit ihr bekam. »Können wir uns irgendwo anders als in Ihrer Wohnung treffen?«

»Tja, ich kann hier nicht weg. Ich habe drei kleine Kinder, und das Kindermädchen kommt erst um elf.

Dann habe ich einen Aerobic-Kurs, und hinterher muß ich zu einem Lunch vom Frauenclub. Nach elf bin ich komplett ausgebucht.« Lila klang verzweifelt.

Also gab ich nach.

»Sie haben sich ganz schön verändert, Miss Shimura!« begrüßte mich Mr. Oi, der Portier von Roppongi Hills, mit erstauntem Gesichtsausdruck, als ich das sonnendurchflutete Marmor-Glas-Foyer betrat.

»Das macht die Frisur«, sagte ich mit düsterer Miene. Früher waren meine Haare modisch kurz gewesen, doch jetzt ließ ich sie mir wachsen. Die Spitzen reichten inzwischen schon über meine Ohren, aber bis die Stufen herausgewachsen waren, würde wahrscheinlich noch ein Jahr vergehen. Bis dahin verwendete ich Gel und Spangen und kämmte einfach alles hinter die Ohren. Richard Randall war der Meinung, daß ich derzeit wie eine Isabella Rossellini für Arme aussah, doch das nahm ich ihm nicht ab.

»Nein, es sind nicht die Haare, sondern die Augen. Sie sehen müde, fast ein bißchen traurig, aus.«

Ich hatte allen Grund, traurig zu sein, wollte aber dem Portier nichts von dem Mord in der nur sechs Häuserblocks entfernten Kayama-Schule erzählen. Nein, das konnte er auch durchs Fernsehen oder aus einer Boulevardzeitung erfahren.

»Ich bin hier, um Lila Braithwaite zu besuchen«, sagte ich. »Wohnung sechs-null-zwei.«

»Erwartet sie Sie? Gehen Sie ruhig hinauf. Ich vertraue Ihnen.« Er seufzte. »Hat Mr. Glendinning vor, nach Tokio zurückzukommen?«

»Nein«, sagte ich mit tonloser Stimme. Erst jetzt wurde mir klar, daß Mr. Oi glaubte, ich sei Hughs wegen traurig. Der Tod einer Bekannten ist schlimmer als das Verschwinden eines Exfreunds, aber darüber wollte ich mich nicht näher auslassen. Also verabschiedete ich mich und fuhr in den sechsten Stock.

Die Tür zu Lilas Wohnung war im Gegensatz zu den anderen mit ein paar Kinderzeichnungen geschmückt. Ich klopfte ganz vorsichtig, um die angeklebten Bilder nicht durcheinanderzubringen, und kurz darauf öffnete Lila die Tür. Sie hatte sich schon für ihren Aerobic-Kurs umgezogen und trug türkisfarbene Leggings und ein T-Shirt mit dem Aufdruck »Tokyo American Club«. Ein etwa dreijähriges Mädchen klammerte sich an ihren schmalen Oberschenkel. Ich hörte *Doraemon*, ein Zeichentrick-Katzenvideo, aus dem Zimmer nebenan, aus der anderen Richtung kreischten zwei Kinder.

»Wie begrüßt man jemanden auf japanisch?« fragte Lila mit müder Stimme. »*Irrashai?* Das Kindermädchen ist noch nicht da; ich muß Sie bitten, das Durcheinander zu entschuldigen.«

»Mami, ich will Crackers«, sagte ihre Tochter, und während Lila verschwand, um ihr welche zu holen, sah ich mich kurz in der Wohnung um. Sie war ganz ähnlich geschnitten wie die, in der ich selbst gelebt hatte, strahlte aber eine völlig andere Atmosphäre aus. Eine ganze Armee von Plastikdinosauriern lag auf dem chinesischen Teppich verstreut, und Plastiktassen und bunte Schüsseln standen um ein Arrangement aus Kirschblütenzweigen auf dem glänzenden Teetisch. In der Eßnische stand eine hübsche *tansu*-Kommode, die zum Schutz mit einer Plastikplane bedeckt war. Hugh hatte mich heiraten wollen und sich Kinder gewünscht. Die Erinnerung daran versetzte mir einen kleinen Stich ins Herz.

Lila steckte ihrer Tochter einen Cracker in den Mund und trug sie in den Raum, aus dem der Fernseher plärrte. Dann schloß sie die Tür hinter der Kleinen und kam zu mir zurück.

»Hier ist das Chaos zu groß. Gehen wir in die Küche.«

Ich wischte ein paar Frühstücksflocken von einem Stuhl und setzte mich an einen Holztisch mit einem Krug voll weißer und rosafarbener Rosen. Wahrscheinlich stammten sie von My Magic Forest, dem Kaufhaus, das lediglich zwei Häuserblocks entfernt lag.

Lila machte zwei Tassen Tee in der Mikrowelle heiß. Dann gab sie ohne zu fragen Milch in beide, aber um den Zucker mußte ich sie bitten. Sie löffelte ihn selbst hinein, als sei ich eins ihrer Kinder. Währenddessen redete sie über Richard Randall und wie froh sie sei, daß er eine ordentliche Freundin habe, denn seine Eltern machten sich größte Sorgen um ihn, und sie selbst sei nicht in der Lage gewesen, ihm junge Frauen aus ihrem Fitneßkurs vorzustellen. Ich verdrehte die Augen ein wenig, kam aber zu dem Schluß, daß jetzt nicht der richtige Zeitpunkt war, ihr zu sagen, daß wir nichts miteinander hatten.

»Was ist mit den Kayamas?« Ich stellte die Tasse mit dem viel zu süßen Tee ab. »Über sie wollten Sie doch mit mir reden, oder?«

»Nun, ich habe mich gefragt ...« Sonderlich angenehm schien ihr das Thema nicht zu sein. »Wieso kannten Sie einen der Polizisten schon?«

»Lieutenant Hata kennt viele Leute.« Dann fügte ich hinzu: »Letzten Sommer ist in Roppongi Hills eingebrochen worden.«

»Ein Einbruch in Roppongi Hills? Du lieber Himmel!« Sie schaute in Richtung der verschlossenen Tür zum Fernsehzimmer, als wolle sie sichergehen, daß ihren Kindern nichts zugestoßen war.

»So etwas kommt hier ausgesprochen selten vor«, versuchte ich sie zu beruhigen. »Hat Lieutenant Hata Sie gestern befragt? Sein Englisch ist gut, finden Sie nicht auch?«

»Ich fürchte, ich habe ihn nicht richtig verstanden und manches nicht korrekt erklärt. Ich glaube, ich habe einen falschen Eindruck hinterlassen.«

»Haben Sie ihm von der Auseinandersetzung erzählt, die Norie und Sakura im Kurs hatten?« fragte ich, denn diese Frage hatte mir Kopfzerbrechen bereitet.

»Nein. Er wollte nur wissen, wo wir uns an jenem Tag in der Schule aufgehalten haben, und ich habe ihm einen Ort angegeben, an dem ich überhaupt nicht gewesen bin. Vermutlich wird er die Wahrheit herausfinden, und das macht mir ein bißchen Angst.«

Während Lila redete, räumte sie saubere Gläser aus der Spülmaschine in einen Küchenschrank. Dabei rutschte ihr kurzes T-Shirt ein wenig nach oben, und ich sah ihren nackten Rücken, auf dem sich ein paar Kratzer befanden. Wahrscheinlich hatte sie sich die bei einer Rauferei mit den Kindern zugezogen. Mutter sein war keine leichte Aufgabe.

»Haben Sie keine Angst vor Lieutenant Hata. Er ist ein sehr angenehmer Mensch, und er ist jung wie wir, das heißt, nicht so förmlich wie die ältere Generation. Sie können ihm genau das sagen, was Sie mir eben erzählt haben.«

»Könnten Sie das nicht für mich tun?« Sie verzog ein wenig das Gesicht. »Sie sind in beiden Kulturen zuhause, und Ihre Tante Norie hat großen Einfluß in der

Schule. Ach, übrigens, wir sollten die alten Teller nicht vergessen, die Sie zu verkaufen haben.«

Der Themenwechsel und das, was er implizierte, kam ziemlich abrupt. Natürlich wollte ich, daß jemand Mrs. Moritas unvollständiges Tellerset kaufte, aber zum Dank dafür würde ich dem Lieutenant keine Geschichten erzählen, die möglicherweise nicht stimmten. Kühl erklärte ich Lila: »Ich fürchte, ich habe bereits einen Käufer für die Teller. Und was den Einfluß meiner Tante angeht: Über das gestrige private Treffen der Kayama-Schülerinnen ist sie nicht informiert worden.«

Lila wandte den Blick ab. »Es war nicht unsere Idee, uns ohne sie zu treffen. Sie und Ihre Tante haben die Kayama-Schule gestern vorzeitig verlassen. Nachdem Sie weg waren, hat Sakura gesagt, wir sollten am folgenden Tag zusammenkommen, um den endgültigen Plan für die Blumenausstellung im Mitsutan zu besprechen. Wir sind davon ausgegangen, daß Mrs. Koda oder eine andere Angestellte der Schule Norie über die Einzelheiten informieren würde. Es wundert mich, daß das nicht geschehen ist.«

Das klang logisch, aber ich wartete lieber ab, was Lila mir noch mitzuteilen hatte.

»Ich habe dem Lieutenant gesagt, daß ich um vier Uhr in der Schule eingetroffen und zusammen mit meiner Freundin Nadine nach oben in den Unterrichtsraum gegangen bin. Sakura hat sich etwa eine halbe Stunde lang mit uns unterhalten, und dann haben ein paar von uns beschlossen, im Restaurant noch einen Tee zu trinken. Als wir dann nach Hause wollten und mit dem Aufzug nach unten gefahren sind, hat uns dort schon die Polizei erwartet.« Sie holte tief Luft. »Wahr ist aber, daß ich mich den anderen erst in den letzten fünf Minuten angeschlossen habe. Ich habe nach Mrs. Koda gesucht.«

»Mrs. Koda war spurlos verschwunden«, sagte ich. »Meine Tante und Natsumi und Miss Okada konnten sie nirgends finden.«

»Ach, würde mir das nützen? Ich meine, daß niemand sie finden konnte?« fragte Lila sofort.

»Lila, wenn Sie in der Nähe des Sekretariats im ersten Stock waren, hat sicher ein Dutzend Sekretärinnen Sie gesehen. Das ist ein wunderbares Alibi.« Ich warf einen Blick auf meine Uhr. Das hier war reine Zeitverschwendung!

»Aber es hat mich niemand gesehen! Ich bin nicht im ersten Stock gewesen, sondern oben, wo sich das Penthouse der Familie Kayama befindet.« Sie wurde rot. »Ich weiß, wo es ist, weil ich der Vereinigung ausländischer Studenten vorstehe und in dieser Funktion schon einmal zum Abendessen dort eingeladen war.«

Ich selbst hatte bis zum Vortag nicht gewußt, daß die Kayamas in dem Schulgebäude wohnten. Norie hatte mir etwas von einem hübschen Haus auf dem Land erzählt. Ich fragte Lila: »Wie kommt man in das Stockwerk mit dem Penthouse? Die Aufzugsanzeige geht doch nur bis acht.«

»Man fährt mit dem Aufzug in den achten Stock und beitritt einen kleinen Flur, der vom Vorraum abgeht. Von dort aus führt eine private Treppe nach oben.«

»Wieso dachten Sie, Mrs. Koda könnte sich in der Privatwohnung der Kayamas aufhalten? Sie ist eine Angestellte, kein Familienmitglied«, sagte ich. In dem Moment drang ein gellender Schrei in die Küche.

Lila sprang auf, und ich folgte ihr. Die Tochter, die ein paar Minuten zuvor Crackers gefordert hatte, lag auf dem Boden. Ein kleiner, vielleicht vierjähriger Junge saß auf ihr. Er bearbeitete die dünnen blonden Haare seiner Schwester mit einer Schere.

Das Bild der toten Sakura mit der Schere im Hals trat wieder vor mein geistiges Auge. Ich schnappte nach Luft. Lilas drittes Kind, ein etwa siebenjähriger Junge, wandte den Blick vom Fernseher ab und mir zu.

»Mami, du hast gesagt, wir kriegen keine japanischen Babysitter mehr!« rief er.

»Ich bin nicht aus Japan«, sagte ich und versuchte dabei, ruhig zu bleiben. »Ich spreche Englisch, genau wie du. Wir stammen vom selben Kontinent, wenn auch nicht aus demselben Land. Weißt du, woher ich komme?«

»Du bist ... du mußt aus einem komischen Land sein!«

»Pscht, Donald«, bemühte Lila sich, ihn zu besänftigen, während sie versuchte, die Schere aus den Haaren ihrer Tochter zu entfernen. Erst jetzt sah ich, daß es sich um eine stumpfe Kinderschere aus Plastik handelte. Ich beruhigte mich ein wenig, aber Lila war immer noch ziemlich aus der Fassung. »Ihr seid wirklich unmöglich. Wenn ihr euch nicht benehmt, haue ich ab!«

»Das machst du doch sowieso die ganze Zeit. Aerobic, Einkaufen ...«, zählte Donald in boshaftem Tonfall auf. Hatte Richard tatsächlich gesagt, es mache Spaß, mit Lilas Kindern zusammen zu sein?

»Es tut mir leid, Rei.« Lila hob nicht einmal den Blick. »Ich glaube, wir werden uns ein andermal weiter unterhalten müssen. Darcys Haare sind so zottelig, daß ich sie mit Cremespülung waschen muß. Und du, David, kriegst Zimmerarrest!«

David, der mit der Schere auf die Haare seiner Schwester losgegangen war, fing nun genauso laut zu weinen an wie seine Schwester. Donald schaltete den Fernseher unterdessen mit der Fernbedienung auf die höchste Lautstärke.

»Wann können wir uns weiter unterhalten?« brüllte ich.

»Ach, ich weiß auch nicht. Kommen Sie doch morgen zu der Ausstellung im Mitsutan. Vielleicht habe ich da ein paar Minuten Ruhe.«

Würde die Kayama-Schule die Ausstellung nach dem Tod einer ihrer besten Lehrerinnen tatsächlich am Freitag eröffnen? Mir erschien das ein bißchen pietätlos.

Als ich Roppongi Hills verließ, waren zu meinen alten, verstörenden Erinnerungen noch ein paar neue hinzugekommen.

5

Ich wählte die Nummer von Tante Norie in Yokohama, aber sie ging nicht selbst ran.

Der Anrufbeantworter bat mich mit ihrer sanften Stimme, eine Nachricht zu hinterlassen. Das tat ich und verbrachte den restlichen Nachmittag bei einer Auktion, wo ich an Tischen mit alten Drucken vorbeischlenderte. Doch ich war zu unkonzentriert, um mitzubieten. Nach ein paar Stunden verließ ich das Auktionshaus und trat hinaus auf die Straße. An einem Zeitungskiosk sah ich auf der ersten Seite der *Asahi Shinbun* eine Porträtaufnahme von Sakura und gleich darunter ein Bild von Tante Norie, das sie neben dem besten Blumenarrangement einer Ausstellung des Jahres 1996 zeigte. Die Fortsetzung des Artikels befand sich auf einer der inneren Seiten, wo ich ein ziemlich neues Foto von Takeo und Natsumi Kayama in förmlicher Kleidung sowie einen etwa ein Jahr alten Schnappschuß von mir mit kurzen Haaren und gleichermaßen kurzem Abendkleid fand. Wie hatte ich mich damals nur so anziehen können? Das Kleid war inzwischen aus der Mode; jetzt hatte ich das Gefühl, damit fast nackt auszusehen. Da ich nicht allzuviele Schriftzeichen verstand, kehrte ich nach Yanaka zurück und schaute beim Family Mart vorbei. Der Inhaber, mein Freund Mr. Waka, hatte mit seinem ersten Laden in Nihonzutsumi so viel Erfolg gehabt, daß er nun einen zweiten in Yanaka betrieb.

»Shimura-san, wie schön, Sie zu sehen!« rief Mr. Waka mir zu, als ich durch seine makellos sauberen Glastüren trat, die mit munteren grünen und gelben Comic-Figuren geschmückt waren.

Die Family Marts waren überall in Japan gleich bunt und fröhlich und voller Comic-Hefte und guter Sachen zum Essen. Der einzige Unterschied in diesem Laden war der Inhaber, der die Hälfte der Süßigkeiten aus seinem Angebot selbst verdrückte, wenn ihm langweilig war, was seinen sanft gewölbten Bauch erklärte.

»Ach, wie wenig Anteil die Welt doch nimmt! Drei Tage lang achtete niemand auf die Kirschblüten!« sagte Mr. Waka, als ich zu ihm trat.

»Ist das wieder eins von den Kirschblütensprichwörtern?« fragte ich.

»Nein, das ist ein Haiku des Dichters Ryota. Es bedeutet, wenn man einen Kirschbaum ein paar Tage lang nicht betrachtet, verschwinden die Blüten. Und ein Mensch, den man einige Zeit nicht gesehen hat, kann sich ebenfalls sehr verändern. In den wenigen Tagen, in denen wir uns nicht begegnet sind, haben Sie dem Tod ins Antlitz geblickt.«

»Sie wissen eine Menge über die Dichtkunst«, sagte ich.

»Nun, ›Waka‹ bedeutet wörtlich ›Dichtkunst‹. Vielleicht habe ich aufgrund meines Namens eine Vorliebe für diese Form der Literatur.« Mr. Waka strahlte.

»Eigentlich wollte ich Ihnen ein paar Fragen zu einem Zeitungsartikel stellen, nicht zu Gedichten«, gestand ich und hielt ihm die *Asahi Shinbun* hin, die ich selbst nicht lesen konnte.

»Sie sehen nicht nur unglücklich, sondern auch hungrig aus«, sagte Mr. Waka mit sanfter Stimme. »Suchen

Sie sich eine Süßigkeit aus, dann wird Ihre Laune gleich besser.«

Ich wählte eine Schachtel Pocky und kaute genüßlich die mit Schokolade überzogenen Brezeln, während Mr. Waka den Artikel für mich übersetzte. Darin hieß es, Sakura Sato, eine der besten Lehrerinnen der Kayama-Schule, sei durch Messerstiche zu Tode gekommen. Die Polizei habe den Ermittlungen oberste Priorität eingeräumt. Der Vorfall sei den Beamten von Norie Shimura, einer Ikebana-Schülerin, gemeldet worden.

»Meine Tante ist Lehrerin, nicht Schülerin«, widersprach ich.

»›Die Privatdetektivin Rei Shimura assistierte Lieutenant Hata von der Tokyo Metropolitan Police am Tatort. Die Nichte von Norie Shimura ist japanisch-amerikanischer Herkunft und hat eine Arbeitsgenehmigung für kulturelle Tätigkeit. Ihr Antiquitätenhandel hatte im vergangenen Jahr einen Umsatz von zwei Millionen Yen!‹«

Ich wußte nicht, worüber ich mich mehr ärgern sollte, darüber, daß der Artikel mich als Privatdetektivin bezeichnete, oder darüber, daß ich in meinem ersten Jahr der Selbständigkeit angeblich weniger als fünfzehntausend Dollar Umsatz gemacht hatte. In meinen Augen war das kein schlechter Anfang gewesen – immerhin machte ich keine Verluste –, aber diese geringe Summe irritierte vielleicht ein paar meiner betuchteren Kunden. Doch dann riß ich mich zusammen. Wieso machte ich mir Sorgen ums Geschäft, wenn ich in einen Mordfall verstrickt war?

»›Zeugen berichten, daß Norie und Rei Shimura außerdem vor My Magic Forest, einem schicken Blumenladen in Roppongi, in eine heftige Auseinandersetzung verwickelt waren. Weitere Einzelheiten auf der nächsten Seite.‹« Mr. Waka blätterte um. »Die Schlagzeile lautet: ›Terror vor My Magic Forest nur Vorspiel zu Mord‹.«

Die Reporter der *Asahi Shinbun* hatten ganze Arbeit geleistet und fast alle Anwesenden interviewt. Eine Verkäuferin von My Magic Forest erinnerte sich, daß Tante Norie und ich uns wegen einer Ikebana-Schere gestritten hatten, die Norie mit ihrer Kreditkarte erwarb. Sie habe dafür einen Stempel auf ihrer Treuekarte verlangt. Che Fujisawa, der Anführer der Stop-Killing-Flowers-Bewegung, deren Anhänger sich vor dem Laden aufgehalten hatten, behauptete, Tante Norie habe die friedlichen Demonstranten mit einer Schere bedroht. Che erklärte weiter, Tante Norie sei eine typische Vertreterin des japanischen Bürgertums, das sich nicht darum kümmere, wieviele Menschen aufgrund der selbstsüchtigen Verwendung von Pestiziden Schaden nähmen. Nories Aggressivität habe ihn nicht erschreckt, sagte er. Er würde gern sein Leben geben, wenn er so den Einsatz von Pestiziden verhindern könne.

»Er übertreibt schamlos! Und er stellt meine Tante als Wahnsinnige hin. Aber das ist sie nicht. Sie haben sie doch selbst kennengelernt«, erinnerte ich Mr. Waka. »Wir waren zusammen bei Ihnen, um Sachen für meine neue Wohnung zu kaufen.«

»Stimmt. Sie hat gesagt, daß meine Fertiggerichte nicht frisch und meine Haushaltswaren zu teuer sind!«

»Das war sicher ein Mißverständnis ...«

»Nun, das glaube ich nicht. Soll ich weiterlesen? Wollen Sie hören, was Mr. Kayama im Namen der Schule zu sagen hat?«

»Meinen Sie Takeo?«

»Nein, Takeo ist der Erbe, nicht der Leiter der Schule. Kennen Sie das *kanji* für seinen Namen?« Ganz Lehrer, hielt Mr. Waka mir die Zeitung hin.

»Ist es das Schriftzeichen für ›Bambus‹?« fragte ich nach einem Blick auf das Zeichen, das Schüler meist gleich am Anfang lernten.

»Genau. Offenbar tragen die Kinder der Kayamas alle Namen, die mit Blumen zu tun haben. Natsumi, der Name der Schwester, bedeutet ›Blumen sammeln‹. Und dem Foto nach zu urteilen, ist sie tatsächlich die Blüte junger Weiblichkeit.«

»Mmm«, sagte ich. »Was steht in dem restlichen Artikel?«

»Da heißt es, daß Masanobu Kayama, der fünfundsechzigjährige Leiter der Schule, gerade dabei war, eine große Ausstellung im Mitsutan-Kaufhaus vorzubereiten, als die Sache passierte. In einem spätabendlichen Interview in seinem Penthouse im Kayama-Gebäude hat er seinem Kummer über den Verlust einer der hervorragendsten Lehrerinnen der Schule Ausdruck verliehen. Er sagte: ›Sakura Sato hat fünfundzwanzig Jahre ihres Lebens dem Ikebana geopfert und vor zwei Monaten den *riji*-Grad, den höchsten Lehrergrad, erhalten. Ihre Blumengestecke waren kreativ, eine Inspiration für alle, und ihre tiefgründigen Artikel über das Arrangieren von Blumen erschienen sowohl in der Zeitschrift *Ikebana International* als auch in der halbjährlichen Publikation *Aufrechter Bambus* der Kayama-Schule. Miss Sato hat ihre Kunst nicht nur in Japan, sondern auch in England, Australien und den Vereinigten Staaten demonstriert und so das Motto der Schule – ›Wahrheit in der Natur‹ – einem weltweiten Publikum nahegebracht.‹ Angehörige der Kayama-Schule planen zu Ehren von Sato eine besondere Gedenkaktion im Rahmen der Mitsutan-Ausstellung, die von Freitag bis Sonntag, jeweils zwischen zehn und zwanzig Uhr, stattfinden wird.«

Das war also die Antwort auf meine Frage, ob die Kayama-Schule die Ausstellung doch noch machen würde. Ich war verblüfft. Trotzdem entging mir nicht, daß Masanobu Kayama die Leistungen von Sakura aufgezählt hatte, ohne irgend etwas Positives über ihre Persönlichkeit zu erwähnen. Vielleicht hatte er sie nicht leiden können. Und möglicherweise war er da nicht der einzige gewesen.

»Und was wollen Sie jetzt tun?« fragte Mr. Waka.

»Ich kann bloß beten, daß die Polizei meine Tante nicht festnimmt.« Ich ging auf der Suche nach etwas, das ich kaufen konnte, im Laden herum.

»Sie haben schon ein paar Kriminalfälle gelöst. Da können Sie ihr doch sicher helfen«, sagte Mr. Waka.

»Ich bin Antiquitätenhändlerin, keine Privatdetektivin. Ach, Sie haben *sakura mochi.*« Ich nahm eine Packung klebriger Reiskuchen in frischen grünen Kirschblättern. Die konnte ich gut für einen Geschäftstermin am Wochenende gebrauchen.

»Sie müssen Ihrer Tante helfen. Das ist Ihre Pflicht als Nichte«, belehrte mich Mr. Waka, während er den Preis für die Reiskuchen in die Kasse eingab.

Ich hatte gedacht, daß Mr. Waka meine Tante nicht leiden konnte. Entweder er war weniger nachtragend als vermutet, oder er wollte auch in Zukunft nicht den neuesten Klatsch verpassen. Letzteres traf wohl eher zu.

Zu Hause hörte ich meinen Anrufbeantworter ab. Richard hatte mir eine Nachricht hinterlassen, wo wir uns am Freitagabend auf einen Drink treffen sollten. Meine

Mutter wollte wissen, warum ich sie seit einem Monat nicht mehr angerufen hatte, und gab mir die Nummer des Anwesens in Südkalifornien, das sie gerade einrichtete.

Ich notierte mir pflichtschuldig die Nummer, wußte aber bereits, daß ich nicht anrufen würde. Denn wenn ich das tat, würde ich etwas von Tante Nories und meinen Problemen erwähnen müssen, und das würde nur wieder zu der drängenden Bitte führen, ich solle doch nach Hause kommen. So war meine Mutter eben.

Ich schlug eine neue Seite meines Notizblocks auf und schrieb darauf: »Zur Zeit des Mordes in der Kayama-Schule Anwesende.« Lila Braithwaite und ihre Freundin Nadine St. Giles; Mari Kumamori, die Töpferin, zu der Sakura so unhöflich gewesen war; Eriko, Tante Nories beste Freundin. Dann waren da noch Takeo und Natsumi Kayama sowie Miss Okada, die Dame an der Rezeption, ferner ein paar andere Japanerinnen, deren Namen ich von meiner Tante erfragen konnte.

Unter der Überschrift »Abwesend« verzeichnete ich Mrs. Koda und Masanobu Kayama, den Leiter der Schule.

Lieutenant Hata hatte vermutlich eine ganz ähnliche Liste angelegt. Vielleicht hatte er alle Namen auf dieser Liste bereits gestrichen und suchte nach einem Serienkiller. – Allerdings hatte es in der japanischen Geschichte nur sehr wenige Serienkiller gegeben.

Ich sah Mrs. Moritas neun blau-weiße Teller an. Sie befanden sich nun in einer Küchen-*tansu*, die die ganze Wand einnahm. Jedes Fach der Kommode hatte eine eigene Tür mit einem kleinen Geländer, das das Porzellan bei einem Erdbeben am Herausfallen hinderte. Wie lange würden die Teller wohl in meiner Obhut bleiben?

Ich legte den Notizblock weg und wählte die Nummer meiner Tante, obwohl ich bezweifelte, daß ich sie erreichen würde. Sofort meldete sich der Anrufbeantworter, doch als ich meinen Namen nannte, hörte ich Tante Nories Stimme.

»Danke, daß du so oft angerufen hast, Rei-*chan*.« Sie klang müde.

»Wie stehen die Dinge in Yokohama?«

»Die Reporter belagern das Haus«, flüsterte sie, als könnte man sie draußen hören. »Es ist schrecklich. Einer hat sogar einen Futon mitgebracht und auf der Straße übernachtet! Sie warten darauf, daß ich herauskomme. Hiroshi wollte morgen aus Osaka zurückkehren, aber ich habe ihm gesagt, er soll's lieber nicht tun. Sind bei dir auch so viele Leute von der Presse?«

»Nein, hier ist die Luft rein.« Draußen vor meinem Haus sah ich ein paar betrunkene Studenten die Straße hinunterwanken, doch ansonsten war sie menschenleer. Wieder einmal war ich froh darüber, daß ich meine Nummer nicht ins NTT-Telefonbuch hatte eintragen lassen, um mich vor eventuellen obszönen Anrufen zu schützen. Die einzige Konzession an mein Geschäft war meine Faxnummer für Rei Shimura Antiquitäten. Auf diesem Weg wurde ich schon genug belästigt. Heute hatte ich allein acht Werbe-Faxe erhalten und irgendwann entnervt das Gerät ausgeschaltet.

»Warum kommst du nicht zu mir?« schlug ich meiner Tante vor. »Ich stehe nicht im Telefonbuch. Und ich habe einen Gästefuton.«

»Wenn man Probleme hat, sollte man Zuflucht unter einem großen Baum suchen, nicht unter einem Sämling«, sagte Norie. »Außerdem würden mir die Leute von der Presse sofort folgen. Das werden sie morgen ohnehin tun, denn morgen muß ich bei der Vorbereitung der Ausstellung im Mitsutan helfen.«

»Keine besonders gute Idee«, sagte ich.

»Wir müssen hin. Es gibt dort einen drei Meter langen auf den Namen Shimura reservierten Platz. Nicht zu erscheinen, wäre eine Schande.«

»Wir? Ich würde dein Gesteck nur ruinieren. Hast du vergessen, was Sakura über meine Fähigkeiten gesagt hat?«

Jetzt sprach meine Tante in jenem einschmeichelnden Ton, den sie immer benutzte, wenn ich für ihre Freunde einen Kimono anziehen sollte. »Wenn wir uns vor den anderen verstecken, machen wir uns verdächtig. Das wäre wie ein Schuldeingeständnis. Wir müssen Stolz zeigen, wie es die Shimuras seit Jahrhunderten tun. Heute tragen viele Leute in Japan unseren Familiennamen, aber du solltest nicht vergessen, daß mein Mann und dein Vater Nachkommen einer einflußreichen Familie sind. Wir müssen den Namen dieser Familie hochhalten.«

Vielleicht war es doch keine so gute Idee gewesen, Tante Norie zu mir einzuladen. Ich konnte mir lebhaft vorstellen, wie sie mir Vorträge über meine Samurai-Vorfahren halten würde.

»Tante Norie, du weißt, wie gern ich dich habe. Wenn es wirklich so wichtig ist, helfe ich dir natürlich bei dem Gesteck im Mitsutan.«

»Es dauert nur ein paar Stunden«, sagte sie. Zum erstenmal klang sie zufrieden. »Alle dort werden das zu schätzen wissen. Und ... ich auch.«

Dann legten wir auf, und ich machte mich ans Abendessen: Ein bißchen alter Reis, der in meinem winzigen Kühlschrank ziemlich hart geworden war, dazu eingelegter *daikon*-Rettich und eine Pflaume sowie ein Glas

Asahi Super-Dry Bier. Als ich noch mit Hugh zusammengewesen war, hatte ich üppige Mahlzeiten bestehend aus gegrilltem Fisch, angebratenem Gemüse und wunderbar klebrigem Reis gekocht. Solche und ähnliche Gerichte hatte Tante Norie mir beigebracht, sobald ich alt genug war, ein Küchenmesser zu verwenden. Besonders wichtig war es ihr gewesen, daß ich lernte, wie man es schnell handhabte, ohne sich die Fingerkuppen abzuschneiden.

Da fiel mir Sakura mit der Schere im Hals wieder ein. Meine Tante hatte nichts mit ihrem Tod zu tun.

Warum träumte ich dann, als ich einschlief, daß meine Tante wie ein Gespenst in mein Zimmer schlüpfte? In diesem Traum stand sie am Fenster und bat mich, nicht hinauszusehen. Ich schaute aber doch hinaus und entdeckte einen Teppich aus Lilien und Chrysanthemen, der unordentlich über die asphaltierte Straße gebreitet war. Die Blumen verwelkten; ihre Blüten und Blätter wurden braun und häßlich. Ich roch den Gestank des Verfalls.

»Eine Beerdigung!« weinte meine Tante. »Meine Beerdigung.«

Unvermittelt, wie das in Träumen nun einmal ist, stand ich dann vor einem mit weißem Brokatstoff bedeckten Sarg. Tom weinte. Mein Vater und meine Mutter trugen noch ihre Reisekleidung und hatten Koffer neben sich abgestellt.

»Nein!« keuchte ich und wachte auf.

In meiner kleinen Wohnung war es friedlich und dunkel; nur das kleine Boilerlicht in der Küche leuchtete. Ich starrte den roten Punkt an, um mich wieder ein wenig zu beruhigen. Doch das schreckliche Gefühl, für Tante Norie mehr als nur den Familiennamen retten zu müssen, wurde ich nicht los.

6

Es ist gar nicht so leicht, sich in Japan ein Lieblingskaufhaus auszusuchen, aber das Mitsutan ist immer schon das meine gewesen.

Von dem riesigen Eingang an der Shinjuku-dori aus betrat ich einen blendend hellen Raum, der nicht nur von Kronleuchtern, sondern auch von dem strahlenden Lächeln junger Frauen mit rosafarbenen Kostümen und rosa-weißen Hüten erhellt wurde. Ich ging an den Lederboutiquen von Prada, Gucci und Coach vorbei und fuhr dann mit der Rolltreppe hinauf. Das Kaufhaus bestand aus zwei siebzehnstöckigen, jeweils auf vier unterschiedlichen Stockwerken durch Fußgängerbrücken miteinander verbundenen Gebäuden, in denen sich der Kaufwütige verlaufen konnte. Sechs Stockwerke waren ausschließlich der Damenmode gewidmet. Auf der Ebene mit den ausländischen Designern ließ ich die Sachen von Chanel links liegen, gestattete mir aber einen kurzen Abstecher zu den eleganten kleinen Frühjahrskleidern in der Nicole-Miller-Abteilung. Dabei fiel mein Blick auf zwei geschmeidige Beine, die mir bekannt vorkamen. Sie gehörten Natsumi Kayama, die ein kurzes blaues Kleid trug. Sie beugte sich ein wenig vor, um ein paar Rosen zu arrangieren. Dabei kam der spitzenbesetzte Saum ihres weißen Strumpfhalters zum Vorschein – japanische Frauen lieben solche Strumpfhalter, egal, wie alt oder beleibt sie sind. Natsumi gestaltete einen kunstvollen Strauß, den sie vermutlich einer Schaufensterpuppe in die Arme legen wollte. Daß das Mitsutan-Kaufhaus die Kosten nicht scheute, eine Schaufensterpuppe mit echten Blumen zu dekorieren, wunderte mich nicht. Erstaunt war ich allerdings, daß Natsumi bereits zwei Tage nach dem großen Schock über Sakuras Tod wieder arbeitete.

Die Rolltreppe trug mich an der Abteilung für Herren- und dann für Kinderbekleidung sowie an einem ganzen Stockwerk mit Restaurants vorbei. Schließlich langte ich auf Ebene zwölf im Museé Mitsutan, dem kaufhauseigenen Museum, an. Eine Karte für die Ausstellung von Matisse-Gemälden in der Nordgalerie kostete viertausend Yen. Dagegen waren die tausend Yen Eintritt für die Ausstellung der Kayama-Schule – das entsprach etwa sieben US-Dollar – ein richtiges Schnäppchen.

Die in Creme- und Goldtönen gehaltene Galerie war übersät mit langen Blumenschachteln und Eimern, in denen lange Zweige steckten. Die Frauen waren so mit dem Arrangieren der Pflanzen beschäftigt, daß sie mein Eintreffen gar nicht bemerkten. Als ich schließlich den mit dem Namen Shimura markierten Platz fand, begrüßte mich Mrs. Koda.

»Miss Shimura, wie schön, Sie zu sehen. Sie sind ja schon vor Ihrer Tante und Eriko-san da«, flötete sie, als sei das eine große Leistung. »Bambus und Lilien sind hier. Ich habe sie bereits aus den Schachteln genommen, die Stiele unter Wasser abgeschnitten und sie in diesen Eimer hier gestellt, damit sie ordentlich trinken können.«

Für sie waren Blumen offenbar fast schon Menschen. Ich nickte zustimmend und wandte mich Dingen zu, die mich mehr interessierten.

»Meine Tante und ich wollten Sie an dem Tag, an dem Sakura gestorben ist, besuchen«, sagte ich.

»Das habe ich gehört«, meinte Mrs. Koda mit sanfter Stimme. Sie sah zwar nicht über die Schulter, um sich zu vergewissern, daß niemand lauschte, machte aber den Eindruck, als hätte sie es gern getan.

»Wo waren Sie?« fragte ich. Erst hinterher wurde mir bewußt, wie plump diese Frage klingen mußte.

»Ich war im Gebäude«, antwortete sie, ohne mich anzusehen. Statt dessen konzentrierte sie sich darauf, den Stiel einer Blume wieder ins Wasser zurückzustecken, der aus dem Eimer gerutscht war.

»In der Wohnung der Kayamas?« fragte ich, weil mir Lilas Worte in den Sinn kamen.

»Nein! Ich war im achten Stock und habe im Büro des jungen *iemoto* gearbeitet. Sie hätten sich bei Miss Okada erkundigen sollen.«

Es wäre unhöflich gewesen zu erwähnen, daß Miss Okada nicht gewußt hatte, wo Mrs. Koda sich aufhielt. Also wechselte ich das Thema, um meine Unsicherheit zu kaschieren. »Ich denke, ich werde ein bißchen herumgehen, um etwas zu lernen. Haben Sie übrigens Lila Braithwaite heute schon gesehen?«

»Nein, aber sie hat angerufen, um zu sagen, daß sie später kommt. Es hat Probleme mit dem Kindermädchen gegeben«, meinte Mrs. Koda. »Sehen Sie sich in Ruhe um, doch vergessen Sie bitte nicht, daß wir unsere Gestecke bis heute abend um sechs fertig haben müssen.«

Ich warf einen Blick auf die Lilien, die genauso gelb waren wie die Blumen in meinem Alptraum, und beschloß, auf keinen Fall mit ihnen zu arbeiten.

Mari Kumamori, die Frau, deren Arrangement mir im Kurs so gut gefallen hatte, wand gerade eine grüne Ranke um ein hohes Tongefäß. Daneben hatte sie noch vier weitere stehen.

»Haben Sie die selber gemacht?« fragte ich.

Sie nickte verlegen. »Die Qualität ist nicht besonders gut, aber ich habe sie dem Bizen-Stil aus dem sechzehnten Jahrhundert nachempfunden.«

»Nehmen Sie Fotos als Vorlagen?« fragte ich erstaunt.

»Nein, ich sammle alte Stücke, wo ich nur kann, und versuche dann, Ähnliches zu fertigen.«

Ich blinzelte. Bizen-Keramik war sehr teuer. Ich fragte mich, was ihr Mann beruflich machte, rügte mich dann aber innerlich selbst für meinen Sexismus. Vielleicht hatte Mari ja eigenes Geld.

»Ihre Arbeiten sind außergewöhnlich«, sagte ich. Eigentlich, dachte ich, fehlten Mari nur noch ein paar Kurse amerikanischen Stils zur Stärkung des Selbstbewußtseins. »Ich könnte mir vorstellen, daß viele Leute sich dafür interessieren würden.«

»Töpfern ist für mich nur ein Hobby«, wiegelte sie ab.

»Ich finde Ihre Sachen aber ganz schön professionell«, sagte ich.

»Nun, mit dieser Meinung stehen Sie ziemlich allein da.« Mari konzentrierte sich wieder auf die Ranken, als weiche sie meinem Blick bewußt aus. »Eigentlich ist mir heute überhaupt nicht nach einer Unterhaltung zumute. Ich trauere immer noch um Sakura.«

Sakura war ziemlich unverschämt zu ihr gewesen, aber ich konnte verstehen, warum Mari aus der Fassung war. Ich entschuldigte mich gerade dafür, daß ich sie in ihrer Trauer gestört hatte, als plötzlich Tante Norie auftauchte.

»Deine Freundin Eriko ist noch nicht da«, sagte ich.

»Tja, dann sind wir erst mal zu zweit«, meinte Norie. »Ich bin wirklich froh, daß du gekommen bist, um zu helfen.«

»Bitte sagen Sie mir doch, wenn ich mich irgendwie nützlich machen kann«, meldete sich Mari zu Wort. »Ich bin mit meiner eigenen Arbeit fast fertig und habe noch genug Ranken übrig.«

»Mal sehen«, sagte Norie und ging zu unserem eigenen Platz zurück. Dort angekommen, begrüßte sie die Frauen, die rund um sie herum arbeiteten, mit einer Verbeugung. Sie gab sich größte Mühe, normal zu wirken, doch viel Erfolg hatte sie damit nicht. Die Frauen verneigten sich ihrerseits, antworteten ihr aber nicht mit den sonst üblichen Höflichkeitsfloskeln.

»Die Lilien gefallen mir nicht«, sagte Tante Norie zu mir, als klar wurde, daß niemand sonst sich mit ihr unterhalten würde. »Sie sehen nicht frisch aus. Gott sei Dank habe ich ein paar Blumen aus meinem Garten mitgebracht.«

Sie zeigte mir einen Eimer mit japanischer Iris: dunkle, samtige Blüten, die noch nicht aufgegangen waren. Ich seufzte erleichtert auf, daß ich nicht mit den gelben Lilien aus meinem Alptraum arbeiten mußte.

Doch zuerst mußten wir den Bambus gründlich reinigen, jeden Stiel auf die vorgeschriebene Länge zurechtstutzen und schließlich die Membran im Innern entfernen, damit wir sie mit Wasser füllen konnten. Das bedeutete zwei Stunden harte Arbeit über eine große Wanne in der Hauptgalerie gebeugt, aber wenigstens hatten wir so nicht unmittelbar mit den schweigenden Frauen aus der Schule zu tun.

Nachdem wir in den vorderen Teil des Raumes zurückgekehrt waren, ordneten wir den Bambus stehend im Halbkreis an, und ich schnitt ihn mit einer elektrischen Säge so zu, daß sich ein Wellenmuster ergab. Der leichtere Teil der Arbeit bestand darin, Irisstengel in jeden der Bambusstiele zu stecken und des Ganze mit ein paar von Maris Ranken zu schmücken.

»Eigentlich hatten Sie etwas anderes vor, stimmt's?« Natsumi Kayama deutete mit ihrem manikürten Fingernagel auf die wellenförmig arrangierten Bambusstiele. »Koda-san hat mir von Ihrem ursprünglichen Plan erzählt. Das hier sieht anders aus.«

»Der Blumenhändler hat Lilien geliefert, die dem Standard der Ausstellung nicht genügen, also haben wir improvisiert«, sagte Norie in jenem gekünstelt fröhlichen Tonfall, der mich fast zum Wahnsinn trieb.

»Jemand muß das Schildchen neu schreiben, das vor den Blumen angebracht werden soll. Da steht Lilien drauf, aber Sie arbeiten mit Hasenohr-Iris«, meinte Natsumi bekümmert.

»Nun, eigentlich handelt es sich um Iris tectorum«, korrigierte Tante Norie sie.

»Wieviele verschiedene Iris-Arten gibt es denn?« fragte ich erstaunt.

»Insgesamt etwa dreihundert, aber unser Ikebana-Handbuch listet nur sieben auf«, sagte meine Tante. »Egal, ich kümmere mich um die korrekte Beschriftung des Schildchens.«

»Nein, die Kalligraphie muß übereinstimmen!« beharrte Natsumi. Als sie mir ein paar Tage zuvor gesagt hatte, daß ich eine Laufmasche in der Strumpfhose habe, hatte ich gedacht, sie wolle mir helfen. Doch inzwischen war ich anderer Meinung. Vielleicht liebte sie es, andere Leute auf Fehler aufmerksam zu machen.

Um sie abzulenken, sagte ich: »Sie haben so viel zu tun, Natsumi-san. Es muß wirklich ermüdend sein, sich nach Ihrer Arbeit in der Damenabteilung auch noch um die Ausstellung ...«

»Ach, die Sachen in der Nicole-Miller-Abteilung.« Sie verzog das Gesicht. »Die Bouquets, die ich dafür gestaltet habe, sollen die Käufer auf die Ausstellung aufmerksam machen. Ziemlich nutzlos das Ganze.«

»Das finde ich nicht«, lenkte Tante Norie ein.

»Junge Frauen werden weder die Zeit noch das Geld investieren wollen, sich in unserer Ausstellung umzusehen.« Natsumi hatte mittlerweile begonnen, ein neues Schildchen für unser Arrangement mit deutlichen grünen *kanji* zu beschriften. »Die geben die tausend Yen lieber bei Mister Donut aus.«

»Nun, neue Schüler anzulocken, ist eine Herausforderung«, gab Tante Norie zu. »Zu meiner Zeit mußten die meisten Mädchen um die Zwanzig Ikebana lernen.«

»Weil sie heiraten mußten«, sagte Natsumi. »Haben Sie nicht auch Ikebana gelernt, um einen Ehemann zu finden? Und als Sie dann Ihre Kinder hatten, haben Sie damit aufgehört. Jetzt, wo sie alle ausgeflogen sind, wenden Sie sich wie alle anderen wieder der Kunst des Ikebana zu.«

»Ich habe Ikebana immer geliebt.« Tante Nories Stimme zitterte ein wenig. Mir gegenüber hatte sie keine Hemmungen, ihren Unmut zu zeigen, doch in Gegenwart von Natsumi Kayama riß sie sich zusammen. »In der Zeit, als ich nicht von zu Hause weg konnte, habe ich in der Wohnung geübt.«

»Meine Tante hat ihre eigene Schülergruppe«, sprang ich Norie bei. »Mehrere Frauen kommen jede Woche zu ihr ins Haus, um bei ihr zu lernen. Sie ist ein echter Profi.«

Profi. Etwas ganz Ähnliches hatte ich ein paar Minuten zuvor zu Mari Kumamori gesagt. Tante Norie war zwar Hausfrau, hatte aber auch eine Lehrerlaubnis für den Ikebana-Unterricht. Das Problem war nur, daß sie das Honorar an die Kayama-Schule weitergab. Aus Gesprächen der Schülerinnen wußte ich, daß alle, die mit ihren Gestecken an der Ausstellung teilnahmen, eine »Kreativgebühr« von fünfzehntausend Yen an die Schule gezahlt hatten. Irgendwie würde ich Tante Norie das Geld zurückgeben müssen, das sie für mich vorgestreckt hatte. Es ärgerte mich, daß sie fast zweihundertfünfzig Dollar dafür ausgab, sich von dieser gehässigen jungen Frau, in deren Tasche das Geld floß, heruntermachen zu lassen.

Als ich das Mitsutan-Kaufhaus eine Stunde später verließ, fiel mein Blick auf ein Fernsehteam vor dem Haupteingang. Vermutlich hatte man die Leute nicht nach oben gelassen, und nun warteten sie darauf, daß die Schülerinnen der Kayama-Schule herauskamen. Zum Glück hatte mein Cousin Tom den Wagen in der Tiefgarage des Kaufhauses abgestellt, und ich hatte mich in dem sicheren Gefühl von ihm und Tante Norie verabschiedet, daß sie so dem Medienrummel entgehen würden.

Ich selbst wandte mich vom Haupteingang ab und suchte mir einen unauffälligen Angestelltenausgang.

»No hablo japonés«, sagte ich laut, damit der Wachmann an der Tür mich für eine japanische Latina hielt. Irgendwie war mir südamerikanisch zumute, denn ich mußte an meine Pläne für den Abend denken. Richard hatte als Treffpunkt das Salsa Salsa vorgeschlagen, eine brasilianische Bar, die gerade erst am Rand von Nishi-

Azabu, einem Nobelviertel östlich von Roppongi, eröffnet hatte.

Zu Hause schlüpfte ich in ein kurzes knallrotes Kleid, das genau zum Salsa Salsa, wenn auch nicht zu meiner Stimmung, paßte. Dann machte ich mich auf die Suche nach einer Seidenstrumpfhose ohne Laufmasche. Als ich keine fand, ging ich ohne. Das war einigermaßen ungewöhnlich für Tokio, wo die Frauen sogar in der Sommerhitze unter Shorts Seidenstrumpfhosen tragen. Mittlerweile war die Temperatur auf gerade mal zehn Grad abgesunken, so daß meine Beine eiskalt waren. Meine nackten Füße klebten am Innenfutter meiner schwarzen Lackpumps und machten bei jedem Schritt ein quatschendes Geräusch. Wenn ich Glück hatte, war es in der Bar laut, und niemand merkte etwas.

Das Salsa Salsa befand sich im Keller eines langweiligen Kastens, der dem Straßenbild im südöstlichen Teil der Roppongi-dori entsprach. Ausgestopfte Papageien wachten über den türkisfarbenen Eingang, was gar nicht schlecht paßte, denn an jenem Abend spielte eine Band mit dem hübschen Namen »Lovely Parrots«. Ein japanischer Latino musterte mich eingehend, bevor er mich durchwinkte. Normalerweise kostete der Eintritt zweitausend Yen, also war ich froh, umsonst hineinzukommen. Unten drückte ich mich in dem mit bunten Holztieren geschmückten Raum an der Salsa-Band vorbei und schob mich durch die Menge der gutaussehenden japanischen und ausländischen Yuppies.

An der kleinen hochglanzpolierten Teakbar unterhielt Richard sich angeregt mit dem attraktiven Barkeeper, der höchstens einundzwanzig war. Eine ganze Schlange von Leuten wartete darauf, Drinks zu bestellen, aber der Barkeeper hatte nur Ohren für Richard.

»Du bist früh dran, Shimura.« Richard wirkte ein bißchen verärgert, als ich ihn in den Bizeps knuffte. »Und du trägst mein Lieblingskleid. Sicher willst du was von mir.«

Ich schenkte seiner gespielten Anmache keine Beachtung und fragte: »Was trinkt man denn hier?«

»Am besten Caipirinha. Der wird hier mit besonders viel Liebe gemacht, stimmt's, Enrique?« sagte Richard auf japanisch zu seinem neuen Freund.

»Ja, und mit Cachaça.« Enrique wandte den Kopf, und dabei kamen die großen Goldringe in seinen Ohren ins Schwingen.

»Sprichst du Spanisch oder Portugiesisch?« fragte ich Enrique auf spanisch.

Er wirkte überrascht. »Spanisch. Ich bin aus Peru, nicht aus Brasilien.«

»Dann bist du ein *perujin*, Enrique?« fragte Richard.

»Man nennt das *nikkei Perujin* – japanischstämmiger Peruaner. Ich bin kein echter *gaijin* wie du, kleiner Blondschopf.«

»Ich finde dunkle Männer attraktiv, Rei nicht. Für sie gilt: Je heller, desto besser.«

»Das stimmt nicht! Ich hatte drei japanische Freunde, aber mit keinem hat's geklappt«, erklärte ich Enrique in meinem Schulspanisch. »Kann ich wohl auch einen Caipirinha haben?«

»Ein steifer Drink nach 'ner Leiche tut immer gut«, sagte Richard auf englisch zu mir. »Als du mir erzählt hast, daß der Kurs ›mörderisch‹ ist, hätte ich nicht gedacht, daß du das wörtlich meinst.«

»Laß uns woanders über das Thema reden«, sagte ich. Ich wollte nicht, daß die ganze Bar die traurige Geschichte mitbekam.

»Er spricht nicht Englisch, nur Japanisch.«

Enrique ging ans andere Ende der Theke, um Limonen für meinen Caipirinha zu holen, und sofort stürzten sich die anderen Wartenden auf ihn. Richard nahm mich kurz in den Arm.

»Tut mir leid. Das war nur ein Scherz, um dich abzulenken.«

Ich genoß die Umarmung, denn in letzter Zeit kam ich nicht oft in den Genuß von Körperkontakt. »Tja, im Moment ist alles schrecklich. Und meine Tante – du solltest mal sehen, wie sie versucht, die Sache zu überspielen. Sie hat sogar darauf bestanden, an der Ikebana-Ausstellung im Mitsutan teilzunehmen.«

»Das klingt vernünftig«, sagte Richard. »Soll sie sich denn verstecken? Wenn sie nicht unter Leute geht, kriegt sie am Ende noch einen Nervenzusammenbruch.«

Die Lovely Parrots gaben eine Cover-Version von »Macarena« zum besten. Ein paar Frauen, die mir nach Sekretärinnen aussahen, stellten sich in einer Reihe auf und begannen vor der Band zu tanzen. Die jungen Männer an der Theke sahen den Frauen zu, wie sie sich marionettengleich bewegten, Arme und Beine hoben und ihre perfekten Brüste und Hinterteile zur Schau stellten. Die Männer beobachteten die jungen Frauen, ohne sich ihnen zu nähern. Nur ein unbeholfener Ausländer mit amerikanischem Stiftenkopf wagte es, dazwischenzuspringen und mitzutanzen.

»Norie ist ganz allein. Mein Onkel Hiroshi ist nach wie vor in Osaka, und mein Cousin Tom hat immer schrecklich viel im Krankenhaus zu tun. Ich habe Tante Norie angeboten, daß sie fürs erste bei mir wohnen kann«, erzählte ich Richard.

»Die treibt dich doch zum Wahnsinn!«

»Na ja, sie hat das Angebot sowieso nicht angenommen. Sie meint, das würde nur die Presse zu mir führen, und da hat sie vermutlich recht. Tom hat sie von der Ausstellung im Mitsutan mit dem Wagen nach Hause gebracht. Ich hoffe nur, daß die Reporter ihnen nicht auflauern.«

»Hat man dich angegriffen?« Richard deutete auf meine Hände, die er gestreichelt hatte. Sie waren von winzigen Kratzern überzogen, die ich mir beim Säubern des Bambus geholt hatte.

»Nein, das kommt von der Arbeit mit dem Bambus. Ich muß morgen noch mal hin, um nachzusehen, ob das Gesteck in Ordnung ist.«

»Du Ärmste. Du solltest dich von deiner Tante nicht so herumkommandieren lassen.«

»In japanischen Familien hört man auf die ältere Generation«, sagte ich.

»Ich lasse mir von meiner Familie nichts vorschreiben«, sagte Richard.

»Ach, wirklich? Wieso glaubt deine Cousine Lila Braithwaite dann immer noch, daß du hetero bist?«

Richard wurde tiefrot, gab mir aber keine Antwort. Als Enrique mit meinem Drink zurückkam, begann Richard, ihm etwas ins Ohr zu flüstern. Da ich mir wie das sprichwörtliche fünfte Rad am Wagen vorkam, sah ich mich in dem Raum um, bis mein Blick auf eine Nische mit einem Kleiderhaken fiel. An dem Haken hing eine Jeansjacke mit auffälliger Stickerei. In der Nische saß der Umweltaktivist Che Fujisawa, der auf einen Teller mit Essen starrte, ohne es anzurühren.

Ich meinerseits starrte Che an und mußte daran denken, wie er meine Tante beschuldigt hatte, der japanischen Bourgeoisie anzugehören. Laut Speisekarte kostete das Reis-Bohnen-Gericht, das da vor ihm auf dem Tisch stand, zweitausenddreihundert Yen. Was war er doch für ein Heuchler!

Doch meine Gedanken an gesellschaftliche Unterschiede verflüchtigten sich, als ich sah, wie Che sich erhob, um die Person zu begrüßen, mit der er offenbar verabredet war – diese Person hatte ich nämlich bis dahin für seinen Feind gehalten.

Takeo Kayama trug nicht seinen Büroanzug, sondern ein schwarzes T-Shirt und eine Levi's, vermutlich ein Modell aus den fünfziger Jahren, für das Japaner bereit waren, siebenhundert Dollar hinzublättern. Als Antiquitätenhändlerin hatte ich auch ein gutes Auge für Modeklassiker.

Ich sah ungläubig zu, wie Che Takeo Bier einschenkte. Dann wurde mir klar, daß ich hier besser verschwand.

Ich stupste Richard an, der gerade Enriques Telefonnummer auf seinem Handrücken notierte. »Ich muß raus hier. Da drüben sind zwei Männer, die mich nicht sehen dürfen.« Ich stellte mir vor, wie Che aufsprang, um mir zu folgen, und wie Takeo sich über das daraus resultierende Chaos amüsierte.

»Welche Männer?« Endlich hob Richard den Kopf. »Du bist schon seit Monaten mit niemandem mehr ausgegangen. Natürlich sollen die Männer dich sehen.«

»Adiós«, sagte ich und erhob mich.

»Nein, die Gelegenheit lassen wir uns nicht entgehen. Enrique und ich sorgen dafür, daß man sich um dich reißen wird.« Richard rutschte von seinem Barhocker und faßte mich um die Taille. »Erkennst du den Song?«

»Ich kann nicht Lambada tanzen. Wirklich!« Noch schlimmer, als von Che und Takeo gesehen zu werden, war, wenn ich mich hier zum Narren machte.

»Ich liebe ernste, unbeholfene Mädchen. Enrique, kannst du mir mal eben helfen?« Richard winkte den Barkeeper mit dem Zeigefinger heran.

»Der hat zu tun«, sagte ich.

»Nein, nein, es ist gerade Zeit für meine Pause«, sagte Enrique auf englisch, stellte seinen Cocktail-Shaker weg und kam hinter der Theke hervor.

»Du lieber Himmel.« Bevor ich Zeit zum Nachdenken hatte, nahmen sie mich mitten auf der Tanzfläche in die Zange. Als sie sich mit kreisenden Hüften aufeinander zubewegten, ich immer zwischen ihnen, sahen uns ein paar von den jungen Frauen in der Bar ziemlich neidisch zu. Da es albern wirkte, wenn ich einfach nur herumstand, begann ich auf meinen zehn Zentimeter hohen Lackpumps einigermaßen unbeholfen zu tanzen.

Ich versuchte, mich zu verdrücken, sobald der Song zu Ende war, aber schon erklangen die ersten Töne des nächsten. Enrique fing an, uns beiden den Merengue beizubringen, indem er Richard an den Händen nahm, ich immer noch zwischen den beiden. Die anderen Gäste lachten und klatschten. Dann plötzlich wechselte die Musik zu U2. Oder besser ausgedrückt: Die Lovely Parrots spielten langsamer und sangen »Discothèque« in einer Mischung aus Englisch und Spanisch. Der unvermittelte Rhythmuswechsel gab mir Gelegenheit, mich zwischen Richards und Enriques verschwitzten Körpern herauszuwinden. Richard kniff mich in den Arm und flüsterte mir ins Ohr: »Viel Glück. Jetzt bist du der Hit des Abends.«

Mein Gott, war mir das alles peinlich! Ich hastete zur Tür und stieß dort gegen den muskulösen latino-japanischen Türsteher, der mich hereingelassen hatte, ohne daß ich Eintritt bezahlen mußte.

»Du hast deine Drinks noch nicht bezahlt«, sagte er.

Ich streckte die Hand nach dem Riemen meiner Handtasche aus, doch da fiel mir ein, daß Richard mich zu schnell auf die Tanzfläche gezerrt hatte, als daß ich sie hätte mitnehmen können. Also bat ich den Türsteher, mich zur Theke zurückzubegleiten, damit ich meine Tasche holen konnte. Doch sowohl die Tasche als auch mein Glas waren verschwunden.

Ich schaute zur Tanzfläche hinüber, aber mittlerweile waren dort so viele Leute, daß ich Richard und Enrique nicht mehr sehen konnte. Tja, dann würde ich also allein mit der Situation fertigwerden müssen.

»Hier in eurer Bar läuft ein Dieb rum«, sagte ich zu dem Türsteher.

Der Mann lachte. »*Si!* Und der bist du! Schließlich wolltest du dich grade hier rausschleichen wie ein *bandido*.«

»Meine Handtasche mit zwanzigtausend Yen lag hier auf der Theke, aber jetzt ist sie weg!« Und mit ihr meine Kreditkarten, mein Adreßbuch und mein MAC-Lippenstift.

»Suchen Sie das hier?«

Plötzlich stand Takeo Kayama neben mir. An seiner Hand baumelte meine kleine Tasche an dem langen Riemen wie ein benutzter Teebeutel.

Ich packte sie und fragte mich dabei, ob er nicht derjenige gewesen war, der sie weggenommen hatte. Ein Blick in die Nische sagte mir, daß Che verschwunden war.

Ich öffnete meine Handtasche. Geld, Lippenstift, Adreßbuch – alles drin. »Was bin ich schuldig?« fragte ich den Türsteher.

»Zweitausendfünfzig«, sagte er, ein wenig freundlicher.

Takeo beobachtete mich dabei, wie ich dem Türsteher zwei Eintausend-Yen-Scheine und eine Einhundert-Yen-Münze reichte.

»Ich hole das Wechselgeld«, sagte der Türsteher.

»Nein, nein, stimmt so«, meinte ich und hastete in Richtung Tür.

»In Japan gibt man kein Trinkgeld«, sagte Takeo und folgte mir.

»Aber ich habe keine Lust, auf fünfzig Yen zu warten, okay?«

»Mit dem Kleid sehen Sie aus wie eine kleine Gladiole. Wo wollen Sie hin?« Takeo klang belustigt. Offenbar sprachen zukünftige Schulleiter so mit ihren Schülern.

Ich erwiderte nichts, ging einfach nur wütend weiter.

»Sie wollen also nach Hause? Shiomodai fünfundzwanzig-fünfzig, Wohnung eins. Yanaka ist ein ziemlich altmodisches Viertel. Ich wußte gar nicht, daß dort auch junge Leute wohnen.«

»Dann sind Sie also mein Adreßbuch durchgegangen? Tja, entweder finden Sie mich unglaublich attraktiv, oder Sie wollen mich umbringen.« Ich schwieg. Was normalerweise eine schlagfertige Antwort gewesen wäre, klang plötzlich unpassend.

Takeos Lächeln erstarb. Leiser sagte er: »Hier gleich um die Ecke gibt's ein *izakaya*. Dort können wir uns ungestört unterhalten.«

Er behandelte mich wie eine Zufallsbekanntschaft. Vielleicht war es ihm aber auch nur unangenehm, daß ich ihn zusammen mit Che Fujisawa gesehen hatte.

Nun, ich hätte ihn nicht begleiten sollen, aber als ich mir Takeos schlanken Körper genauer ansah, wurde mir klar, daß ich trotz meiner Wut interessiert war. Besonders, wenn er die Rechnung übernahm.

7

In dem für meinen Geschmack enttäuschend gewöhnlichen und ziemlich hellen *izakaya* wimmelte es von Leuten. Studenten und junge Büroangestellte beiderlei Geschlechts drängten sich in den Nischen, und vor ihnen auf den Tischen standen Bierflaschen und kleine Teller mit Grillsardinen und Reisbällchen. Wir mußten wie alle andern auch in einer Schlange im Vorraum warten. Da nützte es nichts, daß ich mit dem Sohn eines der zehn reichsten Männer von Japan dort war.

Takeo nahm es gelassen und holte eine Packung Mild Sevens aus seiner Jackentasche.

»Zigarette?« fragte er.

Ich schüttelte den Kopf und sagte: »Es überrascht mich, daß Sie rauchen. – Bei Ihrem Engagement für den Umweltschutz …«

»Die Nicotiana ist eine wunderbare Pflanze. Während meines Gartenbaustudiums in Kalifornien habe ich begonnen, mich mit ihr zu beschäftigen. Aber Sie haben recht: Rauchen ist eine schlechte Angewohnheit. Ich versuche schon eine ganze Weile, damit aufzuhören.«

Fünf Minuten später führte uns eine Kellnerin mit gepiercter Augenbraue durch den lauten vorderen Teil des Lokals nach hinten, wo wir die Schuhe ausziehen mußten, bevor wir die *tatami*-Matten betraten. Die niedrigen Tische waren aus Kiefernholz, und man saß auf blau-weißen Kissen. Dieser Teil des *izakaya* war deutlich angenehmer als die Nischen vorne, aber es war mir peinlich, aus den Schuhen zu schlüpfen, denn dann sah man, daß ich keine Strumpfhose trug. Also zog ich die Füße hastig in der traditionellen *seiza*-Position unter meinen Körper und beobachtete Takeo dabei, wie er leger im Schneidersitz Platz nahm. Männer konnten sich so etwas erlauben.

»Ist das hier Ihre Stammkneipe aus der Unizeit?« fragte ich.

»Nein. Offen gestanden, bin ich noch nie hier gewesen. Ich bin bloß immer an dem Lokal vorbeigegangen.«

»Dann frage ich Sie wohl lieber nicht, was Sie mir empfehlen können.« Ich warf einen Blick auf die plastikverschweißte Speisekarte.

»Können Sie denn Japanisch lesen?« fragte er, aufrichtig interessiert.

»Klar«, schwindelte ich. Zum Glück waren genug der Gerichte in *hiragana* geschrieben, so daß ich eins davon auswählen konnte. »Ich glaube, ich nehme das *yakitori* mit grünem Paprika und Frühlingszwiebeln. Würden Sie sich eine große Flasche Kirin mit mir teilen?«

Takeo wirkte verblüfft. »Es ist sehr japanisch, den Geschmack seines Begleiters zu erraten. Wenn man das schafft, ohne vorher zu fragen, ist das sehr gut.«

Ich lächelte und ließ ihm seine Freude. Welches Bier er trank, wußte ich, weil ich ihn zusammen mit Che gesehen hatte.

Takeo sagte der Kellnerin, was ich wollte, und bestellte für sich selbst *eda-mame*. Als er sah, wie meine Augen bei der Erwähnung des Gerichts, leicht gedämpfte Sojabohnen noch in der grünen Schote, leuchteten, bestellte er eine doppelte Portion.

»Sie sind also Vegetarierin«, sagte er.

»Nun, ich esse auch Fisch. Aber lieber in einem Lokal mit ein bißchen mehr …«

»Klasse«, führte er den Satz für mich zu Ende. »Ihnen ist es hier also nicht gut genug. Das tut mir leid. Aber ich wollte mich über den Vorfall neulich allein mit Ihnen unterhalten.«

»Ach«, sagte ich, um Zeit zu schinden.

Takeo schwieg. Kurz darauf wurden unsere Speisen und Getränke serviert. Takeo goß das bernsteinfarbene Bier mit einer gekonnten Drehung des rechten Handgelenks in mein Glas. Diese Bewegung war so förmlich, daß sie mich ein wenig an die Teezeremonie erinnerte.

»Die Sache ist einfach unfaßbar. Ich kann's noch gar nicht glauben, daß sie nicht mehr bei uns ist«, sagte Takeo. Es war absolut klar, von wem er sprach.

»In welchem Verhältnis standen Sie denn zu Sakura?« fragte ich, als ich spürte, daß er den nächsten Schritt von mir erwartete.

»Es war sehr eng. Nach dem Tod meiner Mutter gehörte sie praktisch zur Familie.«

Diese Information überraschte mich so sehr, daß ich ein wenig Bier verschüttete, als ich das Glas zum Mund hob. »Das tut mir leid«, sagte ich, da mir nichts Besseres einfiel. »Das mit Ihrer Mutter wußte ich nicht.«

»Es ist ja auch schon zweiundzwanzig Jahre her«, sagte er. »Ich war damals erst sechs.«

Also war er genauso alt wie ich. Zu der Zeit war meine Tante Ikebana-Schülerin gewesen. Warum, fragte ich mich, hatte sie mir nichts vom Tod Mrs. Kayamas erzählt?

»War es ein Autounfall?« In Japan war das die wahrscheinlichste Art des vorzeitigen Ablebens.

»Nein. Sie ist die Gartentreppe in unserem Landhaus heruntergefallen. Ich erinnere mich noch, wie der Notarztwagen sie abgeholt hat. Alle redeten von *jiko*, einem ›Unfall‹. Ich glaubte damals, man könnte das wieder in Ordnung bringen, so, wie wenn ich mit meinem Fahrrad in den Graben fuhr oder mir die Finger mit einer Ikebana-Schere verletzte. Ich habe erst begriffen, daß sie tot ist, als Sakura es mir erklärt hat.«

»War das Verhältnis zu Sakura so eng, daß sie bei Ihrer Familie gewohnt hat?«

»Nur ein paar Monate lang, unmittelbar nach dem Unfall. Sie hat in meinem Zimmer oder in dem von Natsumi geschlafen, für den Fall, daß wir Alpträume hatten.«

Warum erzählte er mir das? Wollte er mir sagen, daß zwischen Sakura und seinem Vater nichts gewesen war? Sakuras Betreuung der Kinder hatte ihr möglicherweise geholfen, in der Kayama-Schule schneller nach oben zu kommen, aber davon erwähnte ich lieber nichts, denn Takeo wirkte ziemlich traurig.

»Die Geschichte mit Ihrer Familie ist sehr interessant«, sagte ich und schob das *yakitori* von seinem Holzspieß.

Takeo runzelte die Stirn. Ich konnte förmlich zusehen, wie Gewitterwolken herannahten. »Warum? Haben Sie jetzt einen anderen Eindruck von mir?«

»Ja.« Takeos Offenheit hatte mich überrascht. Nun konnte ich seine Unbeholfenheit im Umgang mit Menschen verstehen, denn schließlich hatte er seine Mutter verloren und danach nur Sakura als Ersatz gehabt. Trotzdem machte mich seine Bekanntschaft mit Che argwöhnisch. Vermutlich war jetzt der richtige Zeitpunkt, ihn darauf anzusprechen. Ich räusperte mich und sagte: »Allerdings würde mich auch interessieren, was Sie mit Che Fujisawa zu schaffen haben.«

»Mit dem Umweltschützer im Salsa Salsa? Wir unterhalten uns von Zeit zu Zeit.« Takeo zuckte nicht einmal mit der Wimper, als er das sagte.

»Halten Sie das nicht für einen Interessenskonflikt?« fragte ich. »Er und seine Gruppe sind leidenschaftliche Gegner der Schule. Und Sie als ihr Erbe sitzen naturgemäß auf der anderen Seite.«

»Ich möchte, daß unsere Schule gut läuft.« Takeo pulte eine Sojabohne aus ihrer Schote. »Aber ich möchte auch etwas für die Gesundheit der Arbeiter und für die Umwelt tun.«

Ich dachte über meine eigenen gemischten Gefühle in bezug auf die Stop-Killing-Flowers-Gruppe nach. »Können Sie die beiden Seiten denn miteinander vereinbaren?«

»Sie meinen, indem ich gewaltfreie Blumen züchte?« fragte er in sarkastischem Ton. »Auf dem MAC-Lippenstift in Ihrer Handtasche steht, daß keine Tierversuche dafür gemacht wurden. Er kommt aus Kanada, stimmt's? Ich weiß, daß die Leute in Ihrem Land solche Produkte gern kaufen. Das ist hier auch nicht anders.«

»Sie haben sich den Inhalt meiner Handtasche aber genau angeschaut«, sagte ich, ziemlich verärgert.

Er lachte. »Keine Sorge, ich habe den Lippenstift nicht benutzt. Im übrigen finde ich, daß die Kosmetikindustrie ganz schön clever ist, wenn sie Sachen propagiert, die jungen Leuten wichtig sind. Schützt die Augen kleiner Häschen vor gefährlichen Chemikalien, schützt Kühe davor, auf den Tellern der Menschen zu landen ... das geht alles Hand in Hand.«

Wir schwiegen eine Weile, während die Kellnerin eine zweite Flasche Bier brachte. Mir war gar nicht aufgefallen, daß wir die erste bereits geleert hatten.

Als sie weg war, nahm Takeo den Gesprächsfaden wieder auf. »Ich habe doch vorhin die Nicotiana erwähnt.«

»Ja, die Tabakspflanze.« Ich nippte an dem frischen Bier, das er mir mit derselben gekonnten Bewegung eingeschenkt hatte wie vorhin.

»Ich habe sie in meinem Garten auf dem Land angepflanzt. Sie wächst dort ohne Pestizide und braucht kaum Wasser. Das ist wirklich eine phantastische Pflanze. Ich baue noch mehr dieser ganz gewöhnlichen Pflanzen an – in Japan heimische Gräser, Wildblumen und welche, die die meisten Leute als Unkraut bezeichnen würden. Sie lassen sich wunderbar für Ikebana verwenden.«

»Wie lautet noch mal der Slogan Ihrer Schule – ›Wahrheit in der Natur‹ oder so ähnlich?« Ich konnte nicht genau übersetzen, was auf der ersten Seite meines auf japanisch verfaßten Ikebana-Lehrbuchs stand.

»Genau. Meiner Meinung nach wäre die Hinwendung zum Umweltgedanken eine Möglichkeit, die Wahrheit in der Natur auszudrücken, aber mein Vater sieht das anders. Er sagt, wenn wir aufhören, importierte Blumen und Pflanzen aus dem Gewächshaus zu verwenden, vergraulen wir Lieferanten, Händler und Schüler gleichermaßen. Nach einer ziemlich schlimmen Auseinandersetzung letztes Jahr habe ich aufgehört, mit ihm darüber zu reden. Er weiß nicht einmal von meinem kleinen Garten auf dem Land.«

»Und wieso erzählen Sie mir davon?« fragte ich ihn. Wieder verriet sein Blick keinerlei Anzeichen von Unsicherheit.

»Ich tausche Informationen mit Ihnen aus. Ich habe Ihnen etwas Interessantes mitgeteilt, weil ich hoffe, daß Sie mir einen ähnlichen Gefallen tun werden.«

»Sie wollen, daß ich Ihnen den Tatort beschreibe? Ich fürchte, ich kann nichts tun, was die Ermittlungen ... äh ... behindern könnte. Wenn Ihnen Sakura wirklich so wichtig war, liegt Ihnen sicher daran, daß der Mörder gefunden wird.«

»Das ist es gar nicht, was ich von Ihnen will. Ich brauche vielmehr Informationen über eine bestimmte Frau. Über ihr Familienleben, ihre Interessen, ihr Vermögen.«

»Eine Frau, die Ihnen gefällt?« Irgendwie war ich enttäuscht. »Heuern Sie lieber einen Privatdetektiv an. Da gibt es genügend.«

»Sie wären aber besser geeignet. Sie stehen der Person, für die ich mich interessiere, viel näher, und außerdem haben Sie Erfahrung bei der Aufklärung von Verbrechen. Das habe ich der heutigen Zeitung entnommen.«

»Wer ist diese Frau?« fragte ich und ging dabei gedanklich eine Liste attraktiver, sowohl japanischer als auch ausländischer Frauen durch.

»Norie Shimura.«

Vor Schreck fiel mir die Sojabohnenschote aus der Hand, die ich gerade hatte schälen wollen. »Meine Tante?«

»Ja, die Frau, die Sie dazu überredet hat, unsere Schule zu besuchen. Keine Sorge – ich glaube nicht, daß sie Sakura umgebracht hat. Die Ermittlungen in dem Mordfall überlasse ich ganz Ihrem Lieutenant Hata.«

»Ich werde meiner Tante nicht nachspionieren.« Obwohl mein Seidenkleid ziemlich dünn war, begann ich zu schwitzen.

»Hey, ich will doch nur etwas erfahren, was Sie ohnehin schon wissen. Ein bißchen Familiengeschichte sozusagen.«

»Nun, ich wohne nicht bei ihr, und ich bin erst seit ein paar Jahren in Japan. Sie sollten Ihren Vater fragen. Mit dem war sie schon vor Ihrer Geburt befreundet!«

»Ich habe Ihnen doch schon erklärt, daß mein Vater und ich praktisch nicht miteinander reden.« Takeo nahm die Rechnung, die zusammen mit unserem Essen an den Tisch gebracht worden war.

»Teilen wir«, sagte ich, obwohl ich das eigentlich nicht vorgehabt hatte. Aber nun hatte ich keine Lust, ihm irgend etwas schuldig zu bleiben.

»Tut mir leid, das ist unmöglich«, sagte er.

Ich rappelte mich hoch. Mein Fuß war eingeschlafen, und so mußte ich einen Moment warten, bevor ich Takeo hinterherhumpeln konnte, der bereits an der Kasse bezahlt hatte.

»Nächsten Dienstag hole ich Sie ab, dann fahren wir zusammen nach Izu. Ich möchte Ihnen meinen Garten zeigen, und dann können wir uns auch ausführlicher über Ihre Tante unterhalten.«

Erst jetzt wurde mir bewußt, daß Takeo meine Einwilligung zu all seinen Plänen voraussetzte. Mir gefiel das gar nicht, also erwiderte ich: »Nein, danke. An dem Tag muß ich arbeiten.«

»Sie sind doch Freiberuflerin; das heißt, daß Sie sich die Zeit selbst einteilen können, *neh*? Ich komme morgen um zehn Uhr vormittags mit dem Wagen zu Ihnen. Ich gehe davon aus, daß man in Ihrer Gegend keinen Parkplatz findet, also halten Sie sich bitte bereit.«

»Nein«, sagte ich, doch er hörte mir überhaupt nicht zu.

Takeo bestand darauf, mich zur U-Bahn zu begleiten, damit mir nichts passierte. Ich war schon oft nach Mitternacht auf den Straßen von Tokio unterwegs gewesen, und so empfand ich seine Ritterlichkeit als lächerlich. Der einzige unangenehme Teil des Weges führte an einem Club vorbei, vor dem russische Frauen mit kurzen Pelzmänteln und hohen Stöckelschuhen sich an Takeo schmiegten und ihm von den Freuden vorschwärmten, die ihn drinnen erwarteten. Als er versuchte, ihnen ihre Getränkegutscheine zurückzugeben, nutzte ich das Durcheinander, um über die Straße zu laufen und in der Nogizaka Station zu verschwinden. Ich wollte nicht, daß er mir bis ganz nach Hause folgte.

Sobald ich meine Verärgerung über sein egoistisches Vorgehen überwunden hatte, wurde mir die Ironie der Situation bewußt. Hätte Tante Norie gewußt, daß Takeo Kayama mich in sein Haus auf dem Land eingeladen hatte, wäre sie vor Entzücken außer sich gewesen, denn sie versuchte ja schon seit Jahren, einen passenden japanischen Freund für mich zu finden. Und hier war ein junger Mann, der ihre kühnsten Träume von wirtschaftlicher Sicherheit noch übertraf und sich obendrein fürs Gärtnern interessierte.

Doch Takeo war an Norie interessiert, nicht an mir, wahrscheinlich, weil er sie verdächtigte. Einen anderen Grund konnte ich mir nicht vorstellen.

Nun, vielleicht konnte ich ihn ja durch besonders langweilige Schilderungen von Nories Alltagsleben – die allmorgendliche Wäsche; die mehrgängigen Menüs, die stundenlang kochen mußten; die Gespräche mit den Nachbarn über die Vernichtung von Rosenschädlingen – von seinem Verdacht abbringen.

Möglicherweise gelang es mir sogar, ihn zu Kaffee und Kuchen, Nories berühmtem *gâteau au chocolat*, bei meiner Tante einzuladen. – Diesen süßen Angeboten würde er einfach nicht widerstehen können.

Mit solchen und ähnlichen Plänen stieg ich an der Nezu Station aus und machte mich auf den Weg nach Hause.

8

Richard Randall rief mich am Samstagnachmittag an, als ich gerade mitten in Verhandlungen mit einem Händler steckte, der von Kyoto eigens in meine Wohnung gekommen war.

»Enrique und ich haben dich in der Bar aus den Augen verloren und später gehört, daß es ein Problem mit dem Türsteher gegeben hat. Mea culpa, Baby«, sagte Richard. »Weißt du was, als kleine Entschädigung lade ich dich heute abend zu einem Kirschblütenfest ein. Jeder bringt seine Getränke selber mit; es ist an der Straße, die durch den Friedhof von Yanaka führt ...«

»Aber sicher. Kann ich Sie später zurückrufen?« sagte ich so höflich wie möglich. Ich wollte nicht, daß Mr. Noe den Eindruck bekam, ich verabrede mich während einer geschäftlichen Besprechung zu einer Sauftour.

»Sag mal, hat die Lambada-Strategie eigentlich funktioniert? Meine Spione haben mir erzählt, daß ein steinreicher Erbe dir aus der Bar gefolgt ist.«

»Ja, ich weiß, daß Sie sich für den Wandschirm mit den Kranichen interessieren, aber ich habe im Augenblick gerade einen anderen Kunden hier. Schade, irgendwann werde ich sicher wieder ein ähnliches Stück finden. Auf Wiederhören, Mr. Randall. Meine besten Wünsche an Ihre Familie in Toronto.« Dann legte ich auf und wandte mich mit einem Lächeln wieder Mr. Noe zu.

»Ihr Kunde aus Toronto ruft Sie um … Mitternacht … an? Ausländische Kunden sind wirklich merkwürdig.«

Ich hätte sagen sollen, der Anruf komme aus Los Angeles. Hastig erklärte ich: »Mr. Randall richtet sich zeitlich immer nach mir. Er ist ein sehr zuvorkommender Kunde.«

»Nun, ich habe kein Interesse an den neun Tellern, die Sie verkaufen wollen. Wenn es nur ein vollständiges Set mit zehn Tellern wäre, *neh*? Allerdings würde ich mir gern den Wandschirm mit den Kranichen genauer ansehen. Ich glaube natürlich nicht, daß er aus der Edo-Zeit stammt. Dagegen spricht die Goldverzierung an der Ecke«, sagte Mr. Noe.

»Ich habe nie eine genaue Datierung vorgenommen. Allerdings war er jahrzehntelang sorgfältig in der *kura* meines Kunden gelagert. Deshalb ist die Goldverzierung so gut erhalten«, sagte ich, und das stimmte. Wenn Antiquitäten geschützt vor Licht und Zugluft in den traditionellen Lagerhäusern aufbewahrt wurden, die unter der Bezeichnung *kura* bekannt sind, blieben sie oft in hervorragendem Zustand.

»Ich könnte Ihnen aber lediglich zweihunderttausend Yen für den Wandschirm geben. Es wäre nur zu verständlich, wenn Sie ihn Ihrem Kunden in Kanada überlassen.«

Ich hatte nicht vorgehabt so zu tun, als habe ich einen zweiten Interessenten für den Wandschirm, denn das widersprach meinem Berufsethos. Zweihunderttausend Yen, also ein bißchen weniger als vierzehnhundert Dollar, hielt ich für einen angemessenen Preis. Aber es lohnte sich immer, noch ein wenig zu feilschen.

»Wenn Sie in Betracht ziehen, welche Preise vergleichbare Stücke bei Sotheby's erzielen, werden Sie zweihundertvierzigtausend Yen für einen angemessenen Preis halten.«

Mr. Noe musterte mich, und ich versuchte, seinem Blick nicht auszuweichen »Wie sehen Ihre Bedingungen aus?«

»Zahlung innerhalb von dreißig Tagen. Wenn Sie mir das Geld gleich heute geben, könnte ich Ihnen allerdings einen Nachlaß von fünf Prozent geben.«

Mr. Noe kratzte sich am Kinn. »Ich zahle gerne bar. Gut, abgemacht, Miss Shimura.«

Wir feierten den Abschluß unseres Geschäfts mit ein paar Tassen grünem Tee und den *sakuramochi*, die ich in Mr. Wakas Family Mart erworben hatte. Ich servierte die Süßigkeiten nicht auf meinen zusammengewürfelten alten Imari-Tellern, sondern verwendete die blaßgrünen mit dem Muster aus zartrosafarbenen Kirschblüten, die Tante Norie mir zu meinem letzten Geburtstag geschenkt hatte.

»Bei uns in Kyoto dauert die Kirschblütensaison schon zwei Wochen«, erzählte Mr. Noe mir. »Schade, daß die schönste Stadt Japans nicht mehr so viele Gäste anzieht. Hier feiern die Kirschblütenfreunde ihre Feste sicher unter den Bäumen im Ueno Park.«

»Blühen die Kirschbäume denn schon?« Ich war so in die Probleme der Kayama-Schule vertieft gewesen, daß ich gar nicht darauf geachtet hatte.

»Selbstverständlich! Aber Ihre *shoji* sind ja auch geschlossen«, sagte er und deutete auf die Papierjalousien an meinem Fenster. »Wie wollen Sie denn so die Natur genießen?«

Am Morgen war ich die Treppe hinuntergegangen, um ein bißchen zu joggen, doch beim Anblick des Übertragungswagens von Fuji TV vor meiner Tür hatte ich es mir anders überlegt. Er war den ganzen Vormittag dort stehen geblieben, und ich hatte weder die Jalousien geöffnet noch helles Licht gemacht. Vielleicht befand sich der Wagen ja dort, um über Kirschblütenfeste zu berichten, vielleicht aber auch, um Bilder von mir zu senden.

Als ich nun vorsichtig die *shoji* beiseite schob, um auf die baumbestandene Straße durch den Yanaka-Friedhof hinunterzublicken, sah ich, daß die Kirschbäume alle in rosafarbener Blüte standen und der Aufnahmewagen verschwunden war. Sobald Mr. Noe sich verabschiedet hätte, würde ich ungehindert zum Mitsutan-Kaufhaus fahren können, um einen Blick auf unser Bambus-Iris-Arrangement zu werfen. Ich hatte Tante Norie gesagt, sie brauche nicht extra von Yokohama hereinzufahren, um Wasser nachzufüllen. Es war wahrscheinlich besser für sie, wenn sie nicht noch einmal mit den abweisenden anderen Ikebana-Schülerinnen konfrontiert sein würde.

Mr. Noe gab mir einen dicken Umschlag mit Geld, das ich auf dem Weg zum Mitsutan sofort beim Automaten meiner Bank einzahlte. Es war Samstagnachmittag, also schulfrei, und auf den Straßen wimmelte es von einkaufenden Familien. Besonders dicht drängten sich die Menschen vor dem Mitsutan. Als ich näher kam, entdeckte ich die inzwischen schon vertraute bestickte Jeansjacke. Wieder einmal führte Che Fujisawa eine Demonstration der Stop-Killing-Flowers-Gruppe an.

EINE GELBE ROSE BRINGT MENSCHEN ALLER HAUTFARBEN DEN TOD stand auf einem Schild. Der Spruch bezog sich auf das offizielle Emblem des Mitsutan-Kaufhauses, die gelbe Rose. DIE BLUMEN, DIE SIE SO SEHR BEWUNDERN, VERGIFTEN IHRE KINDER hieß es auf einem anderen Schild. Die letzte Botschaft lautete: WANN WIRD DER TOD ZUM GESCHÄFT? Die in japanischer, spanischer und englischer Sprache beschrifteten Schilder bewegten sich auf und ab, als der Kreis der jungen japanischen und latino-japanischen Demonstranten sich enger um den Eingang zum Kaufhaus schloß. Ein paar uniformierte Wachmänner versuchten, sie mit Blicken einzuschüchtern, mehr konnten sie offenbar nicht tun. Kunden, die ins Kaufhaus wollten, schoben sich einfach am Haupteingang vorbei und betraten es durch die Seitentüren. Die Protestaktion war für alle deutlich sichtbar, hinderte die Leute aber nicht am Einkaufen.

Che trug kein Schild; er war zu beschäftigt, Handzettel auszuteilen. Als ich an ihn herantrat, erkannte er mich nicht, vielleicht, weil ich eine Sonnenbrille trug und kein Kleid, sondern Jeans. Möglicherweise hielt er mich für eine potentielle Sympathisantin, denn er murmelte mir zu: »Schwester, hilf uns bei unserem Kampf gegen die tödlichen Blumenfelder. Boykottiere die Ausstellung der Kayama-Killer!«

Ich nahm den Handzettel, den er mir hinstreckte, und schlüpfte in das Kaufhaus, dessen Geschäft durch die Proteste draußen nicht beeinträchtigt zu werden schien. Das Mitsutan war voller Hausfrauen mit großen Einkaufstüten, auf denen sich eben jene gelbe Rose befand, gegen das die Stop-Killing-Flowers-Gruppe protestierte. Dazu kamen Teenager aus wohlhabenden Familien, von deren Schultern Prada-Taschen hingen, und kleine Kinder mit Sanrio-Rucksäcken. Alle hatten irgendeine Tasche, die von ihrem Status zeugte. Nur ich hatte lediglich eine schmale Brieftasche in meiner Jeans stecken, weil mich der Fast-Verlust meiner Tasche am Abend zuvor vorsichtig gemacht hatte.

Ich fuhr mit der Rolltreppe hinauf zum Galeriegeschoß und zu der Abteilung mit den Jung-Designern, um nachzusehen, wie Natsumi Kayama die Schaufensterpuppen in der Nicole-Miller-Boutique dekoriert hatte. Die Puppen trugen grüne und orangefarbene Kleider; Natsumi hatte ihnen Sträuße mit dicken gelben Rosen und orange gestreiften Tigerlilien sowie Efeuranken in den Arm gelegt. Die Blumen waren zweifellos importiert.

Eine lange Schlange von Leuten wartete vor der Matisse-Ausstellung in der Nordgalerie. Vor der Südgalerie, in der sich die Kayama-Ausstellung befand, war keine Schlange.

»Wie läuft's?« fragte ich Miss Okada, die die Eintrittskarten verkaufte.

»Hm, nicht so gut«, seufzte Miss Okada. »Vor dem Kaufhaus findet gerade eine Demonstration statt. Diese Leute waren auch schon vor dem Schulgebäude, aber noch peinlicher ist, daß sie jetzt vor dem Mitsutan auftauchen. Außerdem kostet uns die Sache eine Menge Geld.«

Als ich den offenen Raum betrat, wurde mir klar, warum sie sich Sorgen machte. Das hellerleuchtete Blumenwunderland lag völlig verlassen da. Die Kayama-Schülerinnen in ihren matronenhaften, teuer wirkenden Kostümen oder Kimonos gingen zaghaft zwischen den mit Spotlights angestrahlten Gestecken hin und her. Ich sah mir Mari Kumamoris Keramikgefäße an, die lediglich mit Ranken geschmückt waren, und dann Lila Braithwaites Arrangement mit protzigen weißen Orchideen. Also hatte Lila doch noch Zeit gefunden.

Tante Nories Bambus-Iris-Installation wirkte wie eine anmutige grün-purpurfarbene Welle. Tags zuvor waren die Iris noch geschlossen gewesen, doch unter den warmen Spotlights hatten sie sich geöffnet. Gott sei Dank würde ich nicht viel mehr tun müssen, als eine Blume wieder zurechtzurücken, die etwas schief in einem der Bambusköcher hing.

Da entdeckte ich Lila Braithwaite, die auf ihr Arrangement zuhastete. Sie trug ein dunkelblaues Kostüm mit einem wie eine Halskrause dekorierten Hermès-Tuch.

Sie blieb stehen, als sie mich sah. »Ach, hallo, Rei. Ich kann nicht lange bleiben – meine Kinder warten mit dem Kindermädchen unten vor der Tür.« Dann senkte sie die Stimme. »Haben Sie schon mit Lieutenant Hata gesprochen?«

»Noch nicht.« Da kam mir ein Gedanke. »Lila, Sie sollten dabei sein, wenn ich mit ihm rede.«

»Das ist völlig unmöglich! Mein Terminkalender ist einfach zu voll.«

»Sie haben Zeit für die Blumenausstellung, aber nicht für die Polizei?«

Lila wurde rot. »Es hat mich gefreut, Sie zu sehen. Ich muß jetzt los.«

»Du kannst jetzt nicht gehen«, sagte Nadine St. Giles, die sich gerade zu uns gesellt hatte. »Er ist hier. Du mußt bei deinem Arrangement bleiben und dir die Beurteilung anhören!«

»Er?« fragten Lila und ich wie aus einem Munde.

»Der *iemoto*! Mr. Kayama ist persönlich gekommen, und soweit ich weiß, wird er jedes Arrangement einzeln begutachten.«

Tante Norie würde es sicher bedauern, daß sie das verpaßte. Vielleicht war es aber auch besser, daß ich mich an ihrer Stelle eingefunden hatte. Wenn ihm unsere Arbeit nicht gefiele, wäre sie sicher am Boden zerstört.

Nadine, Lila und ich gingen zu den anderen Schülerinnen hinüber, die mucksmäuschenstill an der Tür auf den *iemoto* warteten. Er betrat soeben die Galerie zusammen mit Natsumi.

Masanobu Kayama wirkte wie ein Künstler mit seinen langen silbergrauen, zu einem Pferdeschwanz gebundenen Haaren und dem Halstuch im Ausschnitt seines cremefarbenen Seidenhemds. Mein Blick wanderte über seine schwarze Cord-Levi's die langen Beine hinunter bis zu seiner extravaganten Fußbekleidung, japanischen offenen Sandalen, die man mit weißen Baumwollsocken, *tabi*, trägt.

Der Mann war ein wandelnder kultureller Widerspruch. Ich hätte ihn mir gern noch länger angesehen, aber die Schülerinnen hatten mittlerweile zu einer tiefen Verbeugung angesetzt, und so folgte ich lieber ihrem Beispiel.

Der Leiter der Schule revanchierte sich mit einer Verbeugung, die allerdings gemäß seinem Stand nicht ganz so tief ausfiel. Danach ließ er den Blick über die Gruppe schweifen, bis er Lila, Nadine und mich entdeckte. Er lächelte uns mit einer Zärtlichkeit und Güte an, die mir gänzlich fehl am Platz schienen. Ich war zu überrascht, um zurückzulächeln, doch Lila und Nadine strahlten. Sie hatten den Segen des Meisters empfangen.

»Meine lieben Schülerinnen. Ich verneige mich in Demut vor dem, was Sie für mich getan haben.« Masanobu Kayama sprach mit sanfter Stimme, ohne die geringste Spur von Arroganz.

»Nein, im Gegenteil, wir haben vollkommen unzureichende Arbeit geleistet. Bitte verzeihen Sie uns«, antwortete Mrs. Koda im Namen der Versammelten.

»Ihre freundlichen Worte sind in dieser Zeit der Trauer ein großer Trost, Koda-san. Ich wünschte, unsere Sakura-san wäre bei uns. Lassen Sie uns gemeinsam einen Blick auf die Arbeiten werfen. Beginnen wir mit dem Gedächtnisarrangement. Wer hat es gemacht?«

»Wir beide«, sagte Mrs. Koda leise und deutete dabei auf Natsumi und sich selbst. Natsumi verzog das Gesicht zu einem gekünstelt demütigen Ausdruck und verneigte sich ebenso tief wie Mrs. Koda. Es war schon merkwürdig, sich vor dem eigenen Vater zu verbeugen, und noch merkwürdiger, die eigene Arbeit vor einigen Dutzend Leuten von ihm beurteilen zu lassen.

Ich betrachtete die Anordnung von Sakuras schwarzen Rohren, die nun nicht, wie im Kurs, lagen, sondern aufrecht standen. Weiße Magnolien mit zartrosafarbenen Kirschblütenranken wuchsen daraus gen Himmel. Das Ganze wirkte wie ein Märchenwald, der aus Fabrikschornsteinen sprießte.

»Dies ist natürlich nur ein unbeholfener Versuch, an die Anmut von Sakura-sans Arbeiten zu erinnern. Wir bitten um Verzeihung für unser unzureichendes Arrangement«, murmelte Mrs. Koda.

Der *iemoto* ging ganz um das Gesteck herum. Dabei klatschten seine Sandalen leise auf den glänzenden Kiefernholzboden.

Als er wieder auf der Vorderseite angekommen war, wandte er sich mit sonorer Stimme an uns alle: »Wenn man einen geliebten Menschen verliert, ist das, als sei der Winter gekommen. Plötzlich senkt sich eine Benommenheit, ein Gefühl unerträglicher Kälte, herab. Sollte ein Arrangement, das an einen Todesfall erinnert, daher vielleicht ohne Blätter und schöne Blumen auskommen?« Er machte eine Kunstpause. »Nein, dem ist nicht so. Wenn man sich an die Anmut und den Stil Sakuras erinnert, denkt man an das Motto unserer Schule ›Wahrheit in der Natur‹. Aber das bedeutet nicht, daß die Natur nicht auch etwas Phantastisches haben kann. Dieses Arrangement hier bringt das Überirdische der Ikebana-Kunst zum Ausdruck, an dem Sakura-san so sehr gelegen war.«

Die Anwesenden murmelten zustimmend

»Aber«, fuhr der *iemoto* fort, »meine Tochter muß noch viel lernen. Sie hätte Kirschzweige wählen sollen, die noch nicht aufgeblüht sind. Weil sie sich für Zweige entschieden hat, die bereits heute vollkommen sind, werden die Gäste morgen das Nachsehen haben.«

Natsumi lächelte, als sei sie dankbar für die Kritik, und verbeugte sich gleichzeitig mit Mrs. Koda. Es war bemerkenswert, daß der *iemoto* seine Tochter und nicht Mrs. Koda für die Schwächen des Arrangements verantwortlich gemacht hatte. In Japan entsprach es der Tradition, in der Öffentlichkeit geringschätzig über die eigenen Kinder zu sprechen. Allerdings fragte ich mich, ob der *iemoto* nicht besonders schwer zufriedenzustellen war. Takeo zum Beispiel hatte einen umweltfreundlicheren Ansatz für die Schule vorgeschlagen, aber kein Gehör gefunden.

Der *iemoto* ging zum nächsten Arrangement, das Mari Kumamori, die von mir bewunderte Töpferin, gemacht hatte.

»Kumamori-san, darf ich fragen, ob Sie diese Gefäße gefertigt haben?« erkundigte sich Masanobu Kayama.

Mari Kumamori stand bereits mit gesenktem Kopf da. Als sie die Worte des Schulleiters hörte, neigte sie ihn noch weiter, bis ihr Kinn auf ihre Brust stieß. Die Gelenkigkeit höflicher Frauen war wirklich erstaunlich.

»Was für eine begabte Handwerkerin Sie doch sind. Die Gefäße sind vom Bizen-Stil beeinflußt, aber ihre Verwendung hier beweist tiefes Verständnis für moderne Darstellungsformen. Nichts ist zu wertvoll, um als Gefäß für unsere Blumen zu dienen«, sagte er, und ich freute mich für Mari.

»Doch zugleich ist nichts so wertvoll, als daß man es nicht auch verändern könnte.« Masanobu Kayama nahm vorsichtig die Ranken aus dem ersten Gefäß des Arrangements. Dann flüsterte er Natsumi etwas ins Ohr, die in den Korb an ihrem Arm griff und ihm ein kleines Handtuch reichte.

Der Schulleiter breitete das Handtuch auf dem glänzenden Holzfußboden aus und stellte dann das Gefäß darauf. Hatte er Angst, er könnte Wasser auf den Boden verschütten? Ich hatte Mari beim Arrangieren ihrer Installation zugesehen und wußte deshalb, daß sich in dem Gefäß kein Wasser befand. Die Sorge des *iemoto* war also völlig unnötig.

»Den Hammer«, sagte Masanobu Kayama zu seiner Tochter. Sie holte ein Werkzeug mit Stahlkopf aus dem Korb, das ich nicht unter den Utensilien eines Ikebana-Künstlers vermutet hätte.

Masanobu Kayama holte aus und zerschmetterte Mari Kumamoris herrliches Gefäß in ein paar große Scherben. Ich zuckte genauso zusammen wie ein paar Frauen neben mir. Mari erstarrte.

»Wenn wir ein paar Scherben in dieses statische Arrangement integrieren, wird es dynamischer«, sagte Kayama und schob dabei die Scherben in den Vordergrund des Arrangements. Dann legte er ein paar Ranken darüber.

Die Frauen begannen bewundernd zu murmeln, doch sie schwiegen sofort wieder, als der Schulleiter klar machte, daß er noch nicht fertig war. Er fragte Mari: »Sind diese Gefäße wasserdicht?«

Sie nickte.

»Gut«, sagte er. »Mrs. Koda, könnten Sie mir ein paar Rosen bringen?«

Mrs. Koda trippelte zum anderen Teil der Galerie und verschwand hinter einem ungebleichten Leinenvorhang. Als sie wieder hervorkam, hatte sie einen Strauß weißer Rosen in der Hand.

»Die sind genau das richtige«, sagte Mr. Kayama und nahm ihr die Rosen ab. Natsumi reichte ihm eine Ikebana-Schere, mit der er die Stiele abschnitt. Meine Tante hatte mir beigebracht, daß man Blumen unter Wasser abschneiden mußte, aber offensichtlich hatte der Schulleiter seine eigenen Regeln.

Masanobu Kayama ließ die Rosen in die Öffnung eines der Gefäße gleiten. Zuvor hatte die Keramik mit den darum gewundenen Ranken ruhig und unprätentiös gewirkt. Jetzt bildeten die üppigen weißen Rosen einen bizarren Kontrast zu ihrem Behälter. Und die Scherben davor schrien für meinen Geschmack danach, schnellstmöglich weggefegt zu werden.

»Was hält Mrs. Braithwaite, die Vorsitzende der Vereinigung unserer ausländischen Studenten, jetzt von diesem Arrangement?« fragte Mr. Kayama auf englisch. Das überraschte mich – und offenbar auch Lila, wenn ich ihr kurzes Zusammenzucken richtig beurteilte.

»Oh!« rief Lila aus, dann huschte ihr Blick von den Blumen zu Maris gesenktem Kopf und anschließend zum *iemoto*. »Mir fällt der Kontrast zwischen Schwarz und Weiß auf. Zwischen Klarheit und Illusion.«

»Genau.« Der Schulleiter sah Lila eine ganze Weile an. »Nun, wenden wir uns dem nächsten Arrangement zu.«

Mari Kumamori wirkte so niedergeschlagen, daß ich am liebsten bei ihr geblieben wäre und ihr tröstend den Arm um die Schulter gelegt hätte, aber jetzt trat Mr. Kayama vor den Bambuszaun von Tante Norie und mir. Ich mußte für sein Urteil bereit sein.

»Nun!« rief Masanobu Kayama unter herzhaftem Gelächter. Natsumi kicherte ebenfalls ein wenig, aber ihrem Gesicht war anzusehen, daß sie nicht wußte, was los war.

»Wir haben einen Bambuszaun auf unserem Anwesen auf dem Land«, erklärte der *iemoto*. »Als meine Kinder noch klein waren, haben sie ihn einmal mit Blumen aus dem Garten geschmückt.«

»Sie waren ziemlich unartig und haben genau an dem Tag, an dem die Leute von der französischen Botschaft zu Besuch kamen, sämtliche Iris im Garten geköpft«, sagte Mrs. Koda mit einem Lächeln. »Ich erinnere mich noch ganz genau. Sakura hat sie deswegen früher ins Bett geschickt.«

»Sie hat uns *immer* früh ins Bett geschickt«, sagte Natsumi zu meiner Überraschung.

Es herrschte betretenes Schweigen, bis der *iemoto* sagte: »Dieses Arrangement ist wirklich sehr amüsant. Sie spielen mit dem Konzept von Himmel und Erde, indem Sie die Iris so hoch anbringen. Das gefällt mir.«

Er wandte sich der nächsten Arbeit zu, doch ich bekam nicht mehr viel davon mit, weil ich versuchte, den Hintersinn dessen zu entschlüsseln, was er gesagt hatte. Gefiel ihm das Arrangement wirklich, oder erklärte er mir damit, daß es unbeholfen wie das eines Kindes war? Natsumi hatte sich unser Gesteck bereits tags zuvor angesehen und nichts davon gesagt, daß es sie an ihre Kindheit erinnerte. Aber vielleicht war diese Erinnerung auch der Grund gewesen, warum sie sich mit meiner Tante angelegt hatte.

Seit Masanobu Kayama mit der Beurteilung der Werke begonnen hatte, stießen immer mehr Schaulustige zu uns, die nicht zur Schule gehörten. Einer von ihnen hob die Kamera und fing an, die Arrangements zu fotografieren.

»Endlich kommen ein paar Leute!« sagte Mrs. Koda. Sie war überraschend zu mir getreten, nachdem der Schulleiter weitergegangen war. »Hätten Sie Lust, eine Tasse Tee mit mir zu trinken? Ich glaube nicht, daß der *iemoto* mich braucht.«

»Ja, gern«, sagte ich und begleitete Mrs. Koda mit langsamen Schritten zur Getränketheke und den beiden Tischen dort, wo ich einen Stuhl für sie zurechtrückte.

»Wissen Sie, daß unsere Schule den abgepackten Tee und das Gebäck eigens aus Frankreich importiert? Der schwarze Tee ist mit Kirscharoma, und die Madeleines sind mit Mandeln. Ich habe die Sachen selbst bestellt. Kommen Sie, ich zeige sie Ihnen.«

»Setzen Sie sich doch zuerst und ruhen Sie sich ein bißchen aus«, sagte ich und nahm ein Tablett für uns beide. Dann machte ich mich auf den Weg zur Theke, wo eine gußeiserne Teekanne sowie ein Tablett mit Wedgwood-Tassen und -Tellern warteten.

Die Madeleines lagen zusammen mit einer silbernen Gebäckzange auf einer Platte daneben. Ich nahm ein paar davon und goß zwei Tassen Tee ein.

Da trat Miss Okada hinter dem Leinenvorhang hervor. »Ah, Shimura-san! Sie sind die erste hier an unserer kleinen Erfrischungstheke. Leider sind die Sachen nicht gratis. Die Madeleines kosten zweihundert Yen und der Tee fünfhundert.«

»Stimmt so«, sagte ich, nachdem ich ihr fünfzehnhundert Yen gegeben hatte. Wieder einmal forderte die Kayama-Schule von ihren Schülern und Lehrern Tribut. Zum Teil war meine Verärgerung wohl darauf zurückzuführen, daß es fast so aussah, als hätte ich die Madeleines stehlen wollen. Aber schließlich war nirgends ein Preisschild angebracht.

»Dem *iemoto* hat Ihr Arrangement gefallen. Das sollten Sie Ihrer Tante erzählen«, sagte Miss Okada.

»Ich werde es versuchen. Aber vermutlich wird sie es eher glauben, wenn Sie es ihr erzählen«, sagte ich, während ich ein wenig Zucker in meinen Tee gab. In Japan trinken die Leute ihren Tee normalerweise nicht mit Milch oder Zucker, also ließ ich Mrs. Kodas Tee so, wie er war.

»Das stimmt. Doch sie ist seit dem Unfall nicht mehr in der Schule gewesen.«

»Ja, die Situation ist ziemlich schwierig. Die Damen sprechen kaum noch mit ihr.« Hinter Miss Okada sah ich den Rücken einer Frau, die einen ausgefallenen Kimono trug und einen Wasserkocher in der Hand hielt. Als ich den Mund aufmachte, blieb die Frau unvermittelt stehen und trippelte dann sofort wieder in die Richtung zurück, aus der sie gekommen war. Vermutlich gehörte sie zu jenen Schülerinnen, die meine Tante geschnitten hatten. Schade, daß ich ihr Gesicht nicht sehen konnte. Aber wahrscheinlich war sie rot geworden.

»Ich bin jetzt schon den ganzen Vormittag hier, und Sie sind die erste, die hier eine Tasse Tee kauft! Du lieber Himmel! Wenn doch nur mehr Leute kämen!« Miss Okada war offenbar nicht bereit, weiter über das unangenehme Thema zu reden, das ich angeschnitten hatte.

Ich fügte mich in mein Schicksal und sagte: »Es sind genügend Leute hier im Kaufhaus, aber offenbar interessieren sie sich nicht für Ikebana. Natsumi Kayama meinte, die jüngere Generation mache sich nichts aus Blumen.«

»Das stimmt, Shimura-san. Deshalb sollten Sie bei uns mitmachen. Sie würden eine wunderbare Ikebana-Künstlerin werden. Das merkt man an Ihrem Engagement.« Miss Okada bedachte mich mit einem anerkennenden Lächeln, das mich nicht überzeugte, und ich brachte das Tablett mit dem Tee und den Madeleines hinüber zu Mrs. Koda.

»Ach, das sieht ja köstlich aus. *Itadakimasu*«, sagte Mrs. Koda. Das war der kurze japanische Dank, der so viel bedeutet wie »Ich werde erhalten«. Dann nippten wir beide an unserem Tee.

»Nun, wie war es, das erste Mal vom Schulleiter beurteilt zu werden?« fragte Mrs. Koda.

»Das Arrangement ist Tante Nories Werk, nicht meines.«

»Wie japanisch von Ihnen, das Lob an die Ältere weiterzugeben. Sehr wohlerzogen, Rei-san, aber ich bin ja nicht blind. Ich habe Ihnen gestern und heute zugesehen, wie Sie mit den Iris umgegangen sind. Sie werden immer sicherer. Sie schneiden inzwischen ohne zu zögern alle Blumen auf die richtige Länge.«

Ich hatte schnell gearbeitet, weil ich mich nicht lange in dem Kaufhaus aufhalten und wieder zurück zu meiner eigentlichen Arbeit wollte. Da ich das aber nicht sagen konnte, erklärte ich: »Ich bin nicht besonders gut. Mari Kumamori ist viel besser.«

»Mrs. Kumamori hat ein Arrangement ohne Blumen geschaffen, nur mit Ranken, die der Schulleiter als Unkraut betrachtet«, sagte Mrs. Koda.

»Aber sie hat doch im freien Stil gearbeitet!« widersprach ich. »Bedeutet freier Stil denn nicht auch freie Wahl des Materials?«

»Dem Arrangement fehlte das Gefühl«, sagte Mrs. Koda. »Ihr Werk war vital, das von Mari-san war zu ruhig.«

»Ich habe immer gedacht, Ruhe sei eine japanische Tugend«, sagte ich und leerte meine Tasse. Dennoch hatte ich einen trockenen Mund. Aber ich wollte nicht noch einmal fünfhundert Yen für eine Tasse Tee ausgeben.

Ich sah zu Mari hinüber, die auf dem Boden kniete und die Scherben ihrer Keramik berührte. Sie war bei ihrem Arrangement geblieben, obwohl der Schulleiter und seine Schäfchen sich inzwischen dem Erfrischungsbereich näherten und sich mit dem Arrangement von Lila Braithwaite beschäftigten.

»Mir hat Mari Kumamoris Arrangement gefallen, *bevor* der Schulleiter das Gefäß zerbrochen hat«, erklärte ich Mrs. Koda.

»Sch«, sagte sie mit einem Blick in Richtung Eriko. »Sie wollen doch nicht, daß die Leute sagen, Sie seien undiszipliniert.«

Ich kam zu dem Schluß, daß Mrs. Koda doch nicht so nett war, wie meine Tante mir weiszumachen versucht hatte. Eigentlich hatte ich gar keine Lust mehr, ihr zuzuhören. Ich biß ein Stück von meiner Madeleine ab. Sobald ich das Gebäckstück gegessen hätte, könnte ich mich von Mrs. Koda verabschieden, ohne unhöflich zu wirken.

»Es war interessant, daß Ihr Bambus-Iris-Arrangement den *iemoto* an den Streich erinnert hat, den seine Kinder ihm vor so langer Zeit gespielt haben«, sagte

Mrs. Koda. »Mit dem guten Gedächtnis wird er sicher noch zwanzig Jahre in der Lage sein, die Schule zu leiten!«

»Ach? Dann wird Takeo sie also Ihrer Meinung nach erst mit« – ich rechnete schnell nach – »fast fünfzig übernehmen können?«

»Ja. Normalerweise erfolgt die Übernahme nach dem Tod des Meisters. So war es jedenfalls bei Masanobu-*sensei.* Sein Vater praktizierte bis siebzig, dann hat er übernommen. Das ist jetzt ungefähr zwanzig Jahre her.«

»Also ein paar Jahre nach dem Tod seiner Frau«, sagte ich und versuchte, gegen meine Übelkeit anzukämpfen. Vielleicht bekam ich eine Grippe. Dann wäre es vernünftig, mir für meine Fahrt mit der U-Bahn einen kleinen weißen Mundschutz zu kaufen. Wahrscheinlich konnte ich das sogar gleich im Mitsutan-Kaufhaus erledigen. Oder möglicherweise hatte auch Eriko einen in ihrer Handtasche. Schon der Gedanke ans Einkaufen ermüdete mich.

»Ja, nach ihrem unglücklichen Sturz«, bestätigte Mrs. Koda.

»Takeo hat mir davon erzählt«, sagte ich und hielt die Hand vor den Mund, als ich spürte, daß ich würgen mußte. Ja, irgend etwas mußte ich aufgeschnappt haben.

»Sie müssen Takeo-san oder Takeo-*sensei* sagen«, korrigierte mich Mrs. Koda. »Ich weiß, er ist in Ihrem Alter, aber Sie müssen trotzdem Respekt zeigen.«

Die Übelkeit übermannte mich. Ich rappelte mich auf, um zur Damentoilette hinüberzurennen, doch Schulleiter Kayama und die Schülerinnen standen zwischen mir und dem Galerieausgang.

»Rei-san? Ist etwas?« fragte Mrs. Koda.

»Chotto shitsurei shimasu!« Ich stieß diese traditio-

nellen Worte des Abschieds hastig hervor. Sie bedeuteten so viel wie »Ich muß jetzt leider ein bißchen unhöflich sein«, und diesmal hatte ich das Gefühl, daß sie tatsächlich der Situation entsprachen.

Mir war zu schwindelig, als daß ich hätte geradeaus gehen können. Ich stolperte über Mrs. Kodas Stock, stieß gegen den Tisch und glitt zu Boden. Ich hörte gerade noch, wie die Teetasse herunterfiel und zerbrach, bevor ich mich übergeben mußte. Ein bizarres Bild tauchte vor meinem geistigen Auge auf: Plötzlich sah ich mich selbst als grotesk verzerrte Gießkanne. Noch nie zuvor war mir etwas so peinlich gewesen. Dann verlor ich das Bewußtsein.

9

Als ich die Augen aufschlug, fiel mein Blick auf Kirschblüten, die so groß und leuchtend waren, daß sie unecht wirkten. Ich blinzelte und bewegte den Kopf ein wenig. Noch mehr Blumen. Narzissen, Azaleen, Lilien. Lag ich mitten in einem riesigen Blumen-Arrangement? Hinter den Blumen befand sich eine Wand mit Holzschnitten, die ich kannte. Ich war zu Hause. Allerdings hatte ich einen schrecklich rauhen Hals und Gliederschmerzen.

»Rei-*chan*! Endlich bist du wach!« sagte Tante Norie und strich mir mit der Hand über die Stirn. »Tsutomu, komm und sieh sie dir an.«

Ich drehte meinen Kopf so weit, bis ich das Gesicht meines Cousins Tom sehen konnte. Als er mir mit einer Taschenlampe in die Augen leuchtete, hob ich schützend den Arm.

»Das ist ja widerlich«, murmelte ich.

Mein Cousin lächelte. »Ihr Mund ist schon wieder ganz fit. Offenbar ist ihr Gehirn nicht geschädigt.«

»Ich wollte, daß du zu Hause aufwachst, in einer schönen Umgebung«, sagte Tante Norie.

»Die Blumen kann ich doch gar nicht alle arrangieren. Warum hast du mir keine Topfpflanzen gebracht? Die halten ewig«, sagte ich. Ich fühlte mich seltsam schwach.

»Topfpflanzen am Krankenbett bringen Unglück. Sie bedeuten, daß du Wurzeln schlägst und nicht mehr aus dem Bett herauskommst. Das wollen wir doch nicht hoffen.« Tante Norie steckte mir ein Fieberthermometer unter die Achsel.

»Die Blumen sind Genesungswünsche von deinen Freunden und Kollegen«, fügte Tom hinzu. »Alle haben sich solche Sorgen gemacht nach deinem Zusammenbruch im Mitsutan.«

»Mir ist schlecht geworden, stimmt's?« Plötzlich fiel mir das Bild mit der Gießkanne wieder ein.

»Das ist ziemlich milde ausgedrückt«, sagte Tom. »Du hast dich übergeben und das Bewußtsein verloren. Das war am Samstagnachmittag, heute ist Dienstag. Bis gestern nachmittag warst du im St. Luke's. Dann hast du darauf bestanden, entlassen zu werden. Ich mußte versprechen, mich um die Organisation der Nachsorge zu kümmern. Normalerweise wärst du bei uns zu Hause in Yokohama, aber meine Mutter war der Meinung, daß es besser für dich wäre, wenn du dich von den Reportern fernhältst.«

Ich erinnerte mich dunkel, in einem Bett mit gestärkten weißen Laken gelegen zu haben. Dann war da noch etwas mit einer überlaufenden Bettpfanne gewesen und einer Taxifahrt mit mehreren Leuten. Was hatte ich sonst noch verpaßt?

»Ich habe deine Eltern angerufen und ihnen alles erzählt. Sie waren auch der Meinung, daß es das beste ist, wenn ich dich pflege«, sagte Tante Norie. »Ich bleibe hier, so lange du mich brauchst.«

Als ich mich umsah, fiel mein Blick auf Steppdecken, die ich nicht kannte, auf zwei Koffer und einen extragroßen Reiskocher. Offenbar hatte Tante Norie vor, eine Weile zu bleiben.

»Du machst dir viel zu viele Umstände«, sagte ich.

»Was habe ich denn? Eine schlimme Grippe? Der Hals tut mir immer noch weh ...«

Tom schüttelte den Kopf. »Der Hals tut dir weh, weil wir dir den Magen auspumpen mußten. Außerdem hast du im Verlauf der letzten achtundvierzig Stunden ein paar intramuskuläre Injektionen erhalten. Du hast eine ganze Menge aushalten müssen, Rei.«

»Mir ist der Magen ausgepumpt worden?«

»Ja. Man hat versucht, dich zu vergiften. Wir sind immer noch dabei, das Gift zu analysieren. Ich habe da so einen Verdacht. Lebensmittelläden und Hobbyköche bewahren Nahrungsmittel nicht immer hygienisch auf. Ich habe schon Patienten gehabt, die krank geworden sind, weil sie gegrillten Fisch über Nacht nicht in den Kühlschrank gestellt oder Reis zu lange im Reiskocher gelassen haben.«

»Aber im Kühlschrank geht die ursprüngliche Konsistenz verloren«, schaltete sich Tante Norie ein und zog das Thermometer unter meiner Achsel heraus. Dann reichte sie es Tom.

»Die Temperatur ist normal«, sagte Tom. »Hast du irgendwelche Reste gegessen, Rei? Oder verdorbene Nahrungsmittel in einem Laden oder Restaurant gekauft?«

Ich hatte wie üblich Tee und Toast gefrühstückt und dann das Mittagessen ausgelassen, aber ein paar Reiskuchen von Mr. Waka zu mir genommen. »Ich habe einige *sakura mochi* mit einem Kunden gegessen. Sie waren aus dem Family Mart.«

»Die Leute von der Polizei haben die *mochi*-Packung in deinem Abfall gefunden und sie analysiert. Aber die scheinen in Ordnung gewesen zu sein.«

»Die Beamten sind meinen Müll durchgegangen?« Obwohl das natürlich in meinem Interesse geschehen war, hatte ich das Gefühl, daß meine Privatsphäre verletzt worden sei.

»Ja. Außerdem habe ich Lieutenant Hata versprochen, ihn anzurufen, sobald du wieder wach bist, damit er dich befragen kann«, sagte Tom.

»Ich versuche dir doch schon den ganzen Morgen zu erklären, daß Rei noch zu schwach ist. Bloß weil sie die Augen aufgemacht hat, bedeutet das nicht, daß sie bereit ist, mit jemandem zu reden«, sprang mir meine Tante bei.

»Wenn wir nicht herausfinden, wo sie die verdorbenen Lebensmittel gekauft hat, werden unter Umständen noch mehr Leute in der Stadt krank oder sterben sogar«, erwiderte Tom. »Es ist ihre Bürgerpflicht, uns alles mitzuteilen, was sie weiß.«

Ich stimmte ihm zu, obwohl ich keine japanische Bürgerin war und auch keine besondere Lust hatte, Lieutenant Hata zu sehen. Eigentlich sehnte ich mich nur nach einem heißen Bad. Als ich aufstand, merkte ich, daß ich noch ziemlich wackelig auf den Beinen war. Tante Norie mußte mir ins Bad helfen.

»Rei, du solltest zuerst duschen. Bitte, ich helfe dir«, protestierte Tante Norie, als ich gleich in die Wanne stieg, die sich rasch mit heißem Wasser füllte.

»Ich kann nicht so lange aufrecht stehen.« Das stimmte sogar. Mein armes, gequältes Hinterteil schmerzte zu sehr. Es war mir völlig egal, daß es jeglicher japanischen Etikette widersprach, sich ungewaschen ins Badewasser zu begeben. Schließlich war es meine eigene Wanne, und solange ich keine Seife verwendete, würde der Heizmechanismus keinen Schaden nehmen.

»Tja, du brauchst mich wirklich. Aber mach dir keine Sorgen. Ich kümmere mich um alles.« Tante Norie legte mir einen warmen Waschlappen auf die Stirn und verließ das Bad.

Ich sah mich in dem winzigen pfirsichfarbenen Raum um. Wie alle japanischen Bäder funktionierte er wie eine riesige Duschkabine mit einer kleinen, aber sehr tiefen Wanne auf der einen Seite. Tante Norie hatte ein wenig Badesalz ins Wasser gegeben, das jetzt gelb leuchtete und angenehm duftete.

Ich lehnte mich zurück. Dabei wurden meine Haare naß und breiteten sich in dem surreal gelben Meer wie Seetang um meinen Kopf herum aus. Ich konnte es immer noch nicht fassen, daß ich mich bei der Ikebana-Ausstellung vor allen Anwesenden übergeben hatte. Vor meinem Besuch im Mitsutan-Kaufhaus war es mir doch noch gut gegangen. Daß ich mir durch Essensreste eine Lebensmittelvergiftung zugezogen hatte, hielt ich für ausgeschlossen.

»Rei-*chan*, ich komme jetzt wieder rein«, sagte Tante Norie und streckte gleich darauf den Kopf durch den Türspalt. »Tsutomu ist weg, also kannst du dich draußen anziehen. Aber beeile dich, *neh*? Der Lieutenant ist schon auf dem Weg hierher; da wäre es nicht gut, wenn du noch nicht angezogen bist.«

Nicht einmal im Bad hatte ich meine Ruhe. Als ich mich aufrichtete, merkte ich allerdings, daß ich Tante Nories Hilfe brauchte. Ich ließ mich von ihr in eine Strumpfhose, einen Wollrock und eine Jacke packen. Eigentlich waren die Sachen ein bißchen zu warm für die Jahreszeit, aber Tante Norie meinte, für ein Polizeiverhör seien sie angemessen. Auch meinen Futon hatte sie zusammengerollt und im Schrank verstaut.

»Setz dich auf den Stuhl und warte da auf den Lieutenant. Mir ist gar nicht wohl dabei, daß ich dich aus dem Bett geholt habe, aber es schickt sich nicht für eine Dame, einen Herrn im Bett zu empfangen.«

»Ich dachte, du hast Tom gesagt, ich bin noch zu schwach, um mit Polizisten zu reden«, protestierte ich und sehnte mich dabei nach den weichen Decken und Kissen.

»Tsutomu ist im Moment das männliche Oberhaupt unserer Familie, Rei. Was er sagt, wird gemacht.« Norie seufzte. »Es wird noch eine Weile dauern, bis Lieutenant Hata kommt. Wenn du dich gut genug fühlst, könntest du schon mal anfangen, dich schriftlich für die schönen Blumengeschenke zu bedanken.«

Meine Tante hielt mir einen Stapel Briefpapier hin, zartgelbe Bogen mit Blumenmuster. Ganz oben stand das Wort FLORESZENZ und darunter ein Keats-Zitat: »Ein schöner Gegenstand bringt ewig Freude; seine Schönheit wächst; er wird niemals völlig vergehen.« Nur in Japan, einem Land, in dem es Ausdrücke wie *salaryman* gab, konnte ein Wort wie »Floreszenz« auf dem Briefpapier einer Dame auftauchen. Mir wäre so etwas beim besten Willen nicht eingefallen. Das Keats-Zitat ergab keinen Sinn für mich. Daß etwas Schönes ewig Freude bringt, erschien mir wie eine maßlose Übertreibung. Um zu dem Schluß zu kommen, genügte ein Blick auf die Blumen in meiner Wohnung, die zweifelsohne in ein paar Tagen alle verblüht sein würden.

Die meisten Teilnehmerinnen der Ikebana-Ausstellung hatten mir ein Bouquet geschickt. Lila Braithwaite schrieb ich auf englisch und Mrs. Koda, Mari Kumamori und Natsumi Kayama auf japanisch. Bei letzteren half mir Tante Norie. Es stellte sich heraus, daß der Kirschblütenstrauß, den ich beim Aufwachen als erstes gesehen hatte, tatsächlich künstlich war. Er stammte von Richard Randall, der entweder ironisch sein wollte oder nicht das nötige Geld für frische Blumen hatte.

Tante Norie frankierte die fertigen Briefe und steckte sie in ihre Handtasche, um sie später zum Postamt zu bringen. Lieutenant Hata würde jeden Moment kommen. Meine Tante huschte nervös in der Küche hin und her und schaltete schließlich den kleinen Wasserkocher auf meiner Arbeitsfläche ein, um das Teewasser vorzubereiten.

»Du weißt, wie leid mir das alles tut, Rei«, sagte sie.

»Du meinst, weil du nicht da warst, als ich mich übergeben mußte? Das hättest du doch auch nicht verhindern können, Obasan.«

»Nein, ich bedaure, daß ich dich zu dem Ikebana-Kurs gedrängt habe, obwohl du eigentlich nicht wolltest. Ich hatte wirklich nur die besten Absichten.« Sie holte tief Luft. »Ich habe dich unter anderem deshalb in der Kayama-Schule eingeschrieben, weil man mit Hilfe von Ikebana oft … einen Ehemann findet.«

»Aber in den Kursen sind doch bloß Frauen!« Ich mußte lachen, obwohl mir der Bauch dabei wehtat.

»Nun, ich dachte, die Damen, die den Kurs besuchen, könnten dich ihren Söhnen oder Neffen vorstellen.«

»Wie kannst du mir eine arrangierte Ehe vorschlagen, wenn es bei dir und Onkel Hiroshi anders gelaufen ist?«

»Ja, ich habe Hiroshi tatsächlich ohne Hilfe Dritter kennengelernt, und wenn du genausoviel Glück hättest wie ich, wäre ich froh. Aber sieh dir doch einmal dein Leben an! Du warst eine Weile mit diesem netten schottischen Anwalt zusammen, aber dann hat er dich verlassen. Inzwischen bist du achtundzwanzig Jahre alt und immer noch allein. Du liegst krank im Bett, und nur ein

Mann in Tokio schickt dir Blumen, aber die sind aus billigem Polyester. Künstliche Blumen, wenn ganz Japan in Blüte steht!«

Ich machte mir nicht die Mühe, ihr zu erklären, daß Richard sich sexuell nicht für mich interessierte. Vermutlich wußte sie das ohnehin schon, obwohl ich ihr nie explizit gesagt hatte, daß Richard schwul war. Also versuchte ich, von dem Thema abzulenken, indem ich sagte: »Erwachsen werden, bedeutet, daß man sich auf sich selbst verläßt, nicht auf Eltern oder Verwandte.«

»Dazu könnte ich dir was erzählen!« murmelte Tante Norie und wandte sich von mir ab, um in meiner Küche nach etwas zu suchen.

»Ach, bitte, mach das doch.« Ich zog das Knie an die Brust, weil das meine Magenkrämpfe ein wenig linderte. Mir fiel wieder ein, wie Takeo mich gebeten hatte, ihm Informationen über Tante Norie zu geben, doch ich würde nicht ihm, sondern ausschließlich mir zuliebe zuhören.

»Ich studierte das erste Jahr am Ocha-no-Mizu Women's College und war ziemlich schüchtern und unsicher. Das College veranstaltete einen Tanzabend, und ich hatte keinen Freund, den ich mitnehmen konnte. Schließlich bat ich einen Bekannten aus meiner alten Schule, der inzwischen an der Keio-Universität studierte, mich zu begleiten. Zu der Zeit konnten sich dort noch keine Frauen einschreiben.«

Auch heute war es für Frauen ziemlich schwierig, von Top-Unis wie der Keio- oder der Tokio-Universität aufgenommen zu werden. Ich hatte selbst mit dem Gedanken gespielt, mich um ein Stipendium zu bewerben, war aber angesichts meiner mangelhaften *kanji*-Kenntnisse zu dem Schluß gelangt, daß ich mir nicht die Mühe zu machen brauchte.

»Mein Bekannter hat mich gebeten, ein Mädchen für seinen Freund Hiroshi Shimura zu finden, der aus einer alten Samurai-Familie stammte. Ich flehte ihn an, Hiroshi nicht mitzubringen, weil ich kaum Angehörige seiner Schicht kannte. Ich hatte Angst, daß ich mich in Wortwahl oder Etikette vergreifen würde. Wir sind zwar keine Nation von Herren und Knechten mehr, aber ich war einfach zu unsicher, um mit einem Samurai auszugehen.«

»Du warst aber doch eine der reichsten Erbinnen Yokohamas«, wandte ich ein. Als mein Vater mir das erzählt hatte, war ich sehr überrascht gewesen, denn Tante Norie kochte und putzte selbst und hatte keinerlei Allüren.

»Ja, aber wir gehörten nicht der Oberschicht an«, sagte Norie sofort, und ich spürte, daß sie das immer noch verletzte. »Mein Vater war lediglich Apotheker, und mit seinen Ersparnissen hat er billigen Grund im ausgebombten Zentrum von Yokohama erworben. In der Wiederaufbauphase hat er diese Parzellen zu einem höheren Preis verkaufen können. Die Shimura-Familie hingegen lebte schon seit fünf Generationen in einem großen Anwesen in West-Tokio. Auf ihrem Grund hätte man sechs Häuser mit Gärten unterbringen können!«

»Das hat mir Dad nie erzählt. Ich kannte nur die Wohnung, in der Großmutter mir verboten hat, die Möbel zu berühren«, sagte ich. Das war einer der Gründe für meinen Beschluß gewesen, es mit dem Antiquitätenhandel zu versuchen.

»Deine Großmutter mußte das Haus verkaufen und in eine Wohnung ziehen, um nach dem Tod deines Großvaters die hohe Erbschaftssteuer zahlen zu können. Das war ungefähr zu der Zeit, als Hiroshi an der

Keio-Universität studierte und dein Vater bereits seine Assistenzzeit in den Staaten machte.« Der Wasserkocher piepste, und Norie goß ein wenig Wasser in eine Arita-Teekanne, um sie zu erwärmen. Dann schaltete sie den Kocher wieder ein und fuhr fort: »Hiroshi wollte so schnell wie möglich an der industriellen Zukunft Japans teilhaben, doch dein Großvater hatte von ihm erwartet, daß er eine wissenschaftliche Laufbahn einschlug.«

Das überraschte mich nicht. Ich hatte meinen Großvater zwar nie kennengelernt, aber mein Vater hatte mir erzählt, daß er Professor für klassische Philologie an der Keio-Universität gewesen war. Nach dem Krieg war es meinem Großvater schwer gefallen, sich von der Vorstellung zu verabschieden, daß Japan die führende Kultur der Welt war. Er war gezwungen worden, in den Ruhestand zu gehen, und hatte bis zu seinem Tod an einem Manifest gearbeitet, das nie veröffentlicht wurde, sich aber in puncto rechtsgerichtetem Fanatismus vermutlich durchaus mit Yukio Mishimas Schriften messen konnte.

»Und wie war Onkel Hiroshi, als du ihn kennengelernt hast?« fragte ich Tante Norie.

»Also zurück zu der Tanzveranstaltung. Mein Freund hat darauf bestanden, Hiroshi mitzubringen, und ich habe meine Freundin Eriko, die du vom Ikebana-Kurs kennst, als seine Begleitung engagiert. Ihr hat Hiroshi nicht gefallen, weil er fünf Zentimeter kleiner als sie war. Also hat sie sich mit einem anderen verdrückt. Mir war ihr Betragen peinlich, und so bin ich die ganze Zeit bei Hiroshi geblieben und habe immerzu geredet, damit er mich nicht fragen konnte, was mit ihr war. Es stellte sich heraus, daß sich noch nie eine junge Frau so lange mit ihm unterhalten hatte. Dann hat er mich gebeten, am nächsten Tag einen Spaziergang mit ihm zu machen. Offenbar wollte er sehen, ob ich immer noch etwas zu sagen hatte.«

»Dann hast du deinen Mann also fast an Eriko verloren?« fragte ich erstaunt. Was für ein Glück, daß Eriko so viel Wert auf Körpergröße gelegt hatte.

»Nun, Eriko macht sich bis heute Vorwürfe, weil sie die falsche Entscheidung getroffen hat. Der große, attraktive Mann, den sie schließlich geheiratet hat, ist Alkoholiker geworden. Letztes Jahr hat ihm seine Firma gekündigt. Aber mach dir darüber keine Gedanken. Hier, bitte versuch doch mal den Tee.«

»Ist das Fleischbrühe?« Ich hatte grünen Tee erwartet, doch dieses Gebräu war rötlich braun und merkwürdig würzig.

»Nein, das ist Leberblümchentee. Der beruhigt den Magen«, sagte meine Tante.

Die vollen Einkaufstüten auf meinem Küchentisch lieferten einen ziemlich sicheren Hinweis darauf, daß sie mir noch weitere Gesundheitskost präsentieren würde. Ich versuchte, den Gedanken an Rinderbrühe zu verdrängen, und nahm noch einen Schluck.

»Und irgendwann haben Onkel Hiroshi und du dann beschlossen zu heiraten.«

»*Beschlossen* ist nicht ganz der richtige Ausdruck. Wir haben unsere Eltern um Erlaubnis gebeten. Die meinen waren begeistert, haben diese Freude aber zu deutlich gezeigt. Mrs. Shimura und ihre Oberschichtfamilie haben gedacht, wir wollten uns durch die Heirat gesellschaftlich verbessern.« Tante Norie seufzte. »Die Sache wurde ziemlich unangenehm. Als Hiroshis Eltern nein sagten, war er sehr entmutigt und hat mir erklärt, er könne sich nicht gegen sie stellen. Meine Eltern kamen zu dem Schluß, daß es meinen Wert in den Augen der Shimuras erhöhen würde, wenn sie mehrere Heiratsanträge von anderen jungen Männern aus wohlhabenden Familien vorweisen könnten. Also haben sie sich mit einer professionellen Heiratsvermittlerin in Verbindung gesetzt, die vorschlug, ich solle Ikebana und Teezeremonie lernen, um kultivierter zu werden. Das hat dann alles so viel Zeit erfordert, daß ich gezwungen war, mit dem College aufzuhören. Und ich hatte Angst, daß meine Eltern in der Zwischenzeit einen anderen Mann für mich finden würden.«

»Dann wolltest du also auch keine arrangierte Ehe. Genau wie ich hast du dir gewünscht, daß deine Verwandten sich nicht in deine Angelegenheiten einmischen ...«

»Nun, es war ein bißchen anders. Durch die klugen Pläne meiner Eltern wurde ich von vielen interessanten Männern zum Tee in die großen Hotels eingeladen.« Sie lächelte kokett. »Die Schülerinnen der Kayama-Schule hatten Brüder, und damals war Masanobu-*sensei* selbst noch ein junger, ausgesprochen attraktiver Lehrer. Ich bin durch gelegentliche Telefonate mit Hiroshi in Verbindung geblieben. Als er einmal anrief und meine Mutter ihn mit dem Namen eines meiner anderen Verehrer begrüßte, ist Hiroshi eifersüchtig geworden. Er hat mir gesagt, er wolle mich so schnell wie möglich heiraten, und seiner Mutter gedroht, meinen Familiennamen anzunehmen, falls sie mich nicht in die Shimura-Familie aufnehmen würde. Mrs. Shimura war der Meinung, daß sie es sich nicht leisten konnten, ihren Namen zu verlieren.«

»Und wie war das Verhältnis zu meiner Großmutter nach eurer Heirat?«

»Meine Familie hat sich Sorgen gemacht, daß Mrs. Shimura mich schlecht behandeln könnte, also hat sie uns in Yokohama ein eigenes Haus gebaut. Mrs. Shimura war natürlich zu stolz, um uns dort zu besuchen. Das hat sie erst nach der Geburt von Tom getan. Ein Enkel, der vielleicht an der Keio-Universität promovieren würde! Das war dann doch zu verlockend.«

»Und was hat sie von Mädchen gehalten? Ich habe meine Großmutter kennengelernt, als ich vier war. Ob sie wohl je auf die Idee gekommen wäre, daß ich einmal ganz hierher ziehen würde?« sagte ich. Im Zusammenhang mit diesem ersten Besuch erinnerte ich mich vor allem noch daran, wie merkwürdig ich es fand, zusammen mit meinen Eltern auf einem Futon unter einem Flügel zu schlafen, denn in der Wohnung meiner Großmutter gab es kein Gästezimmer.

»Anfangs war es ziemlich schwierig. Zum erstenmal warst du mit einem Jahr in Japan. Deine Eltern haben versucht, deine Großmutter zu besuchen, aber sie hat sich geweigert, sie zu sehen. Sie hat Müdigkeit vorgeschützt. Deine Eltern waren natürlich am Boden zerstört. Sie haben in dem Jahr und auch in den beiden folgenden bei uns gewohnt.«

»Warum war Großmutter denn so ablehnend?« Ich hatte das Gefühl, als habe mir jemand eine Ohrfeige gegeben.

»Dein Vater hat eine Ausländerin geheiratet und wurde aus dem Familienbuch gestrichen. Sie wollte seine Kinder nicht sehen. Tut mir leid, Rei-*chan*. Ich hatte nicht die Absicht, dich zu verletzen. Aber das ist nun mal die Wahrheit über deine Großmutter.«

Ich wandte mich von dem besorgten Blick meiner Tante ab und versuchte, wieder Fassung zu gewinnen.

Was für ein Schock! Ich war nie richtig warm geworden mit meiner Großmutter, hatte aber gedacht, das liege daran, daß sie so alt und förmlich war, ganz anders als meine geliebte Tante Norie, die mich immer in den Sommerkindergarten und als Gastschülerin in die Grundschule geschickt hatte, damit ich das Leben der japanischen Kinder kennenlernte. Ich fragte: »Und wieso durften meine Eltern dann irgendwann doch in die Wohnung meiner Großmutter?«

»Ich habe deiner Großmutter ein Foto von dir im Kimono geschickt, da warst du drei und hast an einem Kinderfest am Meiji-Schrein teilgenommen. Ich habe dir einen Kimono angezogen, der ganz ähnlich war wie der, den sie zu ihrer eigenen Kinderfeier getragen hatte. Du hast genauso ausgesehen wie sie in dem Alter. Das hat sie ein bißchen sanfter werden lassen, und sie hat deine Eltern bei ihrem nächsten Aufenthalt in Japan zu sich eingeladen.«

»Sie hat nur etwas auf Äußerlichkeiten gegeben, darauf, wie ich aussah«, sagte ich.

»Sie war eine sehr starke Frau«, sagte Norie. »Aber versuch die Geschichte einmal aus ihrer Perspektive zu betrachten. Nach dem Krieg ist für sie und ihren Mann eine Welt zusammengebrochen. Sie hatten nur noch ihren Namen, und keiner ihrer Söhne hat eine Frau geheiratet, die diesem Namen Ehre gemacht hat.«

»Und jetzt bist du die letzte Trägerin dieses Namens.« Das Gespräch, das eigentlich als Ablenkung gedacht gewesen war, hatte bei mir zu einem Gefühl der Verbitterung geführt. Natürlich hätte ich nicht wütend auf meine Großmutter sein sollen, die ein paar Jahre zuvor an einem Schlaganfall gestorben war, aber nachdem ich diese Geschichten gehört hatte, war ich es.

10

Es klingelte an der Tür.

»Das ist wahrscheinlich Lieutenant Hata«, sagte Norie. »Setz dich ordentlich hin, Rei. Ja, zieh den Rock über die Knie und stell die Füße auf den Boden.«

Ich tat ihr den Gefallen. Da kam auch schon Lieutenant Hata herein und murmelte die traditionellen Worte der Entschuldigung dafür, die Anwesenden zu stören. Er sah sich kurz in dem Raum um und lächelte dann meine Tante an.

»Ich sehe, daß Sie Hausputz gemacht haben.«

»Ach, ich habe nur ein wenig Staub gewischt. Meine Nichte hat kein großes Interesse am Haushalt. Darf ich Ihnen eine Tasse Tee anbieten?«

»Machen Sie sich bitte keine Umstände«, sagte Lieutenant Hata.

»Er ist schon fertig. Trinken Sie doch eine Tasse.« Tante Norie füllte vorsichtig drei Tassen mit Leberblümchentee und trug sie zu dem Beistelltischchen.

»Sie haben ziemlich lange geschlafen. Wahrscheinlich wissen Sie nicht, daß es seit gestern abend heftig regnet«, sagte Hata und strich sich die nassen Haare aus der Stirn.

»Der Regen ist furchtbar für die Kirschblüten. Kaum sind sie aufgegangen, werden sie schon von den Bäumen geweht!« klagte Tante Norie.

»Merkwürdigerweise hat der Regen uns sogar bei unseren Ermittlungen geholfen«, sagte Hata zu mir. »Die

Pathologie hätte gestern eigentlich an einem Kirschblütenfest teilnehmen sollen, doch das wurde aufgrund des Wetters abgesagt. Und so hatten wir eine ganze Reihe von Leuten im Labor, die die unterschiedlichsten Tests durchführen konnten.«

»Aber woher wollen Sie wissen, was ich am Freitag und Samstag alles gegessen habe?« sagte ich. »Es gibt noch jede Menge zu tun.«

»Nun, wir sind zu dem Schluß gekommen, daß sich in Ihrem Mageninhalt Spuren eines Schwermetalls befanden.« Lieutenant Hata murmelte leise das *itadakimasu*-Dankgebet und griff nach seiner Tasse Tee.

»Heißt das, daß ich ein Stück Folie mitgegessen habe? Ich bin mir sicher, daß ich nichts im Mund hatte, was irgendwie nach Metall schmeckte.«

»Wir haben ein ganz bestimmtes Schwermetall gefunden, das Gift Arsen. Haben Sie schon davon gehört?«

Ich nickte, während mein Magen sich wieder verkrampfte. Hoffentlich war das nur eine psychosomatische Reaktion.

»Das ist eine ernste Sache! Arsen wirkt doch normalerweise über einen längeren Zeitraum. Kann es meiner Nichte jetzt immer noch schaden?« fragte Tante Norie entsetzt.

»Dafür hat sie zu wenig davon geschluckt.«

»Rei-*chan*, hast du in letzter Zeit in schlechten Restaurants gegessen?« fragte Tante Norie, fast ein wenig gekränkt. »Wie schrecklich. Dabei könntest du bei mir wohnen und meine Hausmannskost essen.«

Lieutenant Hata und ich wechselten einen Blick, doch Tante Norie merkte nichts.

»Die Vergiftung hat sich im Mitsutan ereignet, als Miss Shimura eine Tasse Tee trank«, erklärte Lieutenant

Hata. »In dem Zucker, den sie in ihren Tee gegeben hat, befand sich Ameisengift. Dieses Mittel ist normalerweise eine Mischung aus Zucker und Arsen, die die Ameisen anlocken und töten soll.«

»Das kenne ich«, sagte Tante Norie. »Ich habe immer ein schlechtes Gewissen, wenn ich es benutze, aber ohne fressen sie mir meine ganzen Pfingstrosen an.«

»Interessant, daß Sie das erwähnen«, sagte Lieutenant Hata und sah Tante Norie mit durchdringendem Blick an. »Im Ausstellungsbereich des Kaufhauses ist ein Behälter mit Ameisengift entdeckt worden. Staub- und Pollenpartikel darauf entsprechen jenen aus dem Geräteschuppen in Ihrem Garten. Unsere Tests weisen darauf hin, daß der Behälter sich ursprünglich in Ihrem Schuppen befunden hat.«

Tante Norie schluckte. Dann machte sie den Mund auf, aber es kam nur ein leises Stöhnen heraus.

»Schon in Ordnung, Obasan. Ich kann mir nicht vorstellen, daß du mich vergiften wolltest.« Und zu Lieutenant Hata sagte ich: »So etwas dürfen Sie nicht einmal andeuten! Meine Tante ist seit meiner Geburt die einzige echte Freundin meiner Familie. Nur mit ihrer Hilfe habe ich …«

»Lassen Sie Ihre Tante reden«, unterbrach Lieutenant Hata mich.

»Es ist meine Schuld«, sagte meine Tante und schwieg einen Augenblick. »Ich schließe die Tür meines Schuppens nie ab. Jeder kann hinein.«

»Wie sind Sie eigentlich auf die Idee gekommen, im Garten meiner Tante herumzuschnüffeln?« fragte ich wütend. »Durchsuchen Sie alle Gartenhäuschen in der Region Kanto? In anderen gibt es doch sicher ganz ähnliche Staub- und Pollenspuren.«

»Ihr Sohn hat uns die Erlaubnis erteilt, den Schuppen zu durchsuchen. Wir waren gestern dort, als Sie noch im Krankenhaus lagen. Es ging uns nicht darum, irgendwo herumzuschnüffeln. Entscheidend ist herauszufinden, um welche Art von Gift es sich handelt – in diesem Fall von versuchtem Mord.«

»Verdächtigen Sie mich denn?« fragte Norie mit leiser Stimme.

»Sollten wir das?« fragte Hata zurück.

»Ich trage insofern Schuld, als ich meinen Schuppen nicht verschlossen habe und nicht im Mitsutan anwesend war, um meine Nichte vor dem Giftanschlag zu schützen. Außerdem konnte ich Sakura Sato nicht leiden. Ich habe sogar eine Auseinandersetzung mit ihr gehabt.«

»Das ist doch lächerlich«, fiel ich Norie ins Wort. »Wir alle wissen, daß meine Tante an dem Tag des Giftanschlags gegen mich überhaupt nicht in der Ausstellung war. Sie wollte kommen, aber ich habe es ihr ausgeredet. Außerdem weiß ich, daß das Ameisengift am Freitag nicht im Mitsutan war, weil ich alles gesehen habe, was sie mitgebracht hat. Zwei Eimer mit Iris, das war alles!«

Lieutenant Hata hob beschwichtigend die Hand. »Wir wollen Sie ja nicht ins Gefängnis stecken, Shimura-san. Aber wir müssen wissen, wo Sie und Ihre Nichte sich aufhalten. Nicht nur zur Sicherheit anderer Leute, sondern auch zu Ihrer eigenen.«

Norie nickte unglücklich. Wahrscheinlich war ihre Stimmung genauso schlecht wie meine. Mir tat immer noch der Hals weh, also beugte ich mich vor, um mir eine zweite Tasse Tee einzugießen. Dabei fiel mein Blick auf einen meiner alten Kimonos an dem Kleiderständer hinter Lieutenant Hatas Regenmantel. Dieser Jahrhundertwende-Kimono aus geometrisch gemusterter orange-weißer Seide war so aufgehängt, daß man seine wunderschönen tiefen Ärmel gut sehen konnte. Bei seinem Anblick kam mir plötzlich ein verblüffender Gedanke: Mrs. Koda hatte einen Kimono mit ähnlich weiten Ärmeln getragen. War es möglich, daß sie eine Packung Ameisengift darin verborgen und mir in die Tasse geschüttet hatte, als ich nicht aufpaßte? Ich sagte Lieutenant Hata, was mir soeben eingefallen war.

»Wie kannst du so etwas sagen, Rei-*chan*?« entgegnete meine Tante, als ich meine Ausführungen beendet hatte. »Ich bin seit Ewigkeiten mit Mrs. Koda befreundet! Sie würde dir nie wehtun.«

»Viele deiner langjährigen Freundinnen sind in letzter Zeit nicht sonderlich nett zu dir gewesen«, erinnerte ich sie. »Weißt du noch, wie die Damen dich während der Ausstellungsvorbereitung im Mitsutan geschnitten haben?«

»Ich bezweifle, daß an Ihrer Theorie, Mrs. Koda könnte das Gift vorsätzlich in Ihren Tee getan haben, etwas dran ist«, sagte Lieutenant Hata. »Das Gift befand sich in der Zuckerschale, und die war für alle zugänglich. Also war möglicherweise geplant, während der Ausstellung eine ganze Reihe von Leuten zu vergiften.«

»Ein Terrorakt?« Tante Norie traten die Tränen in die Augen.

»Warum nicht?« fragte ich. »Che Fujisawa und die Stop-Killing-Flowers-Gruppe waren vor dem Mitsutan, als ich das Kaufhaus betreten habe.«

»Das wissen wir, aber wir glauben nicht, daß sie etwas damit zu tun haben. Der Giftanschlag bei der Blumenausstellung hatte viel mehr Ähnlichkeit mit dem Giftmord an Sakura Sato.«

Das war nun allerdings eine Neuigkeit!

»Als wir sie gesehen haben, steckte eine Schere in ihrem Hals. War das Gift etwa an dieser Schere?« fragte ich mit lauter Stimme, weil draußen auf der Straße jemand hupte.

»Tja, hier wird's kompliziert«, sagte Lieutenant Hata. »Ich würde ja gern mit Ihnen darüber sprechen, doch ich fürchte, daß das, was ich Ihnen zu sagen habe, Sie schockieren könnte.«

»Mich schockiert so leicht nichts«, erklärte ich.

»Als Sie Miss Sato gefunden haben, waren Sie vermutlich erschrocken über das viele Blut«, sagte Lieutenant Hata. »Aber in Wahrheit befand sich nur ein wenig davon an ihrem Hals und ihrer Bluse. Das liegt daran, daß das Blut schon nicht mehr vom und zum Herzen transportiert wurde, als der Einstich erfolgte.« Hata hielt inne und sah Tante Norie besorgt an. Doch sie gab ihm mit einem Kopfnicken zu verstehen, daß er weiterreden könne.

»Miss Sato wurde mit dem gleichen Ameisenmittel vergiftet wie Miss Shimura, aber sie war leider nicht so kräftig wie sie und ist daran gestorben. Vermutlich hat sie eine vorsätzlich vergiftete Tasse Tee im Vorraum getrunken. Im Anschluß daran wurde ihr übel, denn sie hat sich bei den Schülerinnen entschuldigt und ist in die Damentoilette gegangen. Bald darauf waren auch die anderen mit ihrem Tee fertig, also ist es gut möglich, daß jemand ebenfalls in der Toilette aufgetaucht ist und sie gefunden hat. Vielleicht ist sie ihrem Mörder aber auch vor dem Erreichen ihres Ziels begegnet. Jedenfalls muß jemand sie ins Kurszimmer gebracht und ihr dort die Schere in den Hals gestoßen haben.«

Wieso gibt sich jemand solche Mühe mit den Details? dachte ich, aber dann fiel mir ein, daß Ikebana auf der

Kunst des Details basierte. Die Blumen wurden zuerst durchs Abschneiden getötet, und dann tat man ihnen Gewalt an, bis sie ein schönes Arrangement ergaben. Der Mörder von Sakura schien mit seiner Tat in gespenstischer Weise auf die Kunst des Ikebana anspielen zu wollen.

»Vermutlich ist der Täter ein Ikebana-Künstler«, sagte ich.

»Wir haben noch niemanden von unserer Liste gestrichen«, erwiderte Lieutenant Hata. »Vielleicht fällt Ihnen aber irgend jemand ein, der Ihnen und Ihrer Tante Ärger machen möchte.«

»Ich dachte, die Leute mögen mich.« Tante Norie begann zu schluchzen. »Alle außer Sakura-san.«

Da klingelte es wieder an der Tür.

»Erwarten Sie Besuch?« fragte Lieutenant Hata.

»Nein.« Tante Norie schniefte. »Mein Sohn hat gesagt, Rei sollte vor morgen keinen Besuch empfangen.«

»Im Augenblick wollen wir niemanden sehen«, sagte ich zu Lieutenant Hata.

Lieutenant Hata ging strumpfsockig zum Fenster und schob die *shoji* ein wenig beiseite, damit er besser nach unten schauen konnte. Er fluchte leise und sagte dann: »Damit habe ich nicht gerechnet. Miss Shimura, warum haben Sie mir das nicht erzählt?«

»Was?« fragte ich.

»Daß Sie Takeo Kayama näher kennen. Er steht mit einem Strauß Blumen vor der Tür.«

11

»Gehen Sie nicht an die Tür«, flehte ich ihn an. »Ich soll keinen Besuch bekommen.« Normalerweise wäre ich kein solcher Waschlappen gewesen, aber der Gedanke, unter feindseligen Blicken lächelnd einen Blumenstrauß entgegennehmen zu müssen, war einfach zu viel für mich. Warum hatte Takeo seine Blumen nicht ins Krankenhaus geschickt wie alle anderen?

»Verhalten wir uns ganz ruhig, dann denkt er vielleicht, es ist niemand da«, sagte Norie.

»Aber das wäre schade, denn ich möchte auch mit ihm sprechen. Hallo, Kayama-san!« sagte Lieutenant Hata, während er die Tür öffnete.

»Entschuldigung, ich habe mich wohl in der Adresse geirrt«, erwiderte Takeo hastig.

Lieutenant Hata verstellte mir den Blick auf Takeo, doch es hörte sich an, als wende dieser sich zum Gehen. Erleichtert ließ ich mich in meinen Stuhl zurückfallen.

»Einen Augenblick, Kayama-san. Rei Shimura ist hier, wenn Sie sich mit ihr unterhalten wollen.«

Jetzt war es zu spät, mich im Bad zu verstecken. Ich blieb wie ein Häuflein Elend sitzen, als Takeo an Lieutenant Hata vorbei in den kleinen Raum voller Blumen blickte und Tante Norie und mich entdeckte.

»Ach, Sie haben Besuch. Denn gehe ich lieber wieder. Mein Range Rover steht in der zweiten Reihe.« Takeo entschuldigte sich mit einem Kopfnicken bei mir.

»Ein Range Rover? Die Straße vor meinem Haus ist doch nur drei Meter breit! Wie haben Sie den Wagen da reinmanövriert?« Meine Verlegenheit verwandelte sich in Wut. Die Nachbarn würden Takeo aus meiner Wohnung kommen sehen und denken, ich hätte mir eine richtige Pistensau geangelt. Für einen Umweltschützer bewies er in Platzfragen ziemlich wenig Feingefühl.

»Meine Nichte ist noch nicht lange aus dem Krankenhaus. Sie ist so schwach, daß sie nicht einmal allein zur Toilette kann«, sagte Norie mit beißender Stimme. »Eine Autofahrt mit Ihnen würde sie nicht überstehen. Wo wollten Sie sie denn hinbringen?«

»Bitte hör auf, Obasan!« Mein Gott, wie peinlich!

»Das tut mir aber leid«, sagte Takeo und betrachtete mich mit neuem Interesse. »Ich wußte gar nicht, daß Sie krank sind.«

»Immerhin haben Sie Blumen dabei«, bemerkte Lieutenant Hata.

»Aber nicht, weil ich dachte, sie sei krank. Ich wollte ihr zeigen, welche Pflanzen ich züchte – damit sie sich besser vorstellen kann, was sie in meinem Garten auf dem Land erwartet.«

»Kommen Sie doch rein«, sagte Hata und streckte die Hand nach Takeos abgewetzter Lederjacke aus. Takeo legte ein in handgeschöpftes graues *washi*-Papier gewickeltes Bündel auf eine meiner *tansu*-Kommoden, behielt seine Jacke aber an. Allerdings zog er seine Schuhe aus, bevor er auf die *tatami*-Matte trat.

»Haben Sie denn nicht gehört, was während der Blumenausstellung im Mitsutan passiert ist?« fragte Hata.

»Ich bin Sonntag früh kurz dagewesen, um vor Beginn der Ausstellung nach dem rechten zu sehen, aber ich konnte nicht bleiben. Seit Sakuras Tod herrscht ein ziemliches Durcheinander.« Er zuckte hilflos mit den Achseln.

»So groß kann das Durcheinander wohl nicht sein, wenn Sie heute nachmittag zusammen mit Rei-san aufs Land fahren wollten, oder?« sagte Hata in fast schon sarkastischem Tonfall. »Haben Ihr Vater und Ihre Schwester denn nichts davon erwähnt, daß Miss Shimura eine schwere Vergiftung hat?«

»Ich habe das ganze Wochenende nicht mit meinem Vater und meiner Schwester gesprochen«, sagte Takeo.

»Und mit mir auch nicht. Ich versuche schon eine ganze Weile, Sie zu erreichen«, meinte Hata.

»Stimmt. Nun, wir sollten uns gleich morgen früh unterhalten, *neh*?« sagte Takeo. »Rei-san, rufen Sie mich an, wenn es Ihnen wieder besser geht.«

»Meine Nichte ruft nicht einfach so bei jungen Männern an«, erklärte Norie eisig.

»Eigentlich«, sagte ich, als ich spürte, wie sich meine Lebensgeister allmählich wieder regten, »würde ich mich gern gleich mit Takeo unterhalten. Lieutenant Hata, könnten Sie noch ein paar Minuten auf Ihr Gespräch warten? Gehen Sie doch mit Tante Norie in die Küche. Sie macht Ihnen sicher noch eine Tasse von diesem köstlichen Tee.«

Als die beiden in der kleinen Küche verschwunden waren, die sich kaum einen Meter von meinem Stuhl entfernt befand, deutete Takeo mit dem Kopf in Richtung Tür.

»Hier rüber«, formte er mit den Lippen.

Soll der Kronprinz doch zu mir kommen. Ich bedachte ihn mit einem matten Lächeln und sagte: »Ich bin zu schwach zum Stehen.«

Takeo durchquerte den Raum mit fünf Schritten. Dann ging er vor mir auf die Knie und flüsterte mir ins Ohr: »Sie hätten anrufen und mir absagen sollen. Ich hatte nicht damit gerechnet, *sie* hier zu sehen. Und ihn auch nicht.«

»Ich habe Ihnen nie versprochen, mit Ihnen nach Izu zu fahren! Wie können Sie es wagen, ungebeten hier aufzutauchen?« flüsterte ich zurück.

»Hey, ich kann ja verstehen, daß Sie wegen der Schmerzen noch unhöflicher sind als sonst. Aber keine Sorge. Ich hab' auch mal verdorbenes Hühnchen gegessen, und die Geschichte war nach ein paar Tagen wieder vorbei. Mich mußte damals niemand ins Krankenhaus bringen!«

»Ich habe eine Arsen-, keine Salmonellenvergiftung!«

Takeo wich ein wenig zurück und starrte mich entsetzt an.

Da bedauerte ich es auch schon, etwas gesagt zu haben. Vielleicht wollte Lieutenant Hata nicht, daß andere davon erfuhren.

»Aber warum ... warum sollte jemand Interesse daran haben, Sie umzubringen?« hauchte Takeo.

»Das haben wir gerade herauszufinden versucht, als Sie hier hereinplatzten.« Ich beschloß, ihm nichts von Lieutenant Hatas Hypothese zu erzählen, daß eigentlich eine größere Gruppe von Kauflustigen und Ikebana-Künstlern das Ziel des Giftanschlags hätte werden sollen. Das konnte Hata ihm selbst erklären, wenn er wollte. Fürs erste stand Takeo auf meiner Liste der Verdächtigen, und ich würde aufpassen, was ich sagte.

»Zur Zeit passieren merkwürdige Dinge. Ich wollte Ihnen während der Fahrt davon berichten. Aber so, wie's jetzt aussieht, ist unsere kleine Spritztour unmöglich.«

»Was für merkwürdige Dinge?«

»Nicht so schnell. Das erzähle ich Ihnen, wenn Sie mir auch etwas verraten. Über das, worüber wir kürzlich gesprochen haben.« Er deutete mit dem Kopf in Richtung Küche. »Wann gehen die beiden wieder?«

»Überhaupt nicht. Ich meine, Lieutenant Hata wird wieder ins Büro zurück müssen, aber meine Tante bleibt. Ich komme noch nicht allein zurecht. Schließlich wäre ich fast gestorben.«

Takeo senkte den Blick. Also hatte meine scharfe Bemerkung doch etwas bewirkt. Nein – er bückte sich nur, um eine weiße Rose aufzuheben, die aus einer der vielen Vasen gefallen war.

»Ich hasse diese dummen importierten Blumen«, sagte er leise. »Vergleichen Sie doch nur ihre üppige Überfülle mit der schlichten Schönheit dieses Bittersüßen Nachtschatten, den ich Ihnen mitgebracht habe.«

Ich schaute zu den in Papier eingeschlagenen Stielen mit den winzigen lila Blüten hinüber. Das also war Bittersüßer Nachtschatten oder kurz Bittersüß. Mir sah er eher wie Unkraut aus, nicht wie eine richtige Blume.

Takeo steckte die heruntergefallene Rose vorsichtig wieder zu den anderen in die Vase auf dem Beistelltischchen zurück. Dabei fiel mir der Schmutz unter seinen Fingernägeln auf. Das wirkte merkwürdig bei jemandem, der einen so hohen gesellschaftlichen Status genoß wie er. Ich bezweifelte, daß sein Vater und Natsumi jemals Unkraut gejätet hatten.

»Rei-*chan*, einigen wir uns darauf, daß du Takeo Kayama von jetzt an nicht mehr sehen wirst.«

Ich konnte kaum glauben, was ich da aus dem Mund der Tante hörte, die mich unbedingt verheiraten wollte.

Seit Takeo aus meiner Wohnung verschwunden war, erklärte sie mir immer wieder, daß ich mich nicht mit den Kayamas einlassen solle, daß Natsumi ein unhöfliches Mädchen sei und ihr Bruder sogar noch schlimmer als sie.

»Du verstehst nicht«, sagte ich und schloß die Augen, um ihr wütendes Gesicht nicht sehen zu müssen. »Ich hab' kein Interesse an Takeo.«

»Aber er interessiert sich für dich!« rief Norie. »Er hat dir Blumen gebracht!«

»Ich glaube, das hat er getan, um mir seinen politischen Standpunkt klarzumachen«, sagte ich. »Er möchte mir die Unkrautpflanzen zeigen, von denen er so überzeugt ist.«

»Schade, daß ich ihm keinen Strafzettel für Falschparken gegeben habe«, sagte Lieutenant Hata. Er war Takeo nachgerannt, aber verschwitzt, verärgert und vor allem allein wiedergekommen. »Ich bin dem Range Rover zwei Häuserblocks weit nachgelaufen, aber der Kerl hat einfach nicht angehalten. Jetzt muß ich zum Kayama Kaikan, um endlich mit ihm sprechen zu können.«

»Augenblick, Lieutenant! Ich möchte Ihnen etwas zeigen.« Ich fragte Norie mit einem Lächeln: »Obasan, würdest du mir bitte die Papiere aus der obersten Schreibtischschublade bringen?«

Als ich die Liste dann in der Hand hielt, die ich einige Zeit zuvor angelegt hatte, malte ich ein Sternchen neben die Namen der Leute, die sowohl zum Zeitpunkt des Mordes an Sakura als auch bei dem Giftanschlag auf mich in der Mitsutan-Galerie anwesend gewesen waren. Es gab nur wenige Namen, auf die beide Kriterien zutrafen: Lila Braithwaite, Natsumi Kayama, Eriko und

Mari Kumamori. Ich erwähnte Mari nur ungern, weil sie schon genug unter Diskriminierung zu leiden hatte, aber ich wollte niemanden auslassen.

»Sie haben Takeo Kayama vergessen«, sagte Lieutenant Hata. »Er und Natsumi sind gleich, nachdem ich mit den anderen Beamten in der Schule eingetroffen war, mit dem Aufzug heruntergekommen. Und gerade hat er zugegeben, daß er früher am Morgen im Mitsutan gewesen ist. Er hätte den Zucker also präparieren können.«

»Na schön, dann setzen wir ihn eben auch auf die Liste.« Besonders wohl war mir bei dem Gedanken, daß Takeo ein Mörder sein könnte, nicht, aber Lieutenant Hata hatte recht.

»Darf ich auch etwas sagen?« fragte Tante Norie. Ohne auf eine Antwort zu warten, erzählte sie: »Mir ist gerade etwas eingefallen, was der Lieutenant gesagt hat, bevor wir unterbrochen wurden. Wenn es das Ziel des Mörders ist, den Ruf der Kayama-Schule zu schädigen, muß die betreffende Person jemand von außen sein. Es wäre doch gut möglich, daß einer von diesen Umweltschutz-Terroristen einfach in das Kayama Kaikan und das Mitsutan gekommen ist, um die Verbrechen zu begehen.«

»Umweltschutz-Aktivist, nicht -Terrorist«, korrigierte ich meine Tante. »Und wenn du schon Leute von außen ins Spiel bringst, was ist dann mit Angehörigen anderer Ikebana-Schulen? Würdest du nicht auch sagen, daß die Kayama-Schule in Konkurrenz zur Sogetsu-Schule steht? Könnte einer von den Leuten dort vielleicht neidisch auf die Kayamas sein?«

»Woher kennst du denn die Sogetsu-Schule? Ich dachte, du interessierst dich nicht für Ikebana!« fragte Tante Norie.

»Obasan, der Leiter der Schule ist berühmt. Er hat in den sechziger Jahren einen Film mit dem Titel *Die Frau in den Dünen* gemacht.«

»Aber er ist kein so großer Künstler wie unser Leiter«, sagte Norie naserümpfend.

»*Euer* Schulleiter ist zu kühl für meinen Geschmack«, sagte ich. »Während seiner Beurteilung hat Mr. Kayama das Tongefäß von Mari Kumamori zerschlagen und das dann als Verbesserung deklariert. Ich fand das schrecklich grausam. Kein Wunder, daß Sakura so gemein zu ihren Schülern war. Das hat sie von ihm gelernt.«

»Ich habe auch bei Masanobu-*sensei* persönlich gelernt. Du hast den Unterricht bei mir zu Hause erlebt. Findest du etwa, daß ich Schülern gegenüber grausam bin?«

»Natürlich nicht. Ich wollte nur sagen ...« Ich schwieg, als ich merkte, daß ich kurz vor einer Auseinandersetzung mit meiner Tante stand.

Lieutenant Hata räusperte sich. »Meine Damen, ich glaube, wir haben alles Nötige besprochen. Miss Shimura, ich werde mir Ihre Liste der Verdächtigen noch einmal genauer ansehen. Am wichtigsten für mich wäre allerdings, wenn Sie sich an das zu erinnern versuchten, was während der Ausstellung im Mitsutan passiert ist – besonders an Leute, die sich in der Umgebung der Erfrischungstheke aufgehalten haben. Möglicherweise entsinnen Sie sich einer Einzelheit, die für die Ermittlungen wichtig werden könnte.«

Nachdem Lieutenant Hata weg war, versuchte ich, Frieden mit Tante Norie zu schließen. »Bitte glaub mir, daß ich Takeo nicht hierher eingeladen habe«, beteuerte ich. »Aber wieso kannst du ihn so wenig leiden?«

Sie preßte die Lippen zusammen. »Rei, er ist nicht der Richtige für dich.«

Stimmt, hätte ich sagen sollen, schaffte es aber nicht, weil mir nicht aus dem Kopf gehen wollte, wie Takeos Lippen leicht mein Ohr berührt hatten. Er war mir nur so nahe gekommen, damit Norie und Lieutenant Hata ihn nicht hörten, aber ich hatte dabei das Gefühl gehabt, das Andenken von Hugh Glendinning zu entehren.

»Obasan, noch vor fünfundvierzig Minuten hast du gesagt, du würdest mich gern mit einem japanischen Mann aus einer guten Familie zusammenbringen«, erinnerte ich sie. »Ich dachte, du bewunderst die Kayamas.«

»Wie Lieutenant Hata schon gesagt hat: Er könnte der Mörder sein! Und selbst wenn nicht, ist er nicht gut für dich.«

»Wir sind doch nur Bekannte, nicht einmal befreundet. Ich würde Takeo gern einmal zum Tee einladen, und dich natürlich auch, um ihn ein bißchen besser kennenzulernen ...«

»Ich kenne ihn seit seiner Kindheit«, sagte Norie. »Du mußt ihn mir nicht vorstellen. Wie wär's, wenn wir jetzt etwas tun, was uns von den Kayamas und ihren Problemen ablenkt? Laß uns die Blumen, die uns geschickt wurden, neu arrangieren. Du mußt nicht extra aufstehen, Rei-*chan*. Ich stelle alles auf das Tischchen vor dir.«

Da ich keine richtigen Ikebana-Vasen oder -Schalen mein eigen nannte, suchte Tante Norie in meinem Geschirrschrank nach flachen Schüsseln, die groß genug für ein Gesteck waren. Sie holte einen der Teller heraus, die ich für Mrs. Morita in Kommission genommen hatte.

»Es gibt nur neun Teller«, beantwortete ich ihre unausgesprochene Frage. »Es handelt sich um ein unvollständiges Set, das ich verkaufen soll. Kennst du jemanden, der sich dafür interessieren könnte?«

»Ich werde darüber nachdenken. Schade, daß du dir keine Ikebana-Gefäße zugelegt hast. Nun, ich denke, wir könnten diese kleinen *hibachi* verwenden.« Sie deutete auf ein paar blau-weiße Gefäße, die früher als Kohlenbecken gedient hatten. »Die Narzissen machen sich gut zu dem blau-weißen Muster, aber das wäre dann eher ein westliches Arrangement.«

»Ich benutze nicht gern Dinge, die ich verkaufen möchte.« Das hätte ich mir sparen können. Sie stellte die beiden *hibachi* sowie eine Schale mit Wasser, eine Schere und eine *kenzan*, ein kleines Eisengewicht mit kurzen Stacheln, das die Blumen aufrecht hielt, vor mir auf dem Tisch ab. Im Westen sagte man »Frosch« dazu – eine Bezeichnung, die mir nie sonderlich sinnvoll erschienen war.

»Ich bringe jetzt deine Dankesbriefe auf die Post und kaufe ein paar Lebensmittel fürs Abendessen ein. Das Telefon steht gleich neben dir; du wirst mich sicher ein paar Minuten entbehren können.«

»Ja, ja«, sagte ich.

»Und mach ja niemandem auf.« Nach dieser letzten Ermahnung verschwand sie.

Sobald meine Tante weg war, griff ich zum Telefonhörer und wählte die Büronummer von Richard Randall.

»Ich bin's. Kannst du bitte kommen und mich aus den Fängen meiner Tante retten?« flehte ich ihn an.

»Ach, dann geht's dir also wieder besser? Als ich angerufen habe, um rauszufinden, warum du am Samstagabend nicht aufgetaucht bist, hat deine Tante mir gesagt, du bist wegen 'ner Lebensmittelvergiftung im Krankenhaus. Was hast du denn gegessen? Pasta primavera, die nicht mehr ganz so prima war?«

»Nein, einen Löffel äußerst schmackhaftes Ameisengift. Könntest du bitte sofort zu mir kommen?«

»Das würde ich gern, Rei, aber ich kann nicht. Ich bin sowieso schon zu spät dran.«

Ich warf einen Blick auf meine Uhr. »Um fünf? Das ist doch noch ziemlich früh.«

»Ich soll zu der Kirschblütenparty im Salsa Salsa kommen. Enrique erwartet mich. Da kann ich unmöglich absagen.« Er schwieg einen Augenblick. »Wir könnten hinterher noch bei dir vorbeischauen, dir den Cocktail des Tages mitbringen, Wodka on the Rocks. In den Eiswürfeln sind Kirschblüten. Das Eis ist natürlich geschmolzen, bis ich in Yanaka bin, aber ich könnte ja noch ein bißchen Wodka nachgießen, wenn dir der Drink zu schwach ist.«

»Hast du schon wieder vergessen, wie's meinem Magen geht?« fragte ich ihn mit unverhohlener Verärgerung. »Wodka ist das letzte, wonach mir jetzt ist. Außerdem würde ich mich gern mit dir allein unterhalten.«

»Rei, du wirst dich daran gewöhnen müssen, daß ich öfter mit Enrique zusammen bin. Wir sind total verknallt.«

»Geht das nicht alles ein bißchen schnell?«

»Wir wissen beide, daß wir füreinander geschaffen sind«, sagte Richard im selbstgefälligen Ton der Frischverliebten.

»Und wann willst du ihn Lila vorstellen?« fragte ich, immer noch ein wenig angriffslustig.

Richard senkte die Stimme. »Ich glaube nicht, daß sie das packen würde.«

»Richard, die Frau hat Ahnung von der Welt. Und zwar so viel, daß ich selbst ein paar Fragen über sie hätte.«

»Na ja, ich könnte noch bei dir vorbeikommen, aber nicht vor Mitternacht. Und danach gehen, wie du weißt, keine Züge mehr, also müßte ich bei dir übernachten.«

»Keine Chance«, sagte ich grimmig. »Meine Tante schläft auf dem Gästefuton. Und obwohl sie vermutlich weiß, daß du schwul bist, wäre es ihr wahrscheinlich nicht recht, wenn wir im selben Bett schlafen.«

»Das klingt, als hätte sich deine Wohnung in den Schlafsaal eines katholischen Internats verwandelt.« Richard lachte verächtlich. »Ich versuche, bald mal bei dir vorbeizukommen. Aber jetzt muß ich wirklich ins Salsa Salsa, sonst verpasse ich die Happy Hour.«

Meine Tante blieb länger weg, als ich erwartet hatte. Ich machte ein kleines Arrangement aus Rosen, und hinterher gelang es mir, zu meiner *tansu*-Kommode hinüberzuhumpeln und den Strauß Bittersüßer Nachtschatten zu holen, die Takeo mir gebracht hatte. Jetzt erschienen sie mir nicht mehr ganz so unkrautartig wie zuvor. Die schmalen Zweige bogen sich auf elegante und ganz natürliche Weise, so daß ich sie nicht erst gewaltsam verbiegen mußte.

Ich arrangierte die Nachtschatten mit den Azaleen, die Mrs. Koda mir geschickt hatte, aber irgendwie wirkten deren trompetenartige Blüten deplaziert neben dem spröden Bittersüß. Also beschloß ich, mit Bittersüß allein zu arbeiten. Tante Norie hatte mein Lehrbuch genau an der richtigen Stelle aufgeschlagen – irgendwo in der Mitte, bei einer Aufgabe mit nur einem Material. Ich war lediglich sechs Monate zu früh dran mit dieser Übung.

Die Stunden vergingen, und allmählich wurde es dunkel in meiner Wohnung. Ich knipste eine Lampe an und ärgerte mich, daß ich meine kleinen tragbaren Kerosinöfen im Vertrauen auf das Frühlingswetter bereits weggepackt hatte. Jetzt saß mir die Feuchtigkeit in den Knochen. Ich fühlte mich nicht kräftig genug, um die Öfen vom obersten Fach meines Schranks herunterzuwuchten, also begnügte ich mich mit zwei weiteren Pullovern sowie einem zweiten Paar Socken und machte es mir vor dem Fernseher bequem, um die Abendnachrichten anzusehen.

Der Kommentator erklärte, in den vergangenen drei Tagen seien in den Krankenhäusern Tokios einhundertfünfzig Leute wegen Alkoholvergiftung behandelt worden, die sie sich während der Kirschblütenfeste zugezogen hätten. Der Regen des heutigen Tages würde den Ansturm auf die Notfallaufnahmen hoffentlich vermindern. Allerdings würde sich das Wetter am folgenden Tag wieder bessern, und ein neuerlicher Anstieg der Betrunkenenzahl sei zu erwarten.

Nach den Nachrichten wurde eine Quiz-Show ausgestrahlt, bei der alle Teilnehmer Kirschblütenhüte trugen. Gelangweilt schaltete ich zum nächsten Programm, in dem ein Dokumentarfilm über Kirschplantagen zu sehen war. Die Kamera zoomte eine zartrosafarbene Blüte ganz nah heran und mit ihr einen krabbelnden Käfer. Widerlich. Ich schaltete den Fernseher aus. Jetzt hatte ich wirklich keine Lust mehr auf Kirschblüten.

Da hörte ich ein kratzendes Geräusch vor meiner Tür und dachte, *endlich.* Ich sah, wie sich der Türknauf drehte und dann verharrte. Natürlich. Die Tür war verschlossen. Tante Norie hatte sicher den Schlüssel mitgenommen. Oder hatte sie ihn etwa vergessen?

»Augenblick! Ich komme gleich«, rief ich so laut, wie es mein rauher Hals erlaubte. Dann erhob ich mich und bewegte mich ganz langsam zum Vorraum.

Keine Reaktion von der anderen Seite der Tür. Nun, vielleicht konnte man wegen des Straßenlärms draußen meine Stimme nicht hören.

Da sah ich, wie zwischen Tür und Boden etwas Weißes hindurchgeschoben wurde. Ein Umschlag.

Furcht ergriff mich. Wer würde mir auf diesem Weg einen Brief schicken, anstatt ihn in den Briefkasten zu stecken? Wenn er zum Beispiel von Mr. Wakas Bruder, dem Vorsitzenden der Nachbarschaftsvereinigung, stammte, hätte der sicher zuerst geklingelt. Derjenige, der den Umschlag unter der Tür durchgeschoben hatte, wußte also, daß ich zu Hause war, vermied aber den direkten Kontakt zu mir.

Ich brauchte eine Weile für meine Entscheidung, ob ich die Tür öffnen und nachsehen sollte, wer davor stand. Irgendwann holte ich dann tief Luft und nahm allen Mut zusammen. Doch draußen waren nur ein paar Schulmädchen mit ihren Fahrrädern, die auf mein Haus zukamen, nicht davon wegradelten. Ich schloß die Tür wieder und legte den Brief unter die helle Schreibtischlampe. Nachdem ich die weißen Handschuhe angezogen hatte, die ich manchmal beim Umgang mit altem Papier trage, öffnete ich den Brief vorsichtig mit einem Brieföffner. Ich stellte mir vor, wie Lieutenant Hata mich wegen meiner Umsicht loben würde, während ich ein Blatt dünnes weißes Reispapier mit Kirschblütenmuster aus dem Umschlag zog. Die Botschaft war dreizeilig und in *hiragana* verfaßt, also einigermaßen leicht zu verstehen.

Yotte nemu
nadeshiko sakeru
ishi no ue.

Ich wußte, daß *nadeshiko* »Gartennelke« hieß und *sakeru* »blühen«. In dem Gedicht ging es ums Schlafen, um Gartennelken und Felsen. Seltsam. Es war dreizeilig, vermutlich also ein Haiku.

Ich humpelte zum Telefon und rief Mr. Waka im Family Mart an.

»Mir ist gerade etwas Merkwürdiges passiert«, sagte er, nachdem ich mich gemeldet hatte. »Ihre Tante hat bei mir eingekauft.«

»Nun, das beweist doch nur, was ich Ihnen gesagt habe: Sie findet Ihre Lebensmittel nicht schlecht«, erklärte ich ihm.

»Sie hat das Datum auf den Eiern genau überprüft und gefragt, ob ich auch gekühlte habe. Gekühlte! Wer kühlt schon Eier?«

»Wann hat sie Ihren Laden verlassen?« fragte ich.

»Vor ungefähr zwei Stunden. Draußen ist es so kalt, da braucht man sich keine Sorgen machen, daß die Einkäufe verderben, *neh*?«

Ich wollte ihm meine eigentlichen Sorgen nicht erläutern. Statt dessen erzählte ich ihm von der Nachricht, die ich erhalten hatte.

»Ach, das ist ein Gedicht von Bashō, dem berühmtesten aller Haiku-Dichter«, sagte er, nachdem ich ihm den Text laut vorgelesen hatte. »Ich habe seine Werke in der Schule auswendig lernen müssen.«

»Wie kann es ein Haiku sein, wenn die erste Zeile nur vier Silben hat?«

Mr. Waka erklärte mir, daß die erste Zeile aus fünf *kanji*- und *hiragana*-Zeichen bestand. Das war mir natürlich entgangen, weil der Brief, den ich erhalten hatte, vollständig in *hiragana* verfaßt war.

»Ich begreife nicht ganz, was es bedeutet«, sagte ich. »Die Verben der ersten Zeile – *yotte nemu* – passen irgendwie nicht zusammen.«

»Sie wissen nicht, was *yotte* heißt? *Yotte nemu?*«

»Ich weiß, daß *nemu* ›schlafen‹ bedeutet.«

»*Yotte nemu* heißt, sich so betrinken, daß man einschläft wie die Betrunkenen auf den Kirschblütenfesten, die den ganzen Tag und die ganze Nacht im Yanaka-Friedhof verbringen. Wenn Sie *yotte nemu* praktizieren wollen, sollten Sie dorthin gehen.«

Jetzt konnte ich die Botschaft ganz übersetzen. Allerdings würde ich mir nicht die Mühe machen, Reim und Rhythmus des Originals zu retten, denn schließlich hielt ich keinen Kurs über Lyrik. Ich kam zu folgendem Ergebnis:

Berauscht
Schlummernd inmitten von Gartennelken
Ausgebreitet auf einem Felsen.

12

Zunächst empfand ich Ärger darüber, daß jemand annahm, ich hätte während der Ikebana-Ausstellung wegen übermäßigen Alkoholgenusses das Bewußtsein verloren. Doch dann dachte ich weiter über das Haiku nach und kam zu einem erschreckenden Ergebnis. Jemand wollte mich auf einem Felsen ausgebreitet sehen, vielleicht sogar tot – inmitten von Blumen, die meinen Sarg schmückten. Ich erinnerte mich wieder an den Sarg aus meinem Traum ein paar Nächte zuvor. Offenbar wollte mein Unterbewußtes mir sagen, daß ich mich in großer Gefahr befand. Es war mein Sarg gewesen, nicht der von Tante Norie.

Ich beendete mein Gespräch mit Mr. Waka und rief Lieutenant Hata an. Er war nicht im Büro, also hinterließ ich eine Nachricht. Dann steckte ich Brief und Umschlag in eine Plastikhülle, genau so, wie ich es in der Krimiserie *Furuhata Ninzaburo* im Fernsehen gesehen hatte. Die Tasche versteckte ich in der *yukashita*, dem kleinen Vorratsraum unter meinem Küchenboden. Ich kniete noch immer auf dem Boden und wollte gerade die Klappe wieder schließen, als Norie zurückkam.

»Ich hätte dich nicht allein lassen sollen!« rief sie. »Hast du dir weh getan? Wo ist dein Kerosinofen? Es ist kalt hier drin.«

»Im Schrank. Und mir geht's gut. Meine Magenschmerzen hindern mich nur daran, aufrecht zu stehen.« Von dem ominösen Gedicht würde ich ihr später erzählen, nicht jetzt gleich, da sie sich so große Sorgen um meine Gesundheit machte.

»Ich gebe dir noch ein paar von den Schmerztabletten, die Tsutomu für dich hiergelassen hat. Tut mir leid, daß ich dir den Futon nicht ausgerollt habe, damit du dich ein bißchen ausruhen konntest. Ich habe mich wirklich nicht genug um dich gekümmert, aber das mache ich mit einem guten Abendessen wieder wett.«

»Was willst du denn kochen?« Sprach sie vielleicht von ihrer federleichten Gemüse-Tempura oder von meinen Lieblingsnudeln in Sesamsauce? Allmählich begann ich die Vorteile einer Wohngemeinschaft mit meiner Tante zu sehen.

»Okayu.« Sie sprach von einem einfachen Reisbrei. Das letzte Mal hatte ich so etwas in einem Zen-Tempel gegessen. Die Mönche und alten Leute hatten den Brei voller Appetit gelöffelt, doch mir war es kaum gelungen, ihn herunterzubringen. »Ein paar der Zutaten habe ich in deinem Family Mart bekommen, aber ich mußte auch noch ins Seibu-Kaufhaus, um die richtige Sorte eingelegte Pflaumen zu finden. Es wird nur ein kleines Essen. Tsutomu hat gesagt, wir dürfen deinem schwachen Magen noch nicht zu viel zumuten.«

Ich würde ziemlich viel von dem Brei essen und dann so tun müssen, als habe er meine Lebensgeister wieder geweckt, wenn ich jemals in den Genuß der Spezialitäten meiner Tante kommen wollte. Ich erbot mich, ihr beim Entkernen der eingelegten Pflaumen zu helfen, und sie willigte ein. Sie setzte mich mit einem Messer, einem Holzbrett und dem Glas eingelegter Pflaumen an den Beistelltisch. Ich griff in die Einkaufstüte von Seibu, um den Bon herauszuholen, und riß beim Anblick des Betrages darauf entsetzt die Augen auf.

»Jetzt habe ich genug Vorräte, um dich eine ganze Woche lang zu bekochen! Die Frage ist nur, wo ich alles unterbringen soll. Ich werde die *yukashita* benützen müssen.«

»Nein! Die ist ziemlich voll«, sagte ich, weil ich dort ja gerade das Haiku versteckt hatte.

»O je. Ich brauche aber ein kühles Plätzchen für das Gemüse. Tsutomu hat gesagt, wir Japaner müssen uns bei der Lagerung der Lebensmittel umstellen. Eier müssen in die Kühlung, und Reis darf nicht länger als ein paar Stunden warm im Reiskocher bleiben. Das darf ich nicht vergessen, sonst schickt Tsutomu mich nach Hause und dich wieder ins Krankenhaus.«

»Meinst du nicht, daß es im Garten hinterm Haus kühl genug wäre? Da steht eine *tansu*, die ich gerade restauriere. Wenn du das Gemüse einwickelst, kannst du es einfach in eine Schublade legen. Ich glaube nicht, daß dann Insekten rankönnen.«

»Aber es hat doch geregnet! Wie kannst du da Möbel in den Garten stellen?«

»Die Kommode ist noch nicht fertig, und außerdem liegt eine Plastikplane drüber.« Sie war genauso gut geschützt wie das Geheimnis, von dem ich ihr noch nichts erzählen wollte.

Am nächsten Morgen fühlte ich mich viel besser. Ich war schon von meinem Futon heruntergerollt und ins Bad gegangen, als mir bewußt wurde, daß ich tags zuvor nicht einmal in der Lage gewesen war, aufrecht zu stehen. Die Schmerzmittel von Tom hatten gewirkt.

Nachdem Tante Norie mir ein Frühstück aus ordnungsgemäß gekühltem *okayu* serviert hatte, ein Rest vom Vorabend, begann sie einen großen Hausputz mit Staubtuch und My-Peto-Haushaltsreiniger.

Inzwischen war ich wieder ganz gut auf den Beinen, also half ich ihr, und am Ende erkundigte ich mich, ob sie den Nachmittagzug nach Yokohama nehmen würde.

Doch sie schüttelte heftig den Kopf. »Ich habe doch gesagt, daß ich die ganze Woche bleibe, *neh*? Es ist nicht gut, in einem Haus zu sein, wo Kriminelle in den Gartenschuppen einbrechen. Nein, ich fahre erst zurück, wenn Onkel Hiroshi wieder aus Osaka da ist.«

»Aber du hast Verpflichtungen in Yokohama: Ikebana-Schülerinnen, einen Sohn, für den du kochen mußt ...«

»Alles schon arrangiert«, sagte Tante Norie fröhlich. »Ich habe meinen Schülerinnen deine Adresse gegeben. Heute mittag um ein Uhr kommen ein paar von ihnen vorbei. Hast du dein Lehrbuch da? Dann kannst du gleich mitmachen.«

»Tante Norie, als du gestern weg warst, habe ich drei Blumenarrangements gemacht«, erklärte ich.

»Ja, und ein Blick darauf sagt mir, daß du sie unter dem Einfluß von Schmerzmitteln gefertigt hast. Heute geht es dir viel besser, da kannst du sie neu arrangieren. Allerdings würde ich gern die Bittersüßen Nachtschatten wegwerfen. Die sind schon ganz welk, und außerdem habe ich ein paar eklige Insekten darauf gefunden.«

Nur weil Takeo sie mir geschenkt hat, dachte ich. Sie war im Hinblick auf ihn genauso paranoid wie er ihr gegenüber. Doch ich sagte nur: »Ich werde versuchen, bei deinem Kurs mitzumachen, aber Tom – Tsutomu – wollte, daß ich mich noch einmal im Krankenhaus sehen lasse, und hinterher habe ich ein paar geschäftliche Termine.«

»Wenn du ins Bad gehen kannst, bedeutet das noch lange nicht, daß du es auch bis zur Haltestelle schaffst. Denk an die Treppen.«

»Ich schaffe das schon«, sagte ich.

»Aber dir wird doch so schnell schwindelig. Schon als Kind hattest du da Probleme.«

»Mit deinem guten Frühstück im Magen passiert mir sowas nicht.« Um meine Aussage zu unterstreichen, klopfte ich mir auf den Bauch. »Falls Lieutenant Hata anrufen sollte, sag ihm doch bitte, er soll's heute abend noch mal probieren.«

Dann machte ich mich mit den Segenswünschen meiner Tante, einer Plastiktüte und einem frischen Taschentuch auf den Weg. Wie in der Wettervorhersage versprochen, schien die Sonne, und die Kirschbäume entlang der Straße durch den Yanaka-Friedhof standen in voller Blüte. Ein rosafarbener Teppich unter den Bäumen zeigte, wie viele Blüten der Regen von den Ästen geholt hatte. Schade, aber so war's nun mal.

Ich ging die Stufen zur Haltestelle ganz langsam hinunter – kein Problem, weil die Rush-hour vorbei war – und fuhr zu meiner Untersuchung ins St. Luke's Hospital. Nachdem mir Blut abgenommen worden war, drückte ein Internist noch ein bißchen an mir herum und erklärte mir, ich befinde mich auf dem Weg der Besserung. Hinterher ging ich in die Notaufnahme, um meinen Cousin zu suchen.

»Du siehst viel besser aus als gestern!« Er begrüßte mich mit einem breiten Lächeln. »Glaubst du, du kannst schon was zu Mittag essen?«

Nach dem ganzen *okayu* hatte ich allerdings Appetit auf ein richtiges Mittagessen. Tom zog seinen weißen Kittel aus und ein Jackett an, und wir gingen die paar

Häuserblocks bis Tsukijī, jenem Großmarkt, wo bereits am frühen Morgen riesige frische Fische für die Restaurants von Tokio angeboten wurden. Inzwischen war alles verkauft, aber immerhin gab es einige kleine, preiswerte Lokale, in denen viel Betrieb war.

»Das beste für dich ist jetzt gekochtes Essen«, sagte Tom mit strenger Miene. »Ich kenne ein gutes *ochazuke*-Lokal. Da esse ich regelmäßig mit meinen Kollegen, weil ich weiß, daß die Leute sich dort an die Hygienevorschriften halten.«

Schon bald saßen wir an einer sauberen Theke, eine Schale *ochazuke*, Bouillon mit Reis und Algen, vor uns. Viel interessanter als meine letzten beiden *okayu*-Mahlzeiten war das auch nicht.

Zu der Suppe bekamen wir einen kleinen Klacks *wasabi*-Paste. Als ich sie mit Hilfe der Stäbchen in die Suppe rühren wollte, schüttelte Tom den Kopf.

»Das ist zu scharf für deinen schwachen Magen. Tu's lieber nicht.«

»Die Suppe ist mir aber sonst zu fad«, sagte ich.

»Nach einer Vergiftung braucht man milde Sachen.«

»Ich hatte doch keine Lebensmittelvergiftung; mich hat ein Insektenvertilger erwischt! Wenn ich mich von Ikebana fernhalte, bin ich auf der sicheren Seite.«

»Ja, ich habe den letzten Bericht von Lieutenant Hata gehört. Trotzdem ist es besser, wenn du Sachen ißt, die meine Mutter unter hygienischen Bedingungen zubereitet. Auch bezüglich der Restaurants, die du besuchst, solltest du uns konsultieren. Du mußt vorsichtig sein, wo – und mit wem – du ißt.«

»Wen meinst du damit?«

»Takeo Kayama.« Er verzog das Gesicht angewidert, als er den Namen aussprach. »Meine Mutter hat mir erzählt, daß er zu dir in die Wohnung gekommen ist und dich zu einem Ausflug aufs Land mitnehmen wollte.«

»Tom«, sagte ich lächelnd zu meinem Cousin, »du und deine Mutter, ihr regt euch doch jedesmal auf, wenn sich irgend jemand für mich interessiert. Da könnt ihr nicht erwarten, daß ich Takeo für schlimmer halte als die anderen. Immerhin ist er Japaner!«

»Rei, ich kenne Takeo seit meiner Zeit an der Keio-Universität.«

»Wie das? Du bist doch sechs Jahre älter als er.«

»Ja, aber ich habe als Assistenzarzt im Uni-Krankenhaus gearbeitet. Ich habe ihn gut gekannt.«

»Woher, von seiner Krankenakte? Hatte er eine Geschlechtskrankheit oder sowas Ähnliches? Falls ja, brauchst du dir keine Sorgen zu machen. Wir haben bloß ein Bier miteinander getrunken«, herrschte ich ihn an.

»Rei-*chan*, du weißt, daß ich an meine ärztliche Schweigepflicht gebunden bin. Außerdem würde ich die Moral eines Menschen niemals aufgrund seiner gesundheitlichen Daten bewehrten. Aber ich habe Takeos wahren Charakter kennengelernt, als ich während eines Aufruhrs auf dem Campus Erste Hilfe leisten mußte.«

Ich richtete mich gespannt auf. Fast hätte ich meine Magenschmerzen vergessen. »Ein Aufruhr an der seriösen Privatuniversität, von der unsere Familie so viel hält?«

»Ja. Großvater wäre sicher zornig geworden, wenn er noch gelebt hätte. Der Anlaß war ein Studentenprotest gegen die Erhöhung der Studiengebühren. Sie beschlossen, der Verwaltung Schwierigkeiten zu machen, indem sie die Uni von der Wasserversorgung abschnitten. Eine große Gruppe von Studenten plante, die Spülungen aller Toiletten auf dem Campus gleichzeitig zu betätigen, so daß der Wasservorrat der Uni aufgebraucht wäre.«

»Also hat Takeo eine Toilettenspülung betätigt. In meinen Ohren klingt das wie ein eher harmloser Scherz.«

»Nein, er stand als Vorsitzender des studentischen Umweltclubs auf der anderen Seite. Um das Wasser nicht zu vergeuden, bat er die Studenten, auf andere Weise zu protestieren. Aber die Gruppe weigerte sich, und so haben sich Takeo und seine Freunde Waffen aus dem Kendo-Club ausgeliehen, die Toiletten gestürmt und gedroht, die Studenten zu verprügeln, die die Spülung betätigten.«

»Wow! Klingt ja ganz schön gefährlich.« Kendo ist eine Kampfsportart, bei der man den Gegner mit einem Bambusstock angreift, der mit einer Schnur umwickelt ist. Es kracht ganz schön, wenn ein Treffer erzielt wird. Die Bambuswaffe ist so gefährlich, daß Kendo-Sportler einen Schutzhelm tragen müssen.

»Ja, allerdings. Und weil Takeo der Anführer war, hat man ihn für die Kämpfe verantwortlich gemacht, die auf mehreren Toiletten des Campus zwischen den Studenten ausgebrochen sind. Viele Studenten mußten ins Krankenhaus; einer lag sogar eine ganze Woche lang im Koma.« Tom sah mich an. »Takeo ist nie wegen versuchten Mordes angeklagt worden, auch wenn ich das für richtig gehalten hätte. Allerdings haben sie ihn der Uni verwiesen. Ich glaube nicht, daß er irgendeinen akademischen Abschluß hat.«

»Den muß er in Kalifornien gemacht haben«, sagte ich, als mir der Gartenbaukurs einfiel, von dem er erzählt hatte.

»Ich will dich ja nicht beleidigen, Rei, aber ein amerikanischer Abschluß zählt hier nicht viel. Nachdem sie ihn aus der Keio-Universität rausgeschmissen haben, wollte ihn sicher außer seinem Vater niemand mehr einstellen.«

»Danke für die Aufklärung, Tom.« Ich wandte den Blick von seinem grimmigen Gesicht ab.

»Du hättest wohl nicht gedacht, daß ein Typ, der sich den ganzen Tag mit Blumen beschäftigt, so gewalttätig sein kann, *neh*?«

»Tja, dem gängigen Klischee entspricht er jedenfalls nicht.« Ich spielte mit ein paar Reiskörnern, die am Rand der Schale klebten. »Glaubst du, daß er Sakura getötet haben könnte?«

Tom seufzte. »Keine Ahnung. Aber im Kayama-Gebäude hat er sich den Leuten von der Polizei gegenüber arrogant aufgeführt – genauso hat er sich nach dem Chaos in den Uni-Toiletten benommen. Es gibt ein Sprichwort, das sagt, daß eine reife Reispflanze den Kopf neigt, aber auf ihn trifft das nicht zu. Er hat sich nicht verändert.«

»Ist das der Grund, warum deine Mutter ihn nicht leiden kann?«

»Ich habe es ihr nicht erzählt. Sie bewundert die Kayama-Familie zu sehr. Ich wollte nicht derjenige sein, der ihre Illusionen zerstört.«

»Aber sie hat offenbar trotzdem was mitbekommen. Jedenfalls kann sie Takeo nicht leiden.« Ich wollte auch noch den Rest der Geschichte erfahren. »Und was ist dann damals an der Keio-Uni weiter passiert?«

»Nun, die Auseinandersetzungen haben die Studenten immerhin so abgelenkt, daß nur ungefähr fünfzig Toilettenspülungen gleichzeitig betätigt wurden, und es ist zu keiner Wasserknappheit gekommen. Takeos Gedanke hat also funktioniert, aber zu viele Menschen sind dabei zu Schaden gekommen.«

Ich schwieg eine Weile, um die Geschichte zu verdauen. »Was war mit den anderen Studenten, die Takeo unterstützt haben?«

»Außer ihm wurde niemand der Uni verwiesen. Takeo hat sogar zugegeben, daß der Aufruhr seine Schuld war.«

»Das ist sehr japanisch«, sagte ich und mußte an einen Zeitungsartikel vom vergangenen Jahr denken. Darin war es um drei Unternehmen gegangen, die vor dem Konkurs standen. Die drei befreundeten Spitzenmanager waren in ein Hotel gefahren, hatten sich gemeinsam einen letzten Drink genehmigt und sich dann aufgehängt, also die Verantwortung für die Sache übernommen.

»Wie kannst du diesen Armani-gekleideten Heuchler japanisch nennen?« schnaubte Tom verächtlich.

»Nicht Armani, sondern Issey Miyake, und das ist ein japanischer Modeschöpfer. Ich hab' seinen Anzug im *Tatler* gesehen, den du mir wegen dem Foto von Hugh Glendinning mit seiner neuen Freundin gegeben hast.«

»Du hast eine Schwäche für gut gekleidete Männer, Rei. Aber die Oberfläche entspricht nicht immer dem Innern eines Menschen.«

Ich hätte Tom sagen können, daß Takeos Bauch auch unter seinem abgetragenen Greenpeace-T-Shirt ziemlich muskulös wirkte, aber das hätte ihn sicher nur noch wütender gemacht. Also wandte ich mich anderen Themen zu, räusperte mich und sagte: »Ich habe gesehen, wie Takeo sich mit Che Fujisawa unterhalten hat, dem Anführer der Stop-Killing-Flowers-Gruppe. Möglicherweise planen sie gemeinsam etwas.«

»Glaubst du, daß sie etwas mit Sakuras Tod zu tun haben?« fragte Tom.

»Nur, wenn Sakura sich eines schlimmen Vergehens gegen die Umwelt schuldig gemacht hat«, meinte ich.

»Rei, du spielst doch hoffentlich nicht mit dem Gedanken, dich in die Sache einzumischen, oder?« Als ich ihm keine Antwort gab, fuhr er in jenem mir verhaßten, stichelnden Tonfall fort: »Du hast der Polizei schon ein paarmal geholfen, aber das bedeutet nicht, daß du daraus eine unbezahlte Freizeitbeschäftigung machen solltest. Du bist Opfer eines Giftanschlags geworden. Du mußt dich erholen und in dein normales Leben zurückfinden.«

»Danke, daß du dir solche Sorgen um mich machst, aber ich fühle mich schon viel besser.«

Ich hatte ihm eine höfliche Antwort gegeben, doch das grimmige Gesicht meines Cousins sagte mir, daß er mein Ausweichmanöver bemerkt hatte. Sakura Sato und Takeo Kayama waren mein Problem. Nicht seins.

13

Auf dem Nachhauseweg ging ich an ein paar Antiquitätenläden vorbei, um den Inhabern Polaroid-Fotos von Mrs. Moritas Tellern zu zeigen. Die negativen Reaktionen bekräftigten meine Befürchtung, daß ich mich da in ein Unternehmen gestürzt hatte, das zum Scheitern verurteilt war, aber ich wollte Mrs. Morita die Teller nicht unverrichteter Dinge wieder zurückgeben. In meinem Leben war in letzter Zeit schon genug schiefgegangen. Wenigstens dieser Plan sollte funktionieren.

Nories Ikebana-Kurs war in vollem Gange, als ich nach Hause kam. Drei Frauen, die ich nicht kannte, beschäftigten sich mit Blumen auf meinem mit Zeitungspapier bedeckten Beistelltischchen, und Nories Freundin Eriko stand an der Arbeitsfläche der Küche.

Noch nie hatte ich so viele Menschen gleichzeitig in meiner kleinen Wohnung gesehen. Alle verbeugten sich bei meinem Eintreten, doch ich hätte mich am liebsten gleich wieder verabschiedet. Norie stellte mich ihren Schülerinnen vor, aber ich war zu müde, um mir ihre Namen zu merken. Zumindest kannte ich Eriko, die auf ein Kissen klopfte, um mir zu verstehen zu geben, daß ich mich setzen sollte. Sie schien als einzige zu begreifen, daß ich erschöpft war.

»Du kommst gerade rechtzeitig, Rei. Wir haben dir Blumen aufgehoben«, sagte Norie.

Die dicken, mir unbekannten Einkaufstaschen verrieten mir, daß die Schülerinnen ihre eigenen Ikebana-Gefäße mitgebracht hatten. Doch die Chrysanthemen und Farne, die gerade darin arrangiert wurden, kamen mir seltsam vertraut vor.

»Woher hast du denn die Blumen?« fragte ich.

»Von dem Händler ein paar Häuser weiter. Weil der Friedhof in der Nähe ist, gibt es hier eine ganze Menge Blumenläden«, sagte Norie. »Natürlich ist die Ware nicht beste Qualität, aber ich brauchte schnell etwas.«

Die Blumen waren also eigentlich für die Toten gedacht. Bei dem Gedanken bekam ich eine Gänsehaut. Vielleicht ahnte meine Tante, was ich empfand, denn sie sagte: »Wir bereiten uns auf die Zertifikatsprüfung nächsten Monat vor. Da müssen die Schüler oft Chrysanthemen arrangieren, also ist das heute eine gute Übung.«

»Wieso Prüfung? Ich dachte, die Schüler erhalten nach dem Abschluß eines Buches automatisch ein Zertifikat.« Ich hatte im Handbuch für ausländische Studenten gelesen, daß ich zwanzig Lektionen bewältigen und der Schule zehntausend Yen zahlen müßte, um ein Zertifikat der vierten Stufe zu erhalten.

»Ja, so ist das bei den ausländischen Schülern, aber Japaner müssen bei einer offiziellen Prüfung zwei Blumenarrangements machen«, erklärte Norie. »Sie haben keine freie Materialwahl; eins der Gestecke ist vorgegeben, das andere kann frei gestaltet werden. Der ranghöchste Lehrer beurteilt die Arrangements.«

»Sieht der Lehrer den Schülern zu und gibt dann ein mündliches Urteil ab?« fragte ich, als ich mich daran erinnerte, wie zermürbend es gewesen war, auf die Bewertung von Sakura und Masanobu Kayama zu warten.

»Nein, die Schüler gestalten ihre Arrangements in einem eigenen Raum. Dann stellen sie ein Schildchen mit einer Nummer neben ihr Werk und verlassen den Raum. Der Lehrer kommt und sieht sich die Arbeiten an. Die Beurteilung erfolgt nach dem inneren Wert des Werks, nicht nach der Persönlichkeit des Schaffenden«, sagte Norie. »Ich hatte gehofft, daß du an dieser Prüfung teilnehmen würdest, Rei. Natürlich nicht an der nächsten Monat, aber im kommenden Jahr.«

»Ja, dein Arrangement im Mitsutan war wirklich sehr gut«, meinte Eriko.

»Ja?« Norie wandte sich ihrer Freundin zu. »Bitte erzähl mir, was der *iemoto* gesagt hat.«

»So wild war's auch wieder nicht«, sagte ich. »Er hat davon gesprochen, wie Takeo und Natsumi als Kinder Iris in einen Bambuszaun gesteckt haben. Ich glaube, er wollte sagen, unser Arrangement hat nicht mehr Wert als das Werk eines Kindes.«

»Ach.« Norie machte ein langes Gesicht. Plötzlich wurde mir bewußt, daß ich in Anwesenheit ihrer Schülerinnen nichts Negatives hätte sagen sollen. Ich hatte meine Tante nicht nur enttäuscht, sondern auch noch dafür gesorgt, daß sie das Gesicht verlor.

»Ich glaube, dem Meister hat das Arrangement gefallen. Es hat schöne Erinnerungen in ihm geweckt«, sagte Eriko. »Rei hat vermutlich die Feinheiten seiner Äußerung nicht verstanden.«

»Ja, natürlich, ich habe immer noch Probleme mit dem Japanischen«, sagte ich meiner Tante zuliebe. »Außerdem ist die bevorstehende Prüfung deiner Schüler sowieso viel wichtiger. Wer wird die Gestecke bewerten?«

Norie schwieg einen Augenblick zu lange. Da sprang

eine ihrer Schülerinnen ein: »Sonst hat Miss Sakura Sato das immer gemacht!«

»Manchmal sie, manchmal andere Meister«, berichtigte Norie sie.

»Könntest du so eine Beurteilung auch übernehmen?« fragte ich meine Tante.

»Nein, weil deine Tante und ich keine hochrangigen Lehrer sind«, rief Eriko mir wieder ins Gedächtnis. »Ich vermute, die Bewertung übernimmt entweder Mrs. Koda oder, um der Familientradition Genüge zu tun, Natsumi Kayama.«

»Hoffentlich macht's Mrs. Koda. Sie hat viel Erfahrung, und sie war sehr nett. Einige der fortgeschritteneren ausländischen Schülerinnen wie zum Beispiel Lila Braithwaite würden die Prüfung sicher gern absolvieren, wenn man ihnen Gelegenheit dazu gäbe«, sagte ich.

»Schülerinnen aus dem Westen brauchen keinen echten Abschluß«, widersprach Eriko. »Für sie ist es nur ein nettes Hobby während der Jahre, die sie in Japan verbringen. Wenn sie dann nach Hause zurückkehren, können sie den anderen Damen im Gartenclub etwas Hübsches zeigen.«

»Warst du denn schon mal im Westen und in einem dieser Gartenclubs?« fragte ich Eriko in etwas zu scharfem Tonfall. Es paßte mir nicht, wie sie über meine Landsleute sprach.

»Natürlich nicht. Aber ich habe Frauen aus dem Westen kennengelernt.« Eriko hob die Augenbrauen, die die Form zweier vollkommener Halbmonde hatten.

»Wir sollten nie vergessen, daß es die Ausländer waren, die die Kayama-Schule vor dem Untergang bewahrt haben«, mischte sich meine Tante völlig überraschend ein. »Nach dem Krieg hatten die meisten Japaner nicht einmal genug Geld, um Reis zu kaufen, geschweige denn Blumen. Die einzigen, die sich Ikebana-Kurse leisten konnten, waren die Amerikaner. Die Frau eines Admirals wurde Schülerin der Kayama-Schule, und ihr folgten viele andere Frauen aus dem Westen. Sie haben großzügig gespendet, um die Schule am Leben zu erhalten, bis auch die japanischen Frauen wieder in der Lage waren, sich Kurse und Blumen zu leisten.«

Nun wandte meine Tante sich den Arbeiten ihrer Schülerinnen zu. Sie machte nur kleine Vorschläge: die Drehung eines Zweiges zum Beispiel, so daß das Arrangement aus allen Blickwinkeln hübsch wirkte, oder die Neuanordnung von Farnen, so daß sie aussahen, als knospten sie aus der Mitte des Ikebana-Gefäßes heraus. Die Schülerinnen verneigten sich nicht vor Norie, wie sie es bei Sakura oder dem Leiter der Schule getan hatten. Sie konzentrierten sich vielmehr auf ihre Ratschläge.

Während meine Tante sich mit ihren Schülerinnen beschäftigte, flüsterte Eriko mir zu: »Ich wollte dich durch das, was ich über die ausländischen Schüler gesagt habe, nicht aus der Fassung bringen, Rei-san. Ich betrachte dich als eine von uns. Das war wenig einfühlsam von mir, denn schließlich hast du dich noch nicht ganz von deiner Krankheit erholt.«

»Meiner Tante und Leuten wie dir habe ich es zu verdanken, daß ich auf dem Weg der Besserung bin«, sagte ich. Es entsprach der japanischen Etikette, Gesundheit und Erfolg demjenigen zuzuschreiben, der sich nach dem eigenen Wohl erkundigte. Als mir einfiel, was Norie über die Ehe Erikos und ihre finanziellen Nöte gesagt hatte, fügte ich hinzu: »Danke für die wunderschönen weißen Rosen. Was für ein Luxus.«

»Ich habe sie dir schon ins Krankenhaus mitgebracht, doch da warst du noch zu krank, um sie wahrzunehmen. Aber sieh dich in diesem wunderbaren Raum um! Blumen von so vielen besorgten Freunden – sogar von Takeo Kayama.« Eriko schenkte mir ein kleines strahlendes Lächeln.

Offenbar hatte meine Tante sich bei ihr über Takeos Besuch beklagt. Nervös sagte ich: »Ach, das hat gar nichts zu bedeuten.«

»Nur, weil deine Tante es nicht möchte.« Eriko wandte ihren wissenden Blick nicht von mir ab. »Würdest du dich gern später darüber unterhalten? Ich weiß, wie schwierig japanische Verwandte manchmal sein können.«

»Ich komme schon zurecht. Da gibt es nichts zu reden.« Als ich ihr Angebot ausschlug, fühlte ich mich niedergeschlagen, obwohl ich nicht so recht wußte, warum.

Der Kurs war eine Stunde später zu Ende. Nachdem Norie die Möbel wieder an ihren alten Platz gerückt hatte, rollte sie meinen Futon aus, so daß ich mich hinlegen konnte. Ich schlief den ganzen Nachmittag. Als ich aufwachte, war es schon fast Abend. Tante Norie nutzte das schwache Licht des *andon* für eine Näharbeit. Offenbar versuchte sie, mich nicht zu stören.

»Was stickst du denn da? Eine *Sashiko*-Arbeit?« Ich stützte mich auf einen Ellbogen, um besser zu sehen.

»Nein, ich stopfe deinen Büstenhalter! Das Band ist fast durchgewetzt.« Sie erhob sich, schaltete das grelle Deckenlicht ein und ließ den Büstenhalter in seiner ganzen zerschlissenen Pracht vor meiner Nase hin und her baumeln, damit ich sehen konnte, wie abgetragen er war.

»Den wollte ich eigentlich wegwerfen«, sagte ich.

»Nun, bei der Ausstellung im Mitsutan hattest du ihn aber noch an. Das habe ich gesehen, als die Schwestern im Krankenhaus dich ausgezogen haben.«

Mein Stöhnen wurde vom Klingeln des Telefons unterbrochen, und Norie ging ran. »Ach, Richard-san! Wie nett von Ihnen, daß Sie wieder anrufen.« Dann schwieg sie, um ihm zuzuhören. Richard sprach sehr gut Japanisch. Nach einer Weile sagte sie: *»So desu, neh!«* Offenbar waren sie sich einig.

»Deine Tante ist doch ein Schatz. Warum hast du bloß solche Angst vor ihr?« fragte Richard, nachdem Norie mir den Hörer endlich überlassen hatte.

»Habe ich doch gar nicht! Ich fühle mich nur manchmal ein bißchen eingeengt«, sagte ich auf englisch, in der Hoffnung, daß Norie mich nicht verstehen würde.

»Ich habe ihr gerade vorgeschlagen, daß ich mit dir einen Gesundheitstee trinken gehe. Sie hält sehr viel von homöopathischen Mitteln, hast du das schon gewußt?«

»Ja.« Also wollte Richard mich treffen. Ich war wegen der Abfuhr, die er mir vierundzwanzig Stunden zuvor erteilt hatte, immer noch ein bißchen angefressen.

»Ich muß nur noch eine Englisch-Kassette für einen Schüler aufnehmen. Wenn du mit dem Anziehen fertig bist, stehe ich wahrscheinlich schon vor deiner Tür.« Erst jetzt schien Richard zu bemerken, wie schweigsam ich war. »Vorausgesetzt, du willst überhaupt.«

»Na schön«, sagte ich. »Ich könnte ein bißchen frische Luft vertragen.«

Ich zog mich schnell an, weil ich allen Kleiderdiskussionen mit Norie aus dem Weg gehen wollte, und entschied mich für Leggings, die mein armes gequältes Hinterteil nicht einengten, sowie für ein weites Sweatshirt mit dem Aufdruck DREAMS COME TRUE. »Large« entsprach in Japan in etwa der Damengröße 32. Während ich im Vorraum die Schnürsenkel meiner geliebten Asics-Turnschuhe band, dachte ich traurig an die vielen Kilometer, die ich mit diesen Schuhen im vergangenen Jahr gelaufen war. Jetzt schaffte ich es kaum, bis zum nächsten Teehaus zu humpeln.

Richard segelte in meine Wohnung wie eine kleine schwarze Fledermaus. Seine abgetragene Lederjacke glänzte vom Regen, und der Ring an seiner Unterlippe zitterte, als er meine Tante in besonders höflichem Japanisch begrüßte.

»Shimura-*sama*, entschuldigen Sie die Störung. Wie ich sehe, verzieren Sie gerade ein Kleidungsstück mit Stickereien.« Richard trat näher. »Wie zauberhaft! Ach, wenn ich doch nur auch nähen könnte. Mit einer Nadel und einer guten Schere könnte ich mir dann die perfekte Kleidung selbst schneidern.«

Norie ließ meinen Büstenhalter hastig in ihrem Nähkorb verschwinden. Der Anblick meines Futon war schlimm genug für einen Fremden, aber meine Unterwäsche ... Sie verabschiedete mich mit einem kurzen Winken und meinte: »Bleib nicht so lange weg. Das Essen ist bald fertig.«

»Mich hat sie nicht zum Essen eingeladen«, beklagte sich Richard, als wir draußen auf der Straße waren.

»Die Japaner laden nie jemanden zu sich zum Essen ein. Nicht, weil sie unhöflich sind, sondern weil sie Angst haben, daß ihre Wohnung zu klein und das Essen zu schlecht ist für einen Gast«, sagte ich, während wir an einem *yakitori*-Lokal vorbeigingen, dessen traditioneller Willkommensvorhang in der kühlen Brise flatterte. Der verführerische, rauchige Duft von Grillhähnchen ließ fast den Wunsch in mir aufkommen, keine Vegetarierin zu sein.

»Mmm, *yakitori.* Was hältst du davon, den Plan zu ändern, ein Bier zu trinken und ein paar Spießchen zu essen?«

»Ich hab' Angst, daß meine Tante das riecht. Außerdem hätte ich nicht gedacht, daß mehr drin ist als eine schnelle Tasse Tee. Triffst du dich denn nicht mit Enrique?«

»O je, da reckt die Eifersucht ihr häßliches Haupt«, spottete Richard. »Tja, du kannst von Glück sagen, daß ich ihn gestern abend im Salsa Salsa gesehen habe.«

»Warum?« Der Gehsteig vor dem Tofuladen war rutschig von ausgeschüttetem Spülwasser, und mir glitten die Beine weg, als wir um die Ecke gingen. Richard fing mich auf. »Ich warte lieber mit meinen Neuigkeiten, bis wir sitzen.«

»Warum, wird's aufregend?« fragte ich und versuchte, bewußt langsam zu gehen, als wir in der kleinen Straße anlangten, in der sich das Yanaka-Teehaus befand. Abgesehen von Mr. Wakas Family Mart war dies mein Lieblingsgeschäft in der Gegend. Die Originalfassade des kleinen, ganz in Holz gearbeiteten Ladens, der um die Jahrhundertwende erbaut worden war, hatte sich fast vollständig erhalten. Über der Tür befand sich eine hübsch geschnitzte Tafel mit einem Samurai und einer Dame, die zusammen Tee tranken. Im Innern warben alte Holzschilder an leuchtend roten Wänden für Tees, die gegen alle möglichen Malaisen von Verstopfung bis zu gebrochenem Herzen helfen sollten. Auf der einen Seite des Ladens standen Regale voll mit verkaufsfertig verpacktem Tee; auf der anderen waren ein paar Tische für diejenigen, die ihn an Ort und Stelle trinken wollten.

»Das Spezialangebot des Monats ist ein Schlangenblutgetränk. Das soll gegen Kater helfen, aber es ist zu teuer.« Richard, der viel mehr *kanji*-Schriftzeichen kannte als ich, warf einen Blick in die Karte. »Wie wär's mit *sakura-yu*? Ein Tee aus eingelegten Kirschblüten. Das heißt, er ist salzig, stimmt's?«

Ich nickte, obwohl ich keinerlei Lust auf irgend etwas mit Kirschblüten hatte. Zum Glück empfahl der Kellner mir Ginseng-Tee zur Stärkung des Körpers und der Liebesfähigkeit. Da Richard keine Probleme mit der Liebe hatte, versuchte er *kombu-cha*, ein Getränk, das aus einer langes Leben verheißenden Seetangart zubereitet wurde.

Der Tee wurde in kleinen Schalen serviert, die innen glatt glasiert und außen rauh waren, ganz ähnlich wie die Gefäße, die Mari Kumamori zu der Ikebana-Ausstellung mitgebracht hatte. Ich hob das Schälchen zum Mund und kam nach ein paar Schlucken zu dem Schluß, daß das Getränk darin ein bißchen wie grüner Tee schmeckte. Als ich mich umsah, merkte ich, daß eine erstaunlich große Anzahl junger Leute Tee trank. War Tee etwa in? »Dann erzähl mir mal von gestern abend.« Der Tee linderte die Schmerzen in meinem Hals und wärmte mich.

»Tja, Enrique hat immer noch an der Bar bedient, als ich ankam, also habe ich mir einen Drink geholt und mich ein bißchen unters Volk gemischt. Plötzlich habe ich dann gehört, daß jemand was über die Kayama-Schule sagte.«

»Ich kann mir nicht vorstellen, daß die Ikebana-Damen in dieses Lokal gehen.«

»Nein, es waren zwei Männer. Sie haben sich auf spanisch unterhalten. Der eine trug eine Jeansjacke mit

Stickereien in Spanisch und Englisch. Da kommt mir ein Gedanke: Meinst du, deine Tante könnte mir eine Kirschblüte auf meine Lieblings-Levi's sticken? Das wäre doch eine gute Methode, das Loch zu verdecken, das deiner Meinung nach so obszön ist.«

»Che. War das das Wort, das du auf der Jacke gesehen hast?«

»Genau! Das ist doch ein Name, oder?«

»Ich glaube, es ist ein Spitzname, der so was Ähnliches wie ›guter Freund‹ bedeutet. Es ist eine legere Form der Anrede. Hast du denn noch nie was von Che Guevara gehört, dem argentinischen Aktivisten, der zum Sturz etlicher lateinamerikanischer Regierungen beigetragen hat?«

»Wer hätte gedacht, daß ich für das Leben in Japan Spanisch brauche«, entgegnete Richard mit einem spöttischen Lachen. »Irgendwie war das komisch. Abgesehen von ein paar Worten habe ich überhaupt nichts verstanden.« Richard verzog das Gesicht, als er an seinem Tee nippte. Besonders gut schmeckte er ihm offenbar nicht.

»Warum hast du Enrique nicht gebeten, dir zu übersetzen, was sie gesagt haben?« fragte ich.

»Ich habe doch schon gesagt, daß er hinter der Bar stand, und außerdem war ich mir nicht sicher, ob die Unterhaltung so wichtig ist. Aber ich habe dir trotzdem ein paar Worte auf einer Serviette notiert.« Er holte eine zerknüllte hellblaue Papierserviette aus der Tasche.

Ich las, was darauf stand: *Kayama-Schule. Mitsutan. St. Luke's Hospital. Rei Shimura. Yanaka.*

»Dann wissen sie also Bescheid über meine Vergiftung. Das paßt alles zusammen!« Ich war ganz durcheinander. In mir kämpften Wut, Angst und Hochstimmung gegeneinander an. Endlich hatte ich einen Beweis.

»Beruhige dich, Rei. Ziemlich viele Leute wissen von deiner Erkrankung.«

»Nein, das stimmt nicht«, sagte ich. »Schließlich stand's nicht in der Zeitung. Hast du irgend jemandem davon erzählt?«

»Ja, Enrique. Er wollte wissen, warum du am Samstagabend nicht auf dem Fest warst.«

War es möglich, daß Enrique mit Che gesprochen hatte? Oder stellte Takeo Kayama, der mein Adreßbuch durchgegangen war und wußte, wo ich wohnte, das Bindeglied dar? »Die Männer haben von dieser Gegend hier geredet. Hast du irgendwelche Zahlen verstanden? Haben sie meine Adresse erwähnt?«

»Schwer zu sagen. Sie haben sich ja hauptsächlich auf spanisch unterhalten. Es waren auch ein paar Japaner dabei, die offenbar Spanisch verstanden. Oder vielleicht waren das japanischstämmige Latinos. Keine Ahnung.«

»Wenn ich nur Lieutenant Hata und einen Spanisch-Übersetzer dazu bringen könnte, das Salsa Salsa zu überwachen«, dachte ich laut.

»Tu nichts, was Enrique Schwierigkeiten machen könnte.« Richard bedachte mich mit einem wütenden Blick. »Er ist mein ein und alles.«

»Solltest du dann nicht ein bißchen Zeit investieren und Enrique auch außerhalb der Bar kennenlernen? Ich habe irgendwie das Gefühl, daß alles, was zwischen euch läuft, mit zu vielen Caipirinhas runtergespült wird.«

»Wenigstens habe ich im Gegensatz zu dir eine Beziehung, Frau Schlaumeier.«

»Kennt Enrique Che?« fragte ich, ohne auf seine Äußerung einzugehen. »Was hattest du für einen Eindruck?«

»Das Beste habe ich mir für den Schluß aufgehoben. Es hat sich herausgestellt, daß die beiden sich tatsächlich oberflächlich kennen, also habe ich Enrique gebeten, mich ihm vorzustellen, wenn er geht. Che ist eigentlich ein ganz netter Kerl. Er hat uns sogar eine Art Aushilfsjob angeboten, aber wir haben abgelehnt.«

»Was für einen Job denn?«

»Er hat gesagt, es hat was mit Gärtnern zu tun. Enrique meint, daß es sich um Schwarzarbeit handelt. Er hat einen legalen Job im Salsa Salsa und eine Aufenthaltsgenehmigung, da würde er natürlich kein solches Risiko eingehen.«

Plötzlich schlug mein Herz schneller. Entweder das kam vom Ginseng-Tee, oder ich war dabei, eine tolle Idee zu entwickeln. »Glaubst du, du könntest Enrique überreden, mehr über diesen Job herauszufinden?«

Richard schüttelte den Kopf. Dabei schwang das Zinnkreuz an seinem Ohrring heftig hin und her. »Enrique besteht darauf, seine gesamte Freizeit mit mir zu verbringen.«

»Wenn das bloß ein kurzfristiger Job ist, warum machst du ihn dann nicht? Bloß einmal?«

Richard ließ einen Finger am Rand seiner feuchten Teeschale entlanggleiten. »Nun, eigentlich hätte ich nichts dagegen, mein Hemd auszuziehen und ein bißchen braun zu werden. Neben Enrique komme ich mir ziemlich blaß vor.«

Ich nahm Richard die Teeschale aus der Hand. »Hast du schon gewußt, daß ich aus Teeblättern lesen kann?« fragte ich. Während ich den Blick auf die Überreste des dunklen Seetangs auf dem Boden von Richards leerer Schale richtete, sagte ich: »Ich sehe, daß es gut für dich wäre, im Freien zu arbeiten.«

Richard seufzte. »Du klingst wie Lila. Aber sie will mich immer nur dazu überreden, mit den Kindern ins Tokio-Disneyland zu gehen.«

»Das hier macht sicher mehr Spaß als dieser Kinderkitsch«, meinte ich. »Ich bitte dich doch bloß, ein bißchen im Schlamm zu wühlen. Nur einen Nachmittag lang.«

»Für dich würde ich alles tun«, sagte Richard, griff nach seiner Schale und stieß mit mir an.

14

Es gibt Zeiten, da bin ich überzeugt, das, was ich tue, ergibt Sinn, nur um ein paar Stunden später festzustellen, daß ich verrückt bin.

Als ich zusammen mit Richard das Teehaus verließ, war ich ganz und gar erfüllt von der Gewißheit, daß Enrique und Richard die perfekten Maulwürfe waren, um Ches Organisation zu untergraben. Aufgepuscht durch den Ginseng-Tee und meine Überzeugung, bald etwas Neues herauszufinden, ging ich ins Bett.

Am nächsten Morgen erwachte ich mit einem fast unerträglichen Druck auf der Blase und dem Gefühl, zum Untergang verdammt zu sein. Richard war genausowenig in der Lage, ein solches Doppelspiel zu spielen, wie ich, eine Ikebana-Prüfung zu bestehen. Außerdem gab es da noch die Frage, ob man Enrique trauen konnte. Schließlich war er Richard erst ein paar Tage zuvor in die Arme gefallen.

»Soll ich ans Telefon gehen, Rei-*chan*?« murmelte Tante Norie von ihrem Futon aus, der nur wenige Zentimeter von meinem entfernt ausgerollt war. Ich hatte gerade die Toilettenspülung betätigt und das Telefon nicht gehört.

»Nein, nein, ich geh' schon ran.« Als Lieutenant Hatas Stimme eben auf den Anrufbeantworter zu sprechen begann, nahm ich das schnurlose Telefon und zog mich damit ins Bad zurück. Dort drehte ich den Wasserhahn auf, damit Tante Norie nicht hörte, was ich sagte, und fing an, Lieutenant Hata die ganze Geschichte zu erzählen. Ich begann mit dem mysteriösen Haiku, das ich zwei Tage zuvor erhalten hatte.

»Das ist von Bashō«, sagte er, nachdem ich die drei Zeilen zitiert hatte. »Das Gedicht habe ich in der Schule lernen müssen.«

»Begreifen Sie, warum es mich nervös macht?« fragte ich.

»Nein, eigentlich nicht. In Japan ist es Tradition, anderen Gedichte zu schenken. In der Kaiserzeit haben junge Männer ihren Kurtisanen Gedichte als Dankbriefe geschickt. Es wundert mich, daß Sie keine Ahnung haben, wer der Absender ist.«

Es dauerte eine Weile, bis ich begriff, was er damit andeuten wollte. »Ich habe keine Affäre mit Takeo.«

»Warum haben Sie mich dann in die Küche verbannt, damit Sie sich unter vier Augen mit ihm unterhalten konnten? Außerdem haben Sie ihm zur Flucht verholfen«, fügte Hata verbittert hinzu.

»Takeo hat die Wohnung gänzlich ohne meine Hilfe verlassen. Und er ist auch kein flüchtiger Verbrecher«, sagte ich. »Ihr Verdacht sollte sich gegen Che Fujisawa richten. Die Wahrscheinlichkeit, daß er oder jemand aus seiner Bande mich vergiften wollte, ist ziemlich hoch.«

»Miss Shimura, vielleicht sollten Sie noch einmal zurück ins St. Luke's Hospital gehen, denn das klingt mir alles sehr nach Halluzinationen! Seit wann ist eine Umweltschutzgruppe eine Bande?«

»Vorgestern abend sind Che und ein Freund im Salsa Salsa, einem Nachtclub, belauscht worden, wie sie sich über die Kayama-Schule, das Mitsutan, das St. Luke's Hospital und meine Adresse in Yanaka unterhalten haben.«

»Ach?« Er klang argwöhnisch. »In der Zeitung stand nichts über Ihre Erkrankung.«

»Ja, daher können sie es also nicht gewußt haben. Offenbar haben sie mit der Sache zu tun.«

»Was genau haben Sie belauscht?« Zum erstenmal seit Beginn unserer Unterhaltung hörte ich das Kratzen eines Stiftes. Hata machte sich also Notizen.

»Nicht ich habe das Gespräch belauscht, sondern ein Freund von mir«, sagte ich, darauf bedacht, keine Namen zu nennen. »Die Unterhaltung war in Spanisch, so daß ich nur über die wenigen japanischen Worte darin informiert bin.«

»Wo ist das Salsa Salsa?«

»An der Roppongi-dori, Richtung Nishi-Azabu. Aber da können Sie nicht einfach so hingehen – Sie würden zu sehr auffallen. Außerdem brauchen Sie einen Spanisch-Dolmetscher.« Plötzlich machte ich mir Sorgen.

»Von denen haben wir genügend. Und ich besitze auch ein paar Zivilklamotten«, sagte er belustigt.

Ich bedankte mich bei Lieutenant Hata dafür, daß er mir seine Zeit geschenkt hatte, und legte auf. Tante Norie klopfte schon eine ganze Weile an die Tür; ich mußte mich jetzt ihr widmen.

»Du brauchst deine Telefonate nicht vor mir zu verstecken. Ich weiß schon, daß das dieser Polizist war.« Tante Norie lehnte im Türrahmen, den *yukata*-Morgenmantel ordentlich zugebunden über ihrem Flanell-Pyjama. Ihre Haare waren vom Schlafen zerzaust, und die Reste ihrer Nachtcreme klebten an ihrem Gesicht, so daß sie aussah wie ein Marsmännchen aus einem Comic-Heft.

»Du hast doch noch geschlafen«, sagte ich.

»Überlaß die Sache ihm«, sagte Norie. »Er hat mehr Möglichkeiten als du, und es ist gefährlich, den Kayamas zu nahe zu kommen. Ich spreche aus Erfahrung.«

»Was ist zwischen dir und den Kayamas eigentlich vorgefallen? Erzähl es mir.«

»Wasser spült alles fort«, sagte Norie. Das war eines ihrer Lieblingssprichwörter. Es bedeutete, daß es besser war zu vergeben und zu vergessen. »Apropos Wasser: Möchtest du vor dem Frühstück baden? Dann könnte ich inzwischen das *okayu* zubereiten.«

Beim Verzehr der letzten Breireste versuchte ich Norie zu entlocken, was mit den Kayamas gewesen war, doch ich konnte sie nicht zum Sprechen bewegen. Sie wollte lieber von Onkel Hiroshi erzählen, der nun endlich aus Osaka kommen würde. Es fiel mir schwer, das Durchhaltevermögen der *tanshin funin* zu begreifen – Ehemänner, die auf Anweisung ihres Chefs weit von ihrem Heimatort entfernt arbeiteten, aber ihre Familie nicht mitnahmen. Norie war eine Woche zuvor unversehens in einen Mordfall hineingestolpert, doch Hiroshi hatte nicht kommen können, um ihr beizustehen. Aber besser, er tauchte jetzt noch auf als überhaupt nicht.

In der japanischen Presse hieß es, meine Generation habe eine andere Einstellung zur Arbeit, aber das bezweifelte ich. Während meiner U-Bahn-Fahrt mit der Hibiya-Linie nach Roppongi sah ich mir einige der jungen attraktiven Geschäftsmänner ein bißchen genauer an. Schon früher hatte ich einen bestimmten Hibiya-Linie-Typ ausgemacht: junge Männer mit hervorstehenden Wangenknochen und nach hinten gegeltem Haar, die europäisch geschnittene Anzüge trugen.

Wenn sie saßen, wippten sie leicht mit den Budapestern an ihrem Fuß. Es war ein Naturgesetz, daß ein solcher HLT in der U-Bahn nie stehen mußte. Ich beobachtete einen etwas über Zwanzigjährigen, der genau meiner Beschreibung entsprach, wie er sich mir gegenüber hinsetzte und den positiven Eindruck zerstörte, den ich von ihm hatte, indem er die neueste Ausgabe von *Jump* aufschlug. Nein, mit einem erwachsenen Mann, der Kinder-Comics las, würde ich mich nicht einlassen. *Tut mir leid,* sagte ich in Gedanken zu dem HLT, *mit uns beiden läuft nichts.*

Takeo Kayama wohnte nur ein paar Gehminuten von der Hibiya-Linie entfernt, aber er gehörte nicht zu dieser Kategorie. Zwar war er groß und schlank, doch er trug die Haare lang, nicht wie ein HLT. Auch seine Jeans und T-Shirts paßten nicht ins Bild. Sogar der Anzug, den er am Tag von Sakuras Tod angehabt hatte, war zerknittert gewesen. Außerdem hatten HLTs feste Jobs. Takeo hingegen war nur eine Marionette im Kayama-Imperium und kassierte Geld von Schülern und Lehrern. Nein, Takeo Kayama war nicht mein Typ.

Du lügst, sagte die Stimme in meinem Innern. Um sie zum Schweigen zu bringen, starrte ich den gutaussehenden jungen Mann, der *Jump* las, noch intensiver an. Offenbar spürte er meinen Blick, denn irgendwann schaute er hoch. Und er zischte mir ein einziges Wort zu: »*Hentai.*« Das bedeutete so viel wie »Perverser«.

Er fühlte sich sexuell belästigt! Ich hätte nicht kichern sollen, konnte es mir aber nicht verkneifen. Ich hielt die Hand vor den Mund und blickte auf meine Knie hinunter, bis ich die Kamiyacho-Station erreichte. Dann verließ ich den Wagen, ohne den armen belästigten Geschäftsmann noch eines Blickes zu würdigen.

Ishida Antiques befand sich auf dem Familienanwesen der Ishidas, wo mein fünfundsiebzig Jahre alter Freund Yasushi Ishida zur Welt gekommen war. Seit dem Zweiten Weltkrieg war das Gebäude alle zehn oder zwanzig Jahre vollständig renoviert worden, so daß es sich allmählich von einem Holzhaus ähnlich dem meinen in Yanaka in einen mit Stuck verzierten Kasten verwandelt hatte, der den Nachbarläden glich. Mr. Ishida wohnte allein im Obergeschoß; das untere diente als vollgestellter Ausstellungsraum für alte Möbel. Das einzige unverkäufliche Stück war ein Miniaturschrein über der Tür, der mit winzigen Gebetsstreifen aus Papier sowie dem Fruchtopfer für Mr. Ishidas tote Eltern, einem duftenden Pfirsich, geschmückt war. Die Frucht wurde täglich gewechselt, so daß sie immer frisch duftete.

Heute war eine Kundin in Mr. Ishidas Laden, eine elegante Japanerin Ende Fünfzig, vielleicht die Mutter eines HLT. Mr. Ishida gab mir mit einem Blick zu verstehen, daß ich mich im Geschäft umsehen solle, während er den Verkauf zum Abschluß brachte.

In Mr. Ishidas Laden war das gleiche Kirschblütenfieber zu spüren wie in der übrigen japanischen Geschäftswelt. Er hatte einen malvenfarbenen Kimono mit einem Muster aus hellrosafarbenen Kirschblüten über einen Lackständer drapiert. Auf einer *tansu*-Kommode befand sich ein Kirschblüten-Gesteck in einem großen schwarzen *suiban*-Gefäß. Daneben standen ähnliche Ikebana-Gefäße aus der gleichen Zeit. Sie waren nicht mit Wasser gefüllt, so daß ich eines davon umdrehen konnte, um nach dem Stempel des Künstlers zu suchen. Ich kannte die zwei einfachen, in den Ton geprägten *kanji*-Zeichen: das für »Blume« und das für »Berg«. Zusammen sprach man das »ka-yama«.

Betätigte sich jemand aus der Kayama-Familie als Töpfer? Ich verwarf den Gedanken. Höchstwahrscheinlich war das Gefäß im Auftrag der Schule hergestellt worden, genau wie das minimalistische Steingut, das im Augenblick die Regale des Unterrichtsraums in der Kayama-Schule füllte. Viel überraschender für mich war, wie sehr die Stücke mich an die Formen der dreißiger Jahre erinnerten. Die Farben – fröhliche Orange-, Rosa- und Grüntöne – glichen der amerikanischen Fiestaware. Allerdings waren es zugleich auch die typischen Farben japanischer Kimonos.

Während ich mir darüber schlüssig zu werden versuchte, ob die Gefäße eher japanisch oder amerikanisch wirkten, entwickelte sich das Geschäft für Mr. Ishida ausgesprochen positiv. Seine Kundin stand kurz davor, eine *tansu*-Kommode zu erwerben, die siebenhunderttausend Yen, also ungefähr viertausendachthundert Dollar, kosten sollte. Die Dame strich zärtlich über den glatten Lack. Ich stellte mir vor, wie es wäre, ein Stück in solch tadellosem Zustand zu kaufen, dessen Wert mit Sicherheit steigen würde. Schön, dachte ich, sogar sehr schön.

Nachdem das Geschäft abgeschlossen war, verabschiedete Mr. Ishida die Dame mit tiefen Verneigungen. Er hatte den Oberkörper noch immer gesenkt, als sie den Laden verließ. Es dauerte eine ganze Weile, bis er es schaffte, sich wieder ganz aufzurichten.

»Zwei Tage habe ich meine Tai-Chi-Übungen nicht gemacht, und schon bin ich ein alter Mann«, brummelte Mr. Ishida.

»Keineswegs«, sagte ich lächelnd und setzte mich an das mit Büchern und Papieren bedeckte Beistelltischchen, an dem Mr. Ishida gern Tee servierte und Unterhaltungen führte.

»Was für ein guter Tag, Shimura-san. Diese *tansu* hat mir acht Monate lang Platz weggenommen. Ich hatte schon befürchtet, sie nie verkaufen zu können.«

»Ich habe ein ganz ähnliches Problem«, sagte ich und erzählte ihm von den Tellern.

»Tut mir leid, aber die kann ich Ihnen nicht abkaufen«, sagte Mr. Ishida. »Ich habe selbst ein Set mit zwölf Tellern im Obergeschoß – fünf Monate nun schon. Dafür gibt es einfach keine Käufer.«

»Tja, das merke ich auch gerade.« Irgendwann würde ich mir einen Lagerraum für all die wunderbare Kommissionsware suchen müssen, die ich übernommen hatte. Ich hielt ein flaches rosafarbenes Ikebana-Gefäß in die Höhe und fragte: »Könnten Sie mir etwas darüber sagen?«

»Das ist ein *suiban*. Es ist im Auftrag der Kayama-Schule in einem Brennofen auf der Insel Kyushu hergestellt worden. Zu Beginn des Jahrhunderts entstanden so viele Stücke dieser Art, daß der Begriff ›Kayama-Keramik‹ geprägt wurde. Ich habe im Augenblick ziemlich viel davon. Ich würde sagen, das Stück, das Sie gerade in der Hand halten, wurde in den dreißiger Jahren gebrannt.«

Mr. Ishida schien noch nicht bemerkt zu haben, daß er Ikebana-Gefäße einer vom Tod heimgesuchten Ikebana-Schule anbot, aber das war auch kein Wunder, denn er besaß keinen Fernseher und las nichts anderes als Fachzeitschriften über Antiquitäten. Mein Freund würde nicht einmal von einem Mord in der Kamiyacho-Station Notiz nehmen, es sei denn, der Mörder beginge die Tat mit einem alten Samurai-Schwert.

Ich sah mir das *suiban* genauer an. Wahrscheinlich, dachte ich, würde das Rosa nicht jede Blume gut zur

Geltung bringen. »Das Stück ist nicht so alt wie die Stücke, die Sie sonst verkaufen«, fragte ich. »Warum haben Sie den Auftrag angenommen?«

»Weil mir klar war, daß ich der einzige Händler in Tokio, vielleicht sogar in ganz Japan, sein würde, der eine so große Sammlung davon anbietet. Ich hoffe, daß irgendwann ein Kayama-Liebhaber hier auftaucht und mir alles abnimmt.«

»Ich mache einen Kurs an der Schule. Leider fehlt mir die Passion fürs Ikebana«, sagte ich mit einem spöttischen Lächeln.

»Aber man lernt dabei ausgesprochen kultivierte Menschen kennen.« Mr. Ishida schwieg eine Weile. »Vielleicht kennen Sie sogar die Kayama, die mir die Gefäße verkauft hat?«

»Eine Angehörige der Familie ist zu Ihnen gekommen?« Ich war verblüfft. Nun ja, der Laden befand sich nur ein paar Häuserblocks von der Schule entfernt.

»Die Frau war ungefähr so alt wie Ihre Tante.«

»Aber es gibt keine Kayama-Frauen in dem Alter«, sagte ich. »Ich kenne nur Natsumi, und die ist genauso alt wie ich.«

»Die Dame war ein bißchen über Fünfzig. Ich sage das nur, weil japanische Frauen heutzutage mehr Cremes und Wässerchen haben, um ihre Haut jung zu erhalten«, meinte Mr. Ishida. »Die Dame war hübsch, aber ziemlich unfreundlich. Vermutlich ist es ihr schwergefallen, sich von ihrer Sammlung zu trennen. In dieser Zeit der finanziellen Unsicherheit erhalte ich immer mehr Aufträge von Privatpersonen. Wahrscheinlich hat ihre angespannte Situation ihre Laune beeinträchtigt.«

Aber die Kayamas hatten meines Wissens keine finanziellen Probleme. Oder doch? »Wieso haben Sie die Frau als so kühl empfunden?« erkundigte ich mich.

»Sie bestand darauf, daß ich mich sofort entscheide, die Sammlung von zweihundert Stücken zu übernehmen. Andernfalls drohte sie zu gehen. Und als wir dann auf die Bedingungen zu sprechen kamen, hat sie achtzig Prozent des Verkaufspreises für sich gefordert. Ich sollte nur zwanzig bekommen!«

Normalerweise erhielt der Auftraggeber sechzig Prozent des Verkaufserlöses und der Verkäufer vierzig, insofern war ihre Forderung tatsächlich unverschämt. »Und was haben Sie getan?«

»Ich habe ihr fünfundsechzig Prozent des Verkaufserlöses angeboten und ihr erklärt, daß sie die Sachen wieder zurücknehmen müsse, wenn sie innerhalb von zwei Monaten nicht verkauft wären. Sie hat zugestimmt; zweifelsohne war sie schon bei anderen Händlern gewesen, die sich nicht auf ihre Bedingungen eingelassen haben. Aber die Stücke, die sie mir angeboten hat, sind etwas Besonderes.« Er ließ den Finger über die Glasur des *suiban* gleiten, das ich auf dem Tisch zwischen uns abgestellt hatte. »Ich hatte irgendwie das Gefühl, daß ich die Sachen nehmen sollte.«

Er war also ein Opfer seiner Antiquitätenlust geworden. Aus dem gleichen Grund hatte ich Mrs. Moritas Teller genommen: Es war der Wunsch, ja, der Drang, eine Weile von solchen Stücken umgeben zu sein. Eigentlich hatte ich gedacht, mein Motiv sei der Profit gewesen, doch daran begann ich jetzt zu zweifeln. Vielleicht wollte ich nur eine Abendeinladung für acht erlesene Gäste geben.

»Das kann ich verstehen«, sagte ich.

»Aber ich habe einen Fehler gemacht. Offenbar war ich während unseres Gesprächs abgelenkt, denn ich habe mir ihre Telefonnummer zwar notiert, aber ich bekomme keinen Anschluß unter dieser Nummer. Noch schlimmer ist, daß die Frau mich bisher nicht zurückgerufen hat. Ihr Besuch bei mir liegt fast drei Monate zurück, und ich habe neun Gefäße verkauft, doch ich kann ihr das Geld nicht geben.«

Ich faßte einen Beschluß. »Ich würde gern für Sie herausfinden, ob es eine Dame mittleren Alters in der Kayama-Familie gibt.«

»Aber Sie haben doch gerade gesagt, daß Sie keinen Spaß an Ikebana haben. Was interessiert Sie so an der Sache?« Mr. Ishida klang skeptisch.

Ich sah ihn an und sagte: »Ich würde auch gern wissen, wer die Dame ist.«

»Glauben Sie, Sie könnten ihre Telefonnummer herausfinden?«

»Vielleicht«, sagte ich. »Takeo hat mir erzählt, daß seine Mutter tot ist, also denke ich, daß die Dame, die bei Ihnen war, sich nur für eine Angehörige der Kayama-Familie ausgegeben hat – es sei denn, irgendeine entfernte Verwandte ist plötzlich hier in Tokio aufgetaucht.«

»Das halte ich für unwahrscheinlich.« Doch es schwang Unsicherheit in Mr. Ishidas Stimme mit, und ich wußte, daß er sich Sorgen machte. Er brauchte meine Hilfe.

»Ich verspreche Ihnen, diskret vorzugehen. Lassen Sie mich das *suiban* kaufen, dann erscheint mein Interesse motiviert.« Ich hatte tatsächlich Lust, das Gefäß zu erwerben. Ich könnte es Tante Norie als kleines Dankeschön schenken. Vielleicht würde dieses Geschenk ihr klarmachen, daß sie mich lange genug betreut hatte und nun wieder nach Yokohama zurückkehren konnte, um dort in Ruhe ihre Ikebana-Kurse zu geben.

Auf dem Weg nach Roppongi kaufte ich eine Ausgabe der *Japan Times*. Zumindest die englischsprachige Presse hatte mittlerweile das Interesse an dem Mord in der Kayama-Schule verloren. Alles drehte sich nun um die Bankenkrise. Die japanische Börse war an die dritte Stelle hinter die amerikanische und die englische zurückgefallen, obwohl die Regierung optimistisch blieb. Tja, so neu war das auch wieder nicht.

Ich steckte die Zeitung in meinen Rucksack, der wegen des *suiban* bereits ziemlich dick war. Als ich das Ding wieder auf meinen Rücken gehievt hatte, sah ich mein Spiegelbild in einem Schaufenster. O je, dachte ich, die jüngste Osteoporose-Patientin der Welt. Auf der Gaien Higashi-dori stellte ich erleichtert fest, daß niemand vor My Magic Forest protestierte, denn ich brauchte für meinen Plan einen großen Strauß Blumen.

Ich betrat den Laden durch griechische Säulen. Im Innern roch es nach Erde, Moos und exotischen Blüten. Ich ging durch die Ausstellung üppiger internationaler Pflanzen, die ich bereits mit Tante Norie gesehen hatte, und steuerte auf ein Sonderangebot mit langstieligen rosafarbenen Rosen zu. Sofort fiel mir auf, wie trocken die Blütenblätter waren.

»Woher sind denn diese Rosen?« fragte ich eine Verkäuferin, die gerade Jasmin arrangierte.

»Aus Lateinamerika. Ich weiß nicht genau, aus welchem Land, aber unser Lieferant hat uns versichert, daß keiner der Pflücker Opfer einer Pestizid-Vergiftung wurde!« Sie sah genauso nervös aus, wie sie klang.

»Die Rosen sind aber schon ein bißchen braun an den Rändern.«

»Sie sind vor zwei Tagen geliefert worden. Weil sie sich nicht verkaufen, haben wir den Preis gesenkt. Wenn der Dame die Rosen nicht zusagen, hätten wir auch noch holländische Tulpen oder Orchideen aus Thailand.«

»Haben Sie auch Blumen aus Japan?«

»Ja, sicher, aber die sind sehr teuer.« Sie warf einen Blick auf meinen dicken Rucksack, der mich offenbar als Schnäppchenjägerin klassifizierte. Ich nahm den Rucksack herunter und strich meinen Burberry glatt, so daß die Verkäuferin das karierte Innenfutter sehen konnte. Zwar stammte der Mantel noch aus der Siebziger-Jahre-Garderobe meiner Mutter, aber in Japan war ein Burberry so etwas wie ein Statussymbol.

»Geld spielt keine Rolle«, sagte ich, plötzlich tolldreist geworden. »Jedenfalls nicht, wenn's um Ikebana geht.«

»Ach, die Dame unterrichtet Ikebana?« fragte die Verkäuferin mich freundlich und führte mich durch einen Minipark aus blühenden Kirsch- und Pflaumenbäumen. Man konnte ganze Bäume, deren Wurzeln mit Erde und Sackleinen geschützt waren, für sechzigtausend Yen und mehr erwerben. Ich entschied mich wegen meiner wachsenden Abneigung gegen Kirschblüten für falschen Jasmin. Dazu nahm ich ein paar Lotusblätter sowie einige hübsche kleine purpurfarbene Kosmeen. Dafür bezahlte ich ohne allzugroße Reue fünftausend Yen, ungefähr fünfunddreißig Dollar.

»Bei der Verpackung können Sie wählen zwischen recyceltem Zeitungspapier oder dem Silberpapier mit dem Firmensignet.«

Ich überlegte eine Weile und entschied mich dann doch für das Papier von My Magic Forest. Mit ein bißchen Glück würde ich damit bei meiner Mission im Kayama-Kaikan-Gebäude aussehen wie jemand, der dort ein- und ausging.

15

Damit der Portier mich nicht als Todesbotin erkannte, hielt ich mir beim Betreten des Kayama Kaikan die Blumen vors Gesicht. Aber ich hätte mir keine Sorgen zu machen brauchen, denn er war gerade damit beschäftigt, einer Gruppe deutscher Touristen die Tür aufzuhalten. Ich schlüpfte mit ihnen hinein und blieb bei ihnen, bis sie die Aufzüge erreichten. Dort verdrückte ich mich durch die Tür mit der Aufschrift Notausgang und lief die Treppe hinauf.

Ich wußte von meinem Kurs, daß das Sekretariat der Kayama-Schule am Dienstagnachmittag geschlossen war, damit die Angestellten selbst an Ikebana-Kursen teilnehmen oder sich anderen Aktivitäten widmen konnten. Der Zeitpunkt war ideal für mein Vorhaben.

Auf dem Treppenabsatz zum ersten Stock trat ich auf den Flur mit dem grauen Teppich hinaus, der zum Sekretariat führte. Wie bei so vielen japanischen Büros handelte es sich auch hier um einen großen, offenen Raum mit Schreibtischen, die bis auf das Namensschild des jeweiligen Angestellten völlig leer waren.

Zum Glück kannte ich die Schriftzeichen für Koda und Sato. Ich entdeckte Mrs. Kodas Tisch gleich bei einer der langen Fensterwände. Anfangs hielt ich noch Abstand vom Fenster, doch dann fiel mir wieder ein, daß man ja während des Tages nicht durch das Spiegelglas ins Innere schauen konnte. Ich sah hinaus auf die anderen Bürogebäude und die Bäume und kam zu dem Schluß, daß Mrs. Kodas Tisch zwar nicht schlecht positioniert war, aber dennoch ihren Niedergang innerhalb der Schule widerspiegelte. Wäre sie tatsächlich mit leitenden Funktionen betraut gewesen, hätte ihr Schreibtisch in der Mitte des Raumes gestanden, damit sie ihren Untergebenen Anweisungen geben konnte. Sakuras Schreibtisch war mitten im Raum – sie war also die Königin im Volk der Bienen gewesen.

Die Polizei hatte Sakuras Schreibtisch bereits durchsucht. Ich bemerkte den dicken schwarzen Puder auf der Edelstahloberfläche und den Schubladengriffen, der vermutlich dazu gedient hatte, Fingerabdrücke zu nehmen.

Dann betrachtete ich Mrs. Kodas Tisch aus einem anderen Blickwinkel. Dabei fiel mir ein leichter Schatten auf, eine Lücke zwischen der Kante der obersten Schublade und dem Tisch. Die Schublade stand offen.

Konnte ich die Schublade nicht noch ein bißchen weiter aufziehen? Das hieß ja nicht, daß ich den Schreibtisch aufbrach; ich sah ihn mir nur genauer an. Ich würde bloß nachschauen, ob sich ein Adreßbuch darin befand, sofort das »K« aufschlagen und überprüfen, ob ich irgend etwas über die mysteriöse Mrs. Kayama finden konnte.

Die Schublade öffnete sich geräuschlos, und mein Blick fiel auf ein paar schmale Notizhefte, eine Schachtel mit Füllern, eine mit Bleistiften sowie eine Packung Papiertaschentücher. Keine Spur von einem Adreßbuch. Ich schlug die beiden Notizhefte auf und mußte feststellen, daß ich bis auf ein paar Blumennamen und Tokioter Ortsbezeichnungen nichts lesen konnte. Eine Namensliste der Lehrer und ihrer Adressen war sowohl auf englisch als auch mit *kanji*-Zeichen notiert. Weil es möglicherweise interessant sein würde, die Liste später noch einmal durchzugehen, ging ich zum Fotokopierer. Er war ausgeschaltet. Als ich auf den Knopf drückte, erwachte er mit einem erschreckend lauten Geräusch zum Leben. Ich hoffte nur, daß sich außer mir niemand im ersten Stock aufhielt.

Das Gerät war ziemlich langsam. Als ich die Liste fertig kopiert hatte, zeigte die Uhr an der Wand zehn vor zwei. Bald wäre die Ikebana-Stunde für die Angestellten vorbei.

Ich kehrte mit dem Notizheft zu Mrs. Kodas Schreibtisch zurück. Als ich es wieder in die Schublade schob, merkte ich, daß ich schwarzen Puder an den Griff gebracht hatte. Offenbar war ich an Sakuras Tisch entlanggewischt. Ich nahm eines von Mrs. Kodas Papiertaschentüchern, um den Griff abzureiben, und stieß dabei gegen ein kleines orangefarbenes Plastikfläschchen, wie es für Arzneimittel verwendet wird. Mit dem Taschentuch in der Hand holte ich es heraus. Auf dem Etikett stand MOTRIN 800 MG. Schon seltsam, daß das gleiche Medikament, das mir bei gelegentlichen Krämpfen half, auch die Arthritis einer älteren Frau lindern konnte.

Der Deckel war halb offen – in Japan sind kindersichere Verschlüsse nicht gesetzlich vorgeschrieben –, und eine Tablette fiel mir in die Hand. Sie war klein und weiß, mit dem aufgeprägten Gesicht einer Frau. Möglicherweise sahen Motrin-Tabletten ja inzwischen anders aus, das Frauengesicht kannte ich jedenfalls nicht. Ich drehte die Tablette um, und tatsächlich: Da stand NOLVADEX 600.

Also schluckte Mrs. Koda stärkere Medikamente, bewahrte sie aber in einem Motrin-Fläschchen auf. Oder war es für jemand anderen bestimmt?

Auf Sakura war genau wie auf mich ein Giftanschlag verübt worden. Lieutenant Hata hatte mir gesagt, daß es sich bei dem Gift um Arsen handelte. Als ich die kleine Tablette mit dem Frauengesicht anstarrte, spürte ich die gleiche Übelkeit in mir hochsteigen wie bei der Ikebana-Ausstellung im Mitsutan-Kaufhaus. Welche Inhaltsstoffe hatte Nolvadex? War eine Überdosis tödlich?

Ich wickelte ein frisches Taschentuch um die Tablette und steckte alles in die Tasche meines Regenmantels. Dann schob ich die Schublade zu, wischte die letzten Spuren des schwarzen Puders weg und schaltete den Fotokopierer aus. Vor dem Verlassen des Raumes warf ich das benutzte Taschentuch in einen geschlossenen Abfalleimer mit der englischen Aufschrift LET'S ENJOY RECYCLE. War das Takeos Werk? Wenn ja, hätte er sich wenigstens die Mühe machen können, das fehlerhafte Englisch zu korrigieren. Ich trat hinaus ins Treppenhaus. Da hörte ich Schritte. Außer mir benutzte offenbar noch jemand die Treppe.

Ich fing an zu laufen und nahm dabei eine Kurve so eng, daß ein paar Stengel meiner Blumen sich im Geländer verfingen. Sie fielen herunter, doch ich hatte keine Zeit, sie wieder aufzuheben. Wenig später erreichte ich das Foyer des Gebäudes.

Wieder hielt ich mir die Blumen vors Gesicht und ging in Richtung Tür.

»Entschuldigen Sie, Madam, aber wir müssen Ihre Taschen durchsuchen«, hielt mich der Portier auf. Hinter den Blumen hervor murmelte ich: »Sie meinen meine Blumen? Ich habe sie noch gar nicht ausgewickelt. Wissen Sie, ich dachte, heute nachmittag ist Kurs.«

»Nein, nur Ihren Rucksack. Es tut mir leid, wenn ich Ihnen Unannehmlichkeiten bereite, aber diese Durchsuchungen sind Teil unseres neuen Sicherheitssystems.« Ich legte meinen Rucksack und die eingewickelten Blumen auf den hochglanzpolierten Walnußholztisch.

»Ach, Sie sind's, Shimura-san! Sind Sie wieder gesund?« Miss Okada kam hinter ihrer Rezeption hervor, um mich zu begrüßen.

»Ja. Wie Sie sehen, bin ich schon wieder auf den Beinen, aber ich habe die Kurszeiten völlig durcheinandergebracht!« Dabei beobachtete ich den Portier, der sich langsam und systematisch durch meinen Rucksack arbeitete. Ich hoffte nur, daß er die vom Kopieren noch warme Liste mit den Lehrernamen zwischen den Seiten der *Japan Times* nicht entdeckte.

»Darf ich Ihnen diese Blumen geben?« fragte ich völlig unvermittelt Miss Okada, um sie dazu zu bringen, daß sie mich ansah und nicht das Durcheinander, das der Portier aus meinem Rucksack holte. »Ich wollte ins Sekretariat, um sie Mrs. Koda zu schenken, doch sie war nicht da.«

Miss Okada nickte geistesabwesend, beobachtete aber weiter den Portier. Ich folgte ihrem Blick. Der Portier öffnete gerade die Schachtel mit dem Ikebana-Gefäß. Nachdem er das *suiban* herausgenommen hatte, packte er es wieder ein.

»Augenblick«, sagte Miss Okada. »Könnte ich mir das Stück genauer ansehen?«

»Aber sicher«, sagte ich, obwohl nicht klar war, ob sie mich um Erlaubnis fragte oder den Portier.

Sie drehte das Gefäß sofort um und betrachtete das Kayama-Siegel auf der Unterseite. »Das ist ja Kayama-Keramik!«

»Ja, stimmt. Ich wollte sie jemandem hier im Haus zeigen – Natsumi-san.«

»Sie ist heute nicht hier. Setzen Sie sich doch einen Moment, Miss Shimura, dann rufe ich Mrs. Koda. Die wird Ihnen sicher helfen.«

Ich nahm auf einer Bank aus Edelstahl Platz und starrte das Wahrzeichen der Kayama-Schule, eine massive Sandsteinskulptur, an. Wäre ich doch bei einer Ausrede für meinen Aufenthalt in dem Gebäude geblieben, statt mir drei verschiedene auszudenken. Jetzt war es an Mrs. Koda, die Wahrheit herauszufinden. Vielleicht würde sie sofort zu ihrem Tisch hasten, die Tabletten in ihrem Arzneimittelfläschchen zählen und merken, daß ich eine herausgenommen hatte. Wenn nicht, würde sie sicher das mit schwarzem Puder verschmierte Taschentuch in dem Abfalleimer entdecken oder spüren, daß der Fotokopierer noch warm war. Oder litt ich unter Paranoia?

Miss Okada telefonierte immer noch, ohne den Blick von mir zu wenden. Dann verbeugte sie sich leicht, um das Ende des Gesprächs zu signalisieren, und wählte eine andere Nummer. Sie ließ mich die ganze Zeit nicht aus den Augen. Ich hingegen gab vor, ganz in den Anblick der Sandsteinskulptur versunken zu sein.

Nach fünf langen Minuten kam Mrs. Koda mit dem Aufzug herunter. Sie trug einen Rock und einen Pullover und darüber eine klassische wattierte Jacke. Mit ihrer ein wenig gebeugten Haltung wirkte sie wie eine freundliche Großmutter aus einem japanischen Märchen. Sie lächelte mir zu und verneigte sich, kam aber nicht näher. Statt dessen widmete sie ihre Aufmerksamkeit dem *suiban*, das Miss Okada auf der Rezeption abgestellt hatte, also genau dort, wo Norie die Ikebana-Schere hingelegt hatte, damit Miss Okada sie als Geschenk verpackte.

Mrs. Kodas Augen strahlten, und sie lächelte, als sie beim Umdrehen des *suiban* den Stempel entdeckte. Sie sagte etwas zu Miss Okada, das ich nicht verstehen konnte, bevor sie zu mir herüberkam.

»Bitte!« Ich sprang sofort auf und bot ihr meinen Platz auf der Bank an.

»Es ist genug Platz für uns beide«, sagte sie. »Als erstes möchte ich mich für Ihren freundlichen Brief bedanken. Es hat mir so leid getan, daß Sie während der Ausstellung krank wurden. Schließlich war es meine Idee, den Tee zu trinken! Aber ich hätte nie gedacht, daß er vergiftet ist.«

»Das Gift war im Zucker, nicht im Tee, also war meine Liebe zu Süßem schuld an der ganzen Sache.« Normalerweise konnte ich den ständigen gegenseitigen Entschuldigungen, die Teil der japanischen Etikette waren, nichts abgewinnen, aber diesmal hätte ich gern noch eine Weile weitergemacht.

»Nein, meine selbstsüchtige Bitte hat zu Ihrer schweren Erkrankung geführt. Daran besteht kein Zweifel.« Mrs. Koda sah die Blumen auf dem Tisch an. »Sie sind viel hübscher als die Azaleen, die ich Ihnen geschickt habe. Es ist schwierig, qualitativ hochwertige Blumen von einem anderen Lieferanten als dem der Schule zu bekommen.«

Dann hatte sie die Azaleen also nicht bei My Magic Forest gekauft? Vielleicht sympathisierte sie insgeheim mit dem Umweltgedanken oder bekam nur ein winziges Gehalt. Ich hielt es für wahrscheinlich, daß die Kayamas ihre Angestellten schlecht bezahlten und ihren Reichtum lieber für sich behielten.

»Nein, nein, die Azaleen waren wunderschön.« Ich versuchte, mir ein ausreichend gefühlvolles Kompliment für jemanden auszudenken, der Blumen für bewußte Wesen hielt. »Ich habe sie in einem blau-weißen *hibachi* arrangiert, und der Gegensatz, den die Frische und Schönheit Ihrer Blumen zu dem alten Gefäß bilden, gleicht mein mangelnden Talent aus.«

»Bitte zweifeln Sie nicht an Ihren Fähigkeiten. Hauptsache, Sie sehen ins Herz der Blumen«, sagte sie. »Allerdings muß ich Ihnen beipflichten, daß das Gefäß, das man wählt, jedem Arrangement zusätzliche Anmut verleiht. Das *suiban* beispielsweise, das Sie in Ihrem Rucksack hatten, wurde in den dreißiger Jahren entworfen. Es bricht mit dem überladenen Stil des neunzehnten Jahrhunderts.«

»Ach. Ist es wertvoll?« Ich hatte den Preis, den Mr. Ishida von mir verlangt hatte, für angemessen gehalten.

»Ja, das würde ich sagen. Von diesen Kayama-Stücken wurden in dem Brennofen, der damals für unsere Schule gearbeitet hat, nur eintausend Exemplare hergestellt. Dann kam der Krieg, und unser Brennofen wurde nur noch benutzt, um kriegsnotwendige Güter zu produzieren. Nach dem Krieg gab es bis weit in die fünfziger Jahre hinein nicht genug Geld für die Fabrikation und den Kauf von Ikebana-Gefäßen. Damals haben wir begonnen, andere Techniken zu verwenden, um das Motto der Schule ›Wahrheit in der Natur‹ umzusetzen.«

Ich nickte, fragte mich aber, worauf sie hinauswollte.

»Ich bin beeindruckt, daß es Ihnen gelungen ist, eines der Originalgefäße aus den dreißiger Jahren zu finden.«

»Das war Glück. Es war auch überhaupt nicht teuer«, versicherte ich ihr, bevor ich merkte, daß das möglicherweise so klang, als bringe ich den Schul-Artefakten nicht genug Wertschätzung entgegen.

»Sie sagen, Sie haben das *suiban* gekauft?« Sie wirkte erstaunt.

Da wurde die Tür zum Treppenhaus aufgerissen, und Takeo Kayama betrat mit seinem alten Greenpeace-T-Shirt und seiner Levi's bekleidet das Foyer. Er sah aus, als habe er vor, körperliche Arbeit zu verrichten. Mir fiel ein, daß Che jemanden für Gartenarbeit suchte, aber natürlich brauchte Takeo sich für sein Geld die Hände nicht schmutzig zu machen.

Takeo sprach mit Mrs. Koda, ohne mich eines Blickes zu würdigen. »Sie hatte es in ihrem Rucksack?«

»Ja, ich glaube. Wir haben uns gerade darüber unterhalten, wie sie es gekauft hat«, sagte Mrs. Koda.

»Ich werde mich darum kümmern.« Er warf mir einen gequälten Blick zu. »Kommen Sie mit rauf in mein Büro. Diesmal nehmen wir den Aufzug.«

Also hatte er die abgerissenen Blüten im Treppenhaus gesehen. Sie mit mir in Verbindung zu bringen, war nicht schwer gewesen, denn der Strauß lag auf dem Tisch neben der Tür.

»Takeo-*sensei*, würden Sie mich bitte entschuldigen? Ich bin ziemlich müde«, murmelte Mrs. Koda.

»Aber natürlich. Soll ich Sie nach oben begleiten?« Seine Stimme wurde sanfter.

»Nein, ich werde nur eine Tasse Tee trinken und mich dann wieder meiner Arbeit zuwenden. Machen Sie sich um mich keine Sorgen.«

Ich nahm meinen Rucksack und bedankte mich bei dem Portier mit einem gekünstelten Lächeln dafür, daß er diese ganze unangenehme Sache ins Rollen gebracht hatte. Dann folgte ich Takeo, der mein *suiban* in der Hand hielt, in den Aufzug. Ich hielt den Blick auf die Stockwerksanzeige gerichtet. Drei, vier, fünf ... bald waren wir im achten Stock, wo sich, wie ich von Lila wußte, ein privater Eingang zum Penthouse der Kayamas befand.

»Steigen Sie aus«, sagte Takeo, als ich mich nicht von der Stelle rührte.

»Ich wollte Ihnen den Vortritt lassen. In diesem Land ist es Sitte, daß die Männer den Aufzug vor den Frauen betreten und wieder verlassen.«

»Hatten Sie vor, den Schließknopf zu drücken und irgendwo auf halber Höhe auszusteigen, um die Treppe runterzulaufen? Aber Sie würden nur wieder dem Portier in die Arme laufen, der Sie ohne meine Erlaubnis nicht gehen lassen würde!«

»Vorausgesetzt, ich benütze denselben Ausgang.« Ich trat vor ihm aus dem Aufzug. »Aber in einem Gebäude dieser Größe muß es schon aus feuerpolizeilichen Gründen mehr als eine Treppe und mehr als einen Ausgang ins Freie geben. Es existieren also noch andere Wege durch das Gebäude, die nur nicht so gut ausgeschildert sind.«

»Das stimmt«, sagte er, als er mir aus dem Aufzug folgte. »Zum Beispiel werden Sie jetzt gleich den Weg zu meinem Büro kennenlernen.«

»Befindet sich Ihr Büro in der Wohnung der Familie? Es gibt eine Treppe, die man über einen kleineren Flur erreichen kann ...«

»Ich wohne auf dem Land, nicht hier.« Er sah mich an. »Gehen Sie nach links. Es ist die fünfte Tür.«

Dieser Teil des Gebäudes war eleganter als das zweckmäßig eingerichtete Sekretariat im ersten Stock und die kargen, sonnenhellen Unterrichtsräume im dritten. Die Wände des Flurs hier oben waren in tiefem Zinnoberrot gehalten und mit winzigen Spotlights geschmückt, die kleine gerahmte Gemälde anstrahlten. Ich erkannte eines des japanischen Künstlers Yayoi Kusama und entdeckte ein kleines gestreiftes Bild, das nach Mark Rothko aussah. War das möglich? Ich blieb wie angewurzelt stehen.

»Ja, das ist ein Rothko«, sagte Takeo. »Es wundert mich, daß Sie ihn nicht mitgenommen haben.«

»Wie bitte?« Ich ging weiter.

»Machen Sie mir nichts vor. Sie kennen sich doch bestens aus in diesem Teil des Gebäudes.«

»Eine andere Schülerin hat mir von diesem Weg zu Ihrer Wohnung erzählt. Sie war einmal hier oben zum Essen eingeladen.«

»Lila Braithwaite«, sagte er mit tonloser Stimme, während er eine unauffällige Tür öffnete. Ich betrat einen Raum, der nach seinem Büro aussah. Ich hatte nicht den Eindruck, daß mir hier etwas zustoßen könnte, denn schließlich wußten Mrs. Koda, Miss Okada und der Portier, daß ich mich in diesem chaotischen Büro mit gerahmten Fotos von Unkräutern und Wildblumen, einem Schreibtisch mit Computer und Sesseln mit zerschlissenen braunen Baumwollpolstern aufhielt. Die Ausstattung des Raums war das genaue Gegenteil des kargen, minimalistischen Stils, der sonst im Kayama-Kaikan-Gebäude vorherrschte.

Takeo nahm einen Stapel *National Geographics* von einem der Sessel und bedeutete mir, darauf Platz zu nehmen. Ich tat ihm den Gefallen und versank tief in dem wohl schon seit dreißig Jahren durchgesessenen Möbel.

»Sie und ich, wir haben etwas gemein. Ich kaufe auch alte Möbel«, sagte ich, unfähig, meine Belustigung zu verbergen. »Welchen der sonntäglichen Flohmärkte vor den Schreinen besuchen Sie am liebsten?«

Takeos Stimme hob sich eine Oktave. »Die Möbel sind nicht vom Flohmarkt! Sie sind aus dem Haus, in dem meine Familie früher gelebt hat. Die Stühle standen im Zimmer meiner Mutter.«

Wieder einmal hatte meine amerikanische Direktheit mich in Schwierigkeiten gebracht. Es war mir schrecklich peinlich, daß ich mich abfällig über seine Familienerbstücke geäußert hatte.

»Außerdem sind Sie nicht hier, um den Wert der Möbel zu schätzen. Mich würde viel mehr interessieren, was Sie über den Inhalt Ihres Rucksacks zu sagen haben.«

»Sie meinen wohl einen bestimmten Gegenstand, nicht wahr?«

»Sie hatten ein Ikebana-Gefäß bei sich, das in den dreißiger Jahren für unsere Schule gefertigt wurde. Davon wurden insgesamt nur tausend Exemplare hergestellt. Heutzutage eines davon aufzuspüren, ist ziemlich schwierig«, sagte Takeo.

»Das hat Mrs. Koda mir auch gesagt.« Es würde Mr. Ishida freuen, das zu hören.

Takeo schwang die Beine über die Armlehnen seines Sessels, als habe er vor, eine Weile hier zu bleiben. »Von den produzierten eintausend Gefäßen waren je zweihundert vom selben Typ, das heißt also fünf Stück pro Typ. Manche von ihnen erhielten Lehrer als Geschenk, andere wurden in der Schule verwendet. Einige sind natürlich auch im täglichen Gebrauch kaputt gegangen oder verschwunden.«

Ich starrte die rötliche Erde an den Sohlen seiner Frye-Stiefel an und fragte mich, warum sie in Japan immer noch der Hit waren, wo diese Mode sich in den Vereinigten Staaten doch schon längst überlebt hatte.

»Dann kam der Krieg, und die Militärregierung hat viele unserer Sachen beschlagnahmt. Metallgefäße wurden zu Munition geschmolzen, doch der größte Teil der Keramik – besonders die mit Blattgold oder üppigen Malereien – wurde verschont. Auch die Gefäße aus den Dreißigern haben den Krieg überdauert, aber Ende der vierziger Jahre bestand kein Interesse daran, die Produktion fortzusetzen. Diese Formen waren inzwischen nicht mehr modern, und selbst wenn sie es gewesen wären, hätte niemand das Geld gehabt, in neue Ikebana-Gefäße zu investieren.«

»Vielleicht hätten die amerikanischen Offiziersgattinen, die sich mit Ikebana beschäftigten, die nötigen Mittel gehabt.«

»Nein. In den vierziger Jahren beurteilten die Leute die Überbleibsel aus den Dreißigern, wie wir heute Kleidung und Möbel aus den Siebzigern, nämlich als billig. Mein Vater hat mir außerdem erzählt, daß die amerikanischen Frauen Antiquitäten suchten, Stücke aus dem alten Nippon, die sie mit nach Hause nehmen wollten. Genau wie Sie.«

Die siebziger Jahre hatten wichtige Impulse für die japanische Mode der vergangenen fünf Jahre gegeben, aber diese Information hätte ihn bloß von dem abgelenkt, was ich ihm mitzuteilen hatte. »Ich versuche keineswegs, alte Stücke aus Japan hinauszubringen! Ich bemühe mich vielmehr, sowohl den Wert als auch die Wertschätzung dekorativer japanischer Kunstgegenstände zu erhöhen. In gewisser Hinsicht besteht meine Arbeit darin, das kulturelle Bewußtsein der Menschen zu heben.«

Als die Worte heraus waren, hätte ich mir am liebsten auf die Zunge gebissen. Von wegen Hebung des kulturellen Bewußtseins! Mein Gott, hörte sich das dumm und kalifornisch an.

Takeo bedachte mich mit einem kühlen Blick. Schließlich sagte er: »Es wundert mich wirklich, daß Sie die Hebung des kulturellen Bewußtseins als Rechtfertigung für einen Diebstahl anführen.«

»Für einen Diebstahl?« fragte ich.

»Ich habe die Polizei nur deshalb noch nicht gerufen, weil mir die Beamten doch nicht verraten würden, was Sie gestehen. Nach dem Tod von Sakura haben sie mir auch nichts wirklich Wichtiges gesagt.«

»Wieso reden Sie die ganze Zeit von Diebstahl? Hat irgend jemand etwas aus der Schule gestohlen?«

»Ja, Sie, Rei. Deshalb sind Sie hier in diesem Büro. Ich möchte Sie fragen, wie Sie die gesamte Kayama-Keramik-Sammlung an sich gebracht haben und warum.«

16

»Takeo.« Ich benutzte betont seinen Vornamen, denn auch er hatte mich ohne Aufforderung beim Vornamen genannt und nicht einmal ein *-san* angefügt, um Respekt zu zeigen. »Takeo, Sie haben eine lebhafte und kreative Phantasie. Deswegen werden Sie vermutlich auch der zukünftige Leiter dieser Schule werden.«

»Sie haben dieses *suiban* gestohlen und dazu unsere gesamte Sammlung aus den dreißiger Jahren. Ich weiß nicht, wie, aber es ist Ihnen gelungen. Bravo.« Takeo sprach in dem gleichen bestimmten Tonfall wie beim Eintreffen der Polizei nach dem Mord an Sakura.

»Tja, dann rufen Sie doch die Polizei«, sagte ich. »Ich führe die Beamten gern zu dem Laden, wo ich das *suiban* heute morgen gekauft habe.«

»Sie sind wirklich eine fabelhafte Lügnerin, Rei. Ihre Lügen sind fast so fabelhaft wie Ihre Tanzkünste.«

Eine unverschämtere Beleidigung hatte ich mir noch nie anhören müssen, doch ich hob lediglich die Augenbrauen und sagte: »Vielleicht sehen Sie sich mal die Quittung an.« Ich zog genüßlich die Brieftasche heraus und reichte ihm den Beleg, den Mr. Ishida mir ausgestellt hatte.

»Jetzt sagen Sie bloß nicht, daß der alte Mr. Ishida Ihr Komplize ist!«

»Das klingt fast so, als würden Sie ihn kennen«, sagte ich.

»Der Name Yasushi Ishida ist in mehreren Artikeln aufgetaucht, die letztes Jahr über Sie erschienen sind. Die Tatsache, daß dieser ehrwürdige Fachmann nun mit gestohlenen Antiquitäten handelt, dürfte die Presse wohl noch mehr interessieren, meinen Sie nicht auch?«

Jetzt redete er wieder von Diebstahl. In bemüht geduldigem Tonfall fragte ich: »Gestohlen? Wo denn?«

»Aus unserem Schularchiv.«

»Und wann soll das passiert sein?« fragte ich weiter.

»Vor ungefähr sechs Wochen. Aber das wissen Sie ja. Wieso fragen Sie mich noch?« herrschte Takeo mich an.

»Vor sechs Wochen war ich in Sapporo und habe einen Nachlaß geschätzt.« Das war nun wirklich ein handfester Beweis.

»Nun, das genaue Datum kenne ich nicht. Sie oder Ihr Freund könnten die Kayama-Keramiken ja schon früher an sich genommen haben. Ich habe es jedenfalls erst zu dem Zeitpunkt bemerkt.«

»Ich habe dieses Gebäude vor zwei Wochen zum erstenmal betreten. Und zwar zur Vorbesprechung des Kurses mit Mrs. Koda. Sie hat mir zwar die ganze Schule gezeigt, aber kein Archiv. Fragen Sie sie doch.« Ich klang mutiger, als ich mich fühlte, denn jetzt fiel mir wieder ein, wie argwöhnisch Mrs. Koda gewirkt hatte, als sie mich nach den Kayama-Keramiken fragte.

»Gut möglich, daß Sie nicht selbst hier gewesen sind, sondern Ihre Tante«, sagte Takeo. »Sie geht ja hier ein und aus.«

»Genau wie Hunderte – ach was, Tausende – von Lehrern und Schülern auch. Aber geben Sie ruhig meiner Tante die Schuld. Sie ist sowieso überzeugt, daß ihr Ruf durch die Verbindung zu dem Mord an Sakura für immer ruiniert ist; da macht diese neue Eröffnung sicher keinen großen Unterschied mehr.« Jetzt war ich wirklich wütend auf ihn. »Und was ist mit Ihnen selbst? Sie könnten die Kayama-Keramiken schon vor einer ganzen Weile mitgenommen und dann einen Strohmann beauftragt haben, sie zu Mr. Ishida zu bringen. Sie wußten, daß ich mit Mr. Ishida befreundet bin und früher oder später in seinen Laden gehen und eins der Stücke erwerben würde. Tja, und schon würde man mich damit erwischen, und ich müßte als Sündenbock für Ihr Verbrechen herhalten.«

»Haben Sie eigentlich eine Ahnung, wie groß mein Privatvermögen ist?« Er sah mich an. »Über eine Milliarde Yen. Das sind sieben Millionen amerikanische Dollar zum derzeitigen Umrechnungskurs. Außerdem wissen Sie, daß ich noch viel mehr erben werde, wenn mein Vater einmal stirbt. Warum sollte ich Interesse daran haben, eine unbedeutende Sammlung von Keramiken aus den dreißiger Jahren zu stehlen und zu verkaufen?«

»Sie haben mir gerade gesagt, daß diese Keramiken ausgesprochen selten sind. Jetzt sprechen Sie von einer unbedeutenden Sammlung. Was ist nun wahr?« Ich stürzte mich auf dieses Detail, um meine Verärgerung darüber zu kaschieren, daß jemand in meinem Alter so obszön viel Geld besaß.

»Die Kayama-Keramiken sind wichtig für mich, weil sie Teil meines Familienerbes sind. Das ist alles.« Er musterte mich argwöhnisch. »Selbst wenn Sie das *suiban* bei Ishida Antiques gekauft haben, ohne irgend etwas von der Geschichte zu ahnen, handelt es sich immer noch um Diebesgut. Ishida-san könnte eine Anzeige wegen Hehlerei bekommen. Ein Anruf bei der Polizei würde genügen.«

Ich stellte mir vor, wie mein fünfundsiebzigjähriger Freund stundenlang in einer kargen Gefängniszelle ausharren mußte, und schon sank mir der Mut. Ich hielt Takeos triumphierendem Blick nicht mehr stand. Wie würde ich nur wieder aus diesem Zimmer und dieser schrecklichen Situation herauskommen?

Plötzlich hörte ich das Knarren von Sprungfedern und spürte dann eine Hand auf meiner Schulter. Takeo berührte genau die Stelle, an der sich der Riemen des Büstenhalters befunden hätte, wenn Tante Norie nicht auf die Idee gekommen wäre, den größten Teil meiner Unterwäsche für ihre Flickaktion zu konfiszieren.

»Ich rufe die Polizei noch nicht.«

»Ach?«

»Ja, ein Mord und ein Giftanschlag innerhalb einer Woche sind rufschädigend genug für die Schule.«

Ich richtete mich kerzengerade auf dem durchgesessenen Möbel auf und schüttelte Takeos Hand ab. »Ich habe nichts dagegen, wenn Sie mit Lieutenant Hata sprechen, aber bitte lassen Sie mich dabei sein. Meiner Meinung nach könnte der Diebstahl der Gefäße etwas mit dem Mord an Sakura zu tun haben. Mr. Ishida hat jedenfalls bestimmt nicht vor, sich an Ihren Familien-Preziosen zu bereichern.«

»Worum geht's dann?« Takeo musterte mich mit derselben Aufmerksamkeit, wie die Krähen die Abfalltüten in meinem Viertel beäugten.

Ich erzählte ihm von der Frau, die bei Mr. Ishida aufgetaucht war, ihn zu einem für sie profitablen Anteil am Verkaufserlös überredet und ihm eine falsche Telefonnummer hinterlassen hatte. Takeos Gesichtsausdruck veränderte sich nicht, aber am Ende meiner Ausführungen ging er zu einem seiner überfüllten Regale und nahm etwas heraus. Er reichte mir das gerahmte Foto einer schlanken jungen Frau in einem Garten, die zwei kleine Kinder an der Hand hielt. Beide trugen blauweiße Baumwollkimonos und waren einfach zum Anbeißen. Sie hatten dichtes schwarzes Haar und riesige Augen, die aus goldigen runden Gesichtchen hervorlugten. Sie waren viel süßer als Lila Braithwaites ständig flennende Kinder.

Takeo gab ein verärgertes Schnauben von sich. »Vergeuden Sie Ihre Zeit nicht damit, Natsumi und mich anzustarren – uns kennen Sie schon. Das hier ist meine Mutter. Die einzige echte Mrs. Kayama – abgesehen natürlich von meiner Großmutter, die vor fünf Jahren gestorben ist.«

»Die Frau bei Mr. Ishida war zwischen fünfzig und sechzig«, sagte ich.

»Hmmm. Meine Mutter wäre dieses Jahr dreiundfünfzig geworden. Ich glaube nicht, daß es in der Generation noch irgendwelche anderen Kayama-Frauen gibt.« Takeo schob mit dem Fuß eine Fussel auf seinem vollgemüllten Teppich weg, und der Turm aus *National Geographic*-Heften kam zum Einsturz. Er richtete ihn nicht wieder auf.

»Ich möchte, daß Sie sich mit Mr. Ishida über sie unterhalten«, sagte ich. »Aber ich werde Sie ihm nur vorstellen, wenn Sie mir versprechen, höflich zu sein. Ihm gegenüber müssen Sie Ihren Zorn ein bißchen besser im Zaum halten als bei mir.«

Takeo preßte die Lippen zusammen. »War ich denn so zornig?« Als ich nickte, sagte er: »Na schön, ich versuche, mich zusammenzureißen. Gehen Sie jetzt mit mir hin?«

»Lieber nicht«, sagte ich, weil ich es für besser hielt,

Mr. Ishida zu warnen. »Mr. Ishida schließt sein Geschäft um sechs. Vielleicht könnte ich ihn dazu überreden, sich zum Abendessen mit uns zu treffen.«

Takeo schüttelte den Kopf. »Man darf mich nicht in Ihrer Gesellschaft sehen.«

Ein wenig beleidigt sagte ich: »Wie wär's mit dem *izakaya*? Da waren Sie doch gleich nach dem Mord auch mit mir.«

»In der Spelunke hat mich niemand gekannt.«

»Verstehe. Nun, ich habe das Verhör genossen und wünsche Ihnen Glück bei Ihren weiteren Unternehmungen. Ich gehe jetzt. Wären Sie so nett, bei den Rottweilern unten Entwarnung zu geben?« Winkend setzte ich mich in Richtung Tür in Bewegung.

»Rei.« Er sah mich mit seinen unergründlichen kaffeebraunen Augen an.

»Ja, was ist?«

»Ich darf mich nur deshalb nicht in Ihrer Gesellschaft sehen lassen, weil Sie mit der Hauptverdächtigen in einem Mordfall verwandt sind, der sich im Geschäftshaus meiner Familie ereignet hat. Wenn Sie wollen, daß ich mich heute abend mit Ihnen und Ishida-san treffe, dann tue ich das. Aber nicht in diesem Viertel.«

Während ich ihm den Weg von der Sendagi-Station zum Teehaus aufzeichnete, sagte ich: »Am besten treffen wir uns im Yanaka Tea Shop. Wenn Sie einen anständigen Anzug anziehen und die Wanderstiefel gegen ein Paar Budapester tauschen, vermutet keiner in Ihnen den Milliardenerben der Kayama-Schule.«

»Ich soll mich als kleiner Angestellter verkleiden?« Takeo klang verärgert.

Ich nahm das *suiban* und wartete nur darauf, daß er mir erklärte, ich dürfe das Stück, für das ich ordnungsgemäß bezahlt hatte, nicht in meinen Rucksack stecken.

Doch er ließ mich gehen.

Unten im Foyer begrüßten mich Miss Okada und der Portier mit tiefen Verbeugungen und Entschuldigungen.

»Es tut mir ja so leid, daß ich nichts von Ihrem historischen Projekt wußte. Takeo-*sensei* hat uns gerade telefonisch darüber informiert«, sagte Miss Okada.

»Entschuldigen Sie, daß ich Sie aufgehalten habe, Madam.« Der Portier verbeugte sich so tief, daß seine Wimpern fast die Knie seiner grünen Polyesterhose berührten.

Ich revanchierte mich mit der gleichen Höflichkeit. »Kein Grund zur Entschuldigung! Es war meine Schuld, daß ich Ihnen die Situation nicht ausreichend erklärt habe.«

»Wir freuen uns schon sehr auf Ihren Artikel über die historische Bedeutung der Kayama-Keramiken«, sagte Miss Okada.

»Wie bitte?«

»Ich spreche von dem Artikel, der diesen Herbst erscheinen soll. Takeo-*sensei* hat gesagt, Sie schreiben für das Magazin *Aufrechter Bambus* über die Kayama-Keramik. Wir können uns wirklich glücklich schätzen.«

Mit einem matten Lächeln hastete ich hinaus in den Frühlingsnachmittag. Takeo hatte mir eine glaubwürdige Ausrede geliefert, aber schließlich würde er nicht Monate später erklären müssen, was aus dem Artikel geworden war. Ich hatte kein Schreibtalent, und selbst wenn, hätte ich meine Zeit nicht mit Artikeln über die Kayamas vergeudet.

Trotzdem wußte ich, daß Takeo mich hatte glimpflich davonkommen lassen. Er hätte ebenso gut versuchen können, mich wegen des Erwerbs von Diebesgut festnehmen zu lassen. Statt dessen hatte ich es geschafft, nicht nur meine Blumen, das *suiban*, die Liste mit den Lehrernamen und Mrs. Kodas mysteriöse weiße Tablette zu retten, sondern auch noch eine Abendverabredung mit Takeo und Mr. Ishida zu arrangieren, die sich vielleicht als aufschlußreich erweisen würde.

Als ich eine halbe Stunde später in meine Straße einbog, hörte ich die fröhlichen Stimmen von radfahrenden Kindern. Da ich Kinderräder erwartet hatte, wurde ich fast von zwei schon beinahe zwanzigjährigen Mädchen auf Mountainbikes über den Haufen gefahren. Ich hätte wissen müssen, daß Mädchen so lange wie möglich kindlich zu klingen versuchten; das galt als süß. Merkwürdig, daß Lila Braithwaites siebenjähriger Sohn auf mich wesentlich abgebrühter gewirkt hatte. Westliche Kinder wurden einfach schneller erwachsen, sogar in Japan.

Sobald ich in meiner Wohnung war, schloß ich die Fenster, um die quäkenden Mädchenstimmen nicht mehr hören zu müssen. In der Luft hing der schwere Geruch von My-Peto-Reinigungsspray. Offenbar hatte meine Tante erst vor kurzem ihre Putzaktion beendet, aber sie war nicht da.

Ich spulte die Nachrichten auf meinem Anrufbeantworter zurück, um zu hören, ob sie sich bei mir gemeldet hatte, doch beide Anrufe waren von Übersee. Der erste stammte von meinen Eltern, die wissen wollten, ob ich wieder gesund sei, und der zweite von meinem Exfreund Hugh Glendinning. Er hatte in einer Zeitung ein Foto von blühenden Kirschbäumen gesehen und an Japan und mich denken müssen. *Zu wenig, zu spät,* dachte ich und löschte die Nachricht.

Ich rief Mr. Ishida an, um die Verabredung für den Abend festzumachen, und anschließend meinen Cousin Tom. Er sagte mir, er habe schon von Nolvadex gehört, würde sich aber noch in einem Nachschlagewerk kundig machen.

Enttäuscht darüber, daß er mir keine schnelle Auskunft über die Toxizität des Mittels geben konnte, legte ich auf. Ich starrte die frisch gesaugte *tatami*-Matte an, die abgesehen von einem zerknüllten Stück Papier bei der Tür makellos sauber war. Vermutlich hatte ich es beim Hereinkommen verloren, denn so etwas wäre meiner Tante Norie nie entgangen.

Als ich es aufhob, merkte ich, daß es sich um einen gefalteten Umschlag handelte. Ich öffnete ihn und sah das gleiche Kirschblütenpapier wie beim ersten Mal, wieder mit drei Zeilen Text. Und wieder war das Gedicht in *hiragana* geschrieben, so daß ich es lesen konnte:

Haru kaze ni
Osaruru bijo no
Ikari kana!

Die Frühlingswinde
stoßen das hübsche Mädchen
Ärger erregend.

Vor meinem geistigen Auge tauchte das Bild eines Mädchens auf, dem der rauhe Frühlingswind die Haare ins Gesicht peitschte. Vielleicht wollte der Dichter sagen, daß der Wind das Mädchen ärgerte. Aber genau wie sein Vorgänger ließ sich auch dieser Haiku-Text düsterer interpretieren. Ein Mädchen, das gestoßen wurde. Wollte mich jemand bedrohen?

Obwohl ich mir sicher war, daß beide Gedichte von ein und demselben Absender stammten, wollte ich dieses Haiku mit dem ersten vergleichen. Also öffnete ich den Deckel der *yukashita*, wo ich den anderen Brief unter einer Schachtel belgischer Pralinen versteckt hatte. Ich holte die Schachtel heraus und starrte den Boden des kleinen Lagerraums an. Der Schmutz war weg und der Brief auch.

Verdammte putzwütige Tante! Ich steckte das neue Haiku verärgert in die Tasche meines Regenmantels – der einzige sichere Ort, der mir einfiel –, und verließ die Wohnung. Dann folgte ich der Friedhofsstraße von Yanaka, die von Kirschbäumen gesäumt wurde, zu meinem Lieblingstempel.

Obwohl der Himmel düster war, wollte ich im Freien bleiben. Leider lagen in dem ruhigen kleinen Tempelgarten jetzt überall Kirschblüten, leere Sake-Flaschen und Sushi-Schachteln herum. Trotzdem nahm ich auf einer kleinen Bank Platz und holte die beiden Papiere heraus, die sich in meiner Manteltasche befanden. Ich las zuerst das Haiku und dann den Handzettel der Stop-Killing-Flowers-Gruppe, den Che mir vor dem Mitsutan-Kaufhaus gegeben hatte. Er war in drei Sprachen verfaßt, das Englisch gut formuliert und leicht zu verstehen. Kolumbien, der zweitgrößte Schnittblumenproduzent der Welt, beschäftigte junge Arbeiterinnen zur Pflanzung und Ernte der Blumen, die nach Übersee verschifft werden sollten. Die Blumen wurden intensiv mit Pestiziden besprüht, unter anderem mit hochtoxischem Methylbromid, Endosulfan und Parathion, Substanzen, die in der übrigen Welt fast überall verboten waren. Und schlimmer noch: Manche Blumenproduzenten besprühten die Pflanzen, während die Frauen, die zum Schutz lediglich provisorische Gesichtsmasken und Handschuhe trugen, in den Gewächshäusern arbeiteten. Die Wirkung reichte von Ohnmachtsanfällen und Hautreizungen bis zu Nerven- und Atemstörungen. Wenn die Frauen schwanger wurden, hatten sie oft Abgänge, Frühgeburten oder mißgebildete Kinder. Möglicherweise bestand auch ein Zusammenhang zwischen dem Gebrauch von Pestiziden und dem Auftreten von Brustkrebs, wie eine Studie über Landarbeiterinnen auf Hawaii ergeben hatte.

Da es in Kolumbien Gesetze gegen den Gebrauch solcher Pestizide gab, hatten Umweltschützer versucht, die Regierung dazu zu bringen, daß sie die Blumenzüchter zur Veränderung ihrer Praktiken anhielt. Doch für jede Region gab es nur zwei Gesundheitsinspektoren, und manche Unternehmen verwehrten diesen Inspektoren den Zutritt zu ihrem Gelände. Dann fuhren die Inspektoren weiter, und die gefährlichen Praktiken wurden fortgesetzt.

Ich schloß die Augen und stellte mir vor, wie es wäre, in einem dichten Nebel aus Pestiziden Blumen für Frauen zu schneiden, die sie in ihren Ikebana-Kursen arrangieren wollten. Die Arbeiterinnen waren in meinem Alter und hatten nur das Pech gehabt, im falschen Land und unter den falschen wirtschaftlichen Bedingungen geboren worden zu sein. Das bißchen Ameisengift war nichts im Vergleich zu dem, was sie täglich zu ertragen hatten.

Ich beobachtete ein Paar mittleren Alters dabei, wie beide sich mit einem Schöpfer Wasser über die Hände gossen, ein symbolischer Akt der Reinigung, bevor sie den Tempel zum Gebet betraten. Meine Gedanken wanderten von den Pestiziden zu der Tatsache, daß mir das Geld zwischen den Fingern zerrann. Seitdem ich dem Händler aus Kyoto den Wandschirm mit dem Goldmuster verkauft hatte, war kein Geld mehr hereingekommen – und trotzdem hatte ich mir Blumen in My Magic Forest und ein Ikebana-Gefäß geleistet. Wenn ich so weitermachte, würde ich in einem Monat nicht einmal mehr genug für Reis haben, geschweige denn für pestizidfreie Blumen von My Magic Forest.

Irgendwie kamen mir die beiden, die sich gerade die Hände gewaschen hatten, bekannt vor. Sie standen nicht weit vom Hauptgebäude des Tempels entfernt, einem Holzbau mit offenen Türen, hinter denen sich eine bronzene Buddhafigur befand. Als ich den vertrauten lavendelfarbenen Mantel sah, wußte ich, daß die Frau Tante Norie war. Ihr Begleiter hatte einen leichten Koffer auf Rädern dabei. Die Haare auf seinem nach vorn geneigten Kopf wurden an den gleichen Stellen schütter wie die meines Vaters. Ich erkannte Onkel Hiroshi, der endlich aus Osaka angereist war. Er und meine Tante waren zu dem Schrein gekommen, um zu beten, ohne zuvor sein Gepäck in meine Wohnung zu bringen.

Sie waren direkt an mir vorbeigegangen, ohne mich auf der Bank unter den Kirschbäumen zu bemerken, auf der ich vor mich hingrübelte. Ich war mir nicht sicher, ob ich sie im Gebet stören oder bleiben sollte, wo ich war.

Nachdem Tante Norie ihr Gebet beendet hatte, indem sie ein paar Münzen in den Holzkasten vor dem Buddha warf, drehte sie sich um und entdeckte mich. Sie fing an zu strahlen und rief meinen Namen. Onkel Hiroshi verbeugte sich, allerdings nicht förmlich bis auf Taillenhöhe, sondern nur kurz mit Kopf und Schultern.

»Willkommen zu Hause, Ojisan. Wie schön, daß du wieder da bist.« Die Worte klangen flach, aber ich wußte wirklich nicht, was ich sonst zu dem Mann hätte sagen sollen, den ich nach seiner Versetzung in die Niederlassung seiner Firma in Osaka zwei Jahre lang nicht mehr gesehen hatte. Ich hatte nicht den Eindruck, daß die Jahre der Trennung von Norie gut für ihn gewesen waren: Er hatte zugenommen, und auf seinem Gesicht war ein müder, unglücklicher Ausdruck. Ob meine Tante wohl immer noch froh darüber war, sich das Recht, ihn zu heiraten, erstritten zu haben?

»Was für ein hübscher Anblick – meine Nichte unter Kirschblüten.« Zum Glück klang Onkel Hiroshis Stimme immer noch wie früher, genauso tief und sonor wie die meines Vaters. Betonung und Akzent ähnelten sich, auch wenn die Sprache eine andere war. Mein Vater redete normalerweise Englisch mit mir, während Hiroshi sich natürlich auf japanisch mit mir unterhielt.

Ich wandte mich hastig mit einer Ausrede an meine Tante, damit sie nicht dachte, ich sei ihr gefolgt: »Ist das hier nicht ein hübscher Ort? Ich komme manchmal zur Mittagszeit her.«

»Hast du schon etwas gegessen?« Norie beäugte voller Abscheu die Sushi-Schachteln und -Papierchen um mich herum.

»Nein! Das sind wohl die Überreste von den Kirschblütenpartys.«

»Es ist schrecklich, wenn eine Stätte des Gebets so schmutzig ist! Die Feiernden dürfen nur auf den Straßen trinken, aber nicht hier. Räumen wir lieber auf.«

Neben dem Eingang zum Tempel befand sich lediglich ein kleiner Abfalleimer, und der war bereits voll mit Überresten der Kirschblütenparty. Wenn es weniger

Abfalleimer gab, so die Philosophie, konnte auch weniger Müll auf den Straßen landen. Es galt die ungeschriebene Regel, daß jeder seinen Abfall mit nach Hause nahm und dort entsorgte.

Also trugen Onkel Hiroshi, Tante Norie und ich schließlich eine ganze Menge stinkenden Müll nach Hause. Hinter meinem Haus gab es eine kleine Müllsammelstelle. Dort warfen wir die Sachen zu dem, was schon da war. Onkel Hiroshi hievte dabei so schwere Tüten hoch, daß ich mir um seinen Rücken Sorgen machte. Die meisten Shimuras hatten Probleme mit dem Rücken. Doch Hiroshi und Norie waren hoch zufrieden, ihren Beitrag zum Umweltschutz geleistet zu haben.

»Man sollte einen Ort immer sauberer verlassen, als man ihn vorgefunden hat, Rei-*chan*«, sagte meine Tante.

»So lautet zumindest dein Motto.« Ich mußte daran denken, daß sie sogar meinen kleinen Lagerraum saubergemacht und das Haiku hatte verschwinden lassen.

Vor der Tür zu meiner Wohnung schlüpften wir aus den Schuhen, traten ein und wuschen uns gründlich die Hände. Ich stellte den Wasserkessel auf den Herd und ein paar Reis-Cracker auf den Tisch.

»Deine Wohnung ist wirklich sehr gemütlich, Rei-*chan*. Hast du sie selbst gefunden?« fragte Hiroshi.

»Nun, Obasan war so nett, den Mietvertrag für mich zu unterschreiben«, antwortete ich. »Als Ausländer kann man eine Wohnung nur mieten, wenn ein Japaner für einen bürgt.«

»Was für eine lächerliche Vorschrift, wenn man bedenkt, wieviele Verbesserungen Rei an dieser Wohnung vorgenommen hat«, sagte Norie. »Als ich sie das erste Mal gesehen habe, hingen die Tapeten von den Wänden, die *tatami*-Matten waren voller Ungeziefer, und es hat nicht einmal eine Badewanne gegeben. Unsere Nichte ist eine gute Innenarchitektin.«

»Ja, es ist wirklich hübsch und sauber hier«, meinte Onkel Hiroshi, während er seine Tasse Tee entgegennahm.

»Das hat alles Obasan gemacht. Seit sie hier ist, hat sie immerzu nur geputzt, von den Fenstern bis zur *yukashita*.« Das war sowohl im übertragenen Sinn als auch als Hinweis darauf gedacht, daß ich die Schnüffeleien von Tante Norie in meinem kleinen Vorratsraum unter dem Küchenboden durchaus bemerkt hatte.

»Ja, ich habe einen kleinen Frühjahrsputz gemacht. Der war nötig, weil während ihrer Krankheit so viele Leute zu Besuch gekommen sind. Sie ist erst seit kurzem wieder auf den Beinen – ich hätte ihr wirklich nicht zumuten sollen, den Müll zu schleppen.« Norie klang nervös. »Bitte verzeih mir, Rei-*chan*!«

Onkel Hiroshi, der nichts von der eigentlichen Bedeutung der Unterhaltung mitbekam, nippte genußvoll an seinem Tee. »Ah, ich habe schon lange keinen so guten Tee mehr getrunken. Ist das Leberblümchentee?«

»Ja, Obasan hat ihn während meiner Krankheit gekauft – das war nur eins von den vielen Dingen, die sie für mich getan hat. Obasan, ich habe ein kleines Dankeschön-Geschenk für dich.«

Ich reichte ihr die immer noch eingewickelten Blumen, die nur ein klein bißchen zerrupft waren.

»Ach, du brauchst mir doch nichts zu schenken«, sagte Norie, packte die Blumen aber trotzdem aus. »Ist das falscher Jasmin? Eine ungewöhnliche Kombination zusammen mit den Lotusblättern und Kosmeen.« Sie lächelte mich an. »Wie gut sich dein Geschmack entwickelt.«

»Ich dachte, die Blumen sehen sicher hübsch aus in einem der Tongefäße, die du zu Hause in Yokohama hast«, sagte ich.

»Ja, wir können sie dort zusammen arrangieren. Nimm dein Lehrbuch mit, damit wir den nächsten Schritt zu deinem ersten Zertifikat abhaken können.«

Es irritierte mich, daß sie die Blumen als die meinen betrachtete, und ich nach Yokohama fahren sollte. Mit meiner höflichsten Stimme fragte ich: »Obasan, du fährst also nach Hause? Jetzt, wo Onkel Hiroshi wieder da ist, wirst du dich sicher um ihn kümmern wollen.«

Ich flehte sie mit Blicken an. Auch Tante Nories Organisationstalent änderte nichts an der Tatsache, daß in zwei Räumen, die die Größe von insgesamt vierzehn *tatami*-Matten hatten, einfach nicht genug Platz für drei Leute war.

Tante Norie stellte ihre Tasse klirrend auf dem Tisch ab. »Tsutomu sagt, die Reporter belagern das Haus nicht mehr, und wir haben ein Gästezimmer für dich. Bitte fahre heute abend mit uns nach Hause. Bleib erst mal eine Nacht bei uns, dann siehst du schon, wie du dich morgen fühlst.«

»Das Problem ist nur, daß ich heute abend eine Verabredung mit Mr. Ishida habe! Du weißt doch, wie sehr ich mein Geschäft in letzter Zeit vernachlässigt habe. Es ist sehr wichtig, daß ich den Termin einhalte.«

»Wieso kannst du deine geschäftlichen Termine nicht auf den Tag legen? Eine Frau, die nachts allein nach Hause geht, ist in diesen Straßen nicht sicher«, meinte Norie.

»Mr. Ishida ist Reis Lehrer. Es stimmt, sie kann ihm gegenüber nicht unhöflich sein«, sagte Onkel Hiroshi.

»Ja, das ist ganz ähnlich wie bei dir, Ojisan«, griff ich sein Argument auf. »Eigentlich würdest du gern zusammen mit Norie in Yokohama leben, aber deine Firma hat dich nach Osaka versetzt, also bist du gegangen. Du hattest keine Wahl.«

Hiroshi und Norie sahen sich einen Augenblick an, und ich hatte plötzlich das Gefühl, etwas Falsches gesagt zu haben.

»Nun, das stimmt so nicht mehr«, erklärte Norie. »Hiroshis Firma schließt die Niederlassung in Osaka.«

»Dann arbeitest du also wieder hier in Tokio! Das ist ja toll.« Ich brauchte ein paar Sekunden, bis ich merkte, daß ich die einzige war, die sich darüber zu freuen schien. Onkel Hiroshi wirkte genauso unglücklich wie zuvor am Tempel, und Norie starrte in die rotbraunen Tiefen ihres Tees.

»Da wird sich ja etliches ändern«, sagte ich schließlich.

»Wir wollen dich nicht belasten, wo du doch schon genug Probleme hast«, sagte Tante Norie.

»Hör auf, du bringst Rei ganz durcheinander«, rügte Hiroshi seine Frau. Aber er berührte dabei ihre Hand, was ich als gutes Zeichen interpretierte.

»Rei gehört zur Familie. Sie muß die Wahrheit erfahren«, sagte Norie.

»Eigentlich ist es gar nicht so schlimm. Ich bin mir sicher, daß ich etwas Neues finde«, sagte Hiroshi mit forscher Stimme. So unterhielten sich die Geschäftsleute in der U-Bahn immer miteinander – kühl und leidenschaftslos.

Erst jetzt wurde mir klar, daß Hiroshis Problem offenbar etwas mit der Arbeit zu tun hatte. Vielleicht bedeutete seine Versetzung nach Tokio, daß er nun einen der schlechteren Tische am Fenster bekam. Ich sah meinen Onkel an, doch er wich meinem Blick aus.

Tante Norie ging in Richtung Bad und signalisierte mir mit einer Kopfbewegung, daß ich ihr folgen sollte. Das tat ich. Als sie die Tür geschlossen und die Wasserhähne aufgedreht hatte, sprach sie mit so leiser Stimme, daß ich mich anstrengen mußte, sie zu verstehen.

»Ojisan kann es dir gegenüber nicht direkt sagen, weil er es nicht einmal mir gegenüber ausgesprochen hat. Ich habe von seinem Vorgesetzten erfahren, daß seine Bank aufgrund der wirtschaftlichen Flaute schließen muß. Dein Onkel hat seine Stelle verloren.«

17

Ein Angestellter ohne Anstellung ist Japans uneingestandener Alptraum. Hiroshi hatte Anfang der sechziger Jahre für seine Bank zu arbeiten begonnen. Mein Vater hatte mir erzählt, daß das harte Jahre gewesen waren. Damals benutzten die Leute noch *hibachi*, keine Heizlüfter, um ihre Häuser zu wärmen, und die Babys hatten Windeln aus alten *yukata*-Morgenmänteln. Und für die Männer, die bei umstrukturierten oder neuen Unternehmen arbeiteten, hieß das Gebot der Stunde Arbeit bei Tag und Nacht. Hiroshi fing damals als junger leitender Angestellter mit einer Sechzig-Stunden-Woche an, aus der eine Achtzig-Stunden-Woche wurde, sobald er eine verantwortungsvollere Position erhielt. Drei Jahre zuvor hatte er seine Familie verlassen, weil seine Firma wollte, daß er eine neue Niederlassung in Osaka leitete. Und jetzt hatte die Bank, der er sein Leben geopfert hatte, ihn im Stich gelassen.

Es sei nichts Schändliches an der Kündigung, sagte Tante Norie. Onkel Hiroshi wurde nicht entlassen, weil er Geld veruntreut oder Untergebene sexuell belästigt hatte. Doch angesichts seines Alters – er war achtundfünfzig – würde sich vermutlich keine andere Bank finden, die ihn anstellte.

»Habt ihr wenigstens Geld gespart?« fragte ich. Wie die meisten Hausfrauen zahlte auch Norie die Rechnungen und gab ihrem Mann ein Taschengeld für die täglichen Ausgaben.

»Natürlich. Ich habe das Zusatzgehalt deines Onkels zusammen mit meinem Erbe in verschiedene Aktien investiert. Aber die asiatische Börse ist im Moment so schwach, daß unsere Aktien die Hälfte ihres Werts verloren haben. Wir dürfen nicht in Panik geraten und können nur hoffen, daß sie sich wieder erholen.« Plötzlich entdeckte ich unter den Augen der Frau, deren Haut ich erst kürzlich bewundert hatte, Krähenfüße und dunkle Ringe. Jetzt begriff ich, warum sie und Hiroshi im Tempel gebetet hatten, bevor sie zu mir gekommen waren.

»Ojisan darf nicht aufgeben. Die Arbeitsvermittlung kann ihm sicher eine Stelle besorgen, vielleicht sogar in der gleichen Branche ...«

»Ja, vielleicht kann er in einer anderen Bank die Kunden in die richtige Schlange einweisen«, sagte sie ohne jede Ironie. »Wir müssen jetzt wieder zu ihm zurückgehen und versuchen, ihn aufzumuntern. Bitte frag ihn nicht nach den Einzelheiten der Kündigung.«

Als sie sich anschickte, die Wasserhähne zuzudrehen, sagte ich: »Noch eins, bevor wir hinausgehen: Warum hast du den Brief aus der *yukashita* genommen?«

Norie seufzte. »Das Haiku war nicht für dich bestimmt, sondern für mich.«

»Woher weißt du das?«

»Weil ich solche Gedichte schon seit Jahren erhalte. Die Haikus sind alle berühmte Klassiker, so daß man sie unmöglich als Drohung interpretieren kann. Aber das, was sie aussagen!« Sie zitterte.

»Das Gedicht, das du aus der *yukashita* genommen hast, trifft aber auf mich zu«, beharrte ich. »Es handelt von jemandem, der mir wünscht, daß ich genug trinke, um ewig zu schlafen.«

»Es geht darin um den Tod, aber nicht um den deinen. Mach dir keine Sorgen.«

»Keine Sorgen? Ich habe Lieutenant Hata davon erzählt. Er findet, daß ich mir durchaus Sorgen machen sollte.«

Norie holte Luft. »Das hättest du nicht tun sollen. Versprich mir, daß du nicht mehr mit ihm darüber reden wirst.«

»Aber die Briefe könnten einen Hinweis auf Sakuras Mörder geben.«

»Ich bin mir sicher, daß das nicht der Fall ist. Begreifst du denn nicht, daß das schon lange Zeit so geht? Das hat nur mit mir und meinem Ruf zu tun, mit nichts sonst.«

»Warum zeigst du dem Lieutenant nicht die anderen Haikus, die man dir geschickt hat? Vielleicht erwischt er den Verantwortlichen und erspart dir dadurch in der Zukunft eine Menge Kummer.«

»Ich habe sie nicht mehr.« Norie klang fast ein wenig selbstgefällig.

»Du hast sie doch sicher irgendwo versteckt ...«

»Nein, ich habe sie die Toilette hinuntergespült, genau wie das Gedicht, das du in der *yukashita* vor mir verstecken wolltest. Das ist die sicherste Methode der Vernichtung und die einzige, um Ruhe zu haben.«

Wasser spült alles fort. Wieder einmal fiel mir der Lieblingsspruch meiner Tante ein. Ich war so wütend, daß ich sie nicht ansehen konnte. Statt dessen starrte ich in die Badewanne, wo das Wasser in einem trägen Strudel weggesaugt wurde, genau wie einer der wenigen Hinweise auf Sakuras Mörder weggespült worden war.

»Behandelst du deine Kinder auch so, oder machst du das nur, weil ich nicht von hier bin? Weil ich trotz meines Alters noch immer nicht selbst auf mich aufpassen kann?«

»Sprich nicht so mit mir.« Tante Norie lehnte zitternd an der Tür, als wolle ich sie gleich angreifen.

»Willst du mir jetzt auch noch den Mund verbieten? Nein, das lasse ich mir nicht gefallen.« Ich packte den Türknauf, riß die Tür auf und marschierte hinaus.

Draußen griff ich mir Regenmantel, Rucksack und Schirm, ohne mich nach Onkel Hiroshi umzusehen. Meinetwegen konnten Norie und er meine Wohnung für sich haben.

Es waren immer noch vier Stunden bis zu meiner Verabredung mit Takeo und Mr. Ishida, was mir ganz gelegen kam, weil ich zu durcheinander war, um mich mit irgend jemandem treffen zu können. Am liebsten hätte ich mich an einem ruhigen Ort zusammengerollt und mir die Seele aus dem Leib geheult. Aber in Tokio einen öffentlichen Ort zu finden, an dem ich allein sein konnte, war ein hoffnungsloses Unterfangen. Mir fiel nur das Kino ein, wo es so dunkel wäre, daß die Leute mich nicht sehen würden.

Im Yebisu-Garden-Cinema lief ein alter Film mit dem Titel *Mabaroshi no Hikari*, was so viel bedeutete wie »Phantomlicht«. Der Streifen erzählte die Geschichte einer jungen Frau, die sich abmühte, nach dem unerklärlichen Selbstmord ihres Mannes ein neues Leben aufzubauen. Der Schauplatz verlagerte sich von einem deprimierenden Viertel in Osaka in ein hübsches Fischerdorf. Am Ende gelang es der Frau, ihren Kummer abzuschütteln und sich in eine neue Gemeinschaft zu integrieren.

Als das Licht anging, nahmen die überwiegend weiblichen Zuschauer ihre Handtaschen und Regenmäntel. Ich blieb sitzen und sah mir in der Hoffnung, so meine Rückkehr ins geschäftige, laute Tokio noch ein bißchen hinauszögern zu können, auch den Abspann an. Ich wußte nur sehr wenig über die altmodischen Orte, wo die Menschen das Abendessen aus dem Meer holten und den Seetang im eigenen Garten trockneten, aber jener Fischerort erschien mir eine bessere Welt als jene zu sein, in der ich selbst lebte. Wenn Onkel Hiroshi und Tante Norie ihr Haus verkauften und aufs Land zogen, hatten auch sie eine Chance auf ein neues Leben. Hiroshi konnte seine Tage mit Fischen verbringen und Norie sich um den Garten kümmern. Ihre Gebete würden sie in einem kleinen Tempel verrichten, vor dem sich nicht der Abfall türmte. Und wenn dieses neue Zuhause ein paar hundert Kilometer von Tokio entfernt lag, würden sie sich niemals mehr in mein Leben einmischen.

Ich lächelte spöttisch, doch dieses Lächeln gefror mir auf den Lippen, als eine gertenschlanke Frau an mir vorbeikam. Sie ging ein wenig vornüber gebeugt, wie es junge Mädchen oft tun, die ihre Größe oder ihren knospenden Busen verbergen wollen. Ich erkannte die Frau sofort: Es war Mari Kumamori, meine schüchterne Mitschülerin aus der Kayama-Schule.

Offenbar dachten die Zuschauerinnen, die hinter Mari das Kino verließen, ich hätte sie angelächelt, denn sie verbeugten sich kurz, was wiederum mich zu einer Verneigung zwang und letztendlich für heillose Verwirrung sorgte. Ich reihte mich auf dem Gang hinter ihnen ein, um Mari nicht aus den Augen zu verlieren.

Draußen vor dem Kino sah ich, wie sie langsam in Richtung Ebisu Station ging. Ich wollte sie nicht erschrecken, hatte aber Angst, daß sie plötzlich im Gedränge der abendlichen Rush-hour verschwand. Also rannte ich durch den Nieselregen, ohne vorher den kleinen Taschenschirm aus meinem Rucksack zu holen. In der vergangenen Woche hatte ich mich kaum bewegt, und die körperliche Ertüchtigung tat mir gut. Als ich Mari einholte, war ich nicht einmal außer Atem.

»Kumamori-san«, rief ich, und sie drehte sich um.

»Miss Shimura.« Sie wirkte überrascht und nicht sonderlich glücklich.

»Ich glaube, wir waren gerade im selben Film.«

»In *Mabaroshi no Hikari*?« Als ich nickte, sagte sie: »Ich habe mir heute insgesamt drei Filme angeschaut. Ich weiß, es ist eine sehr faule Art, den Tag zu verbringen, aber heute hat kein Ikebana-Kurs stattgefunden, und ich war einfach nicht in der Stimmung zum Töpfern.«

»Schade, daß Sie nicht die Kraft zum Arbeiten hatten. Manchmal habe ich auch einen schlechten Tag, und dann mag ich überhaupt nichts mit Antiquitäten zu tun haben. In so einem Fall ist es gut, sich ein wenig frei zu nehmen.«

»Ich spiele mit dem Gedanken, ganz mit dem Töpfern aufzuhören«, sagte sie. »Sie haben ja gesehen, wie der *iemoto* meine Gefäße zertrümmert hat. Die meisten meiner Sachen hätten es verdient, so zu enden. Sakura Sato hat mir einmal gesagt, wenn ich meine Töpferwaren einem guten Zweck zuführen wolle, solle ich alles zerschlagen und die Scherben zur Förderung des Wasserabflusses auf den Boden von Blumentöpfen legen.«

Ich hätte ihr sagen können, daß Sakura sie nur ärgern wollte, aber mittlerweile begriff ich Maris Wesen ein bißchen besser. Sie würde sich ihr ganzes Leben lang wie ein winziger Wurm fühlen. Also dachte ich einige

Zeit nach, bevor ich meine Bitte aussprach: »Ich habe auch ein Problem. Ich weiß nicht weiter. Eigentlich kann ich nur Sie in dieser Sache um Hilfe bitten.«

»Es fällt mir schwer zu glauben, daß jemand wie ich anderen helfen könnte, aber sagen Sie mir ruhig, was Sie brauchen.« Mari blieb wie erwartet stehen. Ein Pendler hastete vorbei. Dabei schwang seine Aktentasche aus und knallte gegen Maris Unterleib. Ich bedachte ihn mit einem bösen Blick, während Mari versuchte, das Gleichgewicht zurückzuerlangen.

»Ich wäre Ihnen dankbar, wenn ich Sie in Ihrem Töpferatelier besuchen dürfte, denn ich bin gerade dabei, mich über einen Satz Teller zu informieren, den ich zu verkaufen versuche. Sie sammeln doch Keramik aus allen Epochen. Wenn ich also meine Teller mit Ihren Stücken vergleichen könnte, würde ich sie besser einschätzen können. Ich habe schon versucht, etwas Ähnliches in den Läden zu finden, aber ...« Mit einer leichten Handbewegung deutete ich Verzweiflung an.

»Aus welcher Epoche sind Ihre Teller denn?« fragte Mari. Ihre Augen waren ein bißchen feucht, vielleicht vor Aufregung. Bis dahin war mir nicht klar gewesen, mit welcher Leidenschaft sie sammelte.

»Das weiß ich nicht so genau«, wich ich aus. »Deshalb würde ich sie Ihnen gern bringen. Wenn Ihnen der Stil gefällt, könnten Sie sie ja als Vorlage für Ihre eigenen Sachen verwenden.«

»Meine Keramiksammlung ist genauso bescheiden wie mein Zuhause. Ich wohne in einem kleinen Ort namens Zushi, südlich von Yokohama. Das würde eine lange Zugfahrt für Sie bedeuten.«

»Ach, ich kenne Zushi.« Ich notierte mir Maris Nummer auf der Rückseite meiner Kinokarte und steckte sie in meine Tasche. Dabei streifte meine Hand den Brief mit dem Haiku. Vielleicht, so dachte ich, war seine Zustellung der eigentliche Anlaß für Mari gewesen, den Tag in Tokio zu verbringen. Sakura hatte Mari so niederträchtig behandelt, daß diese allen Grund gehabt hätte, sie zu ermorden. Auch ihre Anwesenheit in dem Kino war merkwürdig. Eigentlich hatte ich gedacht, ich sei Mari auf der Spur, aber möglicherweise war ja sie mir gefolgt.

Mir graute davor nachzusehen, ob Norie und Hiroshi sich immer noch in meiner Wohnung aufhielten, und außerdem hatte ich einen guten Grund, es nicht zu tun: Ich war schon fast zu spät dran zu meiner Verabredung im Yanaka Tea Shop. Hoffentlich war inzwischen mein Cousin Tom bei mir vorbeigekommen, um seine Eltern samt Nories Bettzeug und Küchengeräten in seinen Wagen zu laden.

Als ich durch das alte Bleiglasfenster des Teehauses sah, entdeckte ich Takeo, dem die dunklen Haare in die Stirn fielen. Mr. Ishida wartete an einem Tisch nicht weit von dem Takeos entfernt. Mein Lehrer hätte Takeo Kayama nicht erkannt, obwohl er um den Ruf der Familie wußte, weil er sich weder fürs Fernsehen noch für Zeitungen interessierte.

Ich eilte auf Mr. Ishida zu und entschuldigte mich für mein Zuspätkommen, obwohl ich es gerade noch rechtzeitig geschafft hatte. Auf dem Weg nickte ich Takeo kurz zu und gab ihm zu verstehen, daß er sich zu uns gesellen solle. Das entsprach genau der Etikette: Mr. Ishida war alt, und er tat Takeo einen großen Gefallen, indem er sich außerhalb seiner Geschäftszeiten mit ihm traf.

Takeo verneigte sich, als ich ihn Mr. Ishida vorstellte – eine höfliche, aber nicht sehr tiefe Verbeugung, ganz ähnlich wie ich sie bei seinem Vater gesehen hatte. Mr. Ishida senkte seinerseits leicht Kopf und Schultern. Es bestand keinerlei Grund für ihn aufzustehen, denn er war der ältere.

»Es tut mir wirklich leid, daß ich so spät komme«, entschuldigte ich mich noch einmal.

»Was möchten Sie trinken, Rei?« fragte Takeo. »Soweit ich weiß, ist der Stinkmalventee die Spezialität des Hauses. Trinken Sie den, Ishida-*sensei*?«

Mr. Ishida hob leicht eine Augenbraue, als wolle er damit kommentieren, daß Takeo meinen Vornamen ohne irgendeine Höflichkeitsform verwendete. Doch er selbst blieb höflich. »Ja. Er ist genau das richtige für die Verdauung.«

»Ich habe letztes Mal den Ginseng-Tee getrunken. Diesmal werde ich ganz normalen grünen Tee nehmen«, sagte ich, als mir einfiel, wie zittrig ich hinterher gewesen war.

»Ich schwanke noch zwischen Ginseng und Stinkmalve«, sagte Takeo. »Beide haben ihre Reize, aber ich glaube, ich werde es *Sensei* gleichtun.«

Ich hatte schon fast gedacht, daß die Kayamas niemanden außerhalb ihrer Familie als Höhergestellten behandelten, doch Takeo sprach Mr. Ishida mit einer der höchsten Ehrbezeugungen an, die so viel bedeutete wie »Gelehrter«. Ich bedachte Takeo mit dem gleichen Blick, den meine Tante mir immer angedeihen ließ, wenn ich mich ihrer Meinung nach richtig verhalten hatte.

Mr. Ishida begann, von unterschiedlichen Teehäusern in Tokio zu erzählen. Ich war ein paar Minuten lang ziemlich frustriert, bis mir einfiel, daß das seine übliche Vorgehensweise war. Erst als ich ungefähr ein Drittel meines grünen Tees getrunken hatte, wandte er sich dem eigentlichen Thema des Abends zu.

»Es könnte sein, daß ich Kayama-san eine Entschuldigung schulde«, sagte Mr. Ishida. Ich hatte ihm bereits telefonisch mitgeteilt, daß Takeo die Keramik-Sammlung der Kayama-Schule für gestohlen erklärt hatte. Mr. Ishida war ganz ruhig geblieben und hatte lediglich gesagt, es interessiere ihn, am Abend noch weitere Einzelheiten von Takeo zu hören.

»Nein, nein«, versicherte Takeo. »Sie waren ein leichtes Opfer für die Täterin. Es tut mir nur leid, daß sie Ihnen so große Unannehmlichkeiten bereitet hat.«

Sprach Takeo von der Frau im Laden oder von mir?

»Ich nehme normalerweise keine Kommissionsware von Fremden. Aber bei dieser Frau habe ich eine Ausnahme gemacht«, sagte Mr. Ishida.

»Ja, Frauen können einen dazu bringen, Dinge zu tun, die man normalerweise nicht machen würde«, pflichtete Takeo ihm bei.

Ich bekam eine solche Wut, daß ich ihm einen leichten Tritt gegen das Schienbein versetzte. Als Mr. Ishida zusammenzuckte, merkte ich, daß ich den Falschen erwischt hatte.

»Entschuldigung!« Auf der Theke des Teehauses entdeckte ich eine kleine Holzmaus. »Ich dachte, unter dem Tisch huscht eine Maus herum.«

»Vor Mäusen brauchen Sie keine Angst zu haben. Sie sind Teil des Ökosystems«, sagte Takeo.

»Es hat früher einmal einen Tee gegeben, der aus Mäuseknochen gemacht wurde«, sagte Mr. Ishida nachdenklich.

»Was?« riefen Takeo und ich gleichzeitig aus. Er fand das also genauso eklig wie ich. Jetzt war der Bann gebrochen, und wir mußten alle lachen.

»Genau, meine Lieben, ich habe einen Scherz gemacht. Aber laßt mich zum eigentlichen Thema zurückkommen. Ich habe mich in dem Fall aus zwei Gründen nicht an meine sonstigen Geschäftsregeln gehalten. Erstens: Die Dame hat sich mir als eine Kayama vorgestellt, und das schien zu passen, denn sie bot mir ja eine Kayama-Keramik-Sammlung an. Zweitens: Besagte Sammlung von Ikebana-Gefäßen, die mir zwei Lieferanten am folgenden Tag vorbeibrachten, war riesig – zweihundert Stücke insgesamt. Ich habe die Dame gefragt, ob sie bereit wäre, sich die Kosten für Anzeigen im *Ikebana International* und *Daruma* mit mir zu teilen, aber sie hat sich geweigert. Damals habe ich gedacht, es liege daran, daß sie nicht bereit war, Geld vorzustrecken, doch jetzt glaube ich, sie wollte vermeiden, daß die Schule von ihrer Tat erfuhr.«

Ich griff in meinen Rucksack und holte eine Zeitschrift heraus, die ich an der U-Bahn-Station gekauft hatte. »Meinen Sie, Sie könnten in dieser Zeitschrift ein Foto von einer Frau finden, die ihr ähnlich sieht? Vielleicht könnten Sie uns aber auch nur zeigen, wie sie ihr Haar getragen hat.«

»Sind denn heutzutage alle Zeitschriften so?« fragte Mr. Ishida mit ungläubigem Blinzeln, während er die Illustrierte langsam durchblätterte.

»Nein. Die hier will Frauen dabei helfen, die passende Frisur zu finden.« Ich fragte mich, wie meine eigenen Haare nach dem Sprint von der U-Bahn-Station zum Teehaus wohl aussahen. Ich strich sie mir hinter die Ohren und hoffte das Beste. »Ja, sie hat die Haare ungefähr so getragen«, sagte Mr. Ishida und nickte bei dem Foto einer Frau mit einem schulterlangen Pagenschnitt.

»Meine Mutter trug ihre Haare auch so«, sagte Takeo. »Ich habe ihr immer dabei zugesehen, wie sie die Spitzen mit einem Lockenstab vor dem Spiegel nach innen gedreht hat.«

Praktisch alle Frauen, die ich kannte, trugen einen Pagenschnitt: Tante Norie zum Beispiel oder Eriko und Mari Kumamori. Auch auf Sakura hätte die Beschreibung gepaßt – sie war zweiundfünfzig Jahre alt gewesen und hatte ebenfalls einen Pagenschnitt gehabt, allerdings einen mit Haarspray betonierten.

»Erinnern Sie sich noch, an welchem Tag genau die Frau zu Ihnen gekommen ist?« fragte ich.

Mr. Ishida holte eine Quittung aus seiner kleinen Herrentasche. »Sie war am vierzehnten Januar bei mir.«

Sakura Sato war an jenem Tag noch am Leben gewesen.

»Welche Kleidung hat sie getragen?« fragte Takeo.

»Auf diese Frage habe ich schon gewartet, denn das ist ein interessanter Punkt. Sie hatte einen Seidenkimono aus der frühen Showa-Periode an, orange und gelb, mit einem eingewebten Muster aus Monden und Sternen. Ausgesprochen ungewöhnlich.« Mr. Ishida rieb sich das Kinn.

»Wieso ungewöhnlich?« wollte Takeo wissen. Mr. Ishida nickte mir zu, also beantwortete ich Takeos Frage. In der Regierungszeit des Kaisers Showa, also in den Zwanzigern und Dreißigern, kamen erstmals industriell gefertigte Kimonostoffe in Mode. Da die Maschinen völlig neue Möglichkeiten eröffneten, entwarfen die Designer nun Stoffe, die die künstlerischen Strömungen dieser Periode spiegelten. Showa-Kimonos waren wunderschön und im allgemeinen in fast perfektem Zustand zu haben, aber die meisten Japaner schätzten sie nicht so wie ich. Sie kauften sich lieber neue Kimonos. Also würde man eine Japanerin mittleren Alters, die einen sechzig oder siebzig Jahre alten Kimono trug, für ziemlich exzentrisch halten.

Ich wandte mich vom Thema »Kimono« ab und fragte, was genau die Frau gesagt hatte. Mr. Ishida antwortete, er erinnere sich nicht mehr an die Worte, aber daran, daß die Frau höfliche Umgangsformen gehabt und geklungen habe, als stamme sie aus Tokio oder den Vororten. Sie hatten sich über die Kommissionsbedingungen geeinigt, und dann hatte die Frau die Quittung genommen und war gegangen.

»Rei hat mir erzählt, daß Sie der Frau das Geld für die neun verkauften Kayama-Keramiken nicht gegeben haben«, sagte Takeo.

»Das war nicht möglich, weil sie mir eine falsche Telefonnummer hinterlassen und sich selbst nicht bei mir gemeldet hat. Das ist merkwürdig, weil private Anbieter normalerweise so lange nachfragen, bis sie endlich ihr Geld bekommen.«

Takeo und ich wechselten einen Blick. Dachte er, wie ich vorher schon, daß die mysteriöse Frau Sakura Sato gewesen sein könnte?

»Wahrscheinlich kann man die bereits verkauften Gefäße nicht mehr zurückholen«, sagte Takeo und nippte an seinem Tee. »Es wäre schlecht für Ihren Ruf, wenn Sie die Leute anrufen und sie um die Rückgabe der Ware bitten müßten.«

»Ich habe noch einhunderteinundneunzig Gefäße im Lager, also brauchen Sie sich keine Sorgen zu machen, Mr. Kayama. Der größte Teil der Sammlung ist noch da.«

»Heißt das, daß Sie mir die Stücke zurückgeben wollen? Ich bin verblüfft über Ihre Großzügigkeit«, sagte Takeo und lächelte Mr. Ishida an.

»Ja. Da wäre nur noch die Sache mit der Inventarliste«, sagte Mr. Ishida.

»Was für eine Inventarliste?« Takeo sah ihn verständnislos an.

»Hat Ihre Familie denn kein Register all ihrer Besitztümer? Ich brauche eine Liste mit detaillierten Beschreibungen aller Kayama-Keramiken, die aus Ihrem Archiv verschwunden sind.«

»Danach muß ich erst suchen.« Takeo zögerte einen Augenblick mit seiner Antwort, was mich vermuten ließ, daß es keine solche Liste gab. Bei den Kayama-Keramiken handelte es sich ausschließlich um Probestücke, die während des Zweiten Weltkriegs wohl nicht als wertvoll genug erachtet worden waren, um in die Liste mit der regulären Keramik der Schule aufgenommen zu werden. Wenn Takeo kein solches Verzeichnis vorweisen konnte, würde er den Diebstahl nicht beweisen können.

»Ich hoffe, Sie verstehen das«, sagte Mr. Ishida. »Stellen Sie sich einmal vor, was passieren würde, wenn die Frau zurückkäme und ich alle ihre Stücke Ihnen gegeben hätte, ohne Geld dafür zu erhalten. Da wir keinerlei Beweis dafür haben, daß sie irgend etwas gestohlen hat, können wir sie auch nicht eines Verbrechens bezichtigen.«

»Natürlich nicht«, sagte Takeo. »Ich glaube nicht, daß das ein Fall für die Polizei ist. Könnten Sie mich, wenn sie tatsächlich wiederkommt, sofort anrufen? Ich würde der Sache gern selber nachgehen.«

»Das halte ich für keine gute Idee«, mischte ich mich ein. »Takeo, Sie sagen, Sie wohnen auf dem Land. Von dort aus könnten Sie nicht schnell genug in Mr. Ishidas Geschäft kommen. Ich finde, Mr. Ishida sollte einfach die Polizei rufen.«

»Ich lege mir einen Piepser zu«, sagte Takeo. »Und als erstes werde ich im Kayama Kaikan nach einer Inventarliste suchen. Wenn ich keine finde, würde ich Ihnen gern alle Stücke abkaufen, die Sie noch haben. Das heißt, ich bitte Sie, keine mehr zu verkaufen.«

»Nein, nein, ich möchte Sie nicht ausnutzen!« Mr. Ishida klang besorgt. »Ich habe mir meinen Ruf nicht dadurch erworben, daß ich Leute ausnehme.«

»Das glaube ich Ihnen«, sagte Takeo. »Aber Geld spielt für mich keine Rolle.«

Mr. Ishida nickte und schickte sich an, die Rechnung zu nehmen, doch ich war schneller und ging damit zur Kasse des Teehauses. Es reute mich nicht, diese Rechnung zu begleichen, denn schließlich hatte ich zwei Leute zusammengebracht und zum Zustandekommen eines phantastischen Geschäfts beigetragen. Außerdem kosteten die drei Tassen Tee zusammen nicht einmal tausend Yen. Da konnte ich es mir leisten, großzügig zu sein.

Als ich zurückkam, half Takeo Mr. Ishida gerade in seinen Mantel. »Ich bringe ihn zurück nach West-Tokio. Begleiten Sie uns doch. In meinem Wagen ist genug Platz.«

»Nein, danke. Ich wohne ja gleich um die Ecke.« Auf keinen Fall würde ich in meinem Viertel in einen Range Rover einsteigen und so meinen Ruf ruinieren. Um Takeo abzulenken, griff ich in meinen Rucksack und holte das Ikebana-Gefäß heraus, mit dem der ganze Ärger begonnen hatte. »Ich habe beschlossen, Ihnen das *suiban* zu geben, das ich Mr. Ishida abgekauft habe. Offenbar bedeutet es Ihnen mehr als jedem anderen.«

»Ja«, sagte er und nahm das *suiban.* »Vielen Dank. Ich werde mich erkenntlich erweisen.«

»Machen Sie sich nicht die Mühe. Betrachten Sie es als Spende für Ihre Schule.« Mit einer Mischung aus Trauer, Sorge und einem Hauch Begierde schlüpfte ich in meinen Regenmantel und ging hinaus in die dunkle, regnerische Nacht.

18

Nories Sachen waren nicht mehr in meiner Wohnung, und ich fand auch keinen Brief, in dem sie sich von mir verabschiedete. Offenbar hatte ich mit meinem aggressiven Verhalten schrecklichen Schaden angerichtet. Sogar Tom, der mir eine Nachricht auf den Anrufbeantworter gesprochen hatte, erklärte mir, ich solle ihn am nächsten Morgen im Krankenhaus anrufen, nicht zu Hause. Nach Tom hatte sich Mrs. Morita gemeldet, um zu fragen, wann sie das Geld für die Teller bekommen würde, die sie mir gegeben hatte. Es war, wie Mr. Ishida gesagt hatte: Privatanbieter sahen einem ständig auf die Finger.

Halb zehn war zu spät, um sie zurückzurufen, und außerdem hatte ich Hunger. Ich war zu müde, um eine richtige Mahlzeit zuzubereiten, also beschloß ich, den letzten Rest *okayu* zu essen, der sich noch im Kühlschrank befand. Ich stellte den Brei auf den Herd und sah zu, wie Blasen auf der grauen Oberfläche erschienen und irgendwann zerplatzten. Ich war so fasziniert von dem Anblick, daß ich erst nach einer ganzen Weile merkte, wie angebrannt es roch.

Also schaltete ich das Gas aus und schüttete den noch eßbaren Teil des *okayu* auf einen Teller, den ich vom Trockenbrett holte. Die Keramik gab ein seltsam wimmerndes Geräusch von sich. Aus Versehen hatte ich keinen meiner eigenen Unterteller, sondern eine der Antiquitäten von Mrs. Morita erwischt. Und das grauenhafte Geräusch stammte von der unter dem kochendheißen Brei berstenden Glasur.

Ein Teil von mir war wütend auf Tante Norie, daß sie die Teller abgespült und auf das Trockenbrett gestellt hatte, denn sonst wäre mir dieser Fehler nicht passiert. Selbst in ihrer Abwesenheit schaffte sie es, mir Schwierigkeiten zu machen. Ich löffelte das heiße *okayu* von dem Teller und in eine Suppenschale. Dann spülte ich den Teller mit lauwarmem Wasser. Als ich fertig war, konnte ich die Stellen, an denen die Glasur geborsten war, weder sehen noch fühlen. Er war nicht beschädigt, aber hitzeempfindlich, das wußte ich jetzt.

Ich rührte braunen Zucker in das *okayu*, damit es besser schmeckte, und aß hastig. Dann beschloß ich, mich der Frage zu widmen, die mich schon seit dem Nachmittag beschäftigte.

»Family Mart!« rief Mr. Waka bereits nach dem ersten Klingeln in den Hörer.

»Waka-san, ich bin's, Rei. Ich rufe an, weil ich Ihnen wieder eine Frage über ein Haiku stellen möchte. Diesmal geht's um ein hübsches Mädchen, das gestoßen wird.«

»So, so, Sie setzen also Ihre literarischen Studien fort. Tut mir leid, aber ich habe im Moment eine ganze Menge Kunden und kann mich nicht mit Ihnen unterhalten.«

»Leute, die die Kirschblüte bewundern wollen? Verstehe. Danke ...«

»Nein, es ist gerade ein Unfall passiert. Irgendsoein Trottel ist mit seinem Range Rover gegen einen Laternenpfahl geknallt. Was er mit dem großen Wagen in einer so engen Straße wollte, ist mir ein Rätsel. Da mußte ja etwas passieren. Mein Bruder ist Vorsitzender der

Nachbarschaftsvereinigung, und er sagt, Fahrzeuge ab einem bestimmten Gewicht sollten verboten werden. Da stimme ich ihm voll und ganz zu.« Mr. Waka erregte sich weiter, obwohl er anfangs behauptet hatte, keine Zeit zum Reden zu haben.

Ich spürte, wie ich eine Gänsehaut bekam. »Waren zwei Leute in dem Range Rover?«

»Ja, und natürlich ist der Fahrer ein junger Spund! Auf dem Beifahrersitz ist ein alter Mann, vielleicht sein Chef oder sein Großvater. Das weiß niemand, weil sie noch nicht herausgeholt wurden.«

»Herausgeholt? Sind sie denn tot?«

»Offen gestanden weiß ich das nicht. Ich hoffe aber, daß die Sanitäter mir bald etwas sagen.«

Ich griff so schnell nach meinem Mantel, den Schlüsseln und dem Schirm, daß mir der Telefonhörer herunterfiel.

»Shimura-san? Was ist denn passiert?« schrillte Mr. Wakas Stimme aus dem Hörer am Boden.

Ich hob ihn auf. »Ich komme zu Ihnen. Der Unfall ist direkt vor Ihrem Laden passiert?«

»Nein, in der kleinen Straße gleich dahinter. Aber da können Sie nicht durch, weil die Polizei sie abgesperrt hat.«

Ich dachte einen Augenblick nach. »Ich komme durch die Gasse. Bis gleich.«

Ideale Bedingungen für einen Unfall, dachte ich, als ich die feuchte Straße hinunterrannte, dankbar für die Gummisohlen meiner geliebten Asics. Dichter Nebel wie aus einem alten Basil-Rathbone-Film hing über den regennassen Straßen.

Takeo hätte auf der hellerleuchteten, breiten Kototoidori nach West-Tokio zurückfahren sollen. Offenbar war er durch die mangelhafte Ausschilderung in diesem alten Teil von Yanaka durcheinandergekommen. Wäre ich doch nur mit eingestiegen, um ihm den Weg zu zeigen!

Da ich die Gegend gut kannte, gelang es mir, von der Rückseite an den Unfallort zu gelangen. Ich entdeckte den Laternenpfahl, der durch den Aufprall des Range Rover eingeknickt war. Der Wagen war ins Schleudern geraten und auf die rechte Seite der Straße ausgebrochen. Das einzige Licht kam von dem Notarztwagen, dessen blinkende Rücklichter mich an die bunten Lämpchen über der Tanzfläche im Salsa Salsa erinnerten.

Mir fiel ein, wie hart mir das Leben an jenem Abend im Salsa Salsa erschienen war. Doch im Vergleich zu heute war jene Nacht geradezu wunderbar gewesen.

Der Range Rover war so hoch, daß ich schon einen Häuserblock entfernt die kaputte Windschutzscheibe sowie die weiße Fläche dahinter erkennen konnte. Es war, als hätten sich weiße Wolken über den Vordersitzen ausgebreitet.

Ein Rettungsteam versuchte, die Tür auf der Fahrerseite aufzustemmen. Die Beifahrertür stand bereits offen. Konnten sie nicht von dieser Seite aus auch den anderen Insassen herausholen? Nein, da waren die riesigen Airbags im Weg.

Ich rannte hinüber, so schnell ich konnte, wäre jedoch fast hingefallen, als sich etwas durch den Schuh und in meinen Fuß bohrte. Es tat nicht sehr weh, war aber doch so schlimm, daß ich stehenblieb, mich gegen die Fassade eines Geschäfts lehnte und den Schuh auszog.

Ein Reißnagel hatte sich durch die Gummisohle gebohrt. Keiner von der Sorte, mit der man Plakate am Schwarzen Brett befestigt, sondern die langen, spitzen, die man für Polstermöbel verwendet. Ich zog das Ding heraus und steckte es in meine Tasche. Dann ging ich vorsichtig weiter und stieß schon bald auf einen weiteren Nagel. Ich bückte mich und ließ die Hand über die Straße gleiten. Es war so dunkel, daß ich nichts sah, aber spüren konnte ich die Nägel, die da überall lagen.

Es gab keinen Gehsteig, also drückte ich mich dicht an der Hausmauer entlang, um nicht in weitere Nägel zu treten. Da hörte ich zweimal hintereinander einen lauten Knall aus der Richtung des Range Rover.

Die Airbags waren zerplatzt. Vermutlich war das das Werk der Sanitäter, die jetzt Mr. Ishida aus dem Wagen zogen. Mr. Ishida schien selbst gehen zu können. Schon bald stand er auf der Straße, die Hand vor dem Gesicht.

»Ishida-san!« Ich hastete auf ihn zu, ohne den Rettungsdienst zu beachten, der mich aufhalten wollte.

»Mein Auge!« stöhnte Mr. Ishida.

Ein Sanitäter drängte ihn, sich auf eine Tragbahre zu legen, und leuchtete ihm mit einer Taschenlampe ins Gesicht. »Das Auge ist verletzt. Versuchen Sie, ruhig zu bleiben. Wir bringen Sie ins Krankenhaus.«

Offenbar war der Airbag gegen Mr. Ishidas Auge geprallt. Mein Freund war nur knapp über einsfünfzig groß, was bedeutete, daß er nicht mal übers Armaturenbrett des Range Rover sehen konnte.

»Bringen Sie ihn ins St. Luke's? Dort gibt es eine hervorragende Notaufnahme«, sagte ich zu dem Mann vom Rettungsdienst.

»Nein, das Nippon Universitätskrankenhaus ist näher, und Sie können nicht mitkommen«, erklärte er. »Schaulustige müssen hinter der Absperrung bleiben.«

»Ich bin keine Schaulustige!«

»Sind Sie mit einem der beiden verwandt?« fragte der Mann vom Rettungsdienst.

»Nein, so kann man das nicht sagen«, stammelte ich.

»Sie ist so etwas wie eine Enkelin für mich«, sagte Mr. Ishida, und ich drückte seine Hand. Er war also nicht wütend auf mich, obwohl ich schuld daran war, daß er sein sicheres Zuhause verlassen hatte und in diesen Unfall geraten war.

»Wir bringen Sie sofort ins Krankenhaus. Bitte lassen Sie die Hand der Frau los. Sie könnte Ihnen noch weitere Verletzungen zufügen.«

Ich war die Tochter eines Arztes, und als solche sah ich sofort einige Dinge, die die Sanitäter falsch gemacht hatten. Zum Beispiel hatten sie Mr. Ishida sitzend aus dem Wagen gezogen, ihn auf der Straße stehen lassen und dann erst beschlossen, ihn auf eine Tragbahre zu legen. Hätte er bei dem Unfall eine Rückgratverletzung erlitten, wäre er nun möglicherweise gelähmt gewesen. Doch zum Glück war das, soweit ich sehen konnte, nicht der Fall.

Als ich zum Range Rover hinüberschaute, sah ich, daß Takeo neben der Beifahrertür stand und sich mit einem Polizisten unterhielt. Offenbar hatte der Airbag seine Brust getroffen, denn die rieb er sich.

Plötzlich jubelte die Menschenmenge – die »Schaulustigen«, von denen der Sanitäter vorhin gesprochen hatte – hinter der Absperrung.

»Sie sind beide am Leben!«

»Wer möchte ein Bier?«

Der Lärm hörte nicht mehr auf. Ich mußte mich anstrengen, um zu verstehen, was Sergeant Mori, der nette junge Polizist vom Revier in Yanaka, zu Takeo sagte. Er nickte mir zu; offenbar hatte er mich als das Mädchen aus der Nachbarschaft erkannt, das ihn hin und wieder nach einer Straße fragte.

»Fahrzeugpapiere?« sagte Sergeant Mori.

»Fahrzeugpapiere? Ich weiß nicht...«, meinte Takeo.

»Versuchen Sie's im Handschuhfach«, schlug ich vor.

Der Sergeant ging zur linken Seite des Wagens hinüber und suchte im Handschuhfach herum. Als er wieder zu Takeo zurückkehrte und den Strahl seiner Taschenlampe auf das Dokument richtete, fragte er: »Wohnen Sie im Kayama Kaikan in Roppongi?«

»Ja, das ist mein offizieller Wohnsitz.«

»Dann sind Sie also ... Takeo Kayama?«

»Ja. Hier ist mein Führerschein.« Takeo holte seine Brieftasche heraus. Mir fiel ein, wie sehr er es hatte vermeiden wollen, in der Öffentlichkeit in meiner Gegenwart gesehen zu werden. Jetzt war es doch geschehen, und noch dazu in einer ziemlich unangenehmen Situation.

»Mr. Kayama, dürfte ich Sie bitten, mir die Umstände zu schildern, die zu diesem Unfall geführt haben?« fragte Sergeant Mori höflich.

»Warum ist diese Frau immer noch hier?« fiel ihm der Sanitäter ins Wort, der mich nicht leiden konnte.

»Möglicherweise brauchen wir sie als Zeugin«, überraschte mich Sergeant Mori. Ich würde ihm nicht widersprechen. Dies war das erste Mal, daß ich froh war, von der Polizei festgehalten zu werden.

»Wir wollten das Viertel verlassen, nachdem wir mit Miss Shimura Tee getrunken hatten«, sagt Takeo mit verblüffender Offenheit. »Vor mir war ein Lieferwagen. Er fuhr ganz langsam, vielleicht, weil die Straße so eng ist. Ich wäre nicht hier eingebogen, aber ich habe mich nicht mehr ausgekannt und dachte, der Lieferwagen ist sicher zur Hauptstraße unterwegs. Dann wurden plötzlich auf dem Dach des Lieferwagens grelle Scheinwerfer eingeschaltet. Ich habe den Fahrer angehupt, damit er sie wieder ausmacht. Normalerweise dienen solche Scheinwerfer dazu, Tiere zu blenden, so daß man sie leichter abschießen kann. Sonst sind diese Lichter nach vorne gerichtet, doch bei denen war es andersrum.«

»Sie waren also so geblendet, daß Sie geradewegs gegen den Laternenpfahl gefahren sind?« fragte Sergeant Mori.

»Ich glaube, mein rechter Reifen ist geplatzt. Deshalb habe ich die Kontrolle über das Fahrzeug verloren. Ich weiß noch, daß ich versucht habe, es auf die rechte Seite der Straße zu lenken. Dann sind wir gegen den Pfahl gefahren.«

»Und was war mit dem Lieferwagen? Haben Sie sich das Nummernschild oder wenigstens das Modell gemerkt? Was waren das für Leute in dem Wagen? Wie merkwürdig, daß sie nicht angehalten haben, um Ihnen zu helfen!« mischte sich ein anderer Beamter ein.

»Es könnte ein Nissan gewesen sein. Mehr weiß ich nicht. Ich konnte nicht sehen, ob jemand im hinteren Teil des Wagens war. Das Licht war zu grell.«

»Sie sind nicht verletzt worden, aber Ihr Range Rover und die Straßenlaterne sind beschädigt«, erklärte der Beamte, als habe Takeo das selbst noch nicht gemerkt.

»Das tut mir leid. Ich komme natürlich für den Schaden an der Laterne auf.« Takeo holte kurz Luft. »Und an der Straße.«

»Mr. Kayama, die Größe Ihres Wagens hat Sie vor schlimmem Schaden bewahrt. Was für eine Ironie des Schicksals, daß gerade das Gefährliche an diesem Modell sie gerettet hat.« Sergeant Mori entpuppte sich als echter Philosoph.

Ich dachte über das nach, was Takeo gesagt und was ich auf dem Weg zum Unfallort gesehen hatte. Dann hielt ich Sergeant Mori den Nagel hin. Seine Spitze glänzte im Blinklicht des Sanitätswagens.

»Ich könnte mir vorstellen, daß Sie einen solchen Nagel in dem geplatzten Reifen finden werden«, sagte ich.

»Aber wie …« Takeo klang verärgert. Offenbar glaubte er, daß ich etwas mit seinem Unfall zu tun hatte.

Hastig sagte ich: »Ich bin auf ein paar von den Dingern getreten, als ich hierher rannte. Die Straße vor dem Wagen ist voll mit diesen Nägeln. Wahrscheinlich hat der Fahrer des Lieferwagens sie auf die Straße gestreut, um den Unfall herbeizuführen.«

Zwei Polizisten liefen mit Taschenlampen die Straße entlang. Mehrere Schmerzensschreie bewiesen, daß die Nägel sich auch durch ihre Schuhe bohrten.

»Halt!« rief Sergeant Mori. »Wir brauchen einen großen Scheinwerfer und einen Fotografen zur Dokumentierung des potentiellen Tatorts. Fürs erste bleibt das Areal abgesperrt.«

»Ich mache die Fotos!« rief ein betrunkener Kirschblütenbewunderer und wedelte mit seiner schicken Digitalkamera in der Luft herum.

»Mr. Kayama, würden Sie Mr. Ishida zum Krankenhaus begleiten und auch Ihre eigenen Verletzungen ansehen lassen?« fragte Sergeant Mori.

Ich schaute zu der Stelle hinüber, wo sich kurz zuvor noch die Tragbahre mit Mr. Ishida befunden hatte, aber die war mittlerweile im Notarztwagen verschwunden. Die Türen hatte man bereits geschlossen. Ich hatte ihn ausgerechnet in dem Moment aus den Augen verloren, in dem er mich am dringendsten brauchte.

»Ich würde lieber nach Hause fahren«, sagte Takeo.

»Ich kann Ihre Familie benachrichtigen«, beharrte der Sergeant.

»Nein!«

»Wie wollen Sie denn nach Hause kommen?« fragte Sergeant Mori. »Mit Ihrem Wagen können Sie nicht fahren.«

»Ich nehme ein Taxi oder die U-Bahn. Was näher ist.« Takeo wollte offenbar keinesfalls ins Krankenhaus. Eigentlich hatte ich vorgehabt, Mr. Ishida dorthin zu folgen, doch jetzt überlegte ich es mir anders. Mein Freund hatte ein blaues Auge und würde sich schon bald in der Obhut fähiger Ärzte befinden. Takeo hingegen, der sich gegen jede medizinische Untersuchung wehrte, war möglicherweise das größere Risiko. Vielleicht hatte er eine Gehirnerschütterung oder eine andere Kopfverletzung.

Ich versprach Sergeant Mori, auf Takeo aufzupassen, und führte ihn den Weg zurück, den ich gekommen war, immer dicht an den Hauswänden entlang, um nicht auf Nägel zu treten. Sergeant Moris Assistenten machten sich unterdessen in der näheren Umgebung auf die Suche nach dem Lieferwagen, der natürlich längst über alle Berge war.

Takeo ging mit ganz normaler Geschwindigkeit, bis weder Polizisten noch Sanitäter oder Kirschblütenfanatiker ihn sehen konnten. Dann blieb er stehen und lehnte sich an eine Hauswand.

»So gut geht's Ihnen also doch nicht«, sagte ich ein wenig nervös. Er hätte wirklich ins Krankenhaus mitfahren sollen. Vielleicht brach er mir hier in dieser Gasse zusammen, und ich hatte nicht die Kraft, einen einsfünfundsiebzig großen Mann, der wahrscheinlich über achtzig Kilo wog, zu tragen.

»Ich bin nur ein bißchen zittrig und möchte mich einen Moment ausruhen.«

Am besten wäre es gewesen, wenn er sich hätte hinlegen können. Leider gab es in der Nähe nur einen Ort, wo das möglich war. »Sie können sich bei mir in der Wohnung ein bißchen ausruhen. Später kann ich Ihnen dann ein Taxi bestellen.«

»Ich muß zurück ins Kayama Kaikan. Da wartet jede Menge Arbeit auf mich.«

»Sie wären eben fast gestorben!« erinnerte ich ihn, während wir weitergingen.

»Diese Beschreibung, die Ishida-san mir von der Frau gegeben hat, läßt mir einfach keine Ruhe.« Wir standen jetzt vor dem Family Mart, und die Neonwerbung darüber warf häßliche Schatten auf sein kantiges Gesicht. Durchs Schaufenster konnte ich sehen, daß Mr. Waka gerade eine lebhafte Diskussion mit einem Kunden in der Süßwarenabteilung führte.

»Glauben Sie, daß es Sakura Sato war?« fragte ich ihn ganz direkt.

Er schüttelte den Kopf.

»Wer dann?« Wir gingen wieder ein Stück weiter, obwohl Takeo immer noch ziemlich wackelig auf den Beinen war. Er wehrte sich nicht, als ich ihn stützte.

»Es klingt verrückt. Besonders jetzt, wo ich gerade einen Unfall hinter mir habe. Bestimmt glauben Sie mir nicht«, sagte Takeo hastig.

»Raus mit der Sprache«, sagte ich.

»Als Ishida-san den alten Kimono erwähnt hat, den die Frau trug ... Nun, nachdem Sie mir den Hintergrund erklärt hatten, das Alter des Stoffes und so weiter, habe ich begriffen. Meine Mutter hat alte Textilien und Schriftrollen gesammelt, genau wie Sie.« Er blieb wieder stehen, um sich an einen Getränkeautomaten zu lehnen. »Auf dem Bild, das ich Ihnen von ihr gezeigt habe, trägt sie einen gelb-orangefarbenen Kimono aus der Showa-Zeit.«

Deshalb also hatte Takeo mich so vielsagend angesehen, als Mr. Ishida den Kimono beschrieb. Und ich hatte gedacht, daß er nur mehr über die Geschichte japanischer Textilien erfahren wollte. Allmählich fügte sich alles zu einem Bild. »Dann hat also jemand den Kimono Ihrer Mutter gestohlen!«

»Vielleicht. Aber mittlerweile glaube ich, daß die Frau, die Ishida-san die Gefäße gebracht hat, tatsächlich eine ...« Er schwieg, als falle es ihm schwer, die letzten Worte des Satzes auszusprechen. »... Kayama war.«

»Es war mit Sicherheit nicht Natsumi. Mr. Ishida hat gesagt, die Frau sei über fünfzig gewesen.«

»Nein, ich meine Reiko Kayama. Meine Mutter. Ich glaube schon seit einiger Zeit, daß sie möglicherweise noch am Leben ist.«

19

Jedes Kind, das seine Mutter verloren hat, träumt wahrscheinlich von ihrer wunderbaren Rückkehr. In meiner sanftesten Stimme sagte ich zu Takeo: »Setzen wir uns erst mal und reden darüber. Meine Wohnung ist nicht mehr weit.«

»Nein, ich muß nach Hause. Ich möchte Ihnen etwas zeigen, heute abend, wenn niemand unten am Empfang ist, der Ihren Besuch bemerkt. Morgen fahren wir dann nach Izu, um uns ein paar Dinge im Lagerhaus unserer Familie anzusehen. Sie können doch fahren, oder?«

»Ja, aber ich habe morgen zu tun.« Außerdem fühlte ich mich durch seine Anweisungen überrumpelt. Er verhielt sich völlig irrational. Wahrscheinlich stand er unter Schock.

»Immer haben Sie zu tun! Na gut, ich werde Sie nicht zwingen, mich zu begleiten ... Jedenfalls halte ich jetzt dieses Taxi auf.« Takeo trat auf die Straße und hob den Arm, um den Wagen heranzurufen, der sich uns langsam näherte.

»Das ist bestimmt besetzt«, sagte ich, weil ich fest damit rechnete, daß es heute genauso laufen würde wie an allen verregneten Abenden. Doch das Taxi war tatsächlich frei. Die Tür ging auf, und Takeo stieg ein.

»Na, was sagen Sie jetzt?« fragte er.

»Tja, die Reichen haben wohl immer Glück«, sagte ich mit einer Mischung aus Sorge und Verärgerung. Für mich hätte der Taxifahrer nicht angehalten, das wußte ich genau.

»Zum Kayama Kaikan«, sagte Takeo zum Fahrer, der ihn erstaunt im Rückspiegel ansah. Er hatte den Millionärssohn erkannt, doch Takeo schien das nicht zu registrieren. Er starrte schweigend in den Regen hinaus. Ich drückte mich in die andere Ecke der Rückbank und wischte mir nasse Haarsträhnen aus dem Gesicht. Natürlich war ich neugierig, was Takeo über seine Mutter zu sagen hatte, aber vor dem Taxifahrer würde er es mir kaum erzählen.

Als wir am Kayama Kaikan ankamen, erlebte ich eine Überraschung, denn der hochmoderne Glasturm hatte einen altmodischen Seiteneingang – immerhin aus feuerfestem Stahl –, dessen Tür Takeo mit einem ganz normalen Schlüssel aufschloß. Ich ließ ihn vor mir hineingehen, weil ich erwartete, daß er ein Alarmsystem abschalten müßte, doch es gab keines.

»Das Gebäude hier ist ungefähr so sicher wie einer von den Pappkartons, in denen die Obdachlosen in der Shinjuku-Station übernachten«, sagte ich. »Da ist ja meine Wohnung noch besser. Ich habe immerhin drei Schlösser an der Tür. Hier gibt's nur eins.«

»Für mich ist es angenehm, weil ich kommen und gehen kann, wie ich will, aber wahrscheinlich haben Sie recht. Ich werde mit meinem Vater darüber reden.«

Takeo öffnete eine Tür, die vom Flur abging, und uns schlug eiskalte Luft entgegen. Ich sah große Eimer mit Blumen und Zweigen. »Hier bewahren wir die Pflanzen für die Kurse auf. Wir bekommen täglich eine Lieferung, deshalb sind nicht so viele Blumen da«, sagte Takeo.

Im nächsten Raum, den er mir zeigte, gab es einen Luftbefeuchter, so daß es genauso feucht wie draußen in der Regennacht war, aber nicht so kalt wie zuvor im Kühlraum. Die Wände waren von oben bis unten mit Holzregalen voll beschrifteter Kästchen bedeckt. Takeo erklärte mir, daß sich darin Ikebana-Gefäße aus Holz und Schatullen für besondere Anlässe befanden.

»Wurden die Kayama-Keramiken hier aufbewahrt?« fragte ich, obwohl ich nirgends Lücken entdeckte.

»Nein, im nächsten Raum.« Nachdem er dort das Licht eingeschaltet hatte, deutete er auf eine ungefähr sieben mal zwei Meter große leere Regalwand. »Da drin waren die Kayama-Keramiken.«

»Schon merkwürdig, daß der Dieb die Behälter nicht hiergelassen hat, damit es aussieht, als würde nichts fehlen«, sagte ich.

»Die Kayama-Keramiken sind mit ihren Behältern mehr wert, weil sich darauf der Schulstempel, das Jahr und die Signatur des Künstlers befinden.«

»Wieso hat keiner der Angestellten bemerkt, daß die Kisten verschwunden sind?« fragte ich. »Wer darf überhaupt in diese Räume?«

»Fast alle Angestellten. Wenn man zum Beispiel ein Blumenarrangement für den Empfang machen möchte, würde man hierher kommen und sich ein *suiban* holen, nicht im Lager mit den Kursmaterialien, denn die Stücke hier sind älter und interessanter als die für den Unterricht. Deshalb verwenden wir sie gern an besonderen Orten.«

Der nächste Raum, den er mir zeigte, hatte keinen Luftbefeuchter und war mit langen, schmalen Schachteln gefüllt.

»Das hier sind die Gedichte meiner Mutter. Oder genauer gesagt, die Werke, die sie kopiert hat, in ihrer Kalligraphie. Sie hat gern Haikus kopiert, besonders wenn es darin um Blumen ging.«

Plötzlich bekam ich eine Gänsehaut. »Hat Ihnen jemand Haikus geschickt?«

Takeo starrte mich an. Dann schloß er rasch die Tür. Als er wieder bei mir war, fragte er leise. »Woher wissen Sie das?«

»Man hat mir in den letzten beiden Tagen zwei unter der Tür durchgeschoben. Meine Tante bekommt schon jahrelang welche.«

»Bei mir geht das jetzt seit drei Monaten so. Normalerweise stecken sie in einem Reispapierumschlag unter dem Scheibenwischer des Range Rover. Weil ich den Wagen immer hinter dem Gebäude abstelle, dachte ich, die Gedichte kommen von einer Sekretärin oder Mitarbeiterin.«

Von einer Frau also, die sich in ihn verliebt hatte. Was mit ziemlicher Sicherheit häufig vorkam.

»Wo haben Sie sonst noch Gedichte gefunden?« fragte ich. »Am Tag von Sakuras Tod ist mir eins unter der Bürotür durchgeschoben worden. Es war von Issa und ging ungefähr so:

Ein daimyo*! Und was*
bringt ihn dazu, von seinem Pferd zu steigen?
Die Kirschblüten.

»Ein *daimyo* ist ein Adeliger«, sagte ich. »Vielleicht soll das Gedicht bedeuten, daß Sakuras Tod einen wichtigen Mann wie Sie von seinem metaphorischen hohen Roß geworfen hat. In dem Fall könnte das Pferd für den Range Rover stehen.«

»Wenn dem wirklich so ist – und das weiß ich eben nicht –, könnte meine Schwester das Gedicht geschickt haben. Sie wissen ja, daß wir uns nicht sonderlich gut verstehen.«

»Warum?«

Takeo rückte eine Weile die in Schachteln verpackten Schriftrollen hin und her, bevor er antwortete. »Als meine Mutter noch am Leben war, haben Natsumi und ich die ganze Zeit zusammengesteckt. Nach ihrem Tod haben wir uns auseinandergelebt. Wir hatten dann auch getrennte Schlafzimmer, was wahrscheinlich vernünftig ist bei einem Jungen und einem Mädchen, die allmählich größer werden. Das enge Band war zerschnitten. Ich habe angefangen, mich mit Ikebana zu beschäftigen – vermutlich wollte ich wie mein Vater werden –, und Natsumi hat lieber mit anderen kleinen Mädchen gespielt.«

»Interessiert sie sich denn für Haikus?«

»Ich glaube nicht. Jedenfalls schreibt sie selber keine. Waren die Haikus, die Sie bekommen haben, denn Neuschöpfungen?«

»Nein. Gleich nach dem Giftanschlag auf mich habe ich ein Haiku von Bashō erhalten, das lautete folgendermaßen: ›Berauscht, schlummernd inmitten von Gartennelken, ausgebreitet auf einem Felsen.‹ Und heute nachmittag habe ich ein weiteres erhalten: ›Frühlingswinde stoßen das hübsche Mädchen, Ärger erregend.‹ Den Verfasser habe ich noch nicht herausgefunden.«

»Hmmm. Die Kalligraphien meiner Mutter sind nach Blumen geordnet, also kann ich das erste Gedicht, das Sie zitiert haben, sehr schnell finden.« Er zog einen langen, schmalen Holzbehälter heraus und klemmte ihn unter den Arm. »Wahrscheinlich ist keine Schriftrolle mit dem zweiten Haiku dabei, weil es darin nicht um Blumen geht. Alles, was hier ist, hat irgendwie mit Ikebana zu tun.«

Takeo öffnete eine Tür, die zum Treppenhaus führte. Ich lief voraus und blieb dann unvermittelt stehen, als mir einfiel, daß Takeo gerade erst einen Autounfall überstanden hatte.

»Wir könnten auch den Aufzug nehmen. Bis zum achten Stock ist es ziemlich weit.«

»Das ist unmöglich. Das Licht würde angehen, und wenn Natsumi nach Hause kommt, sieht sie auf der Schalttafel sofort, wo wir sind. Es macht nichts, wenn sie mich entdeckt, aber bei Ihnen wäre das etwas anderes.«

Also gingen wir weiter die Treppe hinauf. Takeo zog sich mühsam am Geländer hoch; ich blieb an seiner Seite.

Im achten Stock wurde der Flur lediglich von einem roten Leuchtschild mit der Aufschrift »Ausgang« erhellt. Unsere Schatten an der Wand wirkten ziemlich unheimlich. Ich war froh, als Takeo endlich die Tür zu seinem Büro aufschloß und das Deckenlicht einschaltete. Ich sah mich in dem Zimmer um, das seit meinem nachmittäglichen Besuch ein wenig aufgeräumt worden war. Die Zeitschriften lagen jetzt auf einem ordentlichen Stapel, und auf dem Schreibtisch stand ein kleines Kamelien-Gesteck mit angefressenen Blättern.

»Das ist das Foto«, sagte Takeo und hielt mir ein Bild seiner Mutter hin, die darauf mit ihm und Natsumi zu sehen war, als diese ungefähr vier Jahre alt waren. Reiko Kayama trug einen gelb-orangefarbenen Kimono mit einem Muster aus Monden und Sternen, genau wie die Frau bei Mr. Ishida.

»Das sollte Mr. Ishida sehen«, sagte ich. »Darf ich es mir ausleihen und ihm zeigen?«

»Er hat eine Verletzung am Auge, Rei. Haben Sie das schon vergessen?«

»Ja, aber nur an einem. Mit dem anderen kann er wunderbar sehen. Wenn es ihm wieder besser geht, kann er uns sicher sagen, ob die Frau in seinem Laden und Ihre Mutter ein und dieselbe Person sind.«

»Ich kann Ihnen den Abzug nicht geben. Es ist der einzige, den ich habe«, sagte Takeo.

»Ich passe gut darauf auf«, sagte ich. »Ich habe noch nie etwas verloren, das mir jemand zur Aufbewahrung gegeben hat.«

»Tja, ich schon. Tut mir leid, aber die Kayama-Keramik, die Sie mir heute abend gegeben haben, ist kaputt gegangen, als ich mit dem Wagen gegen den Laternenpfahl geknallt bin. Ich war zu niedergeschlagen, um die Scherben aus dem Range Rover zu holen.«

Das konnte ich ihm nachfühlen, aber andererseits hatten wir noch eine Menge zu erledigen. »Zeigen Sie mir die Schriftrolle Ihrer Mutter mit der Kalligraphie?«

Takeo schob die Sachen, die noch auf seinem Schreibtisch lagen, weg und breitete die Schriftrolle aus. Die Enden beschwerte er mit jeweils einem *kenzan*-Blumenigel. Ich sah mir zusammen mit ihm Reiko Kayamas Interpretation des Gedichts der inmitten von Gartennelken Schlummernden an. Ihre Kalligraphie war anmutig gerundet und ganz ähnlich der Schrift auf dem Haiku-Brief, den ich erhalten hatte. Doch die Schriftrolle selbst wirkte anders. Wo genau die Unterschiede lagen, würde ich allerdings nie herausfinden, weil Tante Norie den Brief vernichtet hatte.

»Ich habe den Brief mit dem Haiku nicht mehr, aber ich bin mir ziemlich sicher, daß er nicht von Ihrer Mutter stammt. Sehen Sie sich einmal das zweite Schreiben an.« Ich holte das Gedicht aus der Tasche, das ich eben erst erhalten hatte und in dem es um ein hübsches Mädchen ging, das gestoßen wurde.

Takeo las es schweigend. Ich sah, wie er dabei zu zittern anfing.

»Was ist?« fragte ich.

»Mir ist bloß ein bißchen kalt.«

»Haben Sie auch Proben von der Handschrift Ihrer Mutter?« Ich betrachtete immer noch die Schriftrolle, auf der sich abgesehen von den drei kurzen Zeilen ein kleines Aquarell mit einer rosafarbenen Blüte auf einem Bett aus grauen Flußkieseln befand.

Takeo schüttelte den Kopf. »Sie war nie von uns getrennt, also hat sie uns auch nie geschrieben. Wahrscheinlich hat mein Vater ein paar Briefe von ihr, aber den kann ich nicht fragen. Dazu stehen wir uns nicht nahe genug.« Dann fügte er hinzu: »Ihre Tante könnte etwas von meiner Mutter haben.«

»Tante Norie war eine ganz normale Schülerin der Schule. Wieso sollte Ihre Mutter ihr Briefe schreiben?«

Takeo ließ sich in einen Sessel sinken. Wieder wurde mir bewußt, daß er gerade erst einen Unfall gehabt hatte. Er schwieg eine Weile und meinte dann: »Sie erinnern sich doch sicher noch, wie wir in dem *izakaya* zusammen ein Bier getrunken haben? Dort habe ich Sie gebeten, mir etwas über Ihre Tante zu erzählen. Damals haben Sie offenbar gedacht, ich verdächtige sie des Mordes an Sakura. Aber das war es nicht. Mich interessiert, wie Ihre Tante zu meiner Mutter stand.«

»Warum?«

»Das Verhältnis zwischen Ihrer Tante und einigen Leuten in der Schule war angespannt. Es gab Gerüchte, daß sie ihre Lehrerdiplome schneller bekommen hat als alle anderen, daß sie bei Ausstellungen immer den besten Platz erhielt und daß man ihr sogar eine gute Lehrerstelle hier in der Schule angeboten hat.«

»Aber das Angebot hat sie nie angenommen«, sagte ich mit einem leichten Frösteln. »Sie hat mit dem Ikebana aufgehört, um nach der Geburt meiner Cousine Chika mehr Zeit zu haben.«

»Wie alt ist Chika?«

Ich mußte nachdenken, denn ich hatte Toms kleine Schwester, die in Kyoto studierte, in den letzten paar Jahren nur ein- oder zweimal gesehen. »Sie ist dreiundzwanzig.«

»Was für ein interessanter Zufall. Meine Mutter ist vor dreiundzwanzig Jahren gestorben«, sagte Takeo. »Chikas Geburt war ein guter Vorwand für Nories Rückzug. Sakura hat einmal angedeutet, daß vielleicht ... daß Chika möglicherweise keine echte Shimura ist. Verstehen Sie, was ich damit sagen will?«

Ich wandte mich von Takeo ab und trat ans Fenster. Draußen glitzerten die Regentropfen und die erleuchteten Fenster der anderen Gebäude. Das Spiegelglas des Kayama Kaikan fiel mir wieder ein, und daß mich die Leute jetzt, da es dunkel war, vielleicht von draußen sahen. Warum nur gab es in dem Zimmer keine Jalousien, hinter denen ich mich verstecken konnte?

»Sakura hat Norie gehaßt«, sagte ich. »Sie hätte alles behauptet, um sie zu verletzen.«

»Entschuldigung«, sagte Takeo von seinem Sessel aus.

»Wieso sollte Ihre Mutter Sie verlassen haben, wenn sie noch am Leben wäre?«

Takeo klang müde. »Wir waren zu zweit, Natsumi und ich, und im gleichen Alter. Ich weiß, daß wir ziemlich schwierig waren. Vielleicht hatte unsere Mutter einfach genug von uns.«

»Bestimmt nicht. Das Foto von Ihrer Mutter und Ihnen beweist, daß sie Sie geliebt hat. Sehen Sie sich doch ihr

Gesicht an.« Da fiel mir ein, wie sehr mir Lila Braithwaites Kinder auf die Nerven gegangen waren. Zwillinge großzuziehen, war vermutlich genauso anstrengend, wie drei Kinder zu haben. Aber Takeos Mutter gehörte sicher nicht zu den Frauen, die einfach davonliefen.

Takeo fuhr fort: »Es könnte auch sein, daß meine Mutter wegen der Gefühle, die mein Vater Ihrer Tante Norie entgegengebracht hat, beschloß, ihn zu verlassen. Eine Scheidung hätte die Kayama-Familie nicht zugelassen. Geliebte sind bei den Kayamas nichts Ungewöhnliches – mein Großvater und auch alle meine Urgroßväter hatten welche. Es heißt, mein Vater habe deshalb nicht mehr geheiratet, weil es für einen Mann viel angenehmer ist, unverheiratet zu sein.«

»Aber hat denn niemand die Leiche Ihrer Mutter gefunden? Das wäre doch ein eindeutiger Beweis für ihren Tod.«

»Vielleicht war der Arzt bestochen. Möglicherweise war er sogar in die Sache verwickelt und hat die Leiche einer anderen Verstorbenen beschafft.«

Takeo wollte unbedingt glauben, daß seine Mutter noch am Leben war. Wieder spürte ich das Mitleid, das ich schon früher für ihn empfunden hatte. Wie konnte ich ihn dazu bringen, endlich die Geister der Vergangenheit zu begraben?

»Gut, gehen wir mal davon aus, daß Ihre Mutter tatsächlich noch am Leben ist und Norie schon seit Jahren Gedichte schickt, um ihr ein schlechtes Gewissen zu machen, weil sie ihre Ehe zerstört hat. Warum um Himmels willen sollte sie dann mir Haikus mit bedrohlichem Inhalt senden?«

»Weil sie will, daß die Geschichte sich nicht wiederholt«, sagte Takeo mit grimmigem Gesicht.

»Keine Sorge. Ihr Vater hat mich nur ein einziges Mal gesehen, und zwar als ich mich bei der Ikebana-Ausstellung übergeben mußte. Ich glaube nicht, daß er mich nach dieser Erfahrung irgendwohin zum Essen einladen wird.«

Takeo lachte verächtlich. »Ich spreche auch nicht von meinem Vater.«

»Von wem dann?« Diese typisch japanische Unterhaltung über Eltern, Liebe und Tod verwirrte mich. Ich wandte mich von Takeo ab und schaute zum Fenster hinaus, um über seine letzten Worte nachzudenken.

Auf einmal stand Takeo unmittelbar hinter mir. Als er sprach, spürte ich seinen Atem in meinem Nacken. »Vielleicht hast du mich für schwul gehalten, weil ich Blumen mag.«

»Nein. Ich kenne schwule Männer«, sagte ich. Ich war überrascht über Takeos Eröffnung, aber nicht darüber, was ich selbst dabei empfand. Als ich seinen warmen Atem auf meiner Haut fühlte, merkte ich, wie mein kühles, zölibatäres Ich dahinzuschmelzen begann.

Takeo legte leicht die Hände auf meine Schultern und fing an, meine nackten Oberarme zu streicheln. Ich zitterte. »Das war ganz schön hart. Ich bin in diesem sterilen Turm hier aufgewachsen, mit einem Vater, der nicht mit mir redet, einer Schwester, die der Kaufsucht verfallen ist, und einer Herde Frauen mittleren Alters, die mich alle unbedingt bemuttern wollen. Du bist die jüngste, realste Frau, die es je geschafft hat, an dem Portier dieses Gebäudes vorbeizukommen.«

»Nenn mich nicht jung. Wir sind gleich alt ...«

»Du bist die einzige, die sich nicht vor mir verbeugt. Und die einzige, die gut aussieht in alten Kleidern und sich nicht unter Chanel und Escada versteckt.«

»Ich hab mich nicht verbeugt, weil ich dich für einen einfachen Floristen gehalten habe. Und hinterher hatte ich den Eindruck, daß du mich nicht sonderlich leiden kannst, also hatte es keinen Zweck, höflich zu sein.« Ich sagte allen möglichen Unsinn und versuchte gleichzeitig zu begreifen, was eigentlich los war.

»Doch, ich mag dich. Aber ich blicke nie so ganz durch, was du vorhast. Ich habe mich ein bißchen mit Mr. Ishida unterhalten, bevor wir losgefahren sind. Er hat mir erzählt, daß du mit einem ausländischen Anwalt zusammengelebt hast, der dich aber letzten Herbst verlassen hat. Ist es wirklich vorbei?«

Es war gar nicht so leicht, die Geschichte mit Hugh so geschildert zu bekommen, aber noch schwieriger war es zu akzeptieren, daß er mich tatsächlich verlassen hatte. Ich wand mich aus Takeos Griff und wandte mich ihm zu. Statt direkt auf seine Frage zu antworten, sagte ich: »Daß ich allein bin, heißt noch lange nicht, daß ich leicht zu kriegen bin.«

»Ganz im Gegenteil, ich habe eher den Eindruck, daß du eine ziemlich harte Nuß bist.« Takeo sah mich an. Ich fragte mich, ob er das im übertragenen Sinn meinte oder ob ihm meine steifen Brustwarzen unter dem dünnen Angorapullover auffielen.

Ich drehte mich weg, auch, damit er meine Brüste nicht mehr sah, doch er folgte jeder Bewegung von mir. Das war wohl sein Kendo-Training. Und schon hatte er die Arme um mich gelegt.

Ich erwartete seinen Kuß mit vor Neugierde geöffneten Lippen. Ja, ich hatte schon japanische Freunde gehabt, aber keiner von ihnen war mir je nahe gekommen, ohne auf einer vorhergehenden Dusche zu bestehen. Natürlich hatte ich nichts gegen Sauberkeit, doch erotischer war es allemal, selbst ein bißchen vom Regen zerzaust zu sein und jemanden zu küssen, der irgendwie nach Tee schmeckte.

Schon bald wich meine Neugierde der Lust; er küßte einfach toll, und am liebsten hätte ich ihn mit Haut und Haaren verschlungen. Unsere Körper waren nicht nur wegen des geringen Größenunterschieds wie füreinander geschaffen. Als seine Hände meine Brüste umschlossen, begannen auch meine Finger seinen Brustkorb zu erforschen. Er zuckte ein wenig zusammen. Wahrscheinlich tat ihm noch alles weh von dem Unfall.

»Das ist keine gute Idee«, murmelte ich und löste mich aus seinen Armen. Jeder hätte uns jetzt am Abend hinter den Spiegelglasscheiben sehen können, vielleicht sogar derjenige, der Sakura umgebracht und es bei Takeo und Mr. Ishida immerhin versucht hatte.

Takeos Gesicht war gerötet wie vermutlich auch das meine. Mit leiser Stimme sagte er: »Ich kenne dich fast gar nicht, aber ich mag dich. Und deinem Kuß nach zu urteilen, geht es dir genauso. Ich finde, daraus kann sich eine Menge entwickeln. Doch ab morgen haben wir erst mal eine Menge zu tun. Wir werden meine Mutter finden und dafür sorgen, daß der Ruf deiner Tante wiederhergestellt wird.«

Ich brachte es nicht fertig, Takeo anzusehen, also richtete ich den Blick auf das Titelblatt eines *National Geographic*-Hefts, auf dem eine Tigerfamilie abgebildet war, und sagte: »Es ist ziemlich schwierig, für den guten Ruf eines anderen zu sorgen, wenn der eigene so schlecht ist.«

»Rei, mach dir keine Gedanken darüber, daß du zur Hälfte Amerikanerin bist! Das ist mir genauso egal wie die Tatsache, daß du letztes Jahr nur zwei Millionen Yen verdient hast.« Er trat ganz nah an mich heran. Als ich ihm das Gesicht nicht zum Kuß entgegenstreckte, stellte er sich hinter mich und legte nur einfach wieder die Arme um mich. Ich lehnte mich einen kurzen Augenblick gegen seinen lädierten Brustkorb, weil die Situation einfach zu verführerisch war, trotz der harten Worte, die ich ihm gleich würde sagen müssen.

»Der mit dem schlechten Ruf bist du«, erklärte ich. »Ich habe gehört, daß die Keio-Universität dich rausgeworfen hat, weil durch deine Schuld ein Student beinahe gestorben wäre.«

Takeos Körper wurde starr, aber er ließ mich nicht los. »Ich war dagegen, die Kendo-Stöcke in die Toiletten mitzunehmen, aber ich konnte sie nicht aufhalten. Ich habe den Studenten zwei Monate lang jeden Tag im Krankenhaus besucht. Das haben wir alle getan. Kennst du diesen Teil der Geschichte auch?«

Ich schüttelte den Kopf.

»Ich habe die Verantwortung für den Vorfall übernommen und bin deshalb von der Uni geflogen. Hinterher habe ich mich an der UC Santa Cruz eingeschrieben, wo ich eine Menge über organischen Gartenbau und ähnliche Dinge gelernt habe.«

»Hast du dort auch gelernt, wie man Frauen verführt, Takeo? Auf dem Campus, mit kalifornischen Mädchen, die ganz ähnlich waren wie ich?« sagte ich hastig, weil er gerade dabei war, mit großem Geschick alle eventuellen Argumente zu widerlegen.

Das wirkte. Takeo ließ mich so unvermittelt los, daß ich fast das Gleichgewicht verloren hätte. Ich drehte mich nicht um, hörte aber, wie er sich auf den Sessel seiner Mutter zurückzog.

»Sorry. Mein Timing ist nicht gerade gut. Eins hat mein Vater mir immer einzuhämmern versucht, nämlich daß es wichtig ist, Geduld zu haben.«

»Ich glaube, ich gehe jetzt lieber. Die U-Bahn ...«

»Natürlich«, sagte er. »Danke, daß du mich nach Hause gebracht hast. Findest du den Weg nach unten allein?«

Große Freude bereitete mir die Aussicht, im Dunkeln ganz allein durch das Kayama Kaikan gehen zu müssen, nicht, aber wenn er mich begleitete, war das angesichts meiner labilen Hormonsituation fast ebenso gefährlich.

Also machte ich mich allein auf den Weg.

20

Als ich am nächsten Morgen aufwachte, hatte ich das Gefühl, völlig allein zu sein. Ich hatte es mir mit Takeo genauso verscherzt wie mit Tante Norie. Weder roch ich den verführerischen Duft von *miso*-Suppe, noch hörte ich das Schlappen ihrer Pantoffeln auf den *tatami*, wenn sie zur Tür ging, um die Zeitung zu holen. Meine Tante war während ihrer wenigen Tage bei mir immer präsent gewesen, und jetzt fehlte sie mir, genau wie all die anderen Leute, die ich verärgert hatte.

Ich rappelte mich von meinem Futon hoch. Vielleicht war es doch besser, daß Tante Norie mich in diesem Zustand nicht sah. Ich war erst um ein Uhr früh nach Hause gekommen und so durcheinander gewesen, daß ich eine ganze Dreiviertelliterflasche Kirin-Bier getrunken hatte. Doch statt mir beim Schlafen zu helfen, hatte der Alkohol bewirkt, daß ich immer wieder aufgewacht war. Ich hatte lange Minuten damit verbracht, die Digitalanzeige meines Weckers anzustarren und mir mögliche Verbindungen zwischen Sakuras Tod und Takeos Geschichte von einer Mutter, die möglicherweise noch am Leben war, auszudenken.

Am Morgen darauf fühlte ich mich lausig. Während ich darauf wartete, daß das Teewasser zum Kochen kam, rief ich Mari Kumamori an. Es klingelte und klingelte, und allmählich bekam ich Angst, daß sie mir die falsche Nummer gegeben hatte, doch nach dem zehnten

Mal hob sie schließlich den Hörer ab. Sie erklärte sich bereit, mich mittags zu empfangen. Dann rief ich bei Tom im Krankenhaus an. Ich mußte mich eine Weile gedulden, bis er an den Apparat kam, und nutzte die Zeit, um meinen Tee zu trinken und ein paar Dehnungsübungen zu machen. Zwar fühlte ich mich noch schwach, aber später wollte ich trotzdem joggen gehen. Das würde mir guttun.

»Hallo, Rei«, sagte Tom irgendwann. »Du brauchst nicht so zu tun, als wärst du Ärztin, damit sie mich im Krankenhaus ausrufen. Hier auf der Station kennen dich sowieso alle.«

»Das liegt sicher an meinem Akzent.« Ich war ziemlich geknickt.

»Nein, es liegt daran, daß du zu höflich bist. So würde dich niemand für eine Ärztin halten.«

Das sollte wohl so etwas wie ein Kompliment sein, aber mir war nicht nach Scherzen. »Was ist mit deinen Eltern los?«

»Sie haben mir gesagt, daß Vater seinen Job verloren hat. Leicht ist das nicht, aber wir werden's schon überstehen.«

»Und deine Mutter?«

»Ihr macht das mehr zu schaffen als ihm.«

»Daran bin ich schuld. Ich wollte sie zwingen, mir etwas über ihre Vergangenheit zu erzählen, doch sie war nicht dazu bereit.«

»Aber ich bin bereit. Zumindest kann ich dir etwas über Nolvadex sagen.«

Ich hörte auf mit meinen Dehnungsübungen und zückte mein Notizheft, um mir alles aufzuschreiben.

»Das Medikament wird zur Behandlung von Brustkrebs verwendet«, sagte Tom. »Nachdem man der Frau die Metastasen entfernt hat, muß sie sich für gewöhnlich einer Chemotherapie unterziehen. Und hinterher bekommt sie oft Nolvadex verschrieben, um eine Neubildung von Krebszellen zu verhindern.«

»Ach herrje, ist Brustkrebs hier in Japan nicht ziemlich selten? Ich dachte, Asiatinnen sind praktisch immun dagegen«, sagte ich und tastete rasch meine eigenen Brüste ab. Als mir dabei die Berührung durch Takeos Hände einfiel, bekam ich eine leichte Gänsehaut.

»Es gibt eine Menge Japanerinnen, die unter Brustkrebs leiden, aber die rennen nicht alle mit einem roten Band an der Bluse herum und erzählen jedem davon.«

»Vielleicht sollten sie das. Egal. Glaubst du, man würde dieses Medikament auch einer älteren Frau um die Siebzig verschreiben?«

»Meinst du Mrs. Koda?«

»Ja. Aber bitte sag deiner Mutter nichts davon. Wenn sie das Medikament in einem Motrin-Gläschen versteckt hat, wollte sie sicher, daß die Leute nichts davon erfahren.«

»Da hast du wahrscheinlich recht«, pflichtete mir Tom bei. »Mir ist aufgefallen, daß Mrs. Koda in den letzten Jahren immer gebrechlicher geworden ist. Ich dachte, das läge am Alter. Aber möglicherweise braucht sie den Stock beim Gehen, weil ihr durch die Einnahme von Nolvadex leicht schwindelig oder übel wird.«

»Dann handelt es sich also um ein starkes Medikament«, sagte ich. »Könnte jemand eine Überdosis davon erwischen und sterben?«

»Falls du meinst, daß das Nolvadex deine Übelkeit während der Ikebana-Ausstellung verursacht hat, brauchst du dir keine Sorgen zu machen. Es handelt sich dabei um einen Östrogen-Rezeptorantagonisten, und

Probleme mit Überdosierungen sind nicht bekannt. Du bist eindeutig mit Arsen vergiftet worden.«

Ich gab ein erleichtertes Geräusch von mir – obwohl ich in Wahrheit alles andere als erleichtert war – und verabschiedete mich von Tom. Dann rief ich im Nippon University Hospital an, um mich mit Mr. Ishida zu unterhalten. Es freute mich zu hören, daß man ihn bereits entlassen hatte, und ich versuchte es gleich bei ihm im Laden, doch auch dort meldete er sich nicht. Vielleicht ruhte er sich gerade in seiner Wohnung im ersten Stock aus. Leider hatte ich seine Privatnummer nicht.

Also blieb mir nichts anderes übrig, als zum Joggen zu gehen. Ich versuchte, mir meine Sorgen aus dem Leib zu rennen. Jetzt tat es mir leid, daß ich die Zeit mit Takeo verbracht hatte, statt Mr. Ishida ins Krankenhaus zu begleiten.

Ich rannte zu der kleinen Straße, in der Takeo den Unfall gehabt hatte. Der Range Rover war nicht mehr dort, und ein Angestellter der Straßenreinigung fegte die Nägel weg, während ein paar andere Männer damit beschäftigt waren, die eingeknickte Straßenlaterne zu entfernen. Ich bog um die Ecke und dachte weiter über das Nolvadex nach. Entweder Mrs. Koda hatte Krebs, oder sie versteckte das Medikament für eine andere Person in ihrem Schreibtisch. Die zweite Alternative hielt ich nicht für sehr wahrscheinlich.

Beim Weiterlaufen wanderten meine Gedanken zu dem Handzettel der Stop-Killing-Flowers-Gruppe über die Verwendung von Pestiziden in Kolumbien. Ches Informationen über die erkrankten Arbeiterinnen schienen mir der erste Teil der Gleichung zu sein. Mit Sicherheit blieben die Pestizide auch nach dem Transport nach Übersee auf den Blüten haften. Vielleicht hatte die Person, die in der Kayama-Schule das Nolvadex nahm, aufgrund ihrer langjährigen Arbeit mit pestizidbehandelten Blumen Krebs bekommen. Wenn die Stop-Killing-Flowers-Gruppe davon erfuhr, hatte sie ein ausgesprochen überzeugendes Argument, das sie der japanischen Öffentlichkeit präsentieren konnte. Gerüchte über Pestizide, Farb- und Zusatzstoffe in Lebensmitteln hatten schon mehrfach zu Importverboten aus den Vereinigten Staaten geführt.

Während ich durch die gewundenen Straßen voller geparkter Motorroller und Lieferwagen lief, stellte ich mir vor, durch ein Feld mit einheimischen Gräsern und Wildblumen zu rennen, die alle nicht mit Chemikalien behandelt waren. Nach jedem meiner Schritte richteten sich die Gräser wieder auf, ohne Schaden genommen zu haben. Wahrscheinlich war das Haus der Kayamas auf dem Land von solchen Feldern umgeben, von Land, das ihnen gehörte und das sie nicht bestellen mußten, weil sie es finanziell nicht nötig hatten. Takeo hatte leicht reden. Plötzlich war ich wütend auf ihn, wegen seines Reichtums und der Selbstverständlichkeit, mit der er Sakuras grausame Geschichte über Norie erzählt hatte. Da konnte ich seinen Kuß ein paar Minuten später nur noch als beleidigend empfinden.

Nach dem Joggen duschte ich und schlüpfte in meine schwarze Lieblingsjeans, die mir jetzt besser paßte denn je, weil ich durch die Arsenvergiftung ein paar Pfunde verloren hatte. Ich stopfte ein Rippen-Shirt in die Jeans und band mir ein Tuch um den Hals. Meine Turnschuhe waren noch feucht vom Laufen, also zog ich bequeme Halbschuhe an. Tante Norie wäre vermutlich nahezu einverstanden gewesen mit der Kleidung, die ich für den Besuch bei Mari Kumamori trug.

Es war Mittag, und so ergatterte ich einen Sitzplatz auf der Fahrt nach Zushi. Das gab mir Gelegenheit, die Liste mit den Lehrern der Kayama-Schule zu studieren. Mein *kanji*-Wörterbuch half mir bei der Aussprache einiger Namen. Die Fahrt dauerte ungefähr eine Stunde, und als ich schließlich in der Zushi Station ausstieg, hatte ich schon eine ganze Menge Yumikos, Marikos und Sachikos hinter mir. Frauennamen hatten oft die Nachsilbe *-ko*, was so viel bedeutet wie »Kind«. Welch ein Glück, daß mich meine Eltern Rei genannt hatten und nicht Reiko, denn das war ein beliebter japanischer Name, der »hübsches Mädchen« hieß. Der Name von Takeos Mutter war Reiko. *Hübsches Mädchen.* Das Haiku fiel mir wieder ein, aber ich schob den Gedanken weg. Ich entsprach nicht dem japanischen Schönheitsideal, ganz gleich, was Takeo auch sagte.

Der Liste hatte ich entnommen, daß Sakuras Vorname eigentlich Shizuko war, was so viel heißt wie »ruhiges Kind«. Wie unpassend, wenn man bedachte, wie sie Tante Norie angeschrien hatte. Ich rügte mich selbst wegen meiner wenig wohlwollenden Gedanken einer Frau gegenüber, die immerhin ermordet worden war. Jeder Mensch hatte auch gute Seiten – sogar Sakura. Takeo hatte voller Hochachtung von ihr gesprochen, als er mir erzählte, wie sie sich nach dem Tod seiner Mutter um ihn gekümmert hatte.

Mari hatte mir erklärt, daß ich mit dem Bus sieben Minuten vom Bahnhof brauchen würde. Ich hatte zu Fuß gehen wollen, doch sie hatte gemeint, die Straßen seien ungeeignet für Fußgänger. Als ich im Bus die Schnellstraße entlangbrauste, wurde mir klar, was sie gemeint hatte. Wenn man in japanischen Vororten mobil sein wollte, brauchte man einen fahrbaren Untersatz.

Während der kurzen Fahrt fielen mir mehrere Supermärkte mit Parkplätzen auf, die mit Geländewagen und kleinen Lieferwagen vollgestellt waren. Es gab so gut wie keine Tante-Emma-Läden und überhaupt keine Teehäuser oder Tofugeschäfte.

Maris Haus befand sich in einer hügeligen Gegend mit Gebäuden, die aussahen, als seien sie alle Ende der achtziger Jahre von ein und demselben Architekten erbaut worden, noch vor der großen Wirtschaftsflaute. Die Häuser bestanden aus einem gelben Material, das wie Ziegel aussah, aber keiner war. Sie hatten Bleiglasfenster und schindelgedeckte Dächer – eine kuriose Mischung aus Details europäischer Architektur, die merkwürdig wirkte, aber sicher sündteuer war.

Ich klingelte und wartete. Dann klingelte ich noch einmal, und nach weiteren fünf Minuten kam ich zu dem Schluß, daß Mari mir wohl nicht aufmachen würde. In der Adresse konnte ich mich nicht geirrt haben, weil ihr Name auf dem Briefkasten an ihrem Tor stand.

Ich wollte gerade meinen Rucksack wieder auf die Schulter schwingen, als ich eine Bewegung seitlich des Hauses wahrnahm. Ich schaute über die Pseudo-Ziegelmauer und sah Mari, wie sie langsam einen Pappkarton zu einem Schuppen mit Blechdach und Fenstern trug. Wahrscheinlich befand sich in dem Schuppen ihr Töpferatelier. Daneben war jedenfalls ein richtiger Brennofen, ebenfalls mit einer Blechüberdachung, und zu meiner Überraschung entdeckte ich sogar einen kleinen Holzschrein auf einem Pfahl. Unter dem Dach des winzigen Schreins saß eine Familie von Bären, alle aus Ton und tiefbraun glasiert. Maris Familienname bedeutete so viel wie »Bär im Wald«.

Schließlich trat Mari ohne den Karton aus dem Schuppen und lächelte mich zurückhaltend an. »Ich habe nicht so früh mit Ihnen gerechnet.«

»Hübsch haben Sie's hier«, sagte ich. »Ich hätte nie einen Schrein erwartet.«

»Die Bären sind die Schutzgötter des Brennofens. Ich habe sie selbst gemacht, deshalb sind sie nicht besonders gut.«

»Sie sind süß«, sagte ich. »Die könnten sie verkaufen.«

Mari seufzte. »Sie reden immer nur vom Verkaufen. Dafür interessiere ich mich nicht.«

»Ich weiß, daß Sie das zusätzliche Geld nicht brauchen, aber vielleicht würde es Ihnen Spaß machen, sich als Geschäftsfrau zu betätigen.«

»Ich habe auch so Spaß«, sagte Mari und gab mir mit einer Handbewegung zu verstehen, daß ich in ihr Töpferatelier eintreten solle. Die Sonne schien zum Fenster herein und erhellte einen großen Arbeitstisch. Eine Töpferscheibe und der dazugehörige Hocker füllten die eine Ecke des kleinen Raumes; die Wände waren bedeckt mit Regalen voller fertiger Ikebana-Gefäße. Mir fiel eine Reihe von Vasen in den klassischen Grau-, Creme- und Brauntönen auf, die die Kayama-Schule gern verwendete, und daneben eine zweite Reihe bunter Gefäße. Sie waren alle in Seladontönen, von hellem Blau bis zu tiefem Gelbgrün. Ich hatte außer Mari nie jemanden gesehen, der in der Kayama-Schule Seladon verwendete. Die kräftige Farbe der Glasur widersprach vermutlich dem Schulmotto »Wahrheit in der Natur«, obwohl ich Ikebana-Gefäße aus Seladon auch von alten Holzschnitten kannte. Maris Arbeiten waren eine Neuinterpretation traditioneller Entwürfe.

»Das Seladon ist wunderschön«, sagte ich. »Und Sie haben so viele verschiedene Farbtöne. War das schwierig?«

»In manchen Teilen des Brennofens ist es heißer als in anderen, und das beeinflußt die Farbe. Ich habe für alle Gefäße die gleiche Glasur verwendet.« Sie lächelte nervös.

»Darf ich Ihnen zeigen, was ich mitgebracht habe?« Ich wickelte den Teller aus. Vermutlich würde Mari kein Set mit neun Tellern erwerben, also hatte ich nur einen mitgebracht und den Rest zu Hause gelassen.

»Das sieht nach *sometsuke*-Porzellan aus. Ein Eßteller von guter Größe. Haben Sie noch mehr davon?«

»Ja, noch acht, alle genau wie dieser. Keiner von ihnen hat einen Stempel auf der Unterseite. Finden Sie, er sieht nach Imari aus?« fragte ich.

»Ja. Das ist definitiv ein Imari-Teller aus der Meiji-Zeit. Ich würde sagen, Sie können einen Teller für ungefähr fünfzehntausend Yen verkaufen. Wenn Sie zehn davon hätten, könnten Sie für das ganze Set mindestens einhundertachtzigtausend Yen verlangen.«

»Woher wissen Sie das alles?« Ich war überrascht, wie schnell Mari den Wert der Teller geschätzt hatte.

»Ich bin in der Nähe von Imari auf der Insel Kyushu aufgewachsen. Die Kumamoris sind schon seit sechs Generationen Töpfer. Allerdings machen wir kein blauweißes Porzellan; wir haben uns auf Seladon spezialisiert.«

»Seladon kommt doch hauptsächlich aus Korea«, sagte ich ein wenig verwirrt.

»Ja, die Koreaner haben diese Tradition mit nach Japan gebracht.« Mari hatte mittlerweile den Karton aufgemacht, den sie zuvor in den Schuppen getragen hatte, und holte einen wurstförmigen Batzen feuchten Ton heraus. Dann stellte sie sich an ihren Arbeitstisch und begann den Ton zu formen, während sie sich weiter mit mir unterhielt. »Die Töpfer wurden aus Korea entführt und in Dörfern auf Kyushu neu angesiedelt, wo sie Töpferwaren für die japanischen Herren machen mußten.«

»Und Ihre Familie hat diese Kunst von den koreanischen Töpfern gelernt?« Ich spürte, daß Mari sich innerlich mit den Koreanern verbunden fühlte.

Mari bearbeitete weiter den Ton und formte ihn zu etwas, das aussah wie eine Chrysantheme. »Wir sind Koreaner. Haben Sie das denn nicht gewußt?«

Das war mir nicht klar gewesen. »Aber Sie haben doch einen japanischen Namen!«

Mari zuckte mit den Achseln. »Ich kann nicht einmal Koreanisch. Meine Verwandten auch nicht. Trotzdem hat man meine Fingerabdrücke genommen, als ich noch ein Kind war. Ich habe keinen normalen Paß. Und ich könnte auch keine Wohnung mieten und kein Haus kaufen, ohne daß ein Japaner für mich bürgt.«

Das waren die gleichen Schwierigkeiten, mit denen auch ich als Ausländerin in Japan zu kämpfen hatte. Doch Mari war in Japan geboren, und so war das Ganze meiner Meinung nach eine himmelschreiende Ungerechtigkeit.

»Wie war Ihr Mädchenname?« fragte ich.

»Nagai. Meine Familie hat, wie die meisten anderen auch, einen japanischen Namen bekommen, und wir haben immer wieder Japaner geheiratet. Aber die Regierung hat immer noch Belege dafür, daß wir eigentlich aus Korea kommen. Ich habe einen Mann kennengelernt, der in unserer Gegend Urlaub gemacht und sich in mich verliebt hat. Wir haben geheiratet, und ich bin nach Tokio gezogen. Seine Familie hat es nicht zugelassen, daß mein Name in ihr Familienbuch aufgenommen wird. Ich nenne mich zwar Kumamori, aber das ist nicht offiziell. Deshalb habe ich auch keine Kinder. Die Eltern meines Mannes hätten nicht erlaubt, daß sie in das japanische Familienbuch meines Mannes eingetragen würden.«

Maris Geschichte von unfreundlichen Schwiegereltern hörte sich ein bißchen an wie die von Tante Norie. Aber weil Norie Japanerin war, hatte ihre Geschichte ein Happy-End. Ich fragte mich, warum meine Tante, die nie etwas gegen Mari gesagt hatte, sich auch nicht mit ihr anfreunden wollte. Hatte sie womöglich Vorurteile?

»Shimura-san, schauen Sie nicht so traurig drein.« Mari schien mein Unbehagen zu spüren, denn sie lächelte mich an. »Ich bin stolz darauf, Japanerin koreanischer Herkunft zu sein. Deshalb mache ich auch diese Seladon-Sachen. Das entspannt mich und bringt mich meiner Familie näher, die so weit weg ist.«

»Sie bringen die Seladon-Gefäße nur selten zum Kurs mit.«

»Ja, ich verwende dort lieber das unauffällige Steingut, das eher dem Schulmotto ›Wahrheit in der Natur‹ entspricht.«

Ich hörte die leichte Verärgerung in Maris Stimme und fragte: »Glauben Sie, man macht Ihnen das Leben an der Schule schwerer, weil Sie Koreanerin sind?«

Mari klopfte mit aller Kraft auf den Ton. »Sakura hat mich nie leiden können. Wahrscheinlich hat sie Gerüchte gehört oder selbst Nachforschungen angestellt. Vor zwei Jahren hat sie mich einmal gebeten, nach dem Kurs noch dazubleiben. Sie hat mir erklärt, daß ich aufhören und an einer anderen Schule weitermachen soll, weil die Kayamas noch nie einer Koreanerin ein Lehrerdiplom ausgestellt haben. Dann hat sie so etwas Ähnliches hinzugefügt wie ›Ich sage Ihnen das aus reiner Menschenfreundlichkeit, weil ich nicht möchte, daß Sie Ihre Zeit vergeuden‹.«

»Sie hätten zu Mrs. Koda gehen können.«

»Seien Sie doch nicht naiv! Koda-san kommt aus einer alten Samurai-Familie. Sie wäre sicher derselben Meinung wie Sakura-san.«

»Aber Sie sind wirklich gut. Und je höher Sie innerhalb der Schule aufsteigen, desto mehr Geld bringen Sie doch den Kayamas. Welchen Schülergrad haben Sie?«

»Den letzten vor dem Lehrerdiplom. Ich wiederhole schon seit zwei Jahren die Lektionen in Buch vier. Danach kommt die Prüfung zum Lehrerdiplom. Ich habe dreimal an der Prüfung teilgenommen, sie aber nie bestanden.«

»Ist das die Prüfung, in der das Arrangement nur mit einer Nummer gekennzeichnet wird und die Schülerin vor dem Zimmer wartet, während die Lehrer die verschiedenen Arbeiten bewerten?«

»Genau.« Mari klang bedrückt. »Das merkwürdige daran ist, daß die Blumen in meiner Vase jedesmal, wenn ich ins Zimmer zurückgekommen bin, schlechter ausgesehen haben, als ich das in Erinnerung hatte. Jemand hat sich an meinem Gesteck zu schaffen gemacht, um zu verhindern, daß ich die Prüfung bestehe.«

»Glauben Sie, daß dieser Jemand Sakura war?« Ich mußte daran denken, wie sie meine eigenen unbeholfenen Versuche mit den Kirschblüten neu arrangiert und das Ganze dann am Schluß schrecklich ausgesehen hatte.

»Ja, der Gedanke ist mir auch schon gekommen. Aber ich konnte es nie beweisen.« Mari begann, den Ton auszurollen. »Jetzt nach ihrem Tod sollten sich die Dinge für mich eigentlich ändern, meinen Sie nicht? Ich könnte an der Prüfung in zwei Monaten teilnehmen.«

Ich wandte mich hastig einem anderen Thema zu. »Haben Sie schon einmal etwas von Kayama-Keramik gehört? Solche Gefäße wurden in den dreißiger Jahren für die Schule hergestellt.«

»Davon weiß ich nichts.« Sie hob den Blick nicht von dem Gefäß, das sie selbst gerade machte. »Haben Sie ein solches Stück dabei?«

»Nein, ich habe das meine verschenkt, und es ist kaputtgegangen. Ich glaube, es war ein bißchen farbiger als die Gefäße, die die Lehrer heute so gern verwenden. Es könnte Ihnen gefallen.«

»Meine Töpferei ist durch viele Epochen beeinflußt, allerdings nicht durch das zwanzigste Jahrhundert.« Sie stellte das Gefäß, einen langen, schmalen Behälter, der mich ein wenig an ein Kanu erinnerte, auf einen Gipskarton und ging zum Waschbecken, um sich die Hände zu waschen. »Wenn Sie wollen, zeige ich Ihnen, was ich im Haus habe.«

Wir verließen das Atelier und betraten das Haus durch eine unverschlossene Hintertür. Das Innere war nicht so farbenfroh westlich wie das Äußere. Im Wohnzimmer fiel mein Blick sofort auf einige schöne koreanische *tansu*-Kommoden mit den typischen Metallbeschlägen in Schmetterlingsform.

»Die Möbel gefallen mir gut. Sind das Familienstücke?«

»Manche davon. Andere haben wir gekauft. Zum Glück mag mein Mann koreanische Möbel genauso gern wie ich.« Sie schob die Tür einer *tansu* zurück, so daß dahinter ordentliche Reihen antiker Tassen, Teller und Schalen zum Vorschein kamen. Manche von ihnen hatten eine Seladon-Glasur, andere eine blau-weiße. Diese Sammlung hier war kleiner als die meine, aber viel älter und erlesener.

»Haben Sie die Stücke alle selbst erworben?« fragte ich.

»Ja. Sie sehen, daß ich keine Sets habe. Ich kaufe Einzelstücke, das ist nicht so teuer.« Sie griff in die *tansu* und holte einen Teller heraus, der ein bißchen wie der von Mrs. Morita aussah. »Deswegen bin ich mir so sicher, wie alt der Teller ist, den Sie mir gebracht haben«, sagte sie.

»Schade, daß er nicht zu meinen paßt. Dann hätten wir ein vollständiges Set und könnten es teurer verkaufen.«

»Geld interessiert mich nicht«, sagte Mari wie schon am Anfang unseres Gesprächs.

»Das ist wirklich bewundernswert.« Plötzlich war es mir peinlich, daß ich den Vorschlag gemacht hatte. Mari war anders als ich, viel weniger materialistisch.

»Ihr Besuch bei mir war nicht sonderlich ergiebig für Sie«, sagte Mari. »Das tut mir leid.«

»Nein, nein, ich habe eine Menge gelernt. Und machen Sie sich keine Sorgen wegen meiner Imari-Teller. Ich glaube, ich werde sie der Besitzerin wieder zurückgeben.«

»Möchten Sie nicht noch eine Tasse Tee trinken, bevor Sie gehen?« fragte Mari.

Doch ihre Blicke in Richtung Brennofen sagten mir, daß sie die fertigen Tongefäße so bald wie möglich brennen wollte. Also schüttelte ich den Kopf. »Sie waren wirklich sehr freundlich zu mir. Sie brauchen mich nicht zu begleiten. Ich finde allein hinaus.«

Auf dem Weg nach draußen kam ich an dem kleinen Schrein mit den Tonbären vorbei. Zuvor hatte ich gedacht, sie lächelten, doch jetzt schienen sie mir eher die Zähne zu fletschen. Hoffentlich bildete ich mir das nur ein.

21

Als ich wieder daheim in Yanaka war, schaute ich kurz bei Mr. Waka im Family Mart vorbei. Er gestaltete gerade die Lotte-Kaugummi-Auslage neu und hob den Kopf, um mich mit einem Lächeln zu begrüßen.

»Sie hatten viel zu tun gestern abend, *neh*? Ich habe gehört, daß Sie einen Kriminalfall gelöst haben.«

»Wer hat Ihnen denn das erzählt?« Die *Japan Times* hatte nicht über den Unfall berichtet. Wenn jemand gegen einen Laternenpfahl fuhr, war das keine große Story.

»Ein paar Polizisten sind zu mir in den Laden gekommen, um sich nach einem Abschleppdienst zu erkundigen. Natürlich habe ich ihnen meinen Bruder empfohlen. Beim Warten haben sie sich darüber unterhalten, daß Sie spitze Nägel auf der Straße gefunden haben. Hier in der Stadt wird es auch immer schmutziger.«

»Die Leute, die die Nägel auf der Straße verstreut haben, wollten, daß Takeo Kayama drüberfährt und einen Unfall baut. Haben die Polizisten auch darüber gesprochen?« Wie schön, daß ich von Mr. Waka etwas über die polizeilichen Ermittlungen erfuhr.

»Ein Beamter war der Meinung, daß die Nägel absichtlich verstreut wurden, aber die anderen sagten, das waren nur *chinpira*, die sich einen Spaß machen wollten.« Mr. Waka riß eine Packung Kaugummi mit Erdbeergeschmack auf und gab mir einen Streifen.

Chinpira waren junge Gangster, die versuchten, richtige Mitglieder der *yakuza* zu werden. Ich sagte: »Wenn das *chinpira* waren, hat jemand sie angeheuert.«

»Sie sind so beschäftigt, Verbrecher aufzuspüren und etwas über die Kunst des Haiku zu erfahren … Ich frage mich, wie Sie da noch Ihre Arbeit schaffen.«

»Ich schaffe Sie eben nicht. Das ist genau das Problem.« Am liebsten wäre ich den scheußlich süßen Kaugummi wieder losgeworden, aber das konnte ich nicht, ohne Mr. Waka zu verletzen.

»Und, wie lautet das neue Haiku? Das, von dem Sie am Telefon gesprochen haben?«

Ich hatte das Gedicht nicht dabei, wußte den Text aber auswendig und sagte ihn Mr. Waka.

»Ach, das alte Gedicht von dem Mädchen, das der Wind erwischt. Ich glaube, es stammt aus dem achtzehnten Jahrhundert und ist von einem Dichter namens Gyoutai.«

»Finden Sie die Zeile mit dem Mädchen, das gestoßen wird, bedrohlich?«

»Nein, das Gedicht sagt ganz deutlich, daß das Mädchen vom Wind gestoßen wird. Das bedeutet, daß ihre Haare und ihr Kimono zerzaust sind.«

»Ist das ein ganz normales Gedicht, oder glauben Sie, es könnte auch noch eine andere Bedeutung haben?«

»Ich habe Ihnen ja schon gesagt, daß es viele solcher Gedichte gibt. Sie stehen in allen Schulbüchern. Wenn Sie mehr über die Kunst des Haiku erfahren wollen, sollten Sie einen Abendkurs in unserem Stadtteilzentrum machen. Mein Bruder ist in der Verwaltung und kann mir sicher ein Kursprogramm geben.«

»Danke. In ein paar Tagen werde ich Ihnen sicher wieder ein neues Haiku bringen können.«

»Was soll das heißen, in ein paar Tagen? Mit Haikus muß man sich jeden Tag beschäftigen. Ich würde gern einmal etwas hören, was Sie selber gedichtet haben.«

»Irgendwann«, versprach ich ihm. Doch die Wahrscheinlichkeit, daß ich ein Gedicht über Blumen verfaßte, war ungefähr genauso hoch wie die, daß ich für die Zeitschrift *Aufrechter Bambus* einen Artikel über Kayama-Keramik schrieb.

Als ich nach Hause kam, sah ich, daß mir wieder ein Briefchen unter der Tür durchgeschoben worden war. Natürlich freute mich das nicht, aber immerhin wußte ich jetzt sicher, daß es tatsächlich für mich und nicht für meine Tante bestimmt war. Und ich konnte Mari Kumamori von der Liste meiner Verdächtigen streichen, denn sie war mit ziemlicher Sicherheit nicht nach Tokio zurückgeeilt, um es mir zu bringen, während ich mich noch kurz mit Mr. Waka unterhielt.

Ich zog meine Handschuhe an, um eventuelle Fingerabdrücke nicht zu verwischen, öffnete den Umschlag und las:

Gaikotsu no
Ue wo yosoute
hana-mi kana

Dieses Haiku war leicht zu übersetzen. Es hätte gut und gern als Kommentar zu der harmlosen Kirschblütenbegutachtung im Friedhof von Yanaka geschrieben sein können, doch ich fand es gruselig.

Betrachtung der Blüten
In ihrem festlichen Kleid
Über den toten Knochen.

Ich steckte das Gedicht und den Umschlag in die Plastikhülle, in der sich bereits das Haiku über das hübsche Mädchen befand, das gestoßen wurde. Diesmal mußte Mr. Waka mir nicht helfen. Hilfe brauchte vielmehr mein anderer Freund, Mr. Ishida. Ich wählte die Nummer von Ishida Antiques in der Hoffnung, daß er sich melden würde. Er tat mir den Gefallen.

»Sie sind also wieder gesund!« rief ich aus, so erleichtert, daß ich vergaß, Mr. Ishida zu begrüßen oder meinen Namen zu sagen.

»Mehr oder weniger. Mein Auge kommt wieder in Ordnung. Ich habe einen Kratzer an der Hornhaut, was sehr schmerzhaft ist, aber das vergeht mit der Zeit. Ein Glück, denn für jemanden, der sich seinen Lebensunterhalt mit einem Vergrößerungsglas verdient, wäre der Verlust eines Auges eine Katastrophe.«

»Es tut mir wirklich sehr leid, daß ich Sie gestern abend gebeten habe, aus dem Haus zu gehen. Wenn ich Sie in Ruhe gelassen hätte, wäre nichts passiert«, sagte ich voller Reue.

»Sie haben das richtige getan«, meinte Mr. Ishida. »Wenn Kayama-san sagt, daß die Kayama-Keramiken seiner Familie verschwunden sind, glaube ich ihm das. Andererseits könnte mir die Frau auch Stücke gebracht haben, die nicht im Archiv der Schule waren. Ich brauche eine offizielle Inventarliste der Sammlung, um sicher zu sein, daß ich keinen Fehler mache.«

»Wieso lassen Sie sich die Gefäße nicht einfach von Takeo abkaufen? Ihm ist es egal, wieviel sie kosten.«

»Es wäre unmoralisch von mir, sie ihm zu verkaufen, Shimura-san. Mein Ruf würde leiden, wenn bekannt würde, daß ich einen Beraubten gezwungen habe, die Dinge zu kaufen, die ihm gestohlen wurden!«

Wir redeten noch eine ganze Weile über dieses Dilemma, fanden aber keine Lösung. Irgendwann verabschiedete ich mich. Dann wählte ich die Nummer eines der Friedhofsgärtner in meinem Viertel und bat ihn, Mr. Ishida ein Frühlingsarrangement zu schicken, das nicht nach Friedhof aussah, und dazu eine Karte mit Genesungswünschen von Takeo und mir. Viertausend Yen leichter, machte ich mir einen Leberblümchentee und dachte nach.

Ich brauchte Geld. Zwar hatte ich noch ungefähr zehntausend Dollar auf meinem Sparkonto und eine ganze Menge Rücklagen von den Möbeln, die Hugh Glendinning mir zum Verkauf überlassen hatte, aber seit meiner Arsenvergiftung war kein Geld mehr eingegangen. Ich hatte mich nicht mit Privatkunden getroffen, und die Antiquitätenhändler, mit denen ich gesprochen hatte, interessierten sich nicht für meine Sachen.

Der sonntagmorgendliche Antiquitätenmarkt am Schrein wäre möglicherweise der richtige Ort, um meine Waren an den Mann zu bringen. Eigentlich hatte ich keine Lust dazu, denn wenn meine Bekannten sahen, daß ich meine Sachen von einer auf den Boden gebreiteten Plane aus verkaufte, schadete das unter Umständen meinem Ruf als Händlerin. Schließlich bezeichnete ich mich auf meiner Visitenkarte selbst als Lieferantin qualitativ hochwertiger Antiquitäten, nicht von Flohmarktware.

Ich warf einen Blick auf meinen Kalender. An jenem Wochenende fand der Markt am Togo-Schrein statt, einem guten Ort für Verkäufe, weil er sich in der Nähe des von vielen Ausländern bewohnten Omote-sando-Viertels befand. Wenn es mir gelang, mich mit den Organisatoren in Verbindung zu setzen, schaffte ich es vielleicht noch, einen Platz auf dem Markt zu ergattern.

Nachdem ich das beschlossen hatte, wandte ich mich dem nächsten Thema zu: Mrs. Koda. In der Schule, wo wir nicht allein wären, konnte ich mich nicht mit ihr unterhalten. Doch ich hatte ja jetzt die Liste der Lehrer und brauchte nur ihre Privatnummer nachzuschlagen. Sie wohnte in Hiro, einem ruhigen, teuren Viertel in der Nähe des Kayama Kaikan.

Es war sieben Uhr. Ich stellte mir vor, wie Mrs. Koda sich eine kleine Mahlzeit zubereitete, vielleicht ein bißchen Fisch und dazu Reis und Gemüse. Bei dem Gedanken bekam ich selbst Hunger, denn ich als Single kochte mir nur selten so etwas.

»Entschuldigen Sie, daß ich Sie beim Abendessen störe«, sagte ich, als sie ans Telefon ging.

»Ich nehme keine richtigen Mahlzeiten zu mir, wenn ich allein bin, Rei-san. Aber daß Sie so spät noch auf den Beinen sind, ist nicht gut für Sie! Sie müssen sich ausruhen und sich von Ihrer Krankheit erholen.«

»Danke, mir geht es schon viel besser. Ich bin heute morgen sogar wieder ein bißchen gejoggt, und ich war in Zushi, um mir Maris Töpferwaren anzusehen.«

»Sie ist nicht nur eine begabte Töpferin, sondern auch eine hervorragende Blumen-Arrangeurin. Es kommt nicht oft vor, daß jemand in der Lage ist, sowohl mit schwerem Ton als auch mit leichten Blüten umzugehen. Sie hat goldene Hände.«

Fast hätte ich erwähnt, daß die Kayama-Schule Mari schon das dritte Mal das Lehrerdiplom verwehrt hatte, aber es hatte keinen Sinn, einen aggressiven Ton in das Telefonat zu bringen. Schließlich wollte ich etwas von Mrs. Koda.

»Wie sehen Ihre Pläne aus?« fragte ich. »Ich würde Sie gern zum Tee einladen.«

»Wie nett von Ihnen. Das würde mich freuen. Im Kayama-Kaikan-Gebäude gibt es ein Lokal. Wollen Sie denn morgen nicht in den Kurs kommen?«

Eigentlich hatte ich das nicht vorgehabt. »Wissen Sie, ich habe tagsüber so viele Termine, daß ich mit Ihnen lieber eine Stunde am Abend verbringen würde. Ich muß Ihnen erklären, was gestern passiert ist.«

»Sie meinen die Sache mit der Kayama-Keramik? Machen Sie sich darüber keine Sorgen. Takeo-san hat alles aufgeklärt.«

»Nun, es steckt noch ein bißchen mehr dahinter.« Ich machte in der Hoffnung, ihre Neugierde zu wecken, eine Pause, doch sie schwieg. »Sie wissen ja, daß mein Japanisch nicht sehr gut ist. Besonders am Telefon. Ich würde Ihnen das lieber persönlich erklären. Mir wäre wichtig, alle Mißverständnisse zwischen mir selbst und der geschätztesten Lehrerin meiner Tante auszuräumen!«

»Ihre Tante macht sich Sorgen? Das ist nicht nötig.« Jetzt klang ihre Stimme freundlich. »Natürlich würde ich mich freuen, wenn Sie mich besuchen, sobald Sie Zeit haben.«

»Ich bin in vierzig Minuten bei Ihnen. Vielen Dank für die Einladung.« Ich legte auf, bevor sie irgend etwas sagen konnte.

Ich wollte auf keinen Fall zu spät kommen. Also lief ich den Hügel hinunter zur Sendagi-Station, vorbei an Arbeitern und Studenten. Die Leute hier waren an mein Joggen gewöhnt und blieben nicht stehen, um mich anzustarren wie in Roppongi. Die Nachbarn nannten mich das »laufende Mädchen«, hatte mir Mr. Waka erzählt, ein exzentrischer, aber nicht böse gemeinter

Spitzname. Wenn die jungen Männer vom Lauf-Club der Tokyo University mich sahen, verbeugten sie sich leicht, nur mit den Schultern, um nicht aus dem Rhythmus zu kommen.

Einen Häuserblock vor mir entdeckte ich einen jungen Mann mit kurzen blonden Haaren, der einen konservativen blauen Blazer und eine graue Hose trug. Er war mit einem größeren, dunkelhaarigen Mann zusammen. Von hinten hielt ich die beiden für Richard Randall und seinen neuen Freund Enrique. Wie schön, dann könnten wir miteinander in der U-Bahn fahren.

Ich lief ein bißchen schneller und zupfte Richard von hinten an der Jacke.

Doch der drehte sich nicht um, sondern stieß einen kurzen Schrei aus. Sofort schleuderte mich sein Begleiter gegen die schmutzige Fliesenwand der Station. Ich starrte in das wütende Gesicht von Che Fujisawa, dem Umweltschützer, der die Demonstration vor My Magic Forest angeführt hatte.

»Es ist unhöflich, Leute zu erschrecken«, knurrte Che.

»*No problemo, neh?* Die junge Dame hat's sicher nicht böse gemeint. Meiner Jacke ist ja nichts passiert!« sagte Richard hastig in einer merkwürdigen Mischung aus Spanisch und Japanisch.

Erst jetzt merkte ich, daß ich dabei war, Richard, den ich selbst in Ches Gruppe eingeschleust hatte, auffliegen zu lassen.

»Gomen nasai, gomen nasai!« entschuldigte ich mich und verbeugte mich tief. Che stand so dicht vor mir, daß meine Stirn gegen sein Kinn stieß. Offenbar schmerzte der Aufprall ihn mehr als mich, denn er trat ächzend einen Schritt zurück und preßte die Hand an den Mund.

»Können Sie denn nicht aufpassen?« herrschte Che mich an. »Sie kenne ich doch.«

»Das ist bloß so eine Verrückte, die im Family Mart arbeitet«, sagte Richard hastig. »Sie ist in mich verknallt, sagt der Inhaber.«

»*Gomen nasai.*« Ich verbeugte mich noch einmal und hastete dann dank meiner Monatskarte direkt durch die Schranke zum Bahnsteig. Als ich über die Schulter zurückschaute, sah ich, daß Richard nach Münzen für den Fahrkartenautomaten suchte. Wahrscheinlich führte er die Verzögerung bewußt herbei, damit ich eine U-Bahn vor ihm und Che erwischte. Richard opferte sich für mich auf. Als Che mich mit solcher Wucht gegen die Wand der U-Bahn-Station gestoßen hatte, war er bereit gewesen, mich zu verprügeln. Was er mit einem Menschen anstellen würde, der kleiner und weniger sportlich war als ich, malte ich mir lieber nicht aus.

Ich hatte geglaubt, daß Richards Verbindung zu Enrique ihn innerhalb der Stop-Killing-Flowers-Gruppe schützen würde, doch das war offenbar ein Irrtum gewesen. Ich mußte Richard da herausholen und machte mir Vorwürfe, daß ich Takeo nicht gefragt hatte, welcher Art seine Beziehungen zu der Gruppe waren. Nun, vielleicht konnte Mrs. Koda einschätzen, ob Takeo sich eher der Schule verpflichtet fühlte oder dieser Gruppe.

Ich fuhr mit der U-Bahn nach Hiro; sobald ich mich wieder auf der Straße befand, fragte ich einen Polizisten nach der Adresse, die Mrs. Koda mir gegeben hatte. Er sagte mir, ich solle nach einem Wohnhaus mit Blumenkästen vor allen Fenstern Ausschau halten. Das klang verlockend, aber als ich dort ankam, wirkten die Blumen verdächtig künstlich – rote Geranien an jedem Fenster, das war einfach zu viel; bei dem Haus selbst handelte es sich um ein ehemals weißes Gebäude, das von den Abgasen grau geworden war. Ich würde niemals begreifen, warum japanische Architekten die Städte immer noch vorwiegend weiß planten, denn der Kampf gegen den Schmutz, der in der Luft lag, war von vornherein aussichtslos. Anfang der neunziger Jahre war fast jeden Tag ein neues weißes Gebäude hochgezogen worden. Jetzt sahen sie alle aus wie Geister mit Bartschatten.

In der mit europäisch arrangierten Blumenbouquets geschmückten Lobby entdeckte ich eine Gegensprechanlage und klingelte bei Mrs. Koda.

»Sie sind unten? Ich dachte nicht, daß Sie heute kommen würden.«

Und ich hatte gedacht, ich hätte mich klar ausgedrückt. »Nun, ich kann auch wieder gehen, wenn es ungelegen ist ...«

»Nein, bitte fahren Sie mit dem Aufzug in den achten Stock. Ich hole Sie dort ab.«

Vor dem Aufzug erstreckte sich ein mit hellgrünem Teppichboden ausgelegter Flur. Die fahlblauen Wände schmückten Schäfchenwolken und eine Darstellung des Sonnenaufgangs über dem Fudschijama.

»Sie wohnen in einem sehr interessanten Gebäude«, sagte ich zu Mrs. Koda, als wir mit langsamen Schritten zu ihrer Wohnung gingen, die Gott sei Dank ganz in Weiß gehalten war, sauber und gemütlich wirkte und nicht allzuviel mit Blumen zu tun hatte. Genauer gesagt gab es überhaupt keine Blumen darin.

»Es ist schön, hier mitten in der Stadt zu wohnen, wo immer etwas los ist. Ich habe lange Jahre zusammen mit meinem Mann in den Vororten gelebt und es gehaßt!« vertraute sie mir an.

»Ich habe Ihnen eine Kleinigkeit mitgebracht«, sagte ich und reichte ihr eine hübsch verpackte Schachtel mit Erdbeeren, die ich gerade an der U-Bahn-Station gekauft hatte. In Japan konnte man niemanden mit leeren Händen besuchen.

»Ach, das wäre doch nicht nötig gewesen«, sagte Mrs. Koda und versuchte dreimal, mir die Schachtel zurückzugeben, bevor sie sie schließlich doch nahm. »Ich stelle sie in den Kühlschrank, für morgen. Darf ich Ihnen einen Tee anbieten?«

»Nein, danke. Ich habe schon zu Hause welchen getrunken. ... Nein, danke, wirklich nicht.«

Doch sie machte mir trotzdem eine Tasse Tee und stellte sie auf eine Baumwollserviette über einem Untersetzer auf einem Lacktablett. Ich starrte das perfekte Arrangement von Porzellan, Stoff und Holz an und hoffte, daß es Mrs. Koda nicht auffallen würde, wenn ich den Tee nicht anrührte. Sie wirkte wie ein nette alte Dame, aber ich war schon einmal vergiftet worden, als ich mit ihr zusammen Tee trank. Vielleicht konnte ich den Tee in eine Topfpflanze gießen, wenn sie das Zimmer verließ. Doch unglücklicherweise gab es auch keine Topfpflanzen in der Wohnung.

»Setzen wir uns doch«, sagte Mrs. Koda. »Leider ist mein Sofa nicht sehr bequem.«

»Aber nein, es ist weich wie eine Wolke! Viel hübscher als die alten Möbel bei mir zu Hause.«

»Wohnt Ihre Tante immer noch bei Ihnen?« fragte Mrs. Koda mich lächelnd.

Der Austausch von Höflichkeiten lief so gut, daß es fast schade war, sich dem eigentlichen Thema zuzuwenden. »Ich bin wieder gesund, und sie ist nach Hause zurückgekehrt. Mein Onkel ist aus Osaka gekommen.

Er braucht sie jetzt.« Ich schwieg eine Weile, dann sagte ich: »Ich wollte Ihnen die Sache mit der Kayama-Keramik erklären.«

»Takeo hat mich informiert, daß Sie einen Artikel darüber schreiben wollen. Wenn Sie das Miss Okada oder mir schon unten gesagt hätten, hätten wir alles besser verstanden.«

»Waren Sie nervös, weil sämtliche Kayama-Keramiken aus dem Archiv fehlten?«

Mrs. Koda sah mich verblüfft an. Nach kurzem Zögern sagte sie: »Ja.«

»Wer hat den Verlust entdeckt?« fragte ich.

»Miss Okada hat ihn vor sechs Wochen bemerkt, weil sie regelmäßig ins Archiv geht, um Gefäße für ihren Tisch an der Rezeption zu holen. Sie ist zu mir gekommen. Ich habe sofort mit Takeo darüber gesprochen, aber er hatte nicht den Mut, den *iemoto* zu informieren. Vielleicht hat er gedacht, die Gefäße seien nur an einem anderen Platz und er könne sie noch finden.«

»Ich habe meine Kayama-Keramik in einem Antiquitätenladen ein paar Häuserblocks von hier entfernt gekauft. Dort befinden sich noch weitere, möglicherweise der ganze Rest der Sammlung. Damit er sie der Schule zurückgeben kann, braucht der Geschäftsinhaber einen Beleg, daß die Stücke tatsächlich einmal Schuleigentum waren.«

»Was für einen Beleg?« fragte Mrs. Koda. Mir fiel auf, daß sie sich überhaupt nicht mit der Frage beschäftigte, wer die Keramiken in den Laden gebracht hatte.

»Eine genaue Auflistung. Takeo-san meint allerdings, daß es eine solche Inventarliste nicht gibt.«

»Aber natürlich gibt es eine Liste«, versuchte sie, mich zu beruhigen. »Ich mache Listen von allen möglichen

Dingen. Vor zwanzig Jahren habe ich eine Liste aller Kayama-Keramiken erstellt. Keine Sorge, ich finde sie für Sie. Rei-san, danke, daß Sie mich auf das Problem aufmerksam gemacht haben. Sie haben richtig gehandelt.«

»Ich habe da noch etwas anderes für Sie«, sagte ich, holte die immer noch in das Papiertaschentuch eingewickelte Nolvadex-Tablette aus meiner Tasche und hielt sie ihr hin. »Ich glaube, das haben Sie verloren.«

Sie musterte die Tablette in ihrer Hand. »Wo haben Sie die gefunden?«

»Im Sekretariat. Das ist Nolvadex, stimmt's?«

»Ich war wohl unachtsam.« Mrs. Koda legte die Tablette auf einem Beistelltischchen ab und faltete die Hände. Sie wirkte niedergeschlagen.

»Haben Sie Krebs?« fragte ich.

Sie nickte kaum merklich. »Das weiß niemand außer Takeo-san.«

»Aber Sie sind doch in der Schule sehr beliebt – man würde Ihnen sicher helfen, wo es nur geht.«

»Nein, man würde mir nahelegen, daß ich meine Arbeit aufgebe«, sagte sie. »Und dann hätte ich nichts mehr zu tun. Ikebana ist mein Leben. Ich möchte so lange weitermachen, wie ich kann.«

»Glauben Sie, daß Ihre Krebserkrankung etwas mit Ihrer Tätigkeit zu tun haben könnte?«

»Das weiß ich nicht.« Ihr Gesichtsausdruck verriet mir, daß sie diese Frage nicht zum erstenmal hörte.

»Hatte Ihre Mutter oder eine Tante Brustkrebs?«

Sie schüttelte den Kopf und streckte mir die Hände hin. »Wie alt meine Hände aussehen! Als ich noch ein Mädchen war und gerade damit anfing, die Blumen aus dem Garten meiner Eltern zu arrangieren, waren meine Finger ganz weich und glatt. Ich habe eine Ikebana-Demonstration für meinen späteren Ehemann gemacht, und er hat immer gesagt, daß er sich in meine Hände verliebt hat.«

»Was für ein romantischer Mann. Aber um noch einmal aufs Thema zurückzukommen: Wenn in Ihrer Familie bisher niemand an Brustkrebs erkrankt ist, könnte ein Umweltgift der Auslöser der Krankheit gewesen sein.«

»Mein Mann wollte immer alles unter Kontrolle haben«, sagte sie, auf ihrem Thema beharrend. »Er hat mir nicht erlaubt zu arbeiten, obwohl ich ein wunderbares Angebot von Masanobu Kayama hatte, als dieser die Schule Anfang der sechziger Jahre von seinem Vater übernahm. Masanobu-*sensei* hätte mich gebraucht, aber mein Mann war der Meinung, daß eine Frau meiner Schicht nicht arbeiten darf. Also war ich tagsüber, wenn mein Mann im Büro war, ehrenamtlich in der Schule tätig. Ich konnte mich erst nach seinem Tod fest anstellen lassen.«

»Das heißt, daß Sie seit ungefähr dreißig Jahren mit importierten Blumen umgehen?« fragte ich.

»Eher noch ein bißchen länger. Die Schule konnte sich bereits Ende der fünfziger Jahre importierte Blumen leisten.«

Ich kam mir ein bißchen wie eine Angehörige der Stop-Killing-Flowers-Gruppe vor, als ich sagte: »Auch heute noch werden Blumen, besonders Rosen und Nelken aus Kolumbien, mit starken Pestiziden besprüht. Das könnte die Ursache für Ihre Krebserkrankung sein. Natürlich sollten Sie auch weiterhin Ikebana-Unterricht geben, aber vielleicht nur noch mit organisch gezüchteten Pflanzen.«

»Nun, dazu ist es jetzt zu spät.« Sie berührte leicht die rechte Seite ihrer Brust. »Sie haben sie mir abgenommen. Wenn ich nicht mehr mit Blumen arbeiten dürfte, würde das bedeuten, daß mir auch noch das Herz herausgeschnitten wird.«

»Es tut mir schrecklich leid, daß Ihnen das passiert ist. Natürlich werde ich niemandem davon erzählen. Aber meinen Sie nicht, es könnte anderen als Warnung dienen, wenn Sie selbst darüber reden?«

»Meinen Freundinnen, die ebenfalls mit Blumen arbeiten, geht es gut. Ich bin ein Einzelfall. Ich habe einfach mehr Gestecke gemacht, als gut für mich war. Vielleicht habe ich mir nicht nach jedem Kurs die Hände gewaschen. Takeo-san hat die Angestellten angewiesen, Schilder über den Waschbecken in den Kursräumen anzubringen, die die Schüler auffordern, sich nach dem Umgang mit Blumen die Hände zu waschen. Außerdem befolge ich seinen Rat und habe hier in der Wohnung keinerlei lebende Blumen.«

»Wie hat Takeo-san von Ihrer Erkrankung erfahren?«

»Als Takeo-san noch an der Keio-Universität studiert hat, ist es ihm schwer gefallen, sich zurechtzufinden, und so ist er oft zu mir gekommen, um mit mir zu reden. Einmal hat er mich in den Ferien unangemeldet besucht, als ich gerade die Chemotherapie gemacht habe. Als er sah, daß mir fast alle Haare ausgegangen waren, wollte er wissen, was los ist. Ich habe dem Jungen nichts vormachen können.«

Allmählich formte sich aus den Einzelteilen ein Bild. Während seiner Studienzeit war Takeo zum überzeugten Umweltschützer geworden. Vielleicht hatte seine Sorge um Mrs. Koda dabei eine Rolle gespielt.

»Damals hat Takeo-san mir geholfen, einen Weg zu finden, wie ich weiterarbeiten konnte. Er hat mir eine Perücke mit meinem Haarschnitt besorgt, so daß niemand merkte, daß ich krank war. Außerdem hat er mir erlaubt, mich, wann immer ich es wollte, in seinem Zimmer auszuruhen. Und wenn jemand mich fragte, warum ich nirgends zu finden war, sagte ich immer, ich arbeite gerade an einem Sonderprojekt für Takeo-san.«

»Haben Sie sich auch in seinem Büro ausgeruht, als Sakura gestorben ist?« fragte ich.

»Nein, da war ich gerade beim Arzt. Aber ich habe in letzter Zeit so oft gefehlt, daß ich es nicht gewagt habe, das zu sagen. Es war viel einfacher, so zu tun, als sei ich im Gebäude gewesen.«

Ich stöhnte. »Ist Ihnen eigentlich klar, daß Sie ein wunderbares Alibi haben und es nicht nutzen? Wenn Sie behaupten, Sie hätten sich im Gebäude aufgehalten, als niemand Sie finden konnte, wirkt das viel verdächtiger. Vielleicht haben Ihnen die Leute von der Polizei bisher nicht allzuviele Fragen gestellt, aber ich an Ihrer Stelle würde die Wahrheit sagen.«

»Rei-san, Sie glauben doch nicht etwa, daß ... daß ich Sakura-san etwas angetan habe?« Mrs. Kodas Augenlider flatterten heftig. »Ja, natürlich glauben Sie das. Deshalb haben Sie auch den Tee nicht angerührt.«

Ich sah sie an. »Das letzte Mal, als wir zusammen Tee getrunken haben, bin ich sehr krank geworden. Die Polizei hat denjenigen, der dafür verantwortlich ist, noch nicht gefaßt. Seitdem bin ich vorsichtig.«

Nach einer Weile sagte sie: »Das ist vernünftig. Ich würde das gleiche tun, wenn ich in Ihrer Lage wäre.«

»Ich würde Ihnen gern noch eine Frage stellen: Warum hat Mari Kumamori die Prüfung zum Lehrerdiplom dreimal nicht bestanden?«

»Sie ist im Kurs sehr gut, aber bei den Prüfungen verliert sie offenbar die Nerven. Ihre Arrangements haben immer irgendeinen schwerwiegenden Mangel. Ich würde ihr das Diplom gern geben, doch das kann ich nicht. Die Fehler sind einfach zu augenfällig.«

»Gibt es während der Prüfung irgendeinen Zeitpunkt, zu dem sich niemand im Raum aufhält? Ich meine, zwischen der Fertigstellung der Gestecke durch die Studenten und dem Hereinkommen des Prüfers?«

»Der Raum wird die ganze Zeit überwacht. Wir wollen sichergehen, daß die Schüler nicht schwindeln und gerecht bewertet werden.«

»Überwachen Sie den Raum auch in der Zeit, in der die Schüler draußen sind?«

»Bis vor ungefähr zehn Jahren habe ich das gemacht. Dann hat der *iemoto* mich gebeten, diese Aufgabe einer anderen Lehrerin zu überlassen.«

»Und wem?« fragte ich, obwohl ich mir schon denken konnte, wie ihre Antwort ausfallen würde.

»Sakura Sato. Jetzt, da sie nicht mehr am Leben ist, müssen wir wohl jemand anderen für diese Aufgabe finden.«

22

Als ich Mrs. Kodas Wohnung zwanzig Minuten später verließ, war ich ziemlich unruhig, ohne auch nur einen Tropfen Tee getrunken zu haben.

Ich spielte mit dem Gedanken, Mari sofort anzurufen und ihr zu sagen, daß Sakura Sato fast sicher für ihr Versagen in den Prüfungen verantwortlich gewesen war, doch da fuhr ein Zug ein, und ich beschloß, mich von zu Hause aus mit Mari in Verbindung zu setzen. Im Zug wippte ich ungeduldig mit dem Fuß. Obwohl es erst neun Uhr war, füllte der Wagen sich allmählich mit Angestellten, die nun ihre Büros verließen. Die Männer ließen sich auf die Sitze sinken; schon bald glitt ihnen die Zeitung aus den Händen, und sie schliefen ein. Ganz bestimmt lebten einige von ihnen genau wie Onkel Hiroshi der Arbeit wegen von ihren Familien getrennt.

Ich fragte mich, ob Hiroshi und Norie zu Hause waren. Allmählich bekam ich ein schlechtes Gewissen. Meine Tante hatte sich drei Tage lang um mich gekümmert, und ich war aus der Wohnung gestürmt, ohne mich von ihr zu verabschieden oder zu bedanken. Nachdem ich Takeos Vermutung über die mögliche sexuelle Beziehung Nories mit seinem Vater gehört hatte, würde mir ein Anruf bei ihr noch schwerer fallen.

Sobald ich zu Hause war, rief ich Mari Kumamori an. Sie war selbst am Apparat. Als ich ihr die Sache mit Sakura erzählt hatte, bedankte sie sich.

»Ich werde mich noch einmal zur Prüfung anmelden, Shimura-san. Wie merkwürdig, daß diese Zeit der Tragödien etwas Gutes für mich gebracht hat. Glauben Sie, das macht mich in den Augen der Polizei verdächtig?« fragte sie.

»Nein, das glaube ich nicht.« Wenn man daran gehindert wurde, innerhalb der Ikebana-Hierarchie nach oben zu kommen, war das doch sicher kein ausreichendes Motiv für einen Mord. Oder doch?

Nach dem Gespräch mit Mari wählte ich die Nummer meiner Tante und meines Onkels in Yokohama. Es meldete sich Tom, der mir erklärte, seine Eltern seien bereits ins Bett gegangen.

»Aber es ist doch erst halb zehn!« Japaner gingen normalerweise erst nach Mitternacht schlafen, weil der Familienvater im Regelfall zwischen zehn und elf nach Hause kam.

»Sie verbringen viel Zeit miteinander. Ich glaube, das tut ihnen gut«, flüsterte Tom.

»Du meinst, sie ...« Er wollte doch wohl nicht sagen, daß meine Tante und mein Onkel gerade miteinander intim waren?

»Nein, du immer mit deiner schmutzigen Phantasie. Mutter hat Vater endlich dazu gebracht zu reden, und jetzt weint er sich aus. Das Problem ist nur, daß sie mich dafür vernachlässigt. Ich hab' sogar selber kochen müssen, weil die beiden immer wieder stundenlang verschwinden, um zu reden.«

»Tom, bedenke, wie sehr sich deine Zukünftige über deine Kochkünste freuen wird«, neckte ich ihn. »Bist du weit genug vom Zimmer deiner Eltern weg, daß sie dich nicht hören können?«

»Ja. Ich bin im Wohnzimmer, und sie sind oben.«

»Ich möchte dich nämlich etwas fragen. Deine Mutter hat mir erzählt, daß sie schon seit Jahren anonyme Briefe bekommt. Die Briefe enthalten Haikus von berühmten Dichtern, die einen versteckten Sinn zu haben scheinen. Weißt du davon?«

»Mir gegenüber hat sie nichts davon erwähnt. Allerdings habe ich sie vor ungefähr einem Jahr mit einem zerknüllten Brief in der Hand in der Waschküche weinen sehen. Ich habe sie gefragt, was los ist, aber sie hat mir eine Geschichte von einer hohen Rechnung erzählt. Mir ist aufgefallen, daß auf dem Brief weder ein Firmenname noch ein Poststempel war.«

»Und du hast dich einfach damit abspeisen lassen?«

»Welchen Grund sollte meine Mutter haben zu lügen? Mir war damals wichtiger, daß sie meine Lunchbox für die Arbeit rechtzeitig fertig kriegt. Ich fürchte, ich war ziemlich egoistisch.«

Ich wandte mich einem anderen Thema zu. »Hat sie viel vom *iemoto* erzählt, als du klein warst?«

»Nein, eigentlich nicht. Die Ikebana-Kurse waren ganz ihre Welt. Außerdem ist sie erst richtig aktiv, seit Chika im College ist.«

Wieder das Phantom meiner Cousine. Die kleine Chika und die erwachsene Chika erschienen mir wie zwei Buchstützen, die die Zeit einrahmten, in der Norie mit der Kayama-Schule Kontakt gehabt beziehungsweise sich von ihr zurückgezogen hatte.

»Hat der *iemoto* etwas mit diesen Briefen zu tun?« fragte Tom.

»Ich glaube schon«, sagte ich. »Könntest du mir einen Gefallen tun und ein Auge auf deine Mutter haben? Ich mache mir Sorgen um sie.«

»Und ich mache mir Sorgen um dich, Rei. Ich habe

das Gefühl, daß du dich schon wieder in etwas einmischst. Was ist aus dem Nolvadex geworden?«

»Du hast recht gehabt. Ich habe Mrs. Koda gefragt, und es stimmt, sie erholt sich gerade von einer Brustamputation. Ich habe ihr versprochen, niemandem davon zu erzählen, aber du weißt es ja sowieso schon.«

»Von mir erfährt niemand etwas, das verspreche ich dir. Hat sie einen Rückfall gehabt? Wenn sie irgendwelche Fragen hat, könnte ich für sie einen Termin in unserer onkologischen Abteilung vereinbaren.«

»Sie ist noch in Behandlung. Ich selbst hätte allerdings nichts dagegen, mich mit jemandem aus der Onkologie zu unterhalten, weil ich herausfinden möchte, ob es eine eindeutige Verbindung zwischen der Verwendung von Pestiziden und dem Auftreten von Brustkrebs gibt.«

»Arbeitest du jetzt mit diesen Umweltschutzfanatikern zusammen, die meine Mutter beschimpft haben?« Tom klang entsetzt.

»Nein, aber hier geht es um etwas, das deine Mutter und alle Frauen betrifft, die mit Blumen arbeiten.«

»Hör zu, Rei, es gibt viel schlimmere Dinge, die meine Mutter das Leben kosten könnten«, sagte Tom mit leiserer Stimme. »Jetzt geht oben die Tür. Jemand kommt runter. Ich muß auflegen.«

Ich träumte die ganze Nacht von riesig großen Blumen, die giftige Gase verströmten, und wachte am nächsten Morgen bereits früh auf. Es war sieben Uhr, ein Sonntag. Um die Zeit brauchte ich weder Rush-hour noch Abgaswolken zu befürchten; jetzt waren so wenige Leute unterwegs, daß ich auf dem Weg von Yanaka nach Ocha-no-mizu beim Joggen niemandem ausweichen mußte. Ich lief unter einer Gruppe von Kirschbäumen dahin und wunderte mich, daß die Leute heruntergefallene Kirschblüten nicht genauso wegfegten wie Herbstlaub. Die Blüten galten nicht als Abfall, sondern als ästhetische Verzierung. Unter meinen Füßen wurden sie zu zartrosafarbenen Punkten zertreten – das gab ein hübsches Muster auf dem dunkelgrauen Gehsteig.

Gut, daß Tom gesehen hatte, wie seine Mutter mit dem Brief in der Hand weinte. Ziemlich wahrscheinlich hatte es sich dabei um ein Haiku gehandelt. Ich spielte mit dem Gedanken, Takeo davon zu erzählen, war aber nach meiner letzten Begegnung mit ihm unsicher geworden. Wollte er wirklich meine Tante von jedem Verdacht reinwaschen und Sakuras Mörder finden, oder war er nur darauf aus, ein Mädchen flachzulegen?

Ich redete mir ein, daß es bereits genug Männer in meinem Leben gab: meinen Cousin Tom, der mich in medizinischen Dingen beraten konnte und ansonsten wie ein großer Bruder für mich war; Mr. Waka, der mich mit Kaugummi und dem neuesten Klatsch versorgte; und Mr. Ishida, der mir Wissen vermittelte. Ganz zu schweigen von Richard, der seit Jahren mein bester Freund war, jetzt aber in Che Fujisawas Umweltschützergruppe möglicherweise in großer Gefahr schwebte. Ich mußte mit Richard sprechen, bevor ihm etwas passierte.

Also machte ich mich auf den Weg zu It's Happening!, der Sprachenschule, in der er arbeitete. Ich lief ein paar Straßen hinunter, bevor ich das kleine Gebäude fand, in das er mich am vergangenen Valentinstag als seine angebliche Freundin geschleppt hatte. In einem Fenster im ersten Stock entdeckte ich das Schild der

Sprachenschule. Es war noch früh am Tag, aber vielleicht hatten sich schon ein paar Lehrer dort eingefunden. Vermutlich war jetzt der richtige Zeitpunkt, ihm eine Warnung zukommen zu lassen. Ich drückte auf die Klingel des Schulsekretariats, während ich allmählich wieder zu Atem kam.

»Hai?« meldete sich die müde Stimme eines jungen Mannes.

»Ich habe eine Nachricht für einen Lehrer Ihrer Schule. Darf ich raufkommen und ihm einen Zettel dalassen?« Ich tat so, als habe ich es ziemlich eilig.

»Rei?«

Es gab nur einen bei It's Happening!, der meine Stimme so schnell erkennen würde. Aber ganz sicher war ich mir dann doch wieder nicht.

»Randall-*sensei*, sind Sie das?« fragte ich, immer noch auf japanisch.

»Wer denn sonst? Komm rauf.«

Ich lief die Treppe hinauf und trat durch die Tür, die Richard mir aufhielt. Er trug dasselbe Hemd und dieselbe Hose wie am Abend zuvor. Die Jacke hatte er über die Schulter gehängt. Er wirkte zerzaust, wie ein Büroangestellter, der den letzten Zug nach Hause verpaßt hatte. Ein ziemlicher Fauxpas für jemanden, der sonst so viel auf sein Äußeres hielt.

»Richard.« Ich fiel ihm in die Arme, aber er schüttelte mich ab.

»Du bist ja völlig verschwitzt!« Richard griff zu der Dose Georgia Coffee, die er gerade aufgemacht hatte, trank einen Schluck und starrte mich argwöhnisch an.

»Ist der Kaffee warm?« fragte ich

»Mm. Ist aus dem Automaten im Flur. Willst du auch welchen?«

»Ich hab' kein Geld dabei. Bin gerade beim Joggen.« Ich drehte die Taschen meiner Shorts nach außen, um es ihm zu beweisen.

»Schon gut, schon gut, ich geb dir einen aus. Ich schulde dir sowieso noch was für den letzten Caipirinha im Salsa Salsa.«

»Danke«, sagte ich, nahm den Kaffee und ließ mich auf den Boden sinken, weil ich keine Schweißflecken auf den Bürostühlen hinterlassen wollte. »Ich muß mich bei dir entschuldigen. Ich hätte nie gedacht, daß es so schlimm werden würde und du im Büro schlafen müßtest, um dich vor Che Fujisawa zu verstecken.«

»Dem ist nicht so.« Er gähnte. Dabei kam ein Zungenpiercing zum Vorschein, von dem ich gedacht hatte, daß er es schon längst nicht mehr trug. »Ich will nur Enrique aus dem Weg gehen. Er ist bei mir eingezogen und macht mich allmählich wahnsinnig.«

»Das heißt, du hast keine Probleme mit Che?«

»Nein. An der Front gibt's keine Schwierigkeiten. Es ist sogar ziemlich aufregend. Allerdings war dein Überfall an der U-Bahn-Station ziemlich blöd. Du hättest mich fast auffliegen lassen!«

»Tut mir leid. Von hinten sieht Che Enrique ziemlich ähnlich.«

»Ich will kein Wort mehr über Enrique hören, verstanden?« herrschte Richard mich an.

»Aber du hast doch gesagt, daß du ihn liebst!«

»Wir haben uns gestritten«, sagte Richard. »Enrique ist der Meinung, daß ich mich zu sehr für Stop Killing Flowers engagiere. Er würde lieber tanzen gehen, als Leben zu retten.«

Ich sah Richard erstaunt an. Wollte er sich über mich lustig machen? »Na schön, ich nehme den Namen nicht mehr in den Mund. Erzähl mir einfach, was bei Stop Killing Flowers los ist.«

»Sie reden die meiste Zeit Spanisch, das macht die Sache schwierig. Aber nach allem, was Che mir auf japanisch gesagt hat, wird sich bald was wirklich Wichtiges tun. Etwas, das zu dieser Jahreszeit garantiert Schlagzeilen macht.« Richard schwieg eine Weile, um mich weiter auf die Folter zu spannen.

»Du meinst wegen der Kirschblüte?«

»Genau.«

»Ich bin grundsätzlich auf der Seite der Blumenarbeiter. Ich hoffe nur, daß Che nichts zu Extremes vorhat.«

Richard hob die Augenbrauen. »Nun, die Demonstrationen in letzter Zeit haben auch schon Aufmerksamkeit in der Presse erregt, aber die Importe sind nicht eingestellt worden. Also wird's diesmal was Größeres. Das kommt in die Sonntagabendnachrichten, da bin ich mir sicher.«

»Die Polizei sollte davon erfahren. Wenn Lieutenant Hata in der Nähe wäre, könnten wir sichergehen, daß dir nichts passiert und du nicht festgenommen wirst ...« Ich war so aufgeregt, daß mir die Kaffeedose von dem Knie rutschte, auf dem ich sie balanciert hatte, und sich eine hellbraune Pfütze auf dem Boden ausbreitete.

»Halt du dich da raus.« Richard nahm einen Stapel Papiertaschentücher und drückte ihn auf den Teppichboden. »Daß du mich immer bemuttern mußt! Ich hätte dir's ja erzählt, aber jetzt, wo du deinen Lieblingspolizisten in die Sache mit reinziehen willst, mag ich nicht mehr.«

Bemuttern! Das war wirklich eine Unverschämtheit. Ich mußte mich zusammenreißen, um nicht laut zu werden. »Vielleicht solltest du dir mal überlegen, daß deine neuen Freunde möglicherweise diejenigen sind, die vorgestern nacht beinahe Mr. Ishida und Takeo umgebracht hätten. Oder hast du am Schluß selber mitgemacht? Wirklich toll. Bist du vom Englischlehrer zum gedungenen Mörder avanciert?«

»Wir haben von dem Unfall gehört, aber wir waren es nicht. Che hat mir gestern abend davon erzählt. Wieso sollten wir jemanden verletzen wollen, der die Gruppe unterstützt?« fragte Richard.

»Heißt das, daß Takeo die Gruppe wirklich unterstützt?«

»Nun, er hat ein paar Dollar gespendet, aber selber will er nicht mitmachen. Che hat mir gesagt, Takeo kann nicht, weil er auf seine Familie Rücksicht nehmen muß.«

Ich fragte Richard, ob Takeo Kayama auch an der Sache am Sonntag teilnehmen würde.

»Natürlich nicht«, sagte Richard selbstgefällig. »Solche Dinge werden nur von den richtigen Mitgliedern geplant.«

»Verstehe.« Richard war nicht bereit, mir zu sagen, was er wußte. Das bedeutete, daß ich meinen besten Freund verloren hatte. Offenbar wirkte ich niedergeschlagen, denn Richard nahm meine Hand und drückte sie kurz.

»Ich weiß, daß du mich immer für einen Volltrottel ohne Ehrgeiz und soziales Gewissen gehalten hast«, sagte er. »Das hat sich geändert, seit ich bei Stop Killing Flowers bin. Aber weil du so versessen zu sein scheinst, der Polizei alles zu erzählen, sage ich dir nichts mehr. Jedenfalls nichts, was mit Umweltschutz zu tun hat.«

»Paß auf dich auf.« Ich sah das herzförmige Gesicht mit den ein wenig fettigen blonden Haaren ein letztes

Mal an. Mein kleiner Engel war gerade dabei, sich in einen neuen Menschen zu verwandeln. Ich mußte an den Kult denken, der Mitte der neunziger Jahre aus jungen japanischen Studenten Gasbomben werfende Wahnsinnige gemacht hatte. Bei Umweltschützern würde ich mir wenigstens keine Sorgen wegen Gas machen müssen. Das hoffte ich jedenfalls.

23

Ich joggte nach Hause und verbrachte den Rest des Morgens damit, die letzten Antragsformulare für mein Flohmarktdebüt auszufüllen. In Japan ging nichts ohne besondere Genehmigung. Dann rief ich Mr. Ishida in seinem Laden an. Nachdem er sich für meine Blumen bedankt hatte, machte er mir Vorschläge, was ich bei dem Flohmarkt vor dem Schrein anbieten sollte. Da er selbst wegen seiner Augenverletzung nicht fahren konnte, lieh er mir seinen Lieferwagen, um meine Waren zum Schrein zu bringen. Ich fuhr damit nach Hause, parkte illegal und verbrachte die folgenden beiden Stunden damit, den Wagen mit Kisten voller Porzellan zu beladen. Dann brachte ich ihn in eine ungefähr drei Kilometer entfernte Parkgarage, wo man mir viertausend Yen für einen Platz über Nacht abknöpfte.

Als ich wieder zu Hause war, merkte ich, daß ich vergessen hatte, Mr. Ishida das Foto von Takeos Mutter zu zeigen, das Takeo mir schließlich doch noch gegeben und das ich in meiner Wohnung versteckt hatte. Jetzt schob ich es in den Geldgurt, den ich am folgenden Tag auf dem Flohmarkt tragen würde. Mr. Ishida hatte mir versprochen, mich dort zu besuchen.

Mittlerweile war meine Nachmittagspost gekommen, eine Gasrechnung, die mich bedauern ließ, daß ich mein Gasöfchen an kalten Tagen immer noch benutzte, und etwas ausgesprochen Unerwartetes: ein cremefarbener, quadratischer Umschlag mit der Adresse der Kayama-Schule.

Ich öffnete den Umschlag und las die Karte, die auf der einen Seite in Englisch und auf der anderen Seite mit japanischer Kalligraphie beschriftet war.

> Der *iemoto* Masanobu Kayama würde sich freuen, Sie am Sonntag, dem 7. April, bei einem Kirschblütenfest im Garten der Steine begrüßen zu dürfen. Um Antwort wird gebeten bis zum 5. April.

Der 5. April war gestern gewesen. Mrs. Koda hätte während meines Besuchs bei ihr etwas von dem Kirschblütenfest erwähnen können, doch sie hatte es nicht getan. Vielleicht wollte sie nicht, daß ich kam. Ich mußte an das letzte Haiku denken, in dem es um die Betrachtung von Blüten, in festlicher Kleidung über toten Knochen, gegangen war. Hatte der Verfasser damit die Party der Kayamas gemeint?

Da klingelte das Telefon, und zu meiner Überraschung meldete sich Tante Norie.

»Rei-*chan*, es tut mir leid, daß ich erst jetzt auf deinen Anruf antworte. Wie geht es dir?«

»Sehr gut, danke. Ich muß mich für das entschuldigen, was zwischen uns vorgefallen ist.«

»Keine Ursache«, sagte Norie kurz angebunden. »Ich wollte dir nur alles Gute wünschen und dich fragen, ob du etwas Anständiges anzuziehen hast für das Kirschblütenfest. Es findet im Garten der Steine statt, dem Landhaus der Kayamas.«

»Hast du die Einladung heute bekommen?« fragte ich, weil ich vermutete, daß sie bei ihr ebenfalls mit der

Nachmittagspost eingetroffen war. »Findest du es nicht auch merkwürdig, daß die Party schon morgen sein soll?«

»Ja, das ist sehr kurzfristig, aber vielleicht liegt das daran, daß man schwer voraussagen kann, wann die Kirschblüten am schönsten sind. Auf Izu ist das Wetter immer ein bißchen anders als auf dem Festland.«

»Izu ist doch ewig weit weg. Meinst du, das lohnt sich?«

»Jetzt, wo Hiroshi wieder da ist, fährt er uns sicher gerne hin. Glaub mir, du solltest dir das Haus der Kayamas wirklich ansehen.«

»Ich finde, wir sollten nicht hinfahren. Ich habe schon wieder ein Haiku bekommen, und das scheint sich eindeutig auf ein Fest zu beziehen. Ich halte das für ein schlechtes Omen.«

Tante Norie schwieg. Wahrscheinlich kämpfte sie mit sich, ob sie mich nach dem Inhalt des Haiku fragen sollte. Aber sie tat es nicht. Statt dessen sagte sie: »Wenn ich nicht zu dem Fest erscheine, vermuten die anderen Frauen womöglich, man hätte mich aus der Schule geworfen. Das lasse ich nicht zu.«

Tja, der alte Stolz der Shimuras. Der war einem nicht immer zuträglich, aber allein würde ich sie keinesfalls fahren lassen.

»Na schön«, sagte ich.

»Gut. Jetzt müssen wir uns nur noch darüber unterhalten, was du tragen wirst. Ich kann dir einen Kimono leihen, der für mich zu mädchenhaft ist. Hast du ein Paar passende *zōri* für deine großen Füße? Und *tabi* für drunter?«

»Ich habe meinen eigenen Kimono ... Hältst du es wirklich für eine gute Idee, wenn Onkel Hiroshi uns begleitet? Er findet das vielleicht langweilig.« Mir wäre es lieber gewesen, wenn Tom mitgekommen wäre, denn der war jünger und kräftiger, falls es tatsächlich Probleme gab.

»Dein Onkel freut sich schon auf das Fest, weil er in den letzten Jahren nie daran teilnehmen konnte. Tsutomu kommt auch mit, weil ich ihn den Töchtern der anderen Lehrerinnen vorstellen möchte. Ich habe bereits geantwortet, daß wir alle erscheinen werden, Hiroshi, Tsutomu, du und ich – die ganze Shimura-Familie!«

Wieder einmal hatte Norie mich zu etwas überredet, das ich eigentlich nicht tun wollte. Jetzt war ich hin und her gerissen. Ich wäre lieber in Tokio geblieben und Richard zu seinem Treffen mit der Stop-Killing-Flowers-Gruppe nachgeschlichen, aber ich mußte auch meine Tante beschützen. Es wäre allerdings auch möglich, daß meine Tante und Richard sich am selben Ort aufhalten würden, nämlich auf dem Anwesen der Kayamas, dem Garten der Steine.

Darüber dachte ich nach, während ich die Kommode öffnete, in der ich meine alten Kimonos aufbewahrte. Ich besaß mehr als zwanzig Stück, alle nicht nach modischen Gesichtspunkten ausgewählt, sondern wegen ihres kunsthandwerklichen Werts. Einige davon waren mit einer besonderen Batiktechnik hergestellt, andere mit zarten organischen Farben gefärbt. Die meisten allerdings waren für die Kayamas nicht festlich genug. Ich holte Schicht um Schicht Seide aus der Kommode und reduzierte die Auswahl, bis nur noch ein paar Kimonos in zarten Frühlingsfarben vor mir lagen.

Ich probierte die Kimonos über der Pyjamahose an, die ich bereits trug. Das Fest würde am Abend stattfinden, also wollte ich sicher sein, daß die Farbe des Kimono leuchtend genug war, um in der Dunkelheit nicht unterzugehen.

Ich hatte mich gerade für einen zartrosafarbenen Kimono mit kleinen grünen Blättern entschieden und wollte ausprobieren, welcher *obi* am besten dazu paßte, als es klingelte. Ich schob den Papierschirm am Fenster ein wenig beiseite. Wer vor der Tür stand, konnte ich nicht sehen, aber ich erkannte den Range Rover, der die Straße blockierte.

Ich hatte keine Lust, Takeo zu sehen, schon gar nicht unvollständig bekleidet wie eine Kurtisane, also rief ich ihm durch die Tür zu, er solle sich eine Minute gedulden. Dann begann ich, die Schärpe zu lockern, die ich mir um die Taille gebunden hatte, knöpfte die Bluse bis obenhin zu und strich mir die Haare glatt, bevor ich die Tür öffnete.

Doch draußen wartete nicht Takeo, sondern seine Schwester Natsumi.

»Haben Sie geschlafen?« fragte Natsumi mit einem kritischen Blick. Erst jetzt merkte ich, daß ich zu der Bluse immer noch die Pyjamahose trug, meine übliche Hauskleidung am Abend. Natsumi hingegen war in einen glänzenden Lackledermantel mit dazu passender Hose gewandet, hatte Schuhe von Gucci an den Füßen und auf dem Kopf ein schwarz-goldenes Hütchen, das ein wenig an eine Polizeimütze erinnerte. Sie sah aus wie die Angehörige einer Spezialeinheit oder eine Domina.

»Nun, man könnte sagen, ich habe mich gerade ein bißchen ausgeruht.« Ich versuchte, freundlicher zu wirken, als mir zumute war. Ich hatte nicht die geringste Lust, ihr zu erklären, daß meine legere Kleidung durchaus dem Ambiente entsprach, und ich wollte auch nicht, daß sie von meiner Kimono-Anprobe für das Fest ihrer Familie erfuhr. Ob Takeo sie geschickt hatte, weil er es leid war, sich selbst mit mir abzugeben? Um ein besseres Gefühl für die Situation zu bekommen, fragte ich: »Ist das da draußen Ihr Range Rover? Den können Sie nicht vor der Einfahrt des Nachbarn stehen lassen. Dort könnte er abgeschleppt werden.«

»Der ist vom Händler geliehen, also was soll's? Außerdem ist er größer als die meisten Abschleppwagen, wäre also nicht so leicht von der Stelle zu bewegen. Als Takeo unseren Wagen vor ein paar Tagen zu Schrott gefahren hat, mußten die Leute von der Polizei einen besonderen Abschleppwagen anfordern.«

Also wußte sie über den Unfall Bescheid, obwohl Takeo ihr nichts davon hatte erzählen wollen. War das gut oder schlecht? Ich konnte mich nicht entscheiden und sagte statt dessen zu Natsumi: »Kommen Sie doch herein.«

Nicht viele Frauen in unserem Alter haben ihre eigene Wohnung«, sagte sie, während sie aus ihren Schuhen schlüpfte. »Bekommen Sie Geld von Ihren Eltern?«

»Ich verdiene selbst genug. Und so toll ist die Wohnung auch wieder nicht.«

»Ach, sagen Sie das nicht. Wir Japaner reden die ganze Zeit so über unsere Wohnungen – angeblich sind sie schrecklich häßlich oder ärmlich –, aber diese hier ist wirklich schön. Sie haben ein gutes Auge für Innenausstattung.«

»Mit Blumen habe ich allerdings weniger Geschick«, sagte ich, als ihr Blick auf das Arrangement fiel, das ich aus den Bittersüßen Nachtschatten ihres Bruders gefertigt hatte.

»Es dauert Jahre, bis man die Kunst des Ikebana beherrscht. Schauen Sie sich doch nur Ihre Tante und deren Freundinnen an. Sie beschäftigen sich seit fast vierzig Jahren damit.«

»Und wie lange machen Sie das schon?« fragte ich, ging in die Küche und schaltete den Tauchsieder ein, um uns einen Tee zu kochen.

»Seit meinem sechzehnten Lebensjahr. Takeo mußte schon mit zehn anfangen, weil er später die Schule übernehmen wird.« Natsumis Lederhose knarrte, als sie sich auf einen der niedrigen Stühle bei der Gasheizung setzte, die rot glühte wie ein kleiner Kamin. »Ich hab' ihnen gesagt, daß es keinen Sinn hat, mich auszubilden, weil ich sowieso heiraten würde. Aber mein Vater hat mir erklärt, daß kein junger Mann aus guter Familie bereit wäre, eine Kayama zu heiraten, die keine Blumen arrangieren kann. Also hab' ich's versucht und festgestellt, daß es gar nicht so übel ist. Ich fertige hin und wieder Gestecke für Kaufhäuser, was viel mehr Spaß macht, als ständig im Kayama Kaikan zu sein.« Natsumi winkte mit ihrer schlanken Hand ab. Dabei fielen mir zum erstenmal ihre blutrot lackierten Fingernägel auf. »Für mich keinen Tee. Der schwemmt mich zu stark auf. Haben Sie auch eine Ginseng-Limonade?«

»Tut mir leid, nein. Aber ich könnte Ihnen ein Wasser oder einen Grapefruitsaft anbieten.«

»Haben Sie Evian?« Als ich den Kopf schüttelte, sagte Natsumi: »Tja, dann nehme ich lieber gar nichts. Man kann gar nicht vorsichtig genug sein.«

Zwar hatte ich mich bei Mrs. Koda ganz ähnlich verhalten wie sie, aber es ärgerte mich doch, daß Natsumi andeutete, ich könne vorhaben, sie zu vergiften. Es wäre unhöflich von mir gewesen, allein Tee zu trinken, also ließ ich meine Tasse mit dem frisch gebrühten Darjeeling auf der Arbeitsfläche stehen. Ich schob den Kimono, den ich zuvor anprobiert hatte, beiseite, und setzte mich ihr gegenüber hin. Der Seidenstoff ergoß sich auf den Boden wie ein glänzend rosa- und malvenfarbener Wasserfall.

»Treffen Sie Vorbereitungen für ein Kostümfest?« fragte Natsumi.

»Nein, eigentlich nicht«, antwortete ich und erwähnte lieber nichts von dem Kirschblütenfest ihrer Familie, weil ich fürchtete, daß sie mir dann sagen würde, der Kimono sei völlig unpassend. »Es interessiert Sie vielleicht, daß es im Victoria and Albert Museum in London voriges Jahr eine große Kimono-Ausstellung gegeben hat. Andere Kulturen scheinen alte japanische Kimonos mehr zu schätzen als die Japaner selbst.«

»Ich bin nicht hier, um mich mit Ihnen über Mode zu unterhalten«, sagte Natsumi, obwohl sie es gewesen war, die den Kimono erwähnt hatte. »Nein, ich möchte Sie, sozusagen von Frau zu Frau, vor meinem Bruder warnen.«

»Wieso das denn?« Offenbar wußte sie, daß ich ein paar Tage zuvor ganz allein mit ihm in seinem Büro gewesen war.

»Ich fürchte, er könnte Ihre Gefühle verletzen. Er würde ein bißchen mit Ihnen spielen, aber etwas Ernsteres könnte sich daraus nie entwickeln.«

Ich spürte, wie ich rot wurde. Also wußte sie Bescheid. Mein Gott, wie peinlich.

»Nun, ich begreife durchaus, warum Sie ihn so attraktiv finden. Er ist unverheiratet, reich und genau im richtigen Alter, während Sie nicht jünger werden.« Natsumis spöttischer Gesichtsausdruck unter ihrem militärisch anmutenden Hütchen erinnerte mich an den unfreundlichsten Polizeichef, mit dem ich es in Japan zu tun gehabt hatte.

»Ich bin im selben Alter wie Sie und Takeo. Außerdem glaube ich, daß wir auf dem Heiratsmarkt vergleichbare Chancen haben. Und wenn ich Ihnen das auch noch sagen darf: Ich habe es nicht auf Ihren Bruder abgesehen.«

»Wie können Sie es wagen, mich so anzulügen?« Natsumis Stimme wurde lauter.

Sie erwartete also von mir, daß ich mich tief vor ihr verneigte und sie um Verständnis bat. Aber selbst die Höflichkeit gegenüber Gästen hatte ihre Grenzen.

»Takeo ist Ihr Bruder, nicht Ihr Mann«, sagte ich. »Er betrügt Sie nicht, wenn er sich hin und wieder mit einer anderen Frau unterhält. Das bedeutet nicht, daß er Sie deswegen weniger liebt.«

»Was wissen Sie schon von Liebe oder Familie? Sie leben ja nicht einmal bei Ihren Eltern, wahrscheinlich, weil die Sie rausgeworfen haben! Ja, Sie und Ihre Tante, Sie sind aus demselben Holz geschnitzt.« Natsumi saß jetzt kerzengerade auf ihrem Stuhl und sah mich haßerfüllt an.

»Meine Tante wurde nicht von ihrer Familie verstoßen«, sagte ich. »Und es dürfte Sie interessieren, daß Norie und ich keine Blutsverwandten sind. Ihr Mann ist der Bruder meines Vaters.«

»Nur weil sie einen japanischen Vater haben, sind Sie noch lange keine Japanerin. Mein Vater würde Sie nie akzeptieren, was bedeutet, daß Takeo Sie nie heiratet.«

Ich atmete tief durch. »Sie sind die einzige, die die ganze Zeit ans Heiraten denkt. Ich habe wirklich andere Dinge zu tun.«

»Tja, dann konzentrieren Sie sich lieber wieder auf Ihren Beruf. Hören Sie auf mit Ihren dilettantischen Ikebana-Bemühungen. Sie haben recht: Dafür haben Sie tatsächlich keine Begabung! Manche Leute haben das Talent, andere eben nicht. Und Sie würden's auch nicht lernen, wenn Sie sich jeden Tag damit beschäftigten.«

Während Natsumi mich beschimpfte, lauschte ich mit einem Ohr auf den Lärm, der plötzlich vor meinem Haus herrschte. Ich ging zum Fenster und schob die *shoji* beiseite, um hinauszuschauen. Dann gesellte ich mich wieder zu Natsumi.

»Sind Sie sicher, daß Sie keinen Tee wollen? Sie haben doch bestimmt einen ganz trockenen Mund.«

»Nein danke, den haben Sie wahrscheinlich vergiftet! Sie wissen ja offensichtlich ganz genau, wie's geht. Im Mitsutan haben Sie auch eine ganz schöne Show abgezogen. Koda-san und meinen Bruder konnten Sie damit vielleicht hinters Licht führen, aber bei mir wird Ihnen das nicht gelingen!« Natsumi sprang von ihrem Stuhl auf und stieß dabei mit dem Bein gegen die Gasheizung. Sie fluchte, und schon breitete sich ein beißender Geruch im Raum aus.

»Alles in Ordnung? Ich möchte nicht, daß Sie mir hier in Flammen aufgehen«, sagte ich.

»Ich schmelze!« kreischte Natsumi und schüttelte entsetzt ihr kunstlederbekleidetes Bein aus. Ich sah mir die Hose genauer an, konnte aber nirgends Brandmale entdecken, und mußte schließlich lachen.

»Sie sind eben einfach eine ziemlich heiße Nummer, Natsumi-san.«

Da bedachte sie mich mit einem wütenden Blick, stürmte an mir vorbei, quetschte sich in ihre engen

Schuhe und schlug die Tür hinter sich zu. Ich trat wieder ans Fenster und konnte hinter der *shoji* seelenruhig dabei zusehen, wie Mr. Wakas Bruder mit seinem großen Laster begann, den Range Rover abzuschleppen. Natsumi stieß einen Schrei aus, doch Mr. Waka hielt nicht an, und Natsumi stolperte ihm auf ihren hochhackigen Schuhen hinterher, Verwünschungen ausstoßend, die ich aus dem Mund der Erbin eines Blumenimperiums nicht erwartet hätte.

»Mein Bruder hat den Range Rover zu seinem Parkplatz gebracht. Diese unfreundliche kleine Prinzessin wird vierzigtausend Yen zahlen müssen, wenn sie ihn wiederhaben will«, sagte Mr. Waka, als ich eine Stunde später seinen Family Mart betrat.

»Woher wußten Sie, daß ich Besuch von Natsumi Kayama hatte?«

»Sie hat Zigaretten bei mir gekauft und sich nach Ihrer Adresse erkundigt. Sie hatte die Gebäudenummer, kannte sich aber nicht aus.«

»Und dann haben Sie ihr Ihren Bruder mit dem Abschleppwagen auf den Hals gehetzt?«

»Nein, nein. Ich habe sie nur gewarnt und ihr erzählt, daß erst kürzlich ein ganz ähnlicher Wagen in einen Unfall verwickelt war. Ich habe ihr gesagt, daß in Ihrer Straße kein Platz für einen Range Rover ist, aber sie hat mir erklärt, daß ich mich nicht in ihre Angelegenheiten einmischen soll. Tja, da habe ich Yuji angerufen, und nun ...« Er kicherte fröhlich vor sich hin. »Mein Bruder meint, die Nachbarschaftsvereinigung hat kein Verständnis für unrechtmäßig abgestellte Fahrzeuge. Da hat das Schicksal eben seinen Lauf genommen.«

»Ich hoffe nur, daß sie sich nicht an uns rächt.«

»Ja, diese junge Dame kann unangenehm werden.« Er wandte sich von mir ab, als ein Kunde mittleren Alters an seinen Tresen trat und um einen Becher *oden* bat, jenen ständig vor sich hinköchelnden Fischeintopf, für den der Family Mart bekannt war. Mr. Waka erfüllte seinen Wunsch mit einem Lächeln und einer Bemerkung darüber, wie freundlich der Sohn des Kunden am Vortag gewesen war. Als der Mann dann wieder ging, wandte Mr. Waka sich erneut unserem Gespräch zu. »Vielleicht hat Natsumi Kayama Sakura Sato umgebracht. Sie war an dem Abend, an dem es passiert ist, in der Schule und ebenfalls anwesend, als der Giftanschlag auf Sie verübt wurde.«

»Woher wissen Sie das alles? Ich habe Ihnen nichts davon erzählt.«

»Ihre Tante hat es mir gesagt, als sie die Eier bei mir gekauft hat. Deshalb wollte sie ja nur die frischesten Sachen für Sie.«

»Bitte erzählen Sie niemandem sonst von dem Giftanschlag.«

»Warum? Falls Ihnen wieder etwas zustoßen sollte, könnte ich aussagen. Ich kann es außerdem nicht zulassen, daß ein Mörder ungeschoren davonkommt.«

»Die Polizei ist bereits über alles informiert. Mir wäre es lieber, Sie würden es nicht weitererzählen, weil das den Kayamas noch mehr schaden könnte.«

»Seit wann machen Sie sich denn über die Gedanken?« fragte Mr. Waka.

»Das tue ich nicht.« Ich trat unruhig vom einen Fuß auf den anderen. »Aber die Schule hat schon genug Probleme durch den Mord und die Umweltschützer.«

»Und durch eine Tochter, die sich nicht an die Verkehrsregeln hält. Vermutlich schämt sich der *iemoto* für sie«, sagte Mr. Waka. »Ich frage mich, wann er sie aus dem Familienbuch entfernen läßt.«

»Bringen Sie mich nicht zum Lachen«, sagte ich zu Mr. Waka. »Ich habe an diesem verrückten Nachmittag schon zu viel gelacht.«

»Lachen ist gesund, genau wie dieser neue Kaugummi von Lotte! Der Geschmack ist eine Mischung aus Kirschblüten und Johanniskraut; er hilft sogar gegen Depressionen. Darf ich Ihnen einen anbieten?«

Sobald ich den Family Mart verlassen hatte, spuckte ich den Kaugummi in sein Papierchen und sah mich nach einem Abfallkorb um. In der Nähe des Parks fand ich schließlich einen.

»O-neesan.« Ein Arbeiter, der seinen Rausch vom Kirschblütenfest auf einer Decke unter einem Baum ausschlief, nannte mich »Schwester«, ein Ausdruck, den Männer gern verwendeten, wenn sie junge Frauen anmachten. »Komm, trink ein Bier mit mir. Ich hab' den Eindruck, daß du ein Nickerchen vertragen könntest – ha ha.«

»Ja, genau, ruh dich ein bißchen bei uns aus!«

Ich wußte, daß der Arbeiter und die anderen Männer hier harmlos waren. Ihnen war lediglich aufgefallen, was ich beim Verlassen meiner Wohnung völlig vergessen hatte, daß ich nämlich immer noch meine Pyjamahose trug. Ich betrachtete das ausgewaschene grün-rosafarbene Karomuster der Hose und fragte mich, warum Mr. Waka nichts gesagt hatte.

Mir blieb nichts anderes übrig, als das Kinn stolz in die Höhe zu recken und in der Art von Natsumi Kayama an den Männern vorbeizustolzieren. Ihr Lachen folgte mir wie der Dampf aus Mr. Wakas *oden*-Topf.

Am liebsten wäre ich gelaufen, aber das hätte nur noch mehr Gelächter zur Folge gehabt, also schlenderte ich so gelassen wie möglich am Yanaka Tea Shop vorbei und schaute in der Hoffnung hinein, weder Richard noch sonst jemanden darin zu entdecken, den ich kannte. Er war tatsächlich nicht da, doch ein paar Schulmädchen deuteten kichernd auf meine Hose. Ich nickte ihnen zu und ging weiter in Richtung meiner Wohnung. Drinnen angekommen, verschloß ich die Tür und sank sofort auf einen Stuhl. Ein bißchen später schenkte ich mir ein Bier ein und begoß damit das Ende eines ziemlich üblen Tages.

24

Am Sonntagmorgen fuhr ich mit dem vollbeladenen Wagen von Mr. Ishida zum Togo-Schrein und stellte fest, daß man mir einen Platz gleich beim Ausgang zugewiesen hatte. Nur wenige der Händler unterhielten sich mit mir, und die meisten Privatinteressenten hatten ihr Geld bereits ausgegeben, wenn sie schließlich bei mir vorbeikamen. Kaum jemand blieb vor meinen Waren stehen, und nach zwei Stunden hatte ich erst zwanzigtausend Yen eingenommen, ungefähr einhundertsechzig Dollar. Um neun Uhr, als ich mein Geld zählte, fiel mir ein alter Mann mit Augenklappe auf. »Mr. Ishida!« rief ich, und er drehte sich um.

»Ich habe nach Ihnen gesucht, aber im Moment steht mir nur ein Auge zur Verfügung, mit dem ich mich umsehen kann«, entschuldigte er sich. Wie wir so neben den beiden blau-weißen *hibachi* standen, wirkten wir vermutlich ein bißchen wie alte Dorfbewohner, die miteinander plauderten.

»Wie geht's Ihrem Auge?« erkundigte ich mich.

»Ich habe immer noch Kopfschmerzen, und ich sehe verschwommen. Die Ärzte meinen, es dauert eine Weile, bis alles wieder in Ordnung ist.« Dann senkte er die Stimme, damit die Händler neben mir ihn nicht verstehen konnten. »Ich habe Ihnen den Wagen geliehen, weil ich wollte, daß Sie hier Erfolg haben, aber jetzt frage ich mich, ob das eine so gute Idee war. Es ist traurig, eine richtige Antiquitätenhändlerin auf einer Plane sitzen und ihre Waren feilbieten zu sehen. Vielleicht hätten Sie jemand anders bitten sollen, für Sie hierher zu kommen. Was ist mit Ihrem Freund Richard Randall?«

»Richard kauft lieber ein als zu verkaufen«, sagte ich, weil ich nicht erzählen wollte, wie kompliziert unser Verhältnis in letzter Zeit geworden war. »Setzen Sie sich doch einen Augenblick. Ich würde Ihnen gern etwas zeigen.« Dann öffnete ich den Reißverschluß meines Geldgurtes und holte das Foto von Takeos Mutter heraus. »Versuchen Sie sich vorzustellen, wie diese Frau zwanzig Jahre später ausgesehen hätte. Glauben Sie, das könnte dieselbe Person sein, die bei Ihnen im Laden gewesen ist?«

Mr. Ishida betrachtete das Bild eine ganze Weile und hielt es sich immer wieder ganz nahe vors Gesicht. »Der Kimono ist der gleiche, aber ansonsten bin ich mir nicht sicher. Die junge Frau hier ist so hübsch. Ich glaube nicht, daß sie später wie eine typische Frau mittleren Alters aussehen würde.«

»Gut, dann zum nächsten Foto.« Ich wühlte in meinem Rucksack herum und holte schließlich eine Broschüre der Kayama-Schule heraus, die man mir zu Beginn meines Kurses gegeben hatte. In der Broschüre befand sich ein Foto von Sakura, die gerade Blumen schnitt, darunter der Text: »Eine Ikebana-Meisterin teilt ihr Wissen.«

Mr. Ishida verfuhr mit der Broschüre genauso wie zuvor mit dem Bild von Takeos Mutter. Sein Gesicht war ausdruckslos, doch dann nickte er. »Das könnte die Frau sein, die bei mir war, aber mit letzter Sicherheit kann ich das nicht sagen. Im Moment sehe ich nicht so gut. Wenn ich mir das Bild anschaue, schmerzt mein Auge.«

»Das tut mir leid. Ich verlange wirklich zu viel von Ihnen!« Voller Schuldgefühle legte ich Foto und Broschüre weg.

»Nun, eigentlich ist mein Auge müde von einigen konzentrierten Studien, die ich vor einer halben Stunde unternommen habe«, sagte er. »Gleich um die Ecke, wo die besseren Händler sind, wurde ein Teller verkauft, der Ihren Imari-Tellern verblüffend ähnlich war.«

»Ach, tatsächlich?« Wenn ich doch nicht hier hätte sitzen müssen und mich selbst ein bißchen hätte umsehen können. »Die Händlerin wollte fünftausend Yen dafür. Sie wußte nicht, was der Teller wert ist, und natürlich hatte sie nur den einen.«

»Was für ein Geschäft«, sagte ich mit düsterer Miene.

»Wenn Sie zehn Teller statt neun verkaufen könnten, wären die mehr wert. So ein Set würde möglicherweise einhundertfünfzig oder sogar einhundertsechzigtausend Yen bringen«, meinte Mr. Ishida.

»Aber der Teller ist ja schon verkauft.«

»Ja, an mich.« Mr. Ishida streckte mir eine Einkaufstüte hin. »Würden Sie ihn gern sehen?«

Der Teller war perfekt, die blau-weiße Glasur genauso cremig wie auf den meinen, und die grünen, roten und goldenen Darstellungen von Vögeln, Schmetterlingen und Bambuspflanzen befanden sich genau an den richtigen Stellen.

»Würden Sie mir den Teller verkaufen?« fragte ich. »Da Sie ihn aufgespürt haben, wäre ich gern bereit, Ihnen mehr zu zahlen, als Sie dafür ausgegeben haben.«

»Ach, ich bin mit dem zufrieden, was ich bezahlt habe. Viertausend Yen.«

»Aber ich dachte, der Teller kostete fünftausend Yen.«

»Nun, ich habe ein bißchen gehandelt.« Mr. Ishida hob warnend den Finger. »Darum will ich nicht, daß Sie hier auf diesem Markt verkaufen. Die Käufer können zu leicht handeln, und die Verkäufer machen kaum Gewinn.«

Ich wickelte meinen wunderbaren neuen Teller vorsichtig in Zeitungspapier und legte ihn sicherheitshalber in den Lieferwagen. Wahrscheinlich würde ich das Set mit zehn Tellern ein paar Tage später zu einem sehr viel besseren Preis als hier auf dem Flohmarkt an einen richtigen Antiquitätenhändler verkaufen können. Mr. Ishida paßte auf meine Sachen auf, während ich zum Wagen und hinterher zur Toilette ging und mir schließlich noch eine schnelle Tasse Kaffee sowie eine Schokoladencrêpe bei einem Straßenverkäufer in Harajuku gönnte.

Als ich wieder an meinem Platz war, bedankte ich mich bei Mr. Ishida, und er kehrte nach Hause zurück, um sich auszuruhen. Ich hingegen beobachtete die Leute rund um mich herum, und wieder einmal wurde mir klar, wie sehr ich es haßte, an einem Ort bleiben zu müssen. In der folgenden Stunde war mein einziger Kunde eine Hausfrau, die drei blau-weiße Untertassen erwarb, weil diese ihrer Aussage nach zu denen paßten, die sie bereits zu Hause hatte. »Jetzt haben Sie ein vollständiges Set mit fünf Teilen«, sagte ich und dachte dabei an meine eigenen guten Verkaufsaussichten für das Set mit zehn Tellern.

Dieser Gedanke lenkte mich jedoch nur kurz von meinen Überlegungen ab, was im Verlauf des Tages womöglich noch passieren würde. Was, so fragte ich mich, hatte Che wohl vor? Womit wollte er ganz Tokio erschüttern? Wenn es sich um etwas wirklich Schreckliches handelte, würde ich mich dann zur Komplizin machen, weil ich Lieutenant Hata nichts gesagt hatte?

Ich schreckte aus meinen Gedanken hoch, als ein kleiner Fuß auf meine Plane gerutscht kam, dem ein kleiner blonder Junge folgte. »Au!« schrie er, als er inmitten meiner Sachen landete, und brach in Tränen aus. Zum Glück hatte es nicht meine *soba*-Tassen erwischt, sondern die alten Körbe.

»Alles in Ordnung, Kleiner?« fragte ich den Jungen. Das fiel mir angesichts der Tatsache, daß er fast meine Sachen kaputt gemacht hätte, gar nicht so leicht. »Wo ist denn deine Mutter?«

»Mami hat zu tun. Onkel Richard hat mich verloren!« jammerte der Junge. Jetzt sah ich ihn mir genauer an, das *Doraemon*-Sweatshirt und die blaßblauen Augen. Ich erkannte in ihm Lila Braithwaites mittleren Sohn, der seinerzeit bei meinem Besuch versucht hatte, seiner Schwester mit der Spielzeugschere die Haare zu schneiden. Und mit »Onkel Richard« meinte er ganz offensichtlich meinen Richard, den Öko-Terroristen in spe.

»Du heißt doch Donald, stimmt's?« fragte ich ihn. Es grenzte schon fast an ein Wunder, daß er ausgerechnet in mein Warenangebot gepurzelt war.

»Nein, David!« verbesserte mich der Junge.

»Na schön, dann also David. Ist Onkel Richard hier mit dir auf den Flohmarkt gekommen?«

Er nickte und weinte noch mehr. Ich spielte mit dem Gedanken, ihn tröstend in den Arm zu nehmen, hatte aber wegen seiner laufenden Nase keine rechte Lust dazu. Statt dessen reichte ich ihm den Rest meiner Schokoladencrêpe. Er steckte ihn in den Mund.

Tja, da stand ich nun also ganz allein mit dem schokoladen-rotzverschmierten Jungen. Jetzt sah ich ein, daß meine Kritik an Lila, die auch einmal von den drei Kindern frei haben wollte, nicht fair gewesen war. Ich kam ja schon mit einem einzigen nicht sonderlich gut zurecht. Es gab nur eine Lösung: Den Jungen so schnell wie möglich zu Richard zurückzubringen.

»Entschuldigung, aber könnten Sie bitte eine Weile auf meine Sachen aufpassen? Es steht überall der Preis dran, und wenn jemand einen Nachlaß will, können Sie zehn Prozent geben«, sagte ich hastig zu dem Händler mittleren Alters, der mich hinter seinem eigenen Angebot erotischer Karikaturen aus dem neunzehnten Jahrhundert schon den ganzen Morgen mit grimmigem Blick gemustert hatte.

»Nein, das könnte ich nicht«, sagte er und schaute noch grimmiger. »Sie sollten Ihre Kinder zu Hause lassen und nicht hier auf den Flohmarkt mitnehmen.«

»Er ist nicht mein Kind!« Es bestand keinerlei Ähnlichkeit zwischen dem rotzverschmierten David und mir, das hoffte ich zumindest.

»Wenn er nicht Ihnen gehört, sollten Sie ihn zur Polizei bringen.« Der Mann wandte sich von mir ab und wieder seinen Erotica zu.

»Tja, dann müssen wir eben zusammenarbeiten«, erklärte ich David. »Magst du Körbe?«

David hängte sich all die Körbe an den Arm oder stellte sie sich auf den Kopf. Jetzt, da ich einen kleinen ausländischen Jungen bei mir hatte, blieben mehr Leute stehen, um zu schauen, und ich verkaufte sogar einen der mit Rotz bekleckerten Körbe, obwohl David zu heulen anfing, als er sich davon trennen mußte. Allmählich legte sich meine Verärgerung. Eigentlich war es noch ein Glück gewesen, daß David Braithwaite über jemanden gestolpert war, der ihn kannte, und nicht über einen Händler, der kein Englisch konnte. Während der folgenden Stunde hielt ich die ganze Zeit nach Richard und Lila Ausschau. Ohne Erfolg.

Um ein Uhr schließlich ließ das Geschäft nach, und ich kam zu dem Schluß, daß es wichtiger war, David zurückzubringen, als vielleicht noch ein paar Tausend Yen zu verdienen. Also band ich eine Kimonokordel an mein und an Davids Handgelenk, um ihn nicht zu verlieren, während ich immer wieder Porzellan zu dem ganz in der Nähe geparkten Lieferwagen brachte. Manche Leute empfanden diese Methode vielleicht als unmenschlich, aber David gefiel sie, als ich ihm erklärte, wir spielten Hund und Herrchen.

Dann gingen wir auf der Suche nach Davids Familie zweimal den ganzen Flohmarkt ab. Ich fragte alle Händler, ob sie einen kleinen blonden Mann mit zwei Kindern gesehen hätten. Schließlich hatte ich bei einer Frau gleich am Eingang Glück.

»Ein süßer blonder Engel in schwarzem Leder? Er hat einen Kinderwagen mit einem kleinen Mädchen geschoben, und bei ihm war auch noch ein Junge. Er hat mich gefragt, ob ich einen kleinen Jungen wie den da gesehen habe.« Dabei nickte sie mit dem Kopf in Richtung David.

»Wo sind sie hingegangen?« fragte ich.

»Durch den Markt und dann wieder zurück. Irgendwann haben sie dann die Straße überquert und sind zu einem Polizisten.«

»Bestens.« Ich ging mit David zu dem Polizisten in seinem Wachhäuschen, wo Richard den Jungen tatsächlich vermißt gemeldet hatte. Der Polizist sah sich David genau an, während ich ihm erklärte, daß ich das Kind, seine Mutter und seinen Onkel kannte. Offenbar sehr erleichtert, schlug er mir vor, den Jungen doch gleich nach Roppongi Hills zu bringen. Mir erschien das ziemlich leichtgläubig, aber vielleicht hatte der Mann ja auch nur Angst, mit dem kläffenden und jaulenden David allein bleiben zu müssen.

Als ich David schließlich auf dem Rücksitz des Lieferwagens angeschnallt hatte – Kindersitz hatte ich keinen, also hoffte ich, daß ich keinen Unfall bauen würde –, bellte und japste er immer noch wie ein kleiner Hund.

»Du wirst wahrscheinlich der erste Hund sein, der in Roppongi Hills wohnen darf«, sagte ich fröhlich, als ich losfuhr. Falls Lila nicht zu Hause war, würde sich sicher Mr. Oi, der Portier der Anlage, um den Jungen kümmern.

»Mami sagt, Hunde sind schmutzig.«

»Tja, im Vergleich zu dir hübschem kleinem Cockerspaniel würden andere Hunde natürlich schlecht abschneiden.«

»Nein, Dobermann!« kreischte David. »David ist ein Dobermann!«

Ich stellte den Lieferwagen vor Roppongi Hills in der zweiten Reihe ab und ging, David an der Hand, hinein.

Mr. Oi wirkte ziemlich erstaunt, als er mich mit meinem neuen Freund sah. »Mrs. Braithwaite ist zu Hause. Vermutlich weiß sie noch gar nichts davon, daß David verloren gegangen ist. Mr. Braithwaite ist diese Woche in Kanada, und so muß sie sich ganz allein um die Kinder kümmern.«

»Daß das nicht ganz leicht ist, habe ich schon letztes Mal gemerkt. Drei von der Sorte sind eine ziemliche Herausforderung.«

»Nun, wahrscheinlich hat sie sich auf ein bißchen Ruhe gefreut, aber ich würde trotzdem vorschlagen, daß wir ihr von David-*chans* Rückkehr berichten«, sagte Mr. Oi und betätigte die Gegensprechanlage. Um David das Warten zu versüßen, gab er ihm einen Lutscher in Form einer Kirschblüte.

»Es antwortet niemand«, sagte Mr. Oi sichtlich erstaunt. »Ich kann mir das nur so erklären, daß sie telefoniert und deshalb keine Zeit hat, auf die Gegensprechanlage zu reagieren. Zu Hause ist sie jedenfalls, denn ich habe vor kurzem einen Gast zu ihr hinauf gelassen.«

»Meinen Sie, ich sollte einfach hinaufgehen und klopfen?«

»Ja, bitte, tun Sie das, Miss Shimura. Wenn sie nicht reagieren sollte, können Sie ja mit dem Kind wieder zu mir kommen. Ich hätte hier einen kleinen tragbaren Fernseher, um den Jungen zu beschäftigen.«

»David will *Doraemon*-Film sehen!« erklärte mein Schützling, als ich mit ihm zum Aufzug ging.

Während der Fahrt nach oben begutachtete ich uns in den verspiegelten Wänden und brachte unser beider Aussehen ein wenig in Ordnung. Bei der letzten Fahrt in diesem Aufzug hatte ich in dem Spiegel noch Erinnerungen an Hugh gesucht. Doch diesmal war es anders. Meine romantischen Gefühle ihm gegenüber hatten sich verflüchtigt.

Wann war diese Veränderung mit mir vorgegangen? Irgendwann zwischen dem Abend im Salsa Salsa und unserem unbeholfenen Zusammensein in Takeos Büro, als ich seinen Atem an meinem Hals gespürt hatte. Ja, ich war tatsächlich verliebt, allerdings in jemanden, den ich bei unserem letzten Treffen vor den Kopf gestoßen hatte. Vermutlich würde er noch niedergeschlagener sein, wenn ich ihm erzählte, daß die Person, die die Kayama-Keramiken verkauft hatte, nicht seine Mutter gewesen war, sondern höchstwahrscheinlich Sakura. Denn das bedeutete für ihn das Ende eines langgehegten Traumes.

David hüpfte zu seiner Tür im sechsten Stock, und ich beeilte mich, ihn einzuholen. Ich drückte auf die Klingel. Als Lila nicht reagierte, klingelte ich nach einer Minute noch einmal.

Da bekam ich es allmählich mit der Angst zu tun. Mr. Oi war sich ganz sicher gewesen, daß Lila sich in ihrer Wohnung aufhielt, und wenn sie nun nicht reagierte, bedeutete das vielleicht, daß sie verletzt war. Oder gar tot, dachte ich mit einem leichten Frösteln.

»David muß pinkeln!« David preßte die Hände gegen die Vorderseite seiner Hose.

»Ein bißchen mußt du dich noch gedulden«, sagte ich und wußte in dem Augenblick nicht so recht, was schlimmer wäre: eine tote Lila Braithwaite oder David, der auf den cremefarbenen Teppich im Flur pinkelte. Jedenfalls trug David keine Windeln, das hatte ich gemerkt, als ich ihn auf den Rücksitz von Mr. Ishidas Lieferwagen hievte.

Also klopfte ich laut und rief dabei Lilas Namen. Davids Jammern wurde immer dringlicher. Jetzt blieb mir nur noch eins, mein Schlüsselring. Hugh hatte nie den Schlüssel zu unserer gemeinsamen Wohnung zurückverlangt, und es bestand die geringe Möglichkeit, daß er in das Schloß von Lilas Tür paßte. Ich holte ihn aus meinem Rucksack und steckte ihn ins Schloß, doch er ließ sich nicht herumdrehen. Aber der Druck, den ich ausübte, bewegte die Tür. Sie war überhaupt nicht verschlossen gewesen.

David rannte sofort in Richtung Toilette. Ich konnte nur hoffen, daß er meine Hilfe dort nicht brauchte. Die Wohnung war wieder voller Kinderspielsachen, wie schon beim ersten Mal. Auf dem Beistelltisch stand ein wunderbares Blumengesteck mit himmelwärts gerichteten Kirschblütenzweigen, über die kunstvoll Gaze drapiert war. Das sah mir sehr nach Kayama-Schule aus. Ich ging auf der Suche nach Lila in die Küche. Dort entdeckte ich eine Flasche Champagner und zwei Gläser. Offenbar wollte sie damit ihren Mann zu Hause begrüßen. Dann warf ich einen Blick in die Kinderzimmer und schließlich noch ins Elternschlafzimmer: nichts als ungemachte Betten, und von Lila keine Spur.

Nachdem David die Toilettenspülung betätigt hatte, hüpfte er durch die Wohnung.

»Du und ich, wir können den ganzen Tag spielen«, gluckste er.

»Aber zuerst müssen wir Mami finden, und die ist nicht hier. Ich fürchte, ich muß dich wieder zu Mr. Oi bringen. Den magst du doch, oder?«

»Der Mann mit dem Lutscher?« fragte David.

»Wir könnten ja deine Lieblingsspielsachen mit runternehmen«, schlug ich vor. »Wo sind die?«

»Mein Doraemon. Der wohnt hier.« David führte mich in das Schlafzimmer seiner Eltern und deutete auf den Schrank.

»Na schön, dann lassen wir ihn mal raus.« Ich öffnete die Tür des begehbaren Schranks, um nach dem Spielzeug aus dem Zeichentrickfilm zu suchen.

Ich weiß nicht, wer zuerst schrie, aber plötzlich war in der Wohnung ein Mordslärm. Statt des Plüschtiers fand ich in dem Schrank zwei Menschen: Lila Braithwaite, die dort in einem schwarzen Spitzenbody kauerte, und Masanobu Kayama, den *iemoto* der Kayama-Schule, der lediglich mit einem Handtuch bekleidet war.

»Mami darf nicht im Schrank mit dem Doraemon spielen«, sagte David und zerrte eine große blaue Plüschkatze hinter dem *iemoto* hervor. »Der gehört mir.«

25

Ich flüchtete, aber die ganze Sache war eine Katastrophe. Lila zeterte, das sei unbefugtes Eindringen in die Privatsphäre, während Masanobu Kayama schrie, falls ich irgend jemandem von der Angelegenheit erzählen sollte, würde ich nie ein Lehrerdiplom bekommen. Und als musikalische Untermalung sang David die Erkennungsmelodie zu *Doraemon*.

Ich zitterte, als ich mit dem Aufzug hinunterfuhr, und erwiderte kaum Mr. Ois Abschiedsgruß. Dann setzte ich mich in den Lieferwagen und verhielt mich ein paar Minuten lang ganz ruhig, um meine Nerven wieder in den Griff zu bekommen.

Lila schlief also mit dem *iemoto*. Jetzt begriff ich, wieso sie den Weg zur Privatwohnung der Kayamas kannte und woher die Kratzer auf ihrem Rücken stammten. Es waren Spuren der Leidenschaft.

Hatte Sakura davon gewußt? Höchstwahrscheinlich, besonders wenn der Leiter der Schule es sich im Lauf der Jahre zur Gewohnheit gemacht hatte, ausgewählte Schülerinnen zu verführen. Lila war Mitte Dreißig und ausgesprochen attraktiv – in dem Body hatte ihr durchtrainierter Körper einfach wunderbar ausgesehen. Armer Mr. Braithwaite, der gegenwärtig in Kanada weilte. Vermutlich war er zu beschäftigt, um zu ahnen, daß seine Frau fremdging. Vielleicht wußte Richard Bescheid. Wahrscheinlich machte er sich als Babysitter nützlich, wenn Lila Zeit für ihren Liebhaber brauchte. Woher die Frau mit drei kleinen Kindern die Energie für eine Affäre nahm, war mir ein Rätsel. Doch dann fiel mir ein, daß sie bei unserem Treffen gesagt hatte, sie liebe Trubel, weil so das Leben nicht langweilig werde.

Ich legte den Gang ein und machte mich in dem Lieferwagen auf den Weg zu Richards Wohnung in Shibuya. Der Polizist hatte mir gesagt, er würde ihn dort anrufen, um ihm zu sagen, daß ich David gefunden hatte.

Es gelang mir, einen Parkplatz in einer Seitenstraße zu finden. Wegen der Antiquitäten im Wagen sah ich nach, ob auch alle Türen verschlossen waren.

Dann ging ich um die Ecke zur Wohnanlage Moonbeam Villa. Die Wohnungen dort waren teurer als meine. Hier gab es sowohl ausländische als auch japanische Mieter. Ich selbst hätte mir ein Domizil in dieser Anlage mit meinem unsicheren Einkommen nicht leisten können, aber das war schon in Ordnung so, denn Yanaka gefiel mir ohnehin besser.

Ein junger Mann mit roter Baseballjacke saß auf einem eleganten pseudoviktorianischen Stuhl im Foyer und las eine spanischsprachige Zeitung. Ich verhielt mich unauffällig, bis ich sicher war, daß es sich bei dem Mann nicht um Che handelte. Nein, es war Enrique, Richards Exfreund.

»Bist du nicht Enrique?« fragte ich auf spanisch, und er hob überrascht den Kopf.

»Ach, Rei-san!« Er lächelte mich an. »Ich mache gerade eine kleine Siesta, während Richard sich um die Kinder kümmert. Mir sind sie zu lebhaft.«

Da ich wußte, wie energiegeladen Enrique getanzt hatte, bezweifelte ich die Richtigkeit seiner Aussage. Ich setzte mich neben ihn und fragte: »Also hat Richard die anderen beiden mit zu sich genommen? Dann verstehe ich nicht, warum die Leute von der Polizei mir gesagt haben, ich soll David nach Roppongi Hills bringen. Das war ein Fehler!«

»Ja, Richard war ziemlich durcheinander, als die Polizei bei ihm angerufen hat. Das Ganze war offensichtlich ein Mißverständnis. Was ist denn in Roppongi Hills passiert?« An Enriques Gesichtsausdruck sah ich, daß er über Lila Bescheid wußte.

»Ich hab' sie in flagranti erwischt«, sagte ich. »Und jetzt komme ich mir vor wie ein Volltrottel.«

»Che hat uns gesagt, daß der Blumenmeister keinen guten Charakter hat. Das stimmt also, oder?«

»Nun, er ist verwitwet, und so stürzt er wenigstens keine Ehefrau ins Unglück. Aber Lila ist verheiratet.«

»So sollte Liebe nicht aussehen«, sagte Enrique mit Nachdruck.

»Und wie stellst du dir die ideale Beziehung vor?« fragte ich ihn. Es war schon merkwürdig, ein solches Gespräch mit ihm zu führen. Ich war eifersüchtig gewesen, als Richard Enrique mir vorgezogen hatte, doch jetzt war ich fest entschlossen, ihm eine Chance zu geben.

»Ich glaube, daß Liebe ewig wären sollte. Man verliebt sich nicht in einen Menschen und dann eine Woche oder ein Jahr später in einen anderen! Ricardo hat Probleme damit«, sagte Enrique. »Er verliebt sich Hals über Kopf, und irgendwann kühlt die Sache wieder ab. Das ist wie eine Hitzewelle gefolgt von einem Schneesturm. Die einzige, für die seine Gefühle unverändert stark bleiben, bist du.«

»So pauschal kann man das auch nicht sagen. Er hat mir sozusagen den Laufpaß gegeben und sich Che und dessen Gruppe zugewandt. Er will mir nicht sagen, was heute passieren wird.«

»Vielleicht weiß er das selber nicht so genau«, sagte Enrique. »Wenn ich eins über den Jungen rausgefunden habe, dann das, daß er immer mehr Show macht, als letztlich dahintersteckt.«

»Weißt du denn, was heute geschehen soll?«

Enrique schüttelte den Kopf. »Ich gehöre nicht zum innersten Zirkel. Weil Richard sich auch mit ausländischen Journalisten unterhalten kann, ist er näher dran. Aber immer noch nicht nah genug.«

»Schade um ihn. Eigentlich ist er ein wirklich guter Kerl. Egal, ich gehe jetzt jedenfalls nach oben. Ich muß mich mit ihm über Lila unterhalten.«

»Vor den Kindern?« fragte Enrique entsetzt.

»Keine Sorge, ich werde diskret sein.«

Richard hatte seine Wohnung immer tadellos in Ordnung gehalten: Die Holzfußböden sowie die schwarzen Ledermöbel glänzten, und der einzige Farbtupfer waren die Bücherregale mit den bunten Hüllen von Zeichentrickvideos. Hoffentlich hatten die Braithwaite-Kinder Richards Zuhause nicht auf den Kopf gestellt. Doch Donald und Darcy saßen artig vor dem Fernseher und schauten sich *Pocket Monsters* an, einen Zeichentrickfilm, der Ende der Neunziger für Schlagzeilen gesorgt hatte, als Tausende japanischer Kinder wegen der blitzenden Augen einer der Figuren epileptische Anfälle bekommen hatten. Donald wandte den Blick vom Bildschirm ab, sah mich nur kurz gelangweilt an und steckte den Finger in die Nase – er ließ sich also offenbar nicht allzusehr von dem Film beeindrucken. Aber mir war sein lebhafter und begeisterungsfähiger kleinerer Bruder David lieber. Darcy, die kleinste von den dreien, war ganz ruhig und ignorierte mich. Ihr Interesse galt dem Trinkbecher und dem Schokoladenkeks, die sie in Händen hielt.

»Du kannst wirklich gut mit Kindern umgehen«, sagte ich zu Richard.

»Na, du aber auch! Die Polizei hat hier angerufen. Ich bin dir wirklich dankbar, daß du David gefunden hast. Aber wo steckt er jetzt?«

»Das ist eine lange Geschichte. Die erzähle ich dir, wenn wir allein sind. Wie ist David dir denn abhanden gekommen?«

»Er ist mir entschlüpft, als wir uns alte Levi's angeschaut haben. Ich habe eine halbe Stunde nach ihm gesucht und dann allmählich Angst bekommen, daß jemand ihn entführt haben könnte. Da bin ich zur Polizei gegangen.« Richard bedeutete mir mit einer Geste, daß ich ihm ins Schlafzimmer folgen sollte, wo wir uns ungestörter unterhalten konnten. Wir ließen die Tür offen, damit wir sahen, was die Kinder machten.

»Ich habe David in Roppongi Hills gelassen. Lila war zu Hause, allerdings nicht allein.« Ich hob die Augenbrauen, damit er verstand, was ich meinte.

»Dann weißt du also Bescheid.« Richard seufzte. »Am Anfang hatte ich keine Ahnung, warum ich am Wochenende den Babysitter machen sollte. Als die Kinder mir von einem Blumenmann erzählt haben, dachte ich, sie meinten einen knackigen jungen Lieferanten. Che und die andern von Stop Killing Flowers haben mir gesagt, daß es der Schulleiter ist.«

»Lieben die beiden sich denn?« fragte ich ganz leise, weil ich die Kinder schützen wollte. Schließlich hatten sie einen Vater. Vermutlich würde Lilas Ehe die Sache überstehen und ihre Beziehung mit dem *iemoto* welken wie ein Strauß Veilchen.

»Das glaube ich nicht. Da geht's eher um Macht. Sie ist Vorsitzende der Vereinigung ausländischer Studenten und hat schon drei Diplome. Sag mal, hast du sie wirklich in flagranti erwischt?«

»Onkel Richard, ich will noch einen Keks!« jammerte Donald.

»Die Dose steht auf dem Tisch, mein Süßer. Nimm dir ruhig einen«, rief Richard. Und zu mir sagte er: »Ich versuche, ihn zur Selbständigkeit zu erziehen.«

»Die Sache mit dem *iemoto* klingt mir ein bißchen nach sexueller Belästigung. Wenn er Lila den Laufpaß gibt, könnte sie möglicherweise Anzeige gegen ihn erstatten.« Ich versuchte, die Angelegenheit für Richards Cousine so positiv wie möglich zu sehen.

»Wieviele Mitglieder hat die Schule landesweit?« fragte Richard.

»Ungefähr zwanzigtausend. Zwölftausend davon haben ein Lehrerdiplom.«

»Tja, dann müßte er fleißiger als eine Nutte in Bangkok sein, wenn er mit allen geschlafen hat, die ein Lehrerdiplom von seiner Schule haben.«

Da mußte ich ihm zustimmen. »Die meisten Lehrerkandidaten erscheinen nie persönlich in der Schule, weil man auch Kurse bei den Lehrern zu Hause besuchen kann. Also *muß* man als Frau wohl nicht unbedingt mit ihm schlafen, um nach oben zu kommen.«

»Sakura hat von der Affäre gewußt«, sagte Richard. »Lila hat mir erzählt, daß sie einmal fast ausgeflippt ist, als Sakura ihr von der Kayama-Schule bis nach Roppongi Hills folgte. Lila dachte, Sakura wollte sehen, wie elegant die Wohnanlage ist, ob sie überhaupt würdig ist, die Vorsitzende der Vereinigung ausländischer Studenten zu werden. Aber jetzt glaube ich eher, daß Sakura neugierig war, wo der *iemoto* seine Schäferstündchen verbringt.«

Lila und Masanobu Kayama hatten also definitiv ein Motiv für den Mord an Sakura, aber wenn sie zu unrecht beschuldigt wurden, konnte das schreckliche Folgen für sie haben: Rufschädigung für die Kayama-Schule und für Lila im Scheidungsfall womöglich den Verlust des Sorgerechts für ihre Kinder. Der Gedanke, daß der Schulleiter und Lila potentielle Mörder waren, weckte plötzlich ein Gefühl der Sorge um David in mir.

»Ich hätte David nicht bei ihnen lassen sollen. Das war verantwortungslos von mir.« Ich lehnte mich gegen die Wand von Richards Schlafzimmer.

»Nun hör aber auf. Du hast ihn auf dem Flohmarkt gefunden, das war wirklich toll. Setz dich. Je länger du dich gegen meinen Mapplethorpe-Druck lehnst, desto mehr Glasreiniger muß ich später verwenden, um ihn wieder sauber zu kriegen. Du siehst übrigens aus wie eine wandelnde Leiche, Schätzchen.«

»Tja, ich mußte früh raus, weil ich zum Flohmarkt wollte. Was hattest du eigentlich dort verloren?«

»Hast du schon vergessen, daß ich dir früher immer geholfen habe, deine Sachen zu schleppen? Ich dachte mir, vielleicht wäre das ein Friedensangebot. Aber natürlich habe ich mich nicht mehr nach dir umgesehen, nachdem David verschwunden war.«

»Du verfolgst die Flohmarkttermine nicht regelmäßig. Und ich habe dir auch nicht erzählt, daß ich zum Togo-Schrein wollte.« Daß Richard so schnell eine Antwort auf meine Frage parat hatte, beunruhigte mich. Sie klang nicht sonderlich glaubwürdig.

Richard schwieg eine Weile. »Ich wußte von Che, daß du vielleicht dort sein würdest.«

»Hört der etwa mein Telefon ab?«

»Nein, nein. Für wen hältst du uns denn, für die Regierung?« entgegnete Richard leicht irritiert. »Allerdings hat die Stop-Killing-Flowers-Gruppe einen Posten in deinem Viertel aufgestellt. Sie wollten wissen, ob du wirklich in Mr. Wakas Family Mart arbeitest, wie ich Che erzählt habe …«

»O je!«

»Beruhig dich. Mr. Waka hat ihnen gesagt, daß du sein Lehrling bist.«

Ich war zu nervös, um die Ironie in Mr. Wakas Ausrede wirklich schätzen zu können. »Hat Che mir die Briefe unter der Tür durchgeschoben?«

»Nein, aber es ist interessant, daß du das erwähnst.« Wieder schwieg Richard ein paar Sekunden. »Eigentlich sollte ich dir das nicht sagen, aber der Posten von Stop Killing Flowers hat gesehen, wie eine Frau dir vor zwei Tagen einen Brief unter der Tür durchgeschoben hat.«

»Hat er sie beschrieben?« fragte ich aufgeregt.

»Es war eine Frau mittleren Alters mit Blumen unter dem Arm. Ich habe den Leuten von Che gesagt, daß das wahrscheinlich deine Tante war, die nur schnell was vorbeibringen wollte, aber sie waren anderer Meinung. Sie wissen von der Demonstration vor My Magic Forest genau, wie deine Tante aussieht.«

»Wenn die nur endlich aufhören könnten, sich mit den Shimuras zu beschäftigen …«

»Wenn du nur endlich aufhören könntest, dich mit *ihnen* zu beschäftigen. Ich meine, mit uns.« Richard sah auf seine große Swatch. »Es ist jetzt halb drei. Lila wollte, daß ich die Kinder bis drei wieder zurückbringe.

Könntest du uns mit Mr. Ishidas Lieferwagen nach Roppongi Hills mitnehmen?«

»Ich habe keinen Kindersitz. Wahrscheinlich ist es vernünftiger, du fährst mit der U-Bahn.«

»Tja, vermutlich hast du recht«, brummte er.

»Ich hoffe, daß das deine ... äh ... Pläne für heute nicht durcheinanderbringt«, sagte ich bedeutungsvoll.

»Du hast mir versprochen, daß du mir keine Fragen über Stop Killing Flowers mehr stellen würdest«, erinnerte mich Richard.

»Stimmt! Hoffen wir bloß, daß wir beide die nächsten vierundzwanzig Stunden überleben.« Ich gab meinem Freund einen Kuß auf die gegelten Haare und reichte den Braithwaite-Sprößlingen auf dem Weg nach draußen jeweils einen Keks.

26

Einen Kimono anzuziehen gleicht der Rüstung für eine Schlacht. Zunächst muß man die zugrundeliegende Strategie meistern, das heißt den Kampf mit einem Unterrock und einem knöchellangen, langärmeligen Untergewand der richtigen Farbe bestehen. Das meinige war blau, kontrastierte also gut mit dem grün-rosafarbenen Kimono, war aber umständlich zu bügeln. Danach folgten ein Seidenkragen sowie ein gefaltetes *washi*-Papier (für den Fall, daß ich beim Teetrinken eine Serviette benötigte) und ein gebügeltes Baumwolltaschentuch. Beide wurden zwischen Büstenhalter und Ausschnitt des Untergewandes geschoben. Zum Schluß schlüpfte ich in den Seidencrêpe-Kimono, und nun begann der eigentliche Kampf, nämlich das Wickeln des über drei Meter langen *obi*, einer Seidenbrokatschärpe, die sicher ersonnen worden war, um all jene zu verwirren, die schon mit einem Origami-Kranich ihre Probleme hatten.

Ich brauchte eine Stunde zum Anziehen und zwanzig Minuten, um mein Gesicht zu pudern und zu entscheiden, welcher meiner Lippenstifte gedeckt genug wäre, um mit dem Kimono zu harmonieren – schließlich entschied ich mich für einen, den der Hersteller »Erregung« genannt hatte. Das entsprach in etwa meiner Stimmung. Ich sehnte mich danach, mich noch ein wenig auf meinem Futon auszuruhen, doch die riesige, steife Schleife, die ich über meinen Hüften gebunden hatte, machte das unmöglich. Wie sollte ich so eingezwängt nach Izu kommen? Über diese Frage dachte ich gerade nach, als ich draußen ein Auto hupen hörte.

Tante Norie schlüpfte vom Vordersitz des Honda Accord, so daß ihr prächtiger purpurfarbener Seidenkimono mit den hauchfeinen Pflaumenblüten zum Vorschein kam. Ihr roter *obi* war mit Goldstickereien verziert. Norie wechselte auf den Rücksitz zu Tom. Ich versuchte, sie zu überreden, daß sie wieder den ihr zustehenden Platz vorne neben Onkel Hiroshi einnahm, doch sie weigerte sich.

»Dein Magen, Rei-*chan*. Vorne ist es besser für dich.«

»Na schön, danke.« Vermutlich erinnerte sie sich an die qualvollen Fahrten zum Biwa-See, als ich noch ein Kind gewesen war. »Wie lange werden wir brauchen?«

»Zwei Stunden. Denkst du, du hältst es so lange aus?« fragte Tom.

»Klar. Ich hab' eine Tüte Cracker dabei, wenn mir flau im Magen werden sollte. Will jemand welche?« Ich hielt die Plastiktüte hoch, die ich im Family Mart gekauft hatte.

»Rei, da fallen lauter Krümel auf deinen Kimono. Du hast ihn sowieso zu locker gebunden. Man sieht deinen Nacken, das läßt dich wie eine Geisha wirken«, rügte mich meine Tante. Sofort beugte sie sich zu mir vor, um den Kimono enger um meine Brust zu schnüren, die bereits in so viele Schichten verpackt war, daß sie sich anfühlte wie ein harter Schild.

»Gut, daß du ein Taschentuch dabei hast, denn bei den Kayamas gibt es normalerweise die allerköstlichsten *chirashizushi*. Da wirst du dir vielleicht hin und wieder den Lippenstift abwischen müssen. Sie sind aus lockerem Reis mit kleingeschnittenen Frühlingszwiebeln, süßen Eiern und Shrimps. Jetzt, wo du wieder normal essen kannst, wird dir das sicher schmecken!« meinte Norie.

»Ich glaube nicht, daß Rei Lust hat, irgendwas von den Kayamas zu essen. Ich täte das an ihrer Stelle auch nicht«, sagte Tom.

»Sei nicht so unhöflich!« herrschte Onkel Hiroshi ihn an. Das waren seine ersten Worte, seit ich im Wagen saß. Was war bloß los mit der Familie Shimura?

Nach einer Stunde Fahrt wichen die schmutzigen, riesigen Gebäude Tokios und Kawasakis allmählich kleineren, weiter auseinander stehenden Häusern und schließlich hohen Kiefern. Nach einer weiteren Stunde erreichten wir die Halbinsel Izu. Die Landschaft hätte mit Sicherheit hübscher gewirkt, wenn der Himmel nicht so grau gewesen wäre. Im Radio wurde eine Sturmwarnung durchgegeben, doch bevor ich hören konnte, welchen Weg das Unwetter nehmen würde, schaltete Onkel Hiroshi auf einen Sender mit japanischen Oldies um. Als eine hohe Frauenstimme das beliebte Lied »Sakura« sang, schloß ich die Augen. Wenn es zu regnen anfinge, würden alle Kirschblüten weggewaschen, und wir könnten schneller wieder nach Hause.

»Das Haus liegt in den Bergen. Der Großvater des *iemoto* war klug, so weit draußen zu bauen. Jetzt ist die ganze Küste von Izu mit Villen und Souvenirläden zugekleistert. Es ist wirklich nicht mehr schön hier«, sagte Tante Norie.

»Und viel zu teuer«, fügte Onkel Hiroshi hinzu. »Für das Geld, das man für einen Blick auf verdreckte Imbißstuben zahlt, könnte man sich in Hiro eine Wohnung leisten!«

»Mrs. Koda hat eine Wohnung in Hiro«, sagte ich.

»Ach? Hat sie dich eingeladen?« fragte Norie.

»Ich bin neulich abends zum Tee bei ihr gewesen, weil ich mich für die Blumen bedanken wollte, die sie mir geschickt hat.«

»Du hättest sie zu dir einladen sollen. Rei, ich hoffe bloß, daß du dich nicht selbst eingeladen hast. Das mag in Amerika Sitte sein, aber in Japan gehört sich so etwas nicht.«

»Sie tut sich schwer mit dem Gehen, also wollte ich ihr den Weg zu mir nicht zumuten. Du weißt ja, wieviele Stufen die U-Bahn-Station bei mir hat ...«

»Wie rücksichtsvoll von dir!« mischte Tom sich ein. »Vater, hast du das Umleitungsschild gesehen? Du mußt dich links einordnen.«

»Eigentlich sollte die Straße hier für die Touristen ausgebaut werden, aber statt dessen gibt es nur immer Probleme«, beklagte sich Onkel Hiroshi.

»Sollen wir an der nächsten Raststätte wechseln? Ich fahre gern«, sagte Tom. »Ich hab' den Wagen ja auch in deiner Abwesenheit benutzt.«

»Ja, und jetzt bin ich zurück. Da bist du sicher enttäuscht!« herrschte Hiroshi ihn an.

Die verrostete Metallfigur eines Polizisten mit ausgestreckter Hand signalisierte, wo die Umleitung abzweigte. Hiroshi lenkte den Honda so schnell in die Kurve, daß der Wagen mit der Stoßstange die Metallfigur rammte. Sie fiel scheppernd um, doch mein Onkel fuhr weiter.

»Jetzt kommen die anderen Autos nicht mehr vorbei. Wir müssen zurück und die Figur wieder aufstellen«, meinte Norie.

»Immer willst du alles in Ordnung bringen!« rief Hiroshi. »Aber das hier ist was anderes, als den Abfall aus dem Tempelgarten mitzunehmen. Wir sind auf einer Einbahnstraße. Umdrehen ist nicht erlaubt.«

Die allgemeine Anspannung ließ meinen Magen tatsächlich flau werden. Ich wollte so schnell wie möglich aus dem Auto heraus. »Du könntest auf dem Seitenstreifen anhalten, dann laufe ich rasch zurück. Wir sind noch nicht mal einen Kilometer entfernt. In zehn Minuten bin ich wieder da.«

»In *zōri*?« fragte Norie mit Blick auf meine Holzsandalen.

»Die ziehe ich aus.«

Doch Hiroshi hielt nicht an. Wir diskutierten die nächsten fünfzehn Kilometer über die Sache mit der umgefallenen Metallfigur, bis wir von der asphaltierten Straße abbogen und einem Feldweg folgten.

»Schade, daß wir keinen Geländewagen haben. Vierradantrieb wäre hier sicherer. Fahr doch bitte ein bißchen langsamer«, sagte Norie zu ihrem Mann.

Ich mußte an den Range Rover der Kayamas denken, mit dem Takeo den Unfall gehabt hatte, und an den Leihwagen von Natsumi. Das Innere dieser Autos war vermutlich höchst luxuriös – Ledersitze, ein Armaturenbrett aus Walnußholz, ein CD-Player, also genau das richtige für ein Liebespaar, das eine Spritztour in den Wald machte. Ich fragte mich, ob Masanobu Kayama Lila jemals in sein Haus auf dem Land mitgenommen hatte. Soweit ich aus klassischen japanischen Romanen wußte, spielten sich Affären normalerweise auf neutralem Boden ab, zum Beispiel in einer Pension oder einem Teehaus, nicht aber dort, wo die Familie des Mannes lebte.

»Hast du mich denn nicht gehört, Rei?« riß Norie mich aus meinen Gedanken.

»Tut mir leid. Was hast du gesagt?« fragte ich.

»Ich habe dich gefragt, ob Mrs. Koda dir gesagt hat, wie sie zu dem Fest kommt. Der nächste Bahnhof ist zwölf Kilometer vom Haus der Kayamas entfernt. Hoffentlich holen sie sie ab. Ich hätte ihr ja angeboten, daß wir sie mitnehmen, aber unser Wagen ist leider voll.«

»Vielleicht kommt sie überhaupt nicht«, sagte ich. »Mrs. Koda hat mir gegenüber nichts von einem Fest erwähnt.«

»Verstehe. Nun, die Einladungen sind tatsächlich ziemlich spät eingetroffen. Normalerweise kommen sie einen Tag nach dem Beginn der Tokioter Kirschblütensaison, und der Termin für das Fest ist sieben Tage später. Aber zu Beginn der Kirschblüte sind in der Schule so schreckliche Dinge passiert, daß die Einladungen verständlicherweise erst später weggeschickt wurden. Und die Nummer, die man anrufen sollte, um das Kommen zu bestätigen, war keine von der Schule.«

»Wo sollte man sich denn sonst melden?« fragte ich.

»In den letzten Jahren hat man bei Mrs. Koda in der Schule angerufen, um zu sagen, ob man kommt, aber diesmal war es die Nummer eines professionellen Antwortdienstes. Keine Sorge, wir stehen alle auf der Gästeliste. Ich habe mich ein bißchen mit der jungen Frau am anderen Ende der Leitung unterhalten, und sie hat gemeint, daß es das größte Fest wird, das je veranstaltet wurde. Es sind mehr als zweihundert Zusagen eingegangen.«

Vermutlich hatte Takeo dem Antwortdienst den Auftrag gegeben, damit Mrs. Koda nicht zu stark belastet wurde. Trotz der vielen schlechten Dinge, die ich über ihn gehört hatte, mußte ich ihm doch zugute halten, wie sehr er sich um die alte Dame bemühte.

»Vater, wann warst du eigentlich das letzte Mal auf einem Fest der Kayamas?« fragte Tom.

»Hm, im letzten Jahr vor meiner Versetzung nach Osaka. Das muß jetzt drei Jahre her sein. Ja, genau. Aber das eindrucksvollste Fest fand damals statt, als Takeo und Natsumi noch Teenager waren.«

»Ja, an die Party erinnere ich mich gut«, sagte Norie. »Takeo hat sich etwas mit Musik einfallen lassen …«

»In der Eingangshalle wurde klassische Musik gespielt, aber als die Musiker mit ›Sakura‹ fertig waren, hat er plötzlich ganz laut amerikanische New-Wave-Musik eingeschaltet.«

»Wirklich?« Ich mochte New Wave. »Und wie war Natsumi damals?«

»Sehr, sehr hübsch«, sagte Norie. »Sie trug einen Kimono aus der Sammlung ihrer Mutter, der angeblich mehr als acht Millionen Yen wert war. Seitdem habe ich sie nicht mehr darin gesehen.«

»Sie hat das ganze Fest über auf der Veranda geraucht. Es ist doch ekelhaft, wenn einer jungen Frau ständig eine Zigarette im Mundwinkel hängt. Du rauchst doch nicht, oder, Rei?« fragte Onkel Hiroshi.

»Nein! Na ja, natürlich hab' ich's als Teenager probiert, aber mir ist davon übel geworden.«

»Das hätte ich mir denken können«, kicherte Tom.

Die Sache mit dem Kimono interessierte mich. »Wo, denkst du, bewahren die Kayamas einen Kimono auf, der so viel wert ist? In einem Tresor?«

»Nein, nein, die Kayamas haben eine *kura*, ein richtiges Lagerhaus, für ihre Wertsachen. Sie haben es vor ungefähr zehn Jahren einmal für die Allgemeinheit geöffnet. Jeder Kimono wird in einem eigenen Lackkästchen aufbewahrt. Das ist alles sehr gut organisiert.«

»Genau wie die Archive in der Schule«, sagte ich.

»Woher weißt du von den Archiven?« fragte Norie. »Hoffentlich hast du den Leuten in der Schule keine Löcher in den Bauch gefragt.«

»Ich habe eine Tour mitgemacht«, sagte ich, steckte einen Cracker in den Mund und begann zu kauen.

»Ich habe den Eindruck, daß Rei übel ist, wir sollten sie nicht zum Reden zwingen«, sagte Tom. »Wie wär's, wenn wir den Rest der Fahrt schweigen?«

»In welche Richtung muß ich jetzt?« wollte Onkel Hiroshi wissen und blieb am Ende des Feldweges stehen.

»O je, jetzt habe ich vor lauter Reden nicht aufgepaßt. Ich glaube, wir sind an der Abzweigung vorbeigefahren. Aber hier habe ich mich noch nie so richtig ausgekannt«, erklärte Norie.

»Ja, dein ständiges Geplapper hat mich abgelenkt«, sagte Onkel Hiroshi.

»Vater, ich kenne diese Gegend. Ich würde dich bitten, mich ans Steuer zu lassen«, schaltete sich Tom ein.

»Na schön. Du kannst sowieso alles besser.« Onkel Hiroshi löste seinen Sicherheitsgurt, drückte die Tür mit Schwung auf und stieg aus. Tom wechselte auf den Vordersitz. Nun saßen die Jungen vorne und die Älteren hinten. Wie merkwürdig.

Tom wendete den Wagen. Die Straße war so schlecht, daß kleine Steine unter den Rädern hochspritzten, und so uneben, daß mir gut und gern hätte übel werden können, doch Tom fuhr mit langsamem, gleichmäßigem Tempo die drei Kilometer bis zur letzten Weggabelung zurück.

»Ja, genau, da geht der richtige Weg ab«, sagte Norie. »Die Einfahrt ist so unauffällig, daß man sie leicht verpassen kann. Aber schau, da vorn hängen überall hübsche rosafarbene Laternen in den Bäumen. Und vor uns fährt ein anderer Wagen! Hier sind wir richtig.«

Die Schlußlichter des Wagens vor uns verschwanden hinter einer Gruppe hoher Eichen. Tom beschleunigte nicht, und so war der Wagen, als wir um die Kurve bogen, verschwunden.

»Folge einfach den Laternen«, sagte Norie. »Die führen uns bestimmt auf die Seite des Hauses, wo sich der Garten befindet.«

Wäre es doch bloß nicht so dunkel gewesen! Vielleicht fuhren wir gerade an Takeos experimentellem Garten vorbei, aber das war schwer zu sagen. Man konnte lediglich weite Felder und zahllose Bäume erahnen. Das Gefühl von so viel Raum hatte ich in Japan noch nie zuvor gehabt.

»Siehst du? Da wären wir!« rief Norie.

Vor uns lag eine weitläufige Villa, die im Stil des frühen zwanzigsten Jahrhunderts gebaut war. Sie war, was in Japan selten ist, aus Stein, hatte aber ein traditionelles Ziegeldach. Ein ausgesprochen interessanter Anblick. Schon hatte ich die lange, unbequeme Autofahrt und meine Ängste hinsichtlich der bevorstehenden Party vergessen. »Tante Norie, hast du die Kamera dabei? Ich muß das unbedingt fotografieren!«

»Ja, ja.« Sie reichte mir einen hübschen kleinen Seidenbeutel, der ziemlich schwer war. »Du kannst meine Nikon nehmen, da mußt du einfach nur draufhalten und abdrücken, *neh*? Aber bitte verknips nicht den ganzen Film. Ich würde mich auch gern vor den berühmten Kirschbäumen fotografieren lassen.«

»Sie haben den Parkplatz nicht ausgeschildert«, beklagte sich Hiroshi. »Letztes Mal haben wir da drüben auf der Wiese geparkt.«

»Takeo-san liegt so viel an der Umwelt, da ist es ihm sicher nicht recht, wenn die Autos auf der Wiese stehen«, sagte Tom trocken. »Ich fahre noch ein bißchen näher an das Haus ran. Vielleicht finden wir dann jemanden, der uns einweist.«

Aber wir entdeckten niemanden. Allerdings stand ungefähr ein Dutzend Wagen am Rand der Auffahrt. Ich erkannte Lila Braithwaite und Nadine St. Giles, beide in paillettenbesetzten Cocktailkleidern, wie sie gerade aus einem Mercedes ausstiegen und auf das Haus zugingen. Wußte Nadine von Lilas Affäre? Außerdem fragte ich mich, wer an jenem Abend auf die Braithwaite-Sprößlinge aufpaßte.

»Ich stelle den Wagen hier ab«, verkündete Tom. Nachdem wir alle ausgestiegen waren, streckte ich mich genußvoll. Die dicke Schleife des *obi* hatte mich gezwungen, die ganze Fahrt über kerzengerade zu sitzen.

»Schau mal. Ist das bei der Tür nicht Natsumi? Ich muß schon sagen, sie sieht auch heute noch keinen Tag älter als neunzehn aus«, meinte Onkel Hiroshi.

Ja, drüben zwischen den beiden hohen Schiebetüren stand Natsumi. Sie trug keinen Acht-Millionen-Yen-Kimono, sondern lediglich eine schwarze Jeans und dazu ein T-Shirt.

»Du hast gesagt, ich soll mich herausputzen!« sagte ich entsetzt zu meiner Tante. Wenn das hier eine Party mit lauter jungen, leger gekleideten Leuten werden würde, käme ich mir absolut lächerlich vor.

»Ich begreife gar nicht, warum sie sich so angezogen hat! Und sprich nicht so laut!« zischte Tante Norie mir zu.

»*Ohairi kudasai*«, rief Natsumi, die übliche höfliche Begrüßung für Gäste. Ihre Stimme klang undeutlich, und sie lehnte in der Tür, als müsse sie sich stützen.

»Sie ist betrunken«, sagte Hiroshi leise.

»Na und? Nach der Fahrt könnten wir alle was zu trinken vertragen«, murmelte Tom.

Berauscht inmitten von Gartennelken. Ich mußte an das Haiku denken, während wir in Richtung Haus schlenderten. Bald würde Lila mich sehen; hoffentlich würde die Situation nicht gar zu peinlich werden.

»Unser Haus ist nicht ordentlich geputzt, und ich fürchte, wir haben nicht das richtige Essen vorbereitet«, sagte Natsumi in atemlosem Singsang, als wir uns alle vor ihr verbeugten und das Haus betraten. In den meisten japanischen Häusern war der Eingangsbereich winzig, doch hier hatte der geflieste Raum Abmessungen von ungefähr neun mal sechs Metern. Über uns erhob sich eine kathedralenartige Decke mit schweren Balken. Dieses Haus war ziemlich ungewöhnlich für Japan. Ich wünschte mir nichts sehnlicher, als mit der Kamera in dem Beutel, der an meinem Handgelenk baumelte, Fotos zu machen. Aber ich würde warten müssen, bis in dem Eingangsbereich nicht mehr so viele Leute waren. Außerdem würde ich zuerst alles ein bißchen arrangieren, denn auf dem Tischchen lag zwar eine Zeitung, aber es waren nirgends Blumen zu sehen. Eigentlich hätte ich zumindest ein paar Zweige mit Kirschblüten erwartet, denn schließlich war dies hier ein Kirschblütenfest.

»Ich frage mich, wo die Bediensteten sind«, sagte Tante Norie leise zu mir, als wir die leichten *haori*-Seidenmäntel auszogen. Tom und Onkel Hiroshi trugen Anzüge, also brauchten sie nur aus ihren Schuhen zu schlüpfen. Natsumi suchte in einer langen, niedrigen

Kommode herum und holte schließlich einige Paar geflochtener Bastslipper für uns heraus.

Ich zog meine *zōri* aus und die Slipper an, die nun vor mir auf dem polierten Eichenboden standen. Dann gingen wir alle in ein großes Empfangszimmer, das gemütlich mit niedrigen Stühlen und Sofas eingerichtet war. Auf einem hochglanzpolierten Tisch aus Zelkovenholz standen Schnapsflaschen und daneben ein Sammelsurium unterschiedlichster Gläser, darunter auch ein Plastikbecher mit einer Abbildung von Doraemon, jener Zeichentrickkatze, die mich nun schon den ganzen Tag verfolgte.

Ich mußte ein Lachen unterdrücken. Zumindest hätte ich befrackte Kellner erwartet, die den etwa vierzig bereits anwesenden Gästen Getränke reichten. Das Haus war wunderschön, doch die Vorbereitungen für das Fest erwiesen sich als so dilettantisch, daß sogar ich etwas Besseres zustande gebracht hätte.

Der einzige Lichtblick war der Kirschgarten, den man durch die drei Glaswände des Raumes sehen konnte. Die Bäume standen in voller Blüte und wurden von rosafarbenen Laternen ähnlich denen, die wir bei der Herfahrt gesehen hatten, sanft erhellt.

Im Garten unterhielt sich Nories Freundin Eriko, die einen dunkelblauen Kimono trug, mit Lila Braithwaite. Norie machte sofort Anstalten, mit ihnen zu sprechen. Ich hielt es für besser, Lila vorerst aus dem Weg zu gehen, also entschuldigte ich mich und sagte, ich wolle mir das Haus genauer ansehen. Dann holte ich mir einen Drink und ging ins Eßzimmer, wo ich Takeo entdeckt hatte.

Er war gerade am Telefon und marschierte um einen eindrucksvollen Eßtisch herum, der aus einem einzigen riesigen Eichenstamm geschreinert war. Takeo trug

Jeans, genau wie seine Schwester, und dazu sein geliebtes Greenpeace-T-Shirt.

»Ich kann verstehen, daß Sie zwanzig Kilometer entfernt sind, aber Sie müssen trotzdem kommen.« Er klang verzweifelt. Offenbar hatte ich ein Geräusch gemacht, denn er blickte auf. Zu meiner Überraschung gab er mir ein Zeichen hereinzukommen und die Tür hinter mir zu schließen. Ich setzte mich auf die Kante einer schwarzen Leder-Chaiselongue und hörte zu.

»Ich brauche jede Menge *sashimi* – zwanzig Tabletts mit den besten, die Sie haben. Ich weiß, daß das nicht so leicht ist, aber ich zahle gut.« Schweigen. »Haben Sie *chirashizushi*? Nein? Was können Sie sonst noch so kurzfristig zubereiten?«

Jetzt begriff ich, warum er und Natsumi Jeans trugen und überhaupt nichts vorbereitet war. Sie hatten nichts von unserem Kommen gewußt. Wir waren eine große Überraschung.

Tante Norie hatte die ungewohnte Um-Antwort-wird-gebeten-Prozedur dem gegenwärtigen Chaos in der Kayama-Schule zugeschrieben. Aber es lag auf der Hand, daß jemand, der die Kayamas nicht leiden konnte, die Einladungen verschickt und den Antwortdienst beauftragt hatte. Außerdem waren die Einladungen am Wochenende herausgegangen, so daß man sich in der Schule nicht darüber unterhalten konnte. Alles war so geplant, daß die Kayama-Familie unvorbereitet sein würde.

Nun beendete Takeo das Gespräch und legte den Hörer auf. »Vielleicht sollte ich bei McDonald's anrufen. Liefern die auch ins Haus?«

»Keine Ahnung«, sagte ich.

Takeo lehnte sich gegen die Wand und schloß die Augen. Dann sagte er ganz langsam, wie in Trance: »Es ist die absolute Katastrophe. Ich will gar nicht dran denken, wieviele Leute noch kommen werden. Ich könnte meinen Vater umbringen für das, was er mir angetan hat!«

»Spar dir die Kraft«, sagte ich, erhob mich und ging zu ihm hinüber. »Es ist nicht seine Schuld. Ich weiß zwar noch nicht, wer für die Sache verantwortlich ist, aber ich habe das Gefühl, das werden wir bald herausfinden.«

27

Vor meinem B.A. von Johns Hopkins und meinem M.A. von Berkeley war meine höchste Auszeichnung das Pfadfinderabzeichen für Notbereitschaften gewesen. Ich rief mir die Beruhigungsstrategien und Atemtechniken von damals in Erinnerung, bevor ich mich Takeo widmete. Jetzt war nicht der richtige Zeitpunkt, ihm mit der unangenehmen Nachricht zu verstören, daß sein Vater eine Affäre mit Lila Braithwaite hatte. Statt dessen ließ ich ihn darüber jammern, wie schrecklich es gewesen war, als sich eine Stunde zuvor die ersten Gäste eingefunden hatten, während er gerade den Kompost umsetzte und Natsumi sich im Wohnzimmer die Zehennägel lackierte.

»Als zukünftiger Leiter der Schule kannst du so exzentrisch sein, wie du willst«, sagte ich. »Erklär ihnen doch einfach, daß du absichtlich im Freien gearbeitet hast und das Greenpeace-T-Shirt trägst, um die neue umweltfreundliche Ausrichtung der Schule zu demonstrieren.«

»Es gibt keine umweltfreundliche Ausrichtung«, sagte Takeo und nahm gehorsam einen Schluck aus dem Doraemon-Becher, den ich mit einem stärkenden Wodka-Tonic gefüllt hatte.

»Du bist der nächste Schulleiter«, wiederholte ich. »Es ist deine Pflicht, uns darüber zu informieren, in welche Richtung die Schulpolitik sich bewegen wird. Und wenn du etwas über das zukünftige Engagement der Schule in Sachen Umweltschutz sagst, könnte das den Abend retten.«

»Du bist verrückt!«

»Nicht so verrückt wie deine Freunde. Die Stop-Killing-Flowers-Gruppe hat uns alle hierher eingeladen, um eine Aktion zu starten.«

»Aber denen habe ich doch Geld gegeben, damit sie wegbleiben.«

»Bestechung funktioniert nie. Wenn Geschäftsleute Gangstern Schutzgelder zahlen, erhöhen sich die Gebühren unweigerlich. Aber in deinem Fall geht's doch um etwas, das dir am Herzen liegt, oder?«

Takeo sagte nichts. Er schien wie hypnotisiert von der Menge, die inzwischen auf ungefähr hundert Menschen angewachsen war. Ein junger Lieferant mit blond gefärbten Haaren und Ohrring lud gerade Kisten mit Sake und Bier aus.

»Wollen Sie nicht hierbleiben und servieren helfen?« fragte ihn Natsumi mit traurigem Gesicht und gewährte ihm einen Blick in ihren Ausschnitt, als sie sich bückte, um ihm zu helfen.

»T-tut mir leid, aber das ist nicht möglich. Ich bin im Dienst«, stammelte der Lieferant.

»Sie werden auch gut bezahlt«, schnurrte Natsumi. »Wenn's nur darum geht, Ihren Chef anzurufen – das mache ich gern.«

»Na ja … vielleicht, jedenfalls eine Weile.« Der Mann trat hinter den Tisch und öffnete eine Flasche.

Gut gemacht, Natsumi. Ich bedachte sie mit einem anerkennenden Blick, den sie nicht wahrzunehmen schien. Vermutlich war sie mir immer noch gram wegen ihres Besuches bei mir. Also beschloß ich, mich auf ihren Bruder zu konzentrieren. »Es klappt schon alles«, sagte ich. »Begrüß einfach deine Gäste und versuch, dich zu entspannen, damit du im Lauf der nächsten Stunde eine gute Rede halten kannst.«

»Bitte geh nicht!« sagte Takeo und packte mich am Arm, als ich mich entfernen wollte.

»Ich suche nur ein Telefon. Gibt's hier irgendwo noch einen Apparat, wo ich ungestörter telefonieren kann als hier?«

»Ja, oben. Wir haben in jedem Schlafzimmer einen Apparat.«

Als Takeo und ich nach oben gingen, mußten wir an Tante Norie vorbei, die zusammen mit ihrer Freundin Eriko im Flur stand. Eriko lächelte mich an, doch meine Tante wäre mir wohl am liebsten an die Gurgel gesprungen.

»Rei-*chan*, hast du vergessen, was ich dir gesagt habe?« Norie tat gerade so, als habe ich vor, mit Takeo auf einen Quickie nach oben zu verschwinden.

»Ich will nur jemanden anrufen«, sagte ich und ging weiter, bevor ihr ein Grund einfiel, mich aufzuhalten.

Takeo führte mich in ein hübsches kleines Zimmer mit zwei freigelegten Steinwänden und einem Kamin, was in Japan sehr selten war. Ich wußte, daß es sich um sein Zimmer handelte, weil auf dem Boden überall Zeitschriften herumlagen, die mit Umweltschutz zu tun hatten. Eine Schriftrolle, die aussah, als stamme sie von seiner Mutter, hing in einer Nische über einer Vase mit Bittersüßen Nachtschatten.

»Um der Schicklichkeit willen sollte ich vielleicht lieber von einem anderen Zimmer aus telefonieren«, schlug ich vor.

»Ach, darüber macht deine Tante sich also Gedanken«, sagte Takeo. »Sie glaubt, ich bin wie mein Vater.«

Ich nickte ein wenig verlegen, weil ich ja inzwischen wußte, wie Takeos Vater tatsächlich war.

»Du glaubst das also auch.« Takeo klang bitter. »Deshalb bist du neulich abend weggelaufen. Du hältst mich für einen Schürzenjäger.«

»Laß mich jetzt bitte anrufen.« Ich wußte, daß das ziemlich rüde klang, aber im Augenblick hatte ich einfach keine Zeit, mich mit meinen verworrenen Gefühlen für Takeo auseinanderzusetzen. Also wandte ich ihm den Rücken zu und nahm den Hörer ab. Als ich die Privatnummer von Lieutenant Hata gewählt hatte, war Takeo schon aus dem Zimmer.

»Sie rufen mich am Sonntag an, am einzigen Tag der Woche, an dem ich nicht arbeiten muß?« brummte Lieutenant Hata.

»Nun, Notfälle ereignen sich nicht nur unter der Woche«, flüsterte ich. »Glauben Sie, Sie könnten zum Kirschblütenfest der Kayamas kommen? Es ist auf Izu, und ich kann Ihnen leider keine genaue Wegbeschreibung geben, aber vielleicht kann Ihnen ein Kollege behilflich sein, das Anwesen der Kayamas zu finden.«

»Das ist das zweite Problem, Miss Shimura. Mein Revier ist Roppongi, nicht die Wildnis der Halbinsel Izu.«

»Bitte! Es ist wichtig.«

Lieutenant Hata hörte mir zu, als ich ihm die Sache mit der Überraschungsparty erklärte, die meiner Meinung nach von der Stop-Killing-Flowers-Gruppe organisiert worden war. Schließlich sagte er mit einem Seufzen: »Mir klingt das eher wie ein Verwirrspiel. Außerdem kennen wir den großen Plan der Stop-Killing-Flowers-Gruppe bereits.«

»Was? Was hat sie vor?«

»Sie veranstaltet ein großes Fest im Yanaka-Friedhof, mit Mariachi-Bands, Pantomimen und allen möglichen anderen Sachen. Che Fujisawa verteilt gratis organisch gezüchtete Kirschbaumsämlinge und bittet die Leute, sich in eine Unterschriftenliste einzutragen. Ich habe von dem Fest in den Fernsehnachrichten erfahren und halte das Ganze für eine gute Idee. Die Gruppe sammelt eine Menge Unterschriften, und drei wichtige Politiker haben bei einem vorher nicht angekündigten Auftritt versprochen, sich für eine Gesetzesinitiative zugunsten sicherer Blumenimporte einzusetzen.«

Also waren Ches große Überraschung ein paar Politiker gewesen? Sah so das Geheimnis aus, das Richard vor mir gehabt hatte? Ich war wütend, gab mich aber nicht so schnell geschlagen. »Selbst wenn meine Vermutung, daß die Stop-Killing-Flowers-Gruppe der Initiator dieser Einladung gewesen sein könnte, falsch war, halte ich die Situation immer noch für gefährlich. Warum sollte jemand ein Interesse daran haben, alle, die etwas mit Sakuras Tod zu tun hatten, hier zusammenzubringen? Könnte es sein, daß wir nur auf einen neuen Todesfall warten?«

Lieutenant Hata schwieg ein paar Sekunden. »Essen die Gäste irgend etwas?«

»Nein, hier gibt es nichts zu essen. Die Leute beschweren sich schon. Allerdings sollen *sashimi* geliefert werden, und es könnte gut sein, daß jemand in böser Absicht Gift darüberstreut.« Ich übertrieb ein bißchen, um ihn zu beunruhigen.

»Ich setze mich mit dem zuständigen Beamten auf Izu in Verbindung. Aber die Halbinsel ist groß, und Sie haben mir kaum Hinweise auf die Lage des Kayama-Anwesens gegeben. Ich kann Ihnen nicht versprechen, daß die örtliche Polizei sich die Mühe machen wird, zu dem Fest zu fahren. Wenn sich kein Verbrechen ereignet hat, kann ich die Beamten nur dazu bringen, indem ich ihnen sage, jemand hätte sich wegen des Lärms und der Betrunkenen beschwert. Miss Shimura, sind Sie der Meinung, daß es auf diesem Fest zu laut zugeht und es zu viele Betrunkene gibt?«

Ich begriff sofort. »Ja, durchaus.«

Was machte es schon, daß die meisten Gäste über Fünfzig und nicht gerade von der lebhaften Sorte waren? Seit dem Eintreffen der Alkoholika war der Lärmpegel tatsächlich ein wenig gestiegen.

»Trinken Sie nicht zu viel, und bitte geben Sie mir Ihre Nummer dort, damit ich mich mit Ihnen in Verbindung setzen kann.«

Als ich ihm die Nummer durchgab, hörte ich ein Klicken in der Leitung. Jemand hatte aufgelegt. Entweder hatte Lieutenant Hatas Frau unser Gespräch mitgehört oder jemand im Haus der Kayamas.

»Wissen Sie, wo Ihre Frau ist?« fragte ich Lieutenant Hata.

»Aber sicher. Sie sitzt hier bei mir am Tisch und schuppt einen Bonito-Fisch fürs Abendessen. Warum fragen Sie, Miss Shimura?«

»Ach ...« Ich wollte ihm meinen Verdacht nicht mitteilen. »Ich freue mich schon auf das Eintreffen der Polizei«, sagte ich statt dessen und legte auf.

Unten im Flur kam ich an Takeo vorbei, der sich gerade mit Mari Kumamori unterhielt.

»Ich möchte, daß Sie die Prüfung fürs Lehrerdiplom noch einmal machen«, sagte er zu ihr. »Vielleicht könnten Sie mir auch ein paar von Ihren Gefäßen für die Ausstellung im Herbst zur Verfügung stellen.«

»Ach nein!« Mari holte tief Luft, und ihr Gesicht strahlte vor Freude. »Meine Sachen sind wirklich nicht gut.«

»Ich finde, Sie könnten damit zur Vorreiterin unserer neuen Ausrichtung werden. Die Schule will sich von nun an mehr an Umweltfragen orientieren, und da wären Töpferwaren mit natürlicher Glasur ideal.« Als ich an den beiden vorbeiging, um im Eingangsbereich meine *zōri* anzuziehen, wandte er sich mir zu und sagte: »Bitte geh noch nicht, Rei.«

»Ich will nur eine Weile ins Freie, keine Sorge. Ich komme wieder.« Da ich mir im Augenblick ein bißchen wie ein weiblicher Arnold Schwarzenegger vorkam, war es schade, daß ich nur meine Holzsandalen und keine Springerstiefel hatte.

Die Reihe der geparkten Autos war ungefähr zweihundert Meter lang. Es handelte sich hauptsächlich um japanische Personenwagen. Dazu kamen ein paar dem Trend entsprechende Geländewagen. Ich ging in der Dunkelheit die Autos ab und sah mir die neu ankommenden Gäste an. Man begrüßte sich mit einem Nicken oder einer leichten Verbeugung, doch Angestellte der Schule waren nicht darunter.

Der Pfad führte auf die Rückseite des Hauses zu dem Kirschenwäldchen. Zwischen den Bäumen befanden sich dekorative Steinlaternen und kleine Felsen. Dieser Steingarten schien eine Mischung aus klassischem Zen-Garten und amerikanischer Landschaftsgärtnerei zu sein.

Als ich meine Verwandten entdeckte, trat ich zu ihnen, um mich kurz über die Lage zu informieren.

»Die Blumen sind mir egal«, grummelte Onkel Hiroshi. »Ich will jetzt nur was zu essen. Wo sind nun die *chirashizushi*, die du mir versprochen hast?« fragte er Norie.

»Das Essen kommt noch«, vertröstete ich ihn. »Sie hatten nichts im Haus, weil die Party hier überhaupt nicht geplant war.«

»Wie gibt's denn so was?« fragte Hiroshi.

»Jemand hat uns Einladungen geschickt, aber die Kayamas wußten nichts davon.«

»Wer würde so etwas tun? Gäste zu bekommen, wenn das Haus nicht bereit ist und man nichts zu essen hat, ist demütigend!« sagte Tante Norie. Eriko, die sich gerade mit jemand anderem unterhielt, beugte sich zu uns herüber und nickte zustimmend.

»Wir wissen nicht, wer's war«, sagte ich. »Es sollen nicht zu viele Leute von dem Mißgeschick erfahren, denn sonst hätten sie alle ein schlechtes Gewissen, hier zu sein. Takeo hat Essen bestellt. Es wäre sehr nett, wenn du helfen könntest, die Teller und Tabletts zu einer Art Büffet anzuordnen, sobald die Leute vom Lieferservice kommen.« Ich mußte sie nicht extra bitten, ein Auge auf die Speisen zu haben, weil ich wußte, daß sie das ohnehin tun würde.

»Aber natürlich. Es wird alles ein bißchen improvisiert wirken, aber ich denke, ich schaffe das schon. Ich weiß, wo das Geschirr ist und wie alles serviert werden muß.« Norie schwieg eine Weile. »Rei-*chan* – bist du deshalb vorhin nach oben gegangen? War es, um Takeo bei der Rettung des Abends zu helfen?«

Als ich nickte, lächelte sie dankbar. »Du bist wirklich ein Goldschatz.«

Nachdem ich solchermaßen die Gemüter beruhigt hatte, ging ich wieder zur Auffahrt zurück und dann einen Kiespfad hinunter, der zu einem kleinen, weißverputzten Häuschen führte. Vermutlich war das die *kura*, das Lagerhaus für die Familienpreziosen. Davor stand ein Wagen, nicht der Range Rover, sondern ein schwarzer Pickup von Nissan.

Ich näherte mich der Kühlerhaube, die leise Geräusche von sich gab, so, als sei der Motor noch nicht lange abgeschaltet. Die Haube selbst war noch warm. Meine Sandalen machten mich ein bißchen größer, so daß ich in den Lieferwagen schauen konnte. Im fahlen Licht der Laternen an den Bäumen konnte ich unterschiedliche Objekte auf dem Beifahrersitz erkennen: ein Fischnetz, eine Leiter und einige zusammengefaltete Laternen. Dies war also der Wagen jener Person, die die Auffahrt geschmückt hatte. Möglicherweise hielt sich der heimliche Gastgeber gerade in der *kura* auf und stahl die Schätze der Kayamas.

Ich war nicht mutig genug, um hineinzugehen, aber eins konnte ich immerhin tun: Ich nahm Tante Nories Kamera aus dem Beutel und machte ein Bild von den Sachen auf dem Beifahrersitz sowie von der Rückseite des Wagens samt Nummernschild. Dann ging ich zum Haus zurück. Hätte ich doch nur eine Taschenlampe dabei gehabt! Der Wald rund ums Haus wirkte entsetzlich verlassen. Obwohl ich kaum mehr als fünfzig Meter vom Gebäude entfernt war, konnte mich niemand sehen. Ich beschleunigte meine Schritte und wurde erst ruhiger, als ich nahe genug beim Haus war, um zu beobachten, wie die ersten Gäste wieder heimfuhren.

Ich hatte bisher keinen einzigen Angestellten der Kayama-Schule entdeckt; weder Mrs. Koda noch Miss Okada noch irgendeine andere der Lehrerinnen oder Sekretärinnen. Auch von Masanobu Kayama fehlte jede Spur. Nun, vielleicht marschierte er in seiner

Tokioter Penthouse-Wohnung auf und ab und dachte sich eine Methode aus, wie er mich bestrafen könnte.

Aber wieso war Lila dann hier? Ich versuchte, eine Erklärung zu finden. Hatte sie dieses Fest organisiert, um Takeos Chancen auf die Übernahme der Schule zu reduzieren? Wenn ja, bedeutete das, daß sie seinen Vater heiraten und ihre eigenen Kinder zu den neuen Erben des Imperiums machen wollte. Nein. So erstrebenswert konnte es nicht sein, im goldenen Käfig der Kayama-Familie zu sitzen. Vermutlich war Lila ganz mit dem gegenwärtigen Stand der Dinge zufrieden.

Ich betrat das Haus unmittelbar hinter einem Mann, den ich als Gesellschaftsreporter des *Tokyo Weekender* erkannte. Wenn ein den Tatsachen entsprechender Bericht über diese Party in dem vierzehntägig erscheinenden Boulevardblatt abgedruckt würde, wäre das eine Katastrophe für die Kayamas. Ich tauschte meine Schuhe gegen Slipper, und Natsumi sah mir dabei zu. Als ich einen Fuß auf den polierten Boden setzte, packte sie mich am Handgelenk. Sobald der Gesellschaftsreporter und seine Begleiter im Wohnraum waren, sagte sie: »Ich möchte, daß Sie nach oben gehen, Ihren Kimono ausziehen und ihn mir geben.«

Sie roch so stark nach Alkohol, daß ich unwillkürlich einen Schritt zurücktrat. »Warum das?«

»Ich bin die Gastgeberin. Ich muß hübsch aussehen«, sagte sie, und dabei klang sie genauso verzweifelt wie kurz zuvor ihr Bruder.

»Haben Sie denn nicht selber was anzuziehen? Was ist mit dem berühmten Kimono Ihrer Mutter?« fragte ich.

»Den habe ich schon vor ein paar Jahren getragen.« Sie rümpfte verächtlich die Nase, und dabei kam der verschmierte Lippenstift an einem ihrer Schneidezähne zum Vorschein. »Ich kann bei einem Fest nicht zweimal dasselbe anziehen.«

»Aber wenn ich Ihnen meinen Kimono gebe, dann imitieren Sie auch bloß mich. Und was sollte ich dann tragen? Ich bin nicht schlank genug für Ihre schwarze Lederhose oder diese Jeans«, sagte ich mit Blick auf besagte Jeans, die mir um etliche Nummern zu klein gewesen wäre.

»Auf der anderen Seite des Hauses befindet sich eine *kura*, in der die alten Sachen meiner Mutter aufbewahrt werden. Dort können Sie sich was aussuchen. Sie lieben doch alte Kleider! Hier, nehmen Sie den Schlüssel.« Natsumi suchte in einer Kommode herum, knallte jedoch die Schublade schon bald wieder zu. »Ich kann ihn nicht finden. Tja, das bedeutet wohl, daß die *kura* sowieso offen ist. Vielleicht ist mein Bruder dort.« Sie hob die Augenbrauen. »Das würde Ihnen doch gefallen, oder? So ganz allein mit ihm.«

»Sie sind betrunken, und ich gehe nicht in die *kura*«, sagte ich, denn ich mußte an den schwarzen Lieferwagen davor denken. »Bitte seien Sie vernünftig. Es haben ohnehin schon alle gesehen, was Sie tragen, und finden es hübsch. Setzen Sie sich einfach ein bißchen hin, dann geht es Ihnen gleich besser.«

»Das hier ist ein halboffizielles Fest«, sagte Natsumi ein wenig herablassend. »Sie haben keine Ahnung von japanischer Etikette. Garderobe ist uns sehr wichtig. Deshalb brauche ich auch die Ihre.«

Den Spruch »Sie haben keine Ahnung von japanischer Etikette« hatte ich schon so oft gehört, daß er mich nicht mehr verletzte. Also sah ich ihr direkt in die Augen und sagte: »Nun, Natsumi-san, dann sollten Sie einen von den Kimonos Ihrer Mutter tragen, und den müssen Sie sich schon selbst aussuchen.«

»Mädchen, die Leute können hören, daß ihr euch streitet!« Tante Norie kam auf uns zu gewirbelt wie ein kleiner Tornado. »Ich gehe mit Rei einen Kimono holen. Ich weiß, wo die *kura* ist.«

»Ach, das wäre wirklich nett!« sagte Natsumi mit einem übertriebenen Lächeln zu meiner Tante. »Bringen Sie mir doch bitte auch einen Unterrock und ein Untergewand und einen *obi* mit. Ich vertraue Ihrem Urteil völlig.«

»Aber du hast Wichtigeres zu tun«, sagte ich leise zu meiner Tante. »Das Essen.«

»Ich werde Tsutomu bitten, sich darum zu kümmern. Er findet sich mittlerweile schon ziemlich gut im Haushalt zurecht.«

»Ich gehe schon mal nach oben, um mich auszuziehen, und warte dann«, sagte Natsumi.

»Natürlich«, meinte Tante Norie.

Der unterwürfige Tonfall von Norie gefiel mir überhaupt nicht. Als wir draußen waren, sagte ich zu ihr: »Das ist eine Falle. Etwas – ich meine jemand – wartet im Lagerhaus auf uns.«

»Sei doch nicht albern, Rei-*chan*.« Tante Norie schaltete ihre Taschenlampe ein und marschierte den Weg hinunter, der zur *kura* und dem schwarzen Lieferwagen führte.

»Das Lagerhaus ist die Wurzel allen Übels. Sakura ist nicht nur ins Schularchiv gegangen, um die Kayama-Keramiken auszuleihen, sondern wahrscheinlich auch in diese *kura*, um einen der Kimonos von Takeos Mutter zu holen. Und während sie dort war, ist sie auf etwas gestoßen, das zu ihrem Tod geführt hat.«

»Wieso sollte Sakura Kleidung von Mrs. Kayama getragen haben?« Norie blieb stehen und musterte mich mit einem merkwürdigen Blick.

»Nun, ich bin mir nicht hundertprozentig sicher, daß sie es war«, gestand ich. »Aber so viel ist klar: Eine japanische Frau mittleren Alters hat den gelben Kimono von Takeos Mutter gestohlen und sich als Mrs. Kayama ausgegeben, als sie bei Mr. Ishida im Laden war. Sie hat ihm Keramiken aus den dreißiger Jahren verkauft, die für die Kayama-Schule hergestellt worden waren.«

Tante Norie atmete schneller. »Du lieber Himmel.«

»Was ist?«

»Ich glaube, ich habe eine Frau gesehen, die so angezogen war, aber durch den Morgennebel konnte ich ihr Gesicht nicht erkennen. Ich dachte, das ist Mrs. Kayama, die aus dem Totenreich zurückgekehrt ist, um mich heimzusuchen.«

»Aber warum denn?«

»Sie ist ein paarmal zu mir in den Garten gekommen, immer um den Jahrestag ihres Todes im Frühjahr herum. Ich bin mir sicher, daß diese Frau auch diejenige ist, die mir die Haikus schickt.« Plötzlich sprudelte all das heraus, worüber Norie so lange geschwiegen hatte.

»Aber wie kann es Sakura sein, wenn wir auch nach ihrem Tod noch Haikus erhalten haben?«

»Es ist ein Geist, der mich wegen meiner Sünden quälen will«, sagte Norie.

Wie schlimm waren diese Sünden? Ich räusperte mich und sagte: »Du und der Schulleiter. Hast du …«

»Ja. Ich habe ihm schrecklich weh getan.« Nories Stimme bebte.

»Mach dir deswegen kein schlechtes Gewissen, Obasan. Er hat dich manipuliert. Das gleiche macht er auch mit anderen Frauen der Schule. Heutzutage würde man so etwas sexuelle Belästigung nennen.«

»Wie bitte?« Norie blieb stehen und starrte mich an. »Ich hatte keine Affäre mit dem Schulleiter. Ich wollte nur sagen, daß ich ihm weh getan habe, weil ich für den Unfall seiner Frau verantwortlich bin.«

»Takeo hat mir erzählt, daß sie eine Treppe im Garten hinuntergefallen ist. Wieso sollte das deine Schuld sein?«

»Ich stand am Fuß der Treppe und schnitt Narzissen für eine bevorstehende Ausstellung. Aber meine Schere war zu stumpf. Und weil ich damals mit Chika schwanger war, hatte ich nicht die Energie, die Stufen hochzugehen. Außerdem hatte es geregnet, und die Steine waren rutschig. Das hat mir angst gemacht. Also habe ich Mrs. Kayama, die weiter oben stand, gebeten, einer der Schülerinnen zu sagen, sie solle mir eine andere Schere bringen. Sie hat mir zugerufen, daß sie mir ihre eigene Schere bringen würde. Ich habe mich natürlich sofort entschuldigt – du lieber Himmel, ich hatte ja nicht erwartet, daß die Frau des *iemoto* sich zu so etwas herablassen würde –, aber sie war so nett und hat darauf bestanden, zusammen mit mir die Narzissen zu schneiden. Auf dem Weg zu mir ist sie dann mit dem Kopf voran die Treppe heruntergestürzt und in die Schere gefallen. Sie hat ihren Hals durchbohrt.«

»Deshalb warst du so durcheinander, als du Sakuras Leiche in der Kayama-Schule gesehen hast. Das hat dich an Mrs. Kayamas Tod erinnert.«

Tante Norie nickte. »Ja, und die anderen haben das auch gewußt. Ich habe nun schon zum zweiten Mal eine tote Frau mit einer Schere im Hals gefunden.« Sie schwieg ein paar Sekunden. »Du glaubst doch nicht etwa, daß wieder eine Leiche in der *kura* liegt, oder? Und ich sie entdecken soll, wie die beiden Male zuvor?«

»Wir sollten auf die Polizei warten.« Als meine Tante mich erstaunt ansah, sagte ich: »Ich habe Lieutenant Hata informiert. Er schickt die örtliche Polizei.«

»*Ara!*« rief meine Tante aus. »Dann hast du dort oben also nicht nur einen Catering Service angerufen, sondern auch die Polizei!«

»Ja. Takeo hat mir nur gezeigt, wo ich in Ruhe telefonieren kann.«

»Bist du sicher, daß du ihm vertrauen kannst?«

Ich mußte daran denken, wieviele unterschiedliche Facetten seines Charakters ich schon kennengelernt hatte. Zuerst war er mir wie ein arroganter reicher Junge erschienen, dann wie ein möglicherweise gewalttätiger Umweltschutzaktivist und schließlich wie ein emotional höchst bedürftiger junger Mann, dem die Mutter fehlte.

»Doch, ich glaube schon.« Ich wußte, daß das nicht sonderlich überzeugt klang.

»Dann solltest du Takeo-san bitten, in die *kura* zu gehen. Er ist der Mann im Haus.«

Norie wollte sehen, wie mutig oder ehrenwert sich Takeo in einer häuslichen Krisensituation verhalten würde. Aber das war die falsche Prüfung für ihn. Takeo würde für seine verwöhnte Schwester genausowenig einen Kimono holen wie ich.

»Niemand geht da rein, solange die Polizei nicht da ist«, wiederholte ich. »Komm, kehren wir zum Haus zurück. In Gesellschaft der Shimura-Männer würde ich mich sicherer fühlen. Du nicht auch?«

Tante Norie widersprach mir nicht.

28

»Ich langweile mich zu Tode«, sagte Tom, der gerade im großen Salon des Hauses eine Schriftrolle begutachtete, als ich zu ihm trat. »Können wir gehen? Die Kayamas sind verschwunden, und ich weiß allmählich nicht mehr, was ich tun soll. Ich habe bereits sechs Runden im Kirschgarten gedreht.«

Norie und ich wechselten einen Blick. Vermutlich dachte sie wie ich, daß es Tödlicheres gab als Langeweile. Nachdem ich die Geschichte von Mrs. Kayamas Tod gehört hatte, klang die Klage meines Cousins fast ein bißchen geschmacklos.

»Tsutomu-*kun*, vielleicht brauchen wir dich noch. Wir sollten bleiben«, murmelte Norie und lächelte den immer noch eintreffenden Neuankömmlingen freundlich zu.

»Du meinst, falls irgend jemand zu viel trinkt, was die meisten hier tun« – er deutete auf die Gäste im Wohnzimmer, die alle auf leeren Magen Alkohol tranken – »wirst du mich bitten, das Erbrochene wegzuputzen? Bloß, weil ich der einzige Arzt bin?«

»Keiner wird das von dir verlangen«, herrschte seine Mutter ihn an. »Das mußt du doch im St. Luke's auch nicht machen, oder? Die unangenehmen Aufgaben erledigen immer die Schwestern, die Frauen natürlich.«

Kam da so etwas wie feministisches Bewußtsein zum Vorschein? Ich sah meine Tante überrascht an. Die Spannung lockerte sich ein wenig durch das Eintreffen der *sashimi*. Da ich Takeo nirgends entdecken konnte, dirigierte ich den Mann vom Catering Service in die Küche, und Norie und ich schoben die Sachen rasch von den Plastikbehältern auf die antiken Holztabletts der Kayamas.

Dann bat Norie Tom, das Essen nach draußen zu tragen und ein Auge darauf zu haben.

»Wovor soll ich die Sachen beschützen? Davor, daß sie von den Gästen gegessen werden?« brummte Tom.

»Nein, vor möglichen Giftanschlägen«, erwiderte seine Mutter.

Tom hob fragend die Augenbrauen, tat aber, was sie ihm sagte.

Wo steckte bloß Takeo? Das fragte ich mich, während ich einen Disput zwischen Onkel Hiroshi und dem Lieferanten mitbekam, der unbedingt Geld wollte. Schließlich reichte Onkel Hiroshi ihm seine Kreditkarte und sagte, er würde für die Zahlung der Rechnung bürgen, falls die Kayamas sie nicht bis zum folgenden Morgen beglichen.

»Das war sehr großzügig von dir«, sagte ich zu meinem Onkel.

»Nun, ich habe immer noch ein bißchen Geld«, sagte er steif. Ich hatte die Sache mit seiner Kündigung fast vergessen, aber jetzt wurde ich wieder daran erinnert.

Als die Gäste sich in Richtung *sashimi* in Bewegung setzten, hörte ich eine Frau darüber klagen, daß das Essen nicht mit Blumen dekoriert sei. Tante Norie und ich hatten schnell arbeiten müssen und dieses wichtige Detail völlig übersehen.

Ich hatte andere Prioritäten und ging nach oben, um Takeo zu suchen. Vielleicht hatte er sich in sein Zimmer zurückgezogen wie ein Teenager, der den Freunden seiner Eltern aus dem Weg gehen wollte. Aber das paßte nicht zu einem Menschen, der ruhig genug geblieben war, um Essen für zweihundert Leute zu bestellen.

Die Tür zu dem Zimmer, das er mir zuvor gezeigt hatte, war verschlossen, und so klopfte ich leise, weil ich vermeiden wollte, daß Natsumi nebenan meine Rückkehr ohne Kimono bemerkte. Ich traute ihr ohne weiteres zu, daß sie mir den Kimono einfach vom Leib riß und mich mit ihrer viel zu engen Jeans sitzen ließ.

Da ich nichts hörte, öffnete ich die Tür zu Takeos Zimmer einen Spalt breit. Es war leer. Ich schloß die Tür wieder und sah mir die sechs anderen an. Eine von ihnen stand ein wenig offen, also lugte ich hinein.

Hier also war Natsumi. Sie lag ausgestreckt auf einem Himmelbett mit nichts als einem purpurfarbenen Spitzenbüstenhalter und einem passenden Slip an, ein Set, um das ich sie beneidet hätte, wäre die Situation nicht so schrecklich gewesen.

Dieser kleine Anflug von Neid half mir, die Angst zu besiegen, die in mir aufstieg. Natsumi war nicht tot. Ich eilte zu ihr und stellte mit großer Erleichterung fest, daß sich ihre winzigen Brüste unter dem Spitzen-BH gleichmäßig hoben und senkten. Ich packte sie an ihrer warmen, weichen Schulter und schüttelte, doch sie schlief tief und fest. Nach einem Blick auf die Jeans am Boden wußte ich, was passiert war. Sie hatte sich ausgezogen, weil ich ihr ja einen Kimono geben sollte, und dann das Bewußtsein verloren.

Eigentlich hätte ich mich nicht darüber freuen sollen, daß Natsumi somit aus dem Rennen war, aber wenigstens würde sie Norie und mich jetzt nicht mehr bedrängen, für sie in die *kura* zu gehen. Manchmal konnte man sich auch über kleine Dinge freuen. Ich verließ den

Raum und schloß die Tür fest hinter mir, damit niemand Natsumi störte. Ein paar Sekunden zuvor hatte ich gehört, wie sich draußen auf dem Flur eine Tür öffnete und dann wieder schloß.

Ich hatte nicht den Eindruck, daß es sich dabei um die Tür zu einem der Schlafzimmer handelte, sondern eher um die zur Toilette. Durch das winzige Milchglasfenster in der oberen Ecke der Toilette sah ich, daß sich jemand darin aufhielt. Vielleicht war Natsumi ja nicht das einzige Opfer von zu viel Alkohol auf nüchternen Magen. Der Gesellschaftsreporter würde jedenfalls jede Menge Stoff haben. Ich schlüpfte in Takeos Zimmer und ließ die Tür einen Spalt offen, um sofort zu sehen, wer herauskam.

In Takeos Zimmer war es kälter als im übrigen Haus. Ob er den Kamin an kühlen Abenden wie dem heutigen wohl anmachte? Ich konnte nirgends Holzscheite entdecken, nur einen Stapel Zeitschriften zu Umweltschutzthemen. Auch ich war kein ordentlicher Mensch, aber so viele alte Hefte wie Takeo sammelte ich zum Glück nicht. Ich wandte den Blick von dem Durcheinander ab und der Nische zu, in der die Schriftrolle von Takeos Mutter über einem Arrangement aus Zweigen hing.

Ich sah mir die Schriftrolle genauer an. Das schöne an Reiko Kayamas Kalligraphie war, daß sie ihre *kanji* klar und deutlich geschrieben hatte und ich sie gut entziffern konnte. Normalerweise war mir das bei Kalligraphien nicht möglich.

Außerdem half es, daß ich nach ein paar Worten eines der Haikus erkannte, von denen ich Takeo erzählt hatte: *Die Frühlingswinde stoßen das hübsche Mädchen, Ärger erregend.*

Ich hatte diese Worte für eine Drohung gegen mich gehalten; jetzt begriff ich, daß sie lediglich die Szene von

Reiko Kayamas Sturz beschrieben. Norie hatte mir gesagt, ihrer Meinung nach sei Reiko ausgerutscht, doch als sie mir die Szene schilderte, erwähnte sie nur, wie sie Reiko fallen sah. Norie hatte es nicht laut ausgesprochen, aber ich dachte es jetzt: *Möglicherweise hatte jemand Reiko Kayama gestoßen.*

Wer sollte ein Interesse daran gehabt haben, die Frau des *iemoto* die Treppe hinunterzustoßen? Logisch betrachtet konnte es nur der Schulleiter oder Sakura oder jemand anders aus der Kayama-Schule gewesen sein. Allerdings wäre auch vorstellbar, daß ein kleiner Junge seine Mutter im Spiel aus dem Gleichgewicht gebracht hatte. Sie war nicht in der Lage gewesen, die Balance wieder zu finden, und die Stufen hinuntergestürzt. Daraufhin hatte der Junge womöglich jahrelang solche Schuldgefühle gehabt, daß er die Haikus seiner Mutter kopierte und sie Tante Norie schickte, weil er glaubte, diese habe ihn dabei beobachtet. Wie es ihm allerdings gelungen war, sich im Kimono als die eigene Mutter auszugeben, überstieg mein Vorstellungsvermögen. Hatte er seinen eigenen Autounfall arrangiert, weil er sichergehen mußte, daß Mr. Ishida ihn nicht mit den Kayama-Keramiken in Verbindung bringen würde?

Plötzlich verschwamm mir die Sicht, und ich merkte, wie mir Tränen in die Augen traten. Wieso hatte ich meine Gefühle Takeo gegenüber überhaupt zugelassen? Norie hatte schon recht, er war nicht der richtige für mich.

»Was machen Sie denn hier drin?« Lila Braithwaites Stimme riß mich aus meinen Gedanken. Mit ihrem paillettenbesetzten Cocktailkleid ähnelte Lila, die in der Tür zu Takeos Zimmer stand, einer Eiskönigin.

»Ich warte hier. Und das, was heute nachmittag passiert ist, tut mir leid.«

»Mir auch!« sagte Lila wütend. »Als ich Sie kennengelernt habe, dachte ich wirklich, Sie wollten mir bloß ein paar Antiquitäten verkaufen. Und ich hätte sie sogar gekauft. Haben Sie deshalb mein Leben zerstört – weil Sie wütend darüber waren, daß ich Ihre blöden Teller nicht wollte?«

»Finden Sie nicht, daß Sie für diese Entwicklung verantwortlich sind? Schließlich haben *Sie* sich für die Affäre mit dem *iemoto* entschieden. Und falls es anders gewesen ist, sollten Sie das der Polizei sagen. Es gibt Gesetze gegen sexuelle Belästigung ...«

Lila schloß die Tür hinter sich und trat auf mich zu. »Sie sind also eine richtige Japan-Expertin, was, meine liebe Rei? Sie sprechen die Sprache. Sie verkaufen japanische Möbel. Sie geben sogar juristische Ratschläge! Nun, Sie können mir glauben, daß Masanobu mich nicht sexuell belästigt hat. Wir sind zwei erwachsene Menschen, die den Beschluß gefaßt haben, etwas miteinander anzufangen. Völlig unabhängig von unseren Kindern. Nur für uns.«

Ich wollte gerade erwidern, daß sie ja auch noch irgendwo einen Ehemann habe, den ich zwar nie persönlich kennengelernt hatte, doch dann hielt ich mich zurück. Sie hatte recht. Ich war nicht nur in ihre Wohnung eingedrungen, sondern auch noch in ihren begehbaren Wandschrank. Recht viel aufdringlicher konnte man nicht mehr werden.

»Ich werde niemandem davon erzählen.« Das meinte ich ernst, denn ich konnte den Gedanken, daß Takeo vom Verhalten seines Vaters erfuhr, nicht ertragen. Der Verlust seiner Mutter war schon schmerzlich genug für ihn.

»Das glaube ich Ihnen nicht«, sagte Lila mit bebender Stimme.

»Doch, ich verspreche es Ihnen.« Ich hielt ihrem Blick stand. »Allerdings nur, wenn Sie nichts mit dem Mord an Sakura zu tun haben.«

»Ich ... wir ... sie ...« Lila stotterte ein bißchen herum und sagte dann mit matter Stimme: »Sakura hat Bescheid gewußt. Sie hat mich im Kurs schlecht behandelt und Masanobu gegenüber angedeutet, daß sie alles weiß. Aber er hat sie wieder befördert, zur Großmeisterin, und sie bekam auch mehr Gehalt. Wissen Sie, Geld löst alle Probleme. Masanobu würde nie, aber auch wirklich nie, einer Frau etwas zuleide tun.«

»Ihnen hat er zumindest Kratzer zugefügt«, sagte ich. »Ich habe Ihren Rücken neulich in der Küche gesehen.«

Lila schwieg ein paar Sekunden, dann erklärte sie: »Darum habe ich ihn gebeten.«

»Sie meinen ...«

»Sie sind nicht verheiratet«, sagte Lila einfach nur. »Für alleinstehende Frauen ist die Liebe immer eitel Freude, aber wenn man ein bißchen Lebenserfahrung hat, schätzt man manchmal auch ihre rauheren Seiten.«

Vermutlich war ich rot geworden, denn Lila schnaubte verächtlich. »Sie werden ja verlegen. Ein Zeichen, daß Sie noch ziemlich jung sind. Nun, ich darf Ihnen versichern, daß die Affäre zu Ende ist. Er interessiert sich nicht mehr für mich.«

»Er hat Schluß gemacht?« Ich mußte zugeben, daß mich das für ihren Mann und ihre Kinder freute.

»Masanobu hat mich verlassen und mir erklärt, daß er die Beziehung jetzt, da Sie Bescheid wissen, nicht mehr fortführen kann. Ich habe ihn angefleht, sich zu beruhigen und sich alles noch einmal zu überlegen, doch er wollte die Sache unbedingt beenden. Eigentlich hatte ich erwartet, daß er hierher kommen würde, um die letzten

Vorbereitungen zu überwachen. Ich glaube, er ist nur deshalb nicht hier, weil er mir aus dem Weg gehen möchte. Aber die Party ist schrecklich ohne ihn! Ich kann mir nicht vorstellen, wie seine Kinder das Fest weiter gestalten wollen. Sie haben heute abend kläglich versagt.«

»Hat der Schulleiter Ihnen gegenüber denn etwas von diesem Fest erwähnt?« fragte ich.

Lila schien meine Frage zu überraschen. »Nein. Ich habe meine Einladung gestern erhalten, mit ihm aber nicht darüber gesprochen, weil ich andere Dinge im Kopf hatte. Wir hatten sowieso nie viel Zeit miteinander.«

»Wenn Sie das tröstet: Er wußte nichts von dieser Party«, sagte ich. »Natsumi und Takeo hatten auch keine Ahnung. Die Zusagen sollten an einen Antwortdienst außerhalb der Schule gehen, damit die Angestellten nichts davon mitbekamen und der Familie nicht Bescheid sagen konnten. Darum ist auch Mrs. Koda nicht hier.«

»Und wer hat die Einladungen verschickt?« Lila sah mich fragend an.

»Ich weiß es nicht. Jedenfalls muß es jemand gewesen sein, der der Familie nicht wohlgesonnen ist.«

»Vielleicht aber auch jemand, der die Familie liebt«, sagte Lila mit sanfter Stimme. »Ohne die Einladungen für heute abend hätte es dieses Jahr kein Kirschblütenfest gegeben. Derjenige, der die Einladungen verschickt hat, wollte möglicherweise die Tradition aufrecht erhalten. Schließlich finden diese Kirschblütenfeste seit einhundertfünfundvierzig Jahren statt, und zwar ohne eine einzige Unterbrechung. Und für die Kayamas bedeutet Tradition alles.«

Ich dachte noch eine ganze Weile über Lilas Theorie nach, während sie die Treppe zu Nadine hinuntereilte, um zusammen mit ihrer Freundin für ein Gruppenfoto zu posieren.

Tradition. Wieder betrachtete ich Reiko Kayamas Schriftrolle, die in der Nische in Takeos Zimmer hing. Ich wußte, daß ich hinuntergehen, Takeo aufspüren und ihn nach seinem Verhältnis zur Tradition befragen mußte. Vielleicht war ihm ja eine Lehrerin oder eine Schülerin aufgefallen, die auf merkwürdige Weise von der Vergangenheit fasziniert war.

Doch bevor ich das Zimmer verließ, verschaffte ich mir ein eigenes Bild von Reiko Kayamas künstlerischem Werk. Ich holte Tante Nories Kamera aus dem kleinen Seidenbeutel, der an meinem Handgelenk baumelte, und richtete sie auf die Schriftrolle. Dann holte ich die Schrift mit dem Zoom näher heran.

Wieder fiel mir auf, wie sehr die Schriftrolle sich von den Haiku-Briefen unterschied, die ich erhalten hatte, und zwar nicht nur in der Handschrift.

Der Unterschied war folgender: Im Text von Reikos Originalschriftrolle, die ich gerade betrachtete, waren vier *kanji*-Schriftzeichen, und zwar für »Frühling«, »Wind«, »Schönheit« und »Frau«. Das war mir nicht weiter aufgefallen, weil ich diese *kanji* inzwischen kannte. Die Briefe hingegen, die man mir unter der Tür durchgeschoben hatte, waren vollständig in *hiragana* verfaßt, der phonetischen Schrift.

Die Person, die mir die Briefe geschickt hatte, war also der Meinung, daß ich nicht sonderlich gut Japanisch lesen konnte, wollte aber sichergehen, daß ich die Botschaft trotzdem verstand.

Wer wußte, daß ich im Lesen von *kanji* nicht so gut war? Takeo jedenfalls nicht. Ihm hatte ich im Restaurant vorgemacht, daß ich in der Lage sei, die Speisekarte zu verstehen.

Wer also wußte, daß ich letztlich kaum lesen konnte? fragte ich mich immer wieder, bis es mir endlich einfiel.

»Wo ist deine Mutter?« fragte ich Tom, nachdem ich zu ihm gehastet war. Er stand ein bißchen verkrampft und sichtlich genervt an dem sich allmählich leerenden Büffet.

»Ach, da bist du ja! Ich soll dir sagen, daß sie nach draußen gegangen ist, um etwas für Natsumi zu holen.«

»Hat Onkel Hiroshi sie begleitet?«

»Nein, der ist da drüben.« Tom deutete mit dem Kopf in Richtung Garten, wo Onkel Hiroshi sich angeregt mit einem kleingewachsenen Mann unterhielt, dessen Rücken mir irgendwie bekannt vorkam. »Er redet mit dem Geschäftsführer von Sendai. Als Mutter das sah, wollte sie ihn nicht stören.«

»O nein!« Ich kannte Masuhiro Sendai, einen der großen japanischen Industriebosse, durch meinen Exfreund Hugh. Die Firma Sendai hatte uns durch ihre Anrufe nicht nur bei zahllosen Abendessen, sondern auch im Schlaf gestört. Und nun hielt Sendai Hiroshi davon ab, seiner Frau beizustehen, wenn diese ihn brauchte.

»Es kann nicht schaden, wenn mein Vater sich mit Sendai-san unterhält«, sagte Tom. »Es könnte womöglich nützlich für ihn sein.«

»Aber deine Mutter hätte nicht allein in die Dunkelheit hinausgehen dürfen. Vergiß die Sache mit dem Essen, Tom, wir müssen sie finden.«

»Ihr passiert bestimmt nichts. Iwata-san ist bei ihr.« Als ich ihn verständnislos ansah, fügte er hinzu: »Du kennst sie nur unter ihrem Vornamen. Ich meine ihre Freundin Eriko.«

29

Mehrere Laternen in den Bäumen waren inzwischen ausgegangen, so daß es draußen jetzt noch dunkler wirkte. Wind war aufgekommen, und man roch förmlich den herannahenden Regen. Ich schlüpfte aus den lästigen Sandalen und lief strumpfsockig in Richtung *kura*. Der kleine Beutel, den ich dabeihatte, behinderte mich nur, also legte ich ihn auf einen Felsen, holte die Kamera heraus und hängte sie mir um den Hals.

Zuvor war mir die *kura* viel kleiner erschienen. Sie war ungefähr so groß wie die meisten Häuser in Yanaka und hatte, soweit ich das anhand des Lichts, das durch ein Fenster hoch über der Tür herausdrang, beurteilen konnte, zwei Stockwerke. Genau wie das winzige Fenster in der Toilette der Kayamas verriet auch dieses hier mir etwas sehr Wichtiges. In dem Lagerhaus war zuvor kein Licht gewesen, also hatte sich jemand darin aufgehalten oder war immer noch dort.

Ich war froh, keine Schuhe anzuhaben, als ich mich der *kura* näherte. Der Eingang ähnelte einem Scheunentor mit einem Riegel in der Mitte, der jetzt geöffnet war. Ich zog vorsichtig am linken Flügel des Tores, weil ich befürchtete, daß er knarren würde. Doch er war gut geölt und ließ sich völlig geräuschlos aufmachen.

Von der Tür aus ließ ich den Blick über das Innere des Lagerhauses schweifen. Jetzt begriff ich, warum es im Erdgeschoß keine Fenster gab: Alle Wände waren bis hinauf in den ersten Stock mit tiefen Regalen voller flacher Lackkästen bedeckt. Diesen ersten Stock konnte man über eine *tansu*-Kommode erreichen, die die Form einer Treppe hatte. Ich hatte solche Treppen-*tansu* schon als Dekorationsstücke in Häusern gesehen, aber noch nie in dieser Funktion. Sehr vertrauenswürdig erschien mir diese Kommode nicht, denn die schmalen, steilen Stufen waren aus altem, strohtrockenem Holz. Als ich den Raum dann schließlich betrat, entdeckte ich, daß eine Lagerkiste in der Nähe der Wand am anderen Ende geöffnet worden war. Aus ihr ergoß sich eine Flut roter Seide. Vielleicht war das einer von Reikos Kimonos. Aber wo steckte meine Tante?

Da hörte ich von draußen das Geräusch eines einschlagenden Blitzes, und plötzlich gingen die Lichter aus. Es war völlig still. Der ganz eigene Geruch der *kura*, eine Mischung aus altem Holz, Stoffen, Heu und Erde, wurde überlagert vom Geruch meiner Angst. Regen trommelte so rhythmisch aufs Dach wie ein *taiko*-Spieler – der Sturm war losgebrochen.

Ich tastete mich vorsichtig rückwärts in Richtung des Eingangs zurück. Da ich im Erdgeschoß war und nicht weit vom Tor entfernt, befand ich mich im Vorteil. Doch während ich mich ihm näherte, nahm ich einen neuen Geruch wahr, ein schweres, blumiges Parfüm.

Ich hatte in der Dunkelheit die Orientierung verloren und wußte nicht mehr so genau, wie weit es bis zur Tür oder zu den Regalen voller Kisten noch war. Vorsichtig streckte ich die Hände aus und bewegte mich seitwärts. Ich mußte leise sein.

Nachdem ich das drei Minuten lang durchgehalten hatte, stieß ich gegen ein Regal. Der Aufprall meiner Hand auf dem Holz war genauso laut wie der Donner draußen.

Als ich mich erinnerte, wie die Regale angeordnet waren, kam mir eine Idee. Ich ging in die Hocke und ertastete die genaue Höhe und Tiefe des untersten Regals. Vermutlich war es so groß, daß ich mich hineinkauern konnte, wenn ich zuerst einen der sperrigen Kimonokästen herausmanövrierte. Das gelang mir relativ geräuschlos, und ich zwängte mich in die entstandene Lücke.

Die Temperatur im Lagerhaus schien ein paar Grade gestiegen zu sein. Wahrscheinlich war das die Aufregung. In der Luft hing Rauch, als habe sich jemand eine Zigarette angezündet.

Takeo rauchte. Ich erinnerte mich, daß er mir seinerzeit eine Zigarette angeboten hatte. Ich hatte nein gesagt, und daraufhin hatte er in meiner Gegenwart nie wieder geraucht. War er hier drin und gemütlich rauchend auf dem Weg zu mir?

Nein. Ich wußte, daß die Gefahr von Eriko Iwata ausging. Ich hörte, wie mit *zōri* bekleidete Füße vorsichtig die Stufen-*tansu* herunterklapperten und schließlich den Boden betraten. Mein Revier.

»Bist du das, Rei-san?« hörte ich Erikos sanfte Stimme. »Deine Tante hat oben im ersten Stock bei der Suche nach Natsumis Kimono einen Unfall gehabt. Ich brauche deine Hilfe.«

Mir wurde übel bei dem Gedanken an das, was Eriko getan hatte. Die Erkenntnis war mir beim Betrachten von Reiko Kayamas Schriftrolle gekommen, die in *kanji*, nicht in *hiragana*, verfaßt war. Eriko war damals im Ikebana-Kurs aufgefallen, daß ich praktisch keine *kanji* lesen konnte. Die Frau, die im Mitsutan hinter der Erfrischungstheke verschwunden war, mußte Eriko gewesen sein. Sie hatte versucht, mich umzubringen. Und jetzt hatte sie meine Tante erwischt.

Die Schritte kamen näher, und ich sah etwas in der Dunkelheit glänzen. Was war das? In Japan durften Zivilisten keine Schußwaffen tragen.

Eriko hustete. Also machte auch ihr der Rauch zu schaffen. Allerdings klang das Husten weiter entfernt als zuvor ihre Stimme. Sie war offenbar an mir vorbei und bewegte sich nun in die andere Richtung.

»Ich werde dir genauso helfen, wie ich den anderen geholfen habe, besonders dem *iemoto*«, sagte Eriko.

»Sie haben ihm nur Unglück gebracht. Und uns anderen auch!« Ich erkannte Takeos Stimme irgendwo über mir.

Eriko gab ihm keine Antwort. Ich hörte, wie ein Riegel vorgeschoben wurde. Hatte sie uns eingesperrt und war einfach gegangen?

»Wo bist du?« rief ich Takeo zu.

Der Strahl einer Taschenlampe glitt über die Regale, wo ich mich versteckte. In meiner Eile, aus dem Versteck herauszukommen, stieß ich mir den Kopf an. Ich hielt inne, als ich die Holzsandalen wieder in meine Richtung zurückkehren hörte. Die Taschenlampe gehörte Eriko. Sie war also nicht gegangen.

»Danke, daß du etwas gesagt hast. Ach, da bist du ja!« Sie leuchtete mir mit der Taschenlampe ins Gesicht und blendete mich so, daß ich kaum etwas anderes erkennen konnte als das glänzende Samurai-Schwert, das sie auf mich gerichtet hielt.

»Das ist eins der wertvollen Schwerter der Kayama-Familie. Ich habe Takeo-san gebeten, es für mich aus dem Lager zu holen«, sagte sie.

»Ich dachte, Sie wollten sich selbst damit den Garaus machen«, rief Takeo von oben. »Würde das nicht der Anstand gebieten, nachdem man als Mörderin entlarvt worden ist?«

Ich fragte mich, wo Takeo sich aufhielt, und wie es einer nur einsfünfundfünfzig großen Frau gelungen war, einen wesentlich größeren, stärkeren jungen Mann zu überwältigen.

»Das Schwert soll dazu dienen, dich dorthin zu dirigieren, wo ich dich haben will«, sagte Eriko zu mir. »Komm da raus, Rei-san. Ich möchte nicht, daß das Lagerhaus mit deinem Blut besudelt wird.«

»Hast du so auch Takeo in die Falle gelockt?« fragte ich. »Du hast ihn überredet, dir das Schwert zu geben, und dann hast du ihn damit bedroht? Was ist mit meiner Tante?«

»Ich bin mit deiner Tante hier oben«, rief Takeo auf englisch herunter. »Ich kam gerade dazu, als Eriko sie mit der Ikebana-Schere ermorden wollte. Deine Tante ist am Leben, aber ziemlich schwach.«

Meine Tante lag also im Sterben. Etwas in mir brach.

»Vorwärts«, wies Eriko mich an und fuchtelte dabei mit der Schwertspitze vor meinem Gesicht herum.

Ich kroch aus dem Regal heraus, und Eriko trat, den Strahl der Taschenlampe und das Schwert noch immer auf mich gerichtet, ein wenig zurück. Ich rappelte mich auf. Dabei mußte ich mich mit der Hand abstützen, weil mir ein Fuß eingeschlafen war. Schon ein paar Sekunden später würde er, wenn das Blut wieder hineinschoß, zu prickeln anfangen.

»Geh!« befahl Eriko und hielt mir das Schwert vor die Nase.

»Mir ist der Fuß eingeschlafen, ich werde ein paar Sekunden brauchen …«

»Glauben Sie ihr«, rief Takeo von oben herunter. »Als ich sie das erste Mal ausgeführt habe, ist ihr auch der Fuß eingeschlafen. Das ist ein Problem, das alle in den

Staaten aufgewachsenen Japaner haben. Sie müssen ihr ein paar Minuten Zeit geben.«

Ich rief auf englisch zurück: »Wie hat sie dich erwischt?«

»Ich bin hierher gekommen, weil ich das Licht von meinem Zimmer aus gesehen habe. Ich dachte, wenn deine Vermutung mit der Stop-Killing-Flowers-Gruppe stimmt, könnte ich sie vielleicht ein bißchen besänftigen. Als ich die *kura* betreten habe, hat Eriko mir von oben zugerufen, daß Norie verletzt ist. Sobald ich hinaufgeklettert war, hat Eriko mir ein Fischnetz über den Kopf geworfen und gesagt, sie würde deine Tante hinunterstoßen, wenn ich ihr nicht verrate, wo die Schwerter aufbewahrt werden. Dann hat sie uns beide an einen Balken gefesselt. Sie hat die ganzen Leute zu uns eingeladen, um meine Familie in Verlegenheit zu bringen und alle abzulenken, während sie deine Tante und dich fertigmacht.«

»Ich verstehe Englisch«, zischte Eriko. »Redet nicht über meinen Kopf hinweg!«

»Gut, dann sprechen wir also direkt mit Ihnen.« Takeos Stimme hatte jenen eisigen Ton, den er seinen Untergebenen gegenüber anschlug, und das beunruhigte mich. Eine zornige Eriko wäre sicher in der Lage, mich mit dem Schwert zu töten.

»Bitte geh in die Richtung, die ich dir zeige.« Eriko sprach weiter in höflichem Japanisch zu mir, doch das Schwert, das gerade meinen Kimono und das seidene Untergewand aufschlitzte, stand in krassem Widerspruch zu ihrer Höflichkeit.

»Das Schwert wird zusammen mit allen anderen Sachen der Kayamas verkauft«, sagte Eriko. »Wahrscheinlich überrascht es dich zu hören, daß deine Versuche,

Antiquitäten aufzuspüren und sie dann zu einem hohen Preis wieder zu verkaufen, mich inspiriert haben.«

»Ach, tatsächlich?« sagte ich. »Glaubst du denn nicht, daß man dich faßt?«

»Aber nein«, sagte Eriko. »Du wirst in dem Feuer sterben, das gerade erst zu schwelen beginnt. Eine Laterne aus den Bäumen wurde von Takeo und Rei umgestoßen, als sie zu einem heimlichen Rendezvous hier hereinkamen und von Norie überrascht wurden.«

»Ich wollte Ihnen noch sagen«, stieß Takeo hustend hervor, »daß sich unter dem Reisig, das Sie zum Schüren des Feuers verwendet haben, auch Giftsumach befand. Den haben Sie von der hinteren Wand der *kura* gerissen, stimmt's? Ihre Hände werden anschwellen. Natürlich können Sie zu der Party zurückkehren, als sei nichts gewesen, aber in ein paar Stunden wird der Ausschlag deutlich zu sehen sein.«

»Eriko, lösch wenigstens das Feuer«, flehte ich sie an. »Beim Verbrennen des Sumachs werden giftige Dämpfe frei. Die bringen dich auch um.«

»Tja, dann sollten wir uns wohl lieber beeilen«, sagte Eriko. »Rei-san. Du mußt jetzt auf die *tansu* hinaufsteigen, damit ich alles vorbereiten kann.«

»So hast du das auch bei Sakura gemacht, stimmt's?« fragte ich, während ich in der Dunkelheit weiterstolperte und das Schwert einen neuen Riß in meinen Kimono schnitt. »Du hast Sakura zuerst vergiftet. Als sie dann schon im Sterben lag, hast du ihr noch die Schere in den Hals gerammt. Das war ein ziemlich …« ich suchte nach dem passenden Wort, »… dramatisches Arrangement.«

»Damit habe ich die Leute daran erinnert, daß Norie an Reiko Kayamas Tod schuld war. Sie hat sie umgebracht, aber niemand hat sie bestraft!« rief Eriko.

»Es war ein Unfall«, sagte ich, als mein Fuß gegen die erste Stufe der *tansu*-Treppe stieß. »Norie hat Schuldgefühle, weil Reiko gestürzt ist, als sie ihr die Schere bringen wollte, aber es war nicht ihre Schuld.«

»Deine Tante hat mir das genauso erzählt, bevor sie das Bewußtsein verloren hat«, sagte Takeo. »Ich habe jahrelang nicht glauben wollen, daß es ein Unfall war, aber jetzt tue ich es. Zu spät.«

»Jemand muß die Erinnerung wachhalten«, sagte Eriko. »Ich habe Norie jedes Jahr an das Verbrechen erinnert, das sie begangen hat. Und ich habe Sie, Takeo-san, ebenfalls erinnert, wenn Sie nicht dem Pfad Ihres Vaters gefolgt sind. Aber Sie wollten ja nicht hören.«

»Und was ist mit mir?« fragte ich. »Warum hast du versucht, mich zu vergiften, und dann angefangen, mir diese Briefe zu schicken? Ich hatte doch nichts mit Reiko Kayamas Tod zu tun.«

»Du warst einfach zu nahe an der Wahrheit dran. Genau wie sie.« Erikos Stimme wurde sanfter. »Rei-san, bitte paß auf, wenn du die Stufen hinaufgehst. Deine Leiche muß oben bei denen von Takeo-san und deiner Tante liegen. Du darfst nicht fallen. Das würde mein Arrangement ruinieren.«

Ich raffte meine Röcke und erklomm langsam die Treppe, die unheilverheißend knarrte. Das Gewicht von Eriko *und* mir würde der *tansu*-Treppe vermutlich den Rest geben.

»Sagen Sie nicht, daß Sie Sakura umgebracht haben, weil Sie eifersüchtig auf Norie waren!« Takeos Stimme klang sehr schwach, offenbar, weil er sich in unmittelbarer Nähe der giftigen Dämpfe befand. Wenn er das alles lebend überstand, würde er sicher nie wieder eine Zigarette in die Hand nehmen.

»Spar dir deinen Atem«, sagte ich zu Takeo. »Sakura muß herausgefunden haben, daß Eriko sich beim Verkauf der Kayama-Keramiken als Reiko Kayama verkleidet hat.« Während ich die steilen Stufen hinaufkletterte, kam mir eine Idee. Möglicherweise war sie riskant, aber ich hatte Eriko gegenüber den Vorteil, feuchte Strümpfe zu tragen, die nicht so leicht rutschten. »Sakura hat bestimmt gedroht, Eriko auffliegen zu lassen, da hat Eriko sich für den augenscheinlich logischsten Ausweg entschieden. Sie hat Sakura ermordet und versucht, es so erscheinen zu lassen, als sei Norie die Täterin.«

»Zu viel Schlauheit kann gefährlich werden, Rei-san«, sagte Eriko hinter mir.

»*Ah so desu ka* – tatsächlich?« fragte ich, während ich die Beine streckte und zwei Stufen auf einmal nahm. Als mein linker Fuß sich wieder zu meinem rechten gesellte, konnte ich Erikos Überraschung förmlich spüren. In dem Augenblick, in dem ich das Schwert nicht mehr im Rücken hatte, drehte ich mich herum und richtete die Kamera auf ihr Gesicht. Dann drückte ich auf den Auslöser, und der Blitz ging los.

Geblendet von dem grellen Licht, riß Eriko erstaunt den Mund auf und starrte mich entsetzt an, als sie das Gleichgewicht verlor und hinunterstürzte. Sekundenbruchteile später hörte ich Erikos Körper auf dem harten Boden aufschlagen. Das Schwert landete mit einem klirrenden Geräusch auf der anderen Seite der Stufen.

Erikos Jammern wurde zu einem Schluchzen. Sie flehte mich an, ihr zu helfen, zuerst auf japanisch und dann auf englisch. Aber ich hatte andere Prioritäten. Ich mußte einen Brand löschen, dafür sorgen, daß meine Tante zu bluten aufhörte, und Takeo befreien. Ich hatte einfach keine Zeit für Erikos Probleme.

30

Der Rücken tat mir höllisch weh, als ich mich vorbeugte und den Spaten von neuem in den Rasen von Tante Nories Garten stieß. Ich hatte keine Ahnung gehabt, wie hart Gartenarbeit war.

»Paß auf, daß du bis unter die Wurzeln gräbst, Rei. Schau, wie schön Takeo das macht. Folge einfach seinem Beispiel«, rief Norie mir von der Chaiselongue auf der Steinterrasse aus zu.

Takeo und ich gruben nun schon seit Ewigkeiten unter der heißen Maisonne den Rasen um. Tante Norie hielt den Sturm in jener Nacht, in der sich fast eine große Tragödie ereignet hätte, für einen Vorboten der regenreichen Monate, und so hatte sie mich, kaum daß sie wieder bei Bewußtsein war, gebeten, ihren Garten für die Pflanzsaison herzurichten.

Ich war schrecklich dankbar dafür, daß sie am Leben war, und hätte ihr vermutlich jeden Wunsch erfüllt. Von dem Kampf mit Eriko waren ihr tiefe Schnitte an Unterarmen und Händen geblieben. Mehr als dreihundert Stiche waren nötig gewesen, um ihre Wunden zu verschließen, was bedeutete, daß Norie fürs erste weder Blumen arrangieren noch kochen oder die einheimischen Pflanzen setzen konnte, die Takeo ihr geschenkt hatte. Zum Glück hatten die Dämpfe des schwelenden Giftsumachs bei keinem von uns bleibende Schäden hinterlassen.

Ich rückte den dreieckigen Strohhut auf meinem schweißnassen Kopf zurecht. Wahrscheinlich, dachte ich, entsprach ich damit genau dem Klischee der asiatischen Reisbäuerin. Takeo sah einfach toll aus mit seinem Hut, aber das tat er in allem, sogar in seinem Greenpeace-T-Shirt. Doch das war mit Nories Blut getränkt und von den irgendwann doch noch auftauchenden Polizisten als Beweisstück gegen Eriko beschlagnahmt worden. Die Beamten hatten mir außerdem den Kimono und Nories Kamera abgenommen, mit der mir ein recht gutes Foto von Eriko mit dem Schwert gelungen war, unmittelbar vor ihrem Sturz. Der Ausschlag an ihren Händen ließ sich zweifelsfrei mit dem kleinen Haufen verbrannten Giftsumachs in Verbindung bringen und konnte als weiterer Beweis gegen sie dienen. Sie hatte sich nach wie vor stur geweigert, ihre Tat zuzugeben.

Als ich die Bittersüßen Nachtschatten an der Steinmauer sah, dachte ich, wie schade es doch war, daß Takeo nun auch die letzte Hoffnung, seine Mutter könne noch leben, aufgeben mußte. Tante Norie hingegen hatte die Frau verloren, die sie für ihre beste Freundin gehalten hatte. Tom und ich konnten mit ihr über diesen Verlust sprechen, Onkel Hiroshi dagegen war nur selten da, weil er eine neue Stelle bei Sendai gefunden hatte.

Ich wußte ziemlich genau, was passieren würde: Hiroshi würde zwar sein Selbstwertgefühl zurückgewinnen, aber seine Chance vertun, wichtige Zeit mit Norie zu verbringen. Nun, wenigstens würde er zu Hause schlafen, nicht in Osaka.

»Du hast wirklich Glück, ein solches Leben führen zu können«, sagte ich zu Takeo, während ich die Erde noch einmal wendete. »Du kannst hier im Dreck spielen, aber gleichzeitig den Titel Großmeister tragen. Wenn du

Nories Garten erst einmal vollständig umgestaltet hast, wird er vielleicht zu einem Wahrzeichen Yokohamas.«

»Ich fürchte nein.« Er grub weiter, ohne mich anzusehen. »Vielleicht sollte ich dir sagen, daß mein Vater entschieden hat, Natsumi zur nächsten Leiterin der Schule zu machen.«

»Das ist ungerecht«, sagte ich. Ich hatte zwar immer gedacht, eines der Probleme bei Ikebana bestehe darin, daß nicht genug Frauen die Schulen leiteten, doch Takeo wäre ein hervorragender Schulleiter geworden. Obwohl der *iemoto* die Beziehung mit Lila beendet hatte, war die Sache durchgesickert, und seine Autorität war untergraben. Die Schülerinnen brauchten einen neuen Leiter.

»Natsumi hat sich während der Party keinen Ärger eingehandelt«, meinte Takeo. »Sie ist einfach oben in ihrem Zimmer eingeschlafen wie ein braves Mädchen, statt sich die Hände mit Blut zu bekleckern wie ich. Aber du brauchst meinetwegen nicht zu weinen, Rei. Ich war mir sowieso nie so sicher, ob ich überhaupt *iemoto* werden möchte. Nach allem, was wir erlebt haben, bin ich zu dem Schluß gekommen, daß das Leben zu kostbar ist, um vergeudet zu werden. Ich habe mich mit meinem Vater über mein Engagement für die Umwelt unterhalten. Er und der Rest der Schulleitung waren der Meinung, daß ich ihre Beziehungen zur gesamten Blumenindustrie ruinieren würde. Also bin ich draußen.«

»Du bist also ganz aus der Kayama-Schule raus?«

»Ja. In Zukunft wirst du mich nicht mehr den verwöhnten Millionärssohn nennen können. Im Augenblick bin ich bloß ein arbeitsloser Gärtner.«

»Du könntest dich jetzt uneingeschränkt in der Stop-Killing-Flowers-Gruppe engagieren«, schlug ich vor. »Du weißt doch, Mrs. Koda ist inzwischen auch dabei.«

Am Tag nach der katastrophalen Party im Steingarten hatte Mrs. Koda mir für die Rettung der Schätze und des Rufs der Schule gedankt. Als Gegenleistung würde sie etwas tun, um allen Frauen zu helfen, die Blumen liebten. Sie wollte eine Stiftung für die wissenschaftliche Erforschung der Wirkung von Pestiziden auf Menschen ins Leben rufen.

Als Richard und Enrique – nach einem von mir arrangierten Treffen im Salsa Salsa wieder glücklich vereint – Che Fujisawa von der geplanten Krebsstudie erzählten, bat dieser, an Mrs. Kodas Pressekonferenz teilnehmen zu dürfen. Mrs. Koda erlaubte es ihm, allerdings unter der Voraussetzung, daß Che versprach, die Kayama-Schule dafür zu loben, daß sie sich als erste dieser wichtigen Frage zugewandt habe. Mari Kumamori erklärte sich bereit, ein Seladon-*suiban* als Geschenk für die wichtigsten Spender der Kampagne zu töpfern. Als ihre *suiban* dann im Lifestyle-Teil der *Asahi Shinbun* abgebildet wurden, begannen Bestellungen für ihre Keramiken in der Kayama-Schule einzugehen. Der einzige, der keine großartige berufliche Zukunft vor sich hatte, war Takeo.

»Ich möchte lediglich ein einfacher Gärtner sein. Meinst du nicht, daß mich das ausfüllen würde?« Takeo legte seine Schaufel beiseite und sah mich forschend an. Vermutlich suchte er in meinem Gesicht so etwas wie Zustimmung.

»Meine Tante wird dir ein gutes Zeugnis ausstellen. Du könntest eine Menge gute Jobs in den Vororten von Yokohama finden«, sagte ich und winkte Norie zu, die sich gerade von der Chaiselongue erhob und ins Haus ging.

»So etwas interessiert mich nicht, Rei.« Er trat näher zu mir und sah mir tief in die Augen. »Wenn ich mit diesem Garten hier fertig bin, möchte ich als nächsten einen in einem alten Tokioter Viertel anlegen. Das wird gar nicht so leicht, weil man dort erst mal den Beton wegsprengen muß, damit überhaupt ein Kameliensame angeht. Ich bin mir ziemlich sicher, daß die Nachbarschaftsvereinigung die Erlaubnis gibt, aber ich weiß nicht so genau, was die Mieterin dazu sagt.«

»Nun, es könnte eine Weile dauern, sie zu überreden«, sagte ich. Es war nur ein Scherz gewesen, doch als ich sah, was für ein enttäuschtes Gesicht er machte, begriff ich, daß er das nicht gemerkt hatte. Und plötzlich wollte ich ihm ganz deutlich zeigen, wie groß mein Interesse war. Ungeachtet der Tatsache, daß wir von oben bis unten voller Erde und Gras waren, legte ich die Arme um ihn.

Unsere Strohhüte stießen zusammen, als wir uns küßten. Takeo gab ein verärgertes Geräusch von sich und warf beide Hüte auf den Boden. Wir waren, wie es schien, stundenlang ganz ineinander versunken gewesen, als plötzlich Nories Stimme wie das Summen einer Biene zu uns herüberdrang.

»*Gomen nasai!* Tut mir leid, daß ich störe!« rief sie, und man hörte, daß sie genau das Gegenteil meinte.

Kein bißchen verlegen, lächelte ich meiner Tante zu. »Wir arbeiten gleich weiter. Aber zuerst müssen wir uns noch ein bißchen miteinander beschäftigen.«

Norie schnalzte mit der Zunge, doch als ich sie ansah, lächelte sie. Ich versuchte, sie an meinem Glück teilhaben zu lassen, und wandte mich dann wieder meinem neuen Projekt mit Takeo zu.

Es würde eine Weile dauern, bis Nories Garten bepflanzt war.

Aber ich hatte Zeit.

Dank

Wie immer habe ich einem glänzenden Team von Fachleuten dies- und jenseits des Pazifiks eine Menge zu verdanken. Eventuelle Fehler in dem vorliegenden Buch sind meine Schuld, nicht ihre.

Zum erstenmal kam ich durch die Sogetsu-Schule mit der japanischen Kunst des Blumenarrangements in Kontakt; besonderer Dank gebührt Atsuko Suzuki, meiner ersten Ikebana-Lehrerin in dieser Schule, die auch Vorsitzende der Kamakura-Gruppe von Ikebana International war, sowie meiner gegenwärtigen Lehrerin Toku Sugiyama, einem früheren Vorstandsmitglied von Sogetsu USA. Mieko Tanibayashi aus der Sogetsu-Zentrale, Shizuko Asakura, die stellvertretende Leiterin von Ikebana International, die außerdem bei Sogetsu in Kamakura arbeitet, Jane Redmon, eine Sogetsu-Lehrerin in Arlington, Virginia, sowie Stephanie Tomiyasu, die frühere Leiterin von Ikebana International und Schülerin der Ohara-Schule, die in Yokohama lebt, haben mir viel über die Geschichte des Ikebana beigebracht. Viele andere Freunde von Ikebana International sind mir ebenfalls auf selbstlose Weise beigestanden und haben so bewiesen, daß an dem Satz »Blumen machen Freunde« tatsächlich etwas Wahres dran ist.

Ich bedanke mich bei den japanischen Dichtern der Vergangenheit für die Anregungen in ihren Haikus und bei Christopher Belton, dem in Yokohama lebenden

Übersetzer und Autor, für seine gruseligen Übersetzungen und seine Recherchen. In allen polizeilichen Dingen danke ich wie immer National Police Agency Superintendent Naohito Yamagishi und unserem gemeinsamen Freund Koichi Hyogo sowie Akemi Narita dafür, den Kontakt zur Polizei von Nezu hergestellt zu haben. Einen Crashkurs im Töpfern habe ich von John Adair Jr., dem Inhaber von Kurofune Antiques in Roppongi, und Seiko Behr, der Künstlerin und Inhaberin von Pottery in Chestertown, Maryland, erhalten. Wichtigen Beistand in unterschiedlichsten Dingen haben mir Dr. In-Hei Han, Dr. Gershen Kaufman, Manami Amanai, meine geliebten Schriftstellergruppen House Blend und Sisters in Crime, Gruppe Chesapeake; ferner die Flower Auction Japan und schließlich das Sawanaoya Ryokan im Yanaka-Viertel von Tokio geleistet.

Ich danke meinem Mann Tony Massey für seine Liebe und Unterstützung und Laura Lippman, einer lieben Freundin und begabten Autorin, die mich bei unzähligen Signierstunden begleitet hat.

Am Schluß möchte ich mich bei meinen Agenten Ellen Geiger und Dave Barbor von Curtis Brown Limited sowie dem Team von HarperCollins bedanken, vor allem bei meiner Lektorin Carolyn Marino, ihrer Assistentin Robin Stamm, der Pressesprecherin Betsy Areddy sowie dem Art Director Gene Mydlowski.

PIPER ORIGINAL

Susanne Mischke

Schwarz ist die Nacht

Roman. 222 Seiten. Klappenbroschur.

Ihr Hemd ist glatt, wie frisch gestärkt, und es ist schneeweiß. Wie ein Engel liegt Sylvia Bohl auf ihrem Bett. Doch ihr Gesicht ist verzerrt wie eine böse Karnevalsmaske – und pechschwarz: Als Hauptkommissar Vincent Romero die Wohnung betritt, muß der Kopf der Toten seit Tagen nach unten gebaumelt haben. Kein schöner Anblick, findet Romeros junge Kollegin Antonie Bennigsen. Aber sie hat eine Schwäche für ihren klugen, eigenwilligen Vorgesetzten mit seiner Vorliebe für gute Küche und italienische Opern. Und deshalb ist sie froh über jeden Fall, den sie gemeinsam mit Romero ermitteln kann. Der Täter sucht seine Opfer über das Internet, und er will noch einmal zuschlagen, denn seine Mission ist noch nicht beendet … Mit Kommissar Vincent Romero, der so italienisch klingt, eigentlich aber aus Irland stammt, und seiner jungen Kollegin Antonie Bennigsen schickt Susanne Mischke ein großartiges neues Ermittlerduo ins Rennen.